DU WIRST UNS GEHÖREN

fucking WILD BEASTS

SARA RIVERS

Vorsicht
TRIGGER

Enthält sensible Themen

Eine genaue Auflistung aller in diesem
Buch enthaltenen Triggerthemen findest du auf:
www.federherzverlag.de/trigger

Fucking Wild Beasts
Band 1 einer Reihe

Bildmaterial: Shutterstock, Freepik
Korrektorat: Astrid Töpfner
Lektorat: Meerwoerter

ISBN: 978-3-947290-81-9

Druckerei Smilkov Print Ltd
Pokrovnishko shose
2700, Blagoevgrad

Federherz Verlag
Süntelstraße 70
31848 Bad Münder
www.federherzverlag.de
Instagram: @federherz.verlag

Hat man dir nicht beigebracht, dass man Fremden nicht trauen sollte? Vor allem nicht, wenn sie in einer alten abgefuckten Psychiatrie mitten in der Wildnis wohnen? Wenn nein, dann solltest du dir die folgenden Worte besonders zu Herzen nehmen. Wenn doch, dann bist du vermutlich naiv und glaubst, dass alles, was glänzt, auch aus Gold besteht.

Diese Reise wird deine Grenzen überschreiten. Wenn du auf monogamen Blümchensex und Romantik stehst, bist du hier falsch. Wir teilen immer. Und wir teilen auch dich, wenn du an dieser Stelle weiterliest. Spürst du eine Gänsehaut in deinem Nacken? Wenn ja, wie fühlt sie sich an? Hast du Angst? Bist du neugierig? Egal was es ist, die Gänsehaut wird nie wieder verschwinden. Weil wir wie fucking Heroin sind. Einmal von uns gekostet, kommt man selten wieder von uns los. Jetzt entscheide selbst, ob du das Buch zuschlägst oder weiterliest. Wenn Ersteres zutrifft: Es war schön, dich nicht kennengelernt zu haben. Wenn Letzteres: Willkommen im Coldmind.

Sawyer

BRAINFUCKED

FAYE

Heute

U*nwissenheit ist ein verdammtes Geschenk, Faye.*

Als Sawyer diesen Satz zum ersten Mal zu mir sagte, wusste ich noch nicht, dass er recht behalten würde. Seit ich vor den Toren der Psychiatrie wach wurde, will ich nur eins: die Wahrheit über jene Nacht im Wald herausfinden. Über die Nacht, die mich in die Arme dieser Männer geführt und mein Leben komplett auf den Kopf gestellt hat. Jetzt wünschte ich, ich hätte einfach weiter in meiner naiven Blase leben können.

Ich will wieder vergessen.

Muss wieder vergessen.

Das Herz hämmert mir bis zum Hals, als ich über die Dachterrasse stürme und die anderen in der Dunkelheit zurücklasse. Ich sehne mich danach, mich wieder in Edens schützende Arme zu schmiegen. Mir von ihm beweisen zu lassen, dass ich nicht allein in dieser Welt bin, die sich auf einmal so fremd und falsch anfühlt. Mir danach von Lucien ein Lächeln aufs Gesicht zaubern zu lassen. Ich sehne mich sogar nach Sawyer, obwohl er mich immer und immer wieder mit aller Macht und allen Mitteln von sich gestoßen hat.

In der Nähe dieser drei Männer fühlte ich mich in den vergangenen Tagen wie ein komplett anderer Mensch. Ich fühlte mich freier. Mutiger. Selbstbewusster. Echter.

Und doch wurde mir gerade schmerzlich bewiesen, dass ich einem Trugbild erlegen bin. Einer Fantasievorstellung. Niemand von ihnen kann ändern, *was* ich wirklich bin. Was ich *getan* habe. Heute Nacht kann mir keiner von ihnen helfen, meine Dämonen in Schach zu halten.

»Faye, warte!« Eden heftet sich an meine Fersen, aber ich kann ihn jetzt nicht ansehen.

»Lass sie gehen, Eden«, sagt Sawyer scharf.

Der Wind pfeift so heftig über das Dach, dass sich die Haare an meinen Armen aufstellen und meine Zähne aufeinanderschlagen. Ich zittere am ganzen Körper, aber nicht wegen der Kälte hier draußen, sondern der in meinem Inneren. Die Baumkronen ragen dunkel und angsteinflößend in den bewölkten Nachthimmel, der bald Regen bringen wird.

Sobald ich die gläserne Dachluke erreicht habe, reiße ich sie auf und klettere eilig die Leiter hinab. Ich muss hier weg. Brauche einen Ort, an dem ich sortieren kann, was ich gerade erfahren habe. Und in der Nähe der drei Männer sind klare Gedanken lediglich eine Wunschvorstellung.

Hinter mir höre ich die Schritte mehrerer Personen. Ob sie mir alle folgen? Selbst Sawyer? Meine Lunge sticht bereits, weil ich noch nicht ganz genesen bin, aber ich halte nicht an. Renne weiter und weiter. Schneller und schneller. Tiefer ins Coldmind hinein. Die Gänge sind verwinkelt, und auch, wenn sie alles darangesetzt haben, den gruseligen Charme der ehemaligen Psychiatrie mit luxuriösen Möbeln und teuren Gemälden zu überdecken, haftet das Leid immer noch an den Wänden.

In jedem Stein.

In jeder Fliese.

Jeder Diele.

Ich spüre all die tragischen Geschichten der Menschen, die einst hier lebten, und will nur noch von hier verschwinden. Das alte Gemäuer hinter mir lassen und mit ihm auch all die Erinnerungen an die letzten Wochen. Weil Sawyer von Beginn an recht hatte. Ich bringe ihnen nur Schwierigkeiten.

Aber wohin sollte ich schon gehen? Wir befinden uns mitten im Wald. Mitten im Nirgendwo. Um uns herum ist nichts, bis auf die raue Wildnis des North Cascades Nationalparks. Selbst wenn ich wüsste, in welche Richtung ich gehen müsste, könnte ein Fußmarsch nach Seattle Stunden, wenn nicht sogar Tage dauern. Ich sitze hier fest und fühle mich zum ersten Mal wie eine Gefangene, obwohl ich freiwillig hier bin.

Tränen laufen über meine Wangen und verschleiern mir die Sicht. Noch immer höre ich, dass sie mir folgen, mich aufhalten wollen, bevor ich weiteren Schaden anrichten kann. Mein Schädel dröhnt, als hätte jemand einen Ziegelstein gegen ihn gedonnert, und mein Magen zieht sich in regelmäßigen Abständen heftig zusammen.

Sobald ich in der untersten Etage angekommen bin, bleibe ich stehen. Überlege, was ich tun soll, um nicht sofort gefunden zu werden. Als ich Luciens dunkle Stimme, die sonst immer so erfrischend positiv war, hinter mir höre, handle ich intuitiv. Ich renne weiter, immer tiefer ins Herz des Gebäudes hinein. Sobald ich die schwere Eisentür des Kellers geöffnet habe, husche ich in die alles verschlingende Dunkelheit.

Ich habe mir geschworen, nie wieder einen Fuß in diesen Bereich des Gebäudes zu setzen. Aber im Augenblick ist er der einzige Ort, an dem ich durchatmen kann. Unter der Erde. Fernab von dem, was mich auf dem Dach gerade so aus dem Konzept gebracht hat.

Ich lasse das Licht aus, zücke mein neues Handy und schalte die Taschenlampe ein. Der Gang, der zu den Kerkern führt, fühlt sich schier endlos an. Ich kann kaum mehr als einen Meter weit blicken. Hier werden sie mich niemals suchen, oder?

Mein Herzschlag reguliert sich allmählich und meine Lunge saugt gierig jedes Sauerstoffmolekül ein.

Atmen, Faye.

Alles wird gut.

Bevor ich die nächste Tür erreiche, bleibe ich noch einmal mitten im Gang stehen. Schließe die Augen und fokussiere mich auf die Stille. Ich höre niemanden mehr. Keine Schritte. Keine Stimmen. Erleichtert schiebe ich die Gittertür auf, taste nach dem Lichtschalter und warte darauf, dass die alten Leuchtstoffröhren über meinem Kopf flackernd angehen.

Ich befinde mich in dem Abschnitt der Psychiatrie, in dem laut Lucien damals die besonders *schweren* Fälle weggesperrt wurden. Eine nackte Zelle reiht sich an die nächste. Meine Finger wandern über die kalten Eisenstangen, hinter denen einst Menschen eingesperrt wurden, weil sie krank waren. Weil sie angeblich eine Gefahr für die anderen Patienten dargestellt haben. Eine Gänsehaut überkommt mich, als ich daran denke, was ich hier unten gesehen habe.

Es war auf Luciens Geburtstagsparty. Während oben die Gäste ausgelassen feierten und zu guter Musik tanzten, wurde mir alles zu viel. Also bin ich geflohen, genau wie jetzt, und hier gelandet. Zwischen den Steinwänden, die so vielen Menschen Leid gebracht haben. Mein Blick wandert zu der großen Zelle am Ende des Ganges. Der Zelle, die mein Herz sofort wieder zum Rasen bringt. Ich erinnere mich bildhaft daran, wie Sawyer, Lucien und Eden dort drin ...

Kopfschüttelnd verdränge ich den Gedanken daran, trete auf die großen Eisentore zu und husche hinein. Diese Zelle ist die einzige, die nicht mehr daran erinnert, was für ein Elend hier einst herrschte. In der Mitte des Raumes steht ein gigantisches Bett, das mit einem roten Samtlaken bezogen wurde. Links daneben ist ein Spiegel angebracht, so groß, dass er die gesamte Zelle wiedergibt. Ich schließe das Tor hinter mir, wobei es quietschende Geräusche von sich gibt, und gehe auf das Bett zu. Fahre mit den Fingern über den samtigen Stoff des Lakens und frage mich, wie viele Frauen sie hier schon gemeinsam verführt haben. Eifersucht wandert durch meinen Brustkorb und mündet in meiner Kehle, die immer enger wird.

Atmen, Faye.

Alles wird gut.

Aber glaube ich diesen Bullshit wirklich? Nach allem, was ich gerade über mich selbst erfahren habe?

Ich nutze die Stille und Einsamkeit, um mich zum ersten Mal ausgiebig hier drin umzusehen. Meine Finger fahren über die hölzernen Bettpfeiler, an denen Karabinerhaken angebracht sind. Anschließend trete ich an die Spiegelfront heran und blicke mir entgegen. Meine dunkelblonden Haare kleben an meiner verschwitzten Stirn, meine Augen sind vom Weinen gerötet und die Schatten darunter sind so tief, dass ich mir sicher bin, sie ab jetzt ein Leben lang bei mir zu tragen.

Auf meiner Stirn prangt noch immer die Narbe. Der Cut reicht von meinem Haaransatz bis zu meinem rechten Ohr. Bei der Erinnerung daran, wie sanft Eden meine Wunden versorgt hat, beschleunigt sich mein Herzschlag. Wieso kann ich nicht aufhören, an sie zu denken? Wieso wünschte ich, sie wären jetzt hier bei mir, obwohl ich gerade noch vor ihnen geflohen bin? Das alles ergibt keinen Sinn.

Meine Handlungen widersprechen sich, genau wie meine Gefühle. Ich sollte keine Sehnsucht verspüren. Keine Anziehung. Und doch haben mich genau diese Gefühle in ihren Klauen. Lassen mich nicht los, so sehr ich auch an den Ketten zerre. Vermutlich verliere ich allmählich wirklich den Verstand und passe besser hierhin, als mir lieb ist.

Eilig wische ich die Träne fort, die über meine Wange rinnt. Und je länger ich meinem Spiegelbild gegenüberstehe, desto weniger ertrage ich diesen Anblick. Erschöpft lasse ich mich zurückfallen, setze mich auf das Kingsize Bett und rolle mich darauf wie eine Schnecke zusammen. Den Blick auf die Zellenstangen gerichtet, die Hände über dem Herzen verschränkt, das so wehtut wie erst einmal zuvor. Meine Lider werden schwer, aber nicht weil ich müde bin, sondern weil es anstrengend ist, trotz des Lichts immer nur Dunkelheit zu sehen.

Früher lebten hier gebrochene Seelen, so wie ich eine bin.

Eine Weile suhle ich mich noch in meinem Selbstmitleid, bevor ich mich auf den Rücken drehe und beschließe, dass es keinen Sinn macht. Nichts hiervon wird etwas ändern. Ich muss die Konsequenzen für mein Handeln tragen, anstatt mich kopfüber in die Hilflosigkeit zu stürzen.

Das Öffnen einer Tür reißt mich aus meinen trüben Gedanken, und als ich mich aufrichte, jagt pures Adrenalin durch meinen Körper. Lucien steht direkt vor der Zelle, umgreift die schwarzen Gitterstangen und sieht mich so intensiv an, dass augenblicklich die Schmetterlinge in meinem Bauch zum Leben erwachen. Das hier ist so falsch. Wieso empfinde ich Freude? Wie kann ich dazu überhaupt noch in der Lage sein?

»Eins muss ich dir lassen, Chaplin.« Seine ozeanblauen Augen blitzen herausfordernd und seine stählerne

Brust hebt und senkt sich schnell, weil er mich durch die kompletten drei Etagen gejagt hat. »Du bist schneller, als ich dachte.« Sein Blick wandert über meinen Körper, der sich endlich entspannt hat, seit ich das Dach verlassen habe. Hungrig ruht seine Aufmerksamkeit auf meinen nackten Beinen. »Du erinnerst dich daran, wo du hier bist, oder?«

Atemlos nicke ich.

Ich weiß, dass ich ausgerechnet in ihr Spielzimmer geflüchtet bin. Der wohl gruseligste Ort im ganzen Haus, den sie für ihre sexuellen Abenteuer benutzen.

»Lass sie, Lucien.« Eden taucht hinter ihm auf, schiebt ihn zur Seite und öffnet das Tor. Sobald er in meiner Zelle ist, will ich vom Bett aufspringen und mich in seine Arme werfen. Will von ihm gehalten werden. Beschützt werden. Aber die Angst, dass er mich für immer mit anderen Augen ansehen könnte, sitzt zu tief. Ich senke den Blick, ziehe die Beine an den Bauch und bette meinen Kopf auf die nackten Knie. Sind das meine einzigen Sorgen? Dass ihre Gefühle für mich von nun an anders sein könnten? Es gibt so viel Wichtigeres! Und doch ist mein Verstand wie blockiert.

»Willst du darüber reden?« Ich spüre, wie die Matratze unter Edens Gewicht nachgibt. Wie oft haben sie sich zu dritt auf genau diesem Bett eine Frau geteilt? Ich ertrage den Gedanken kaum und wünschte, ich hätte es nicht mitansehen müssen.

»Nein«, flüstere ich. »Ich will nicht reden. Ich will, dass die Stimmen aufhören. Ich will, dass meine Gedanken einfach sterben.«

Eden zieht die Luft scharf ein, aber ich traue mich noch immer nicht, den Blick zu heben. Viel zu groß ist die Angst vor dem, was mich erwarten könnte. Abscheu. Wut. Mitleid. Nichts davon will ich in seinen braunen

Augen sehen, die sonst immer vor Wärme geleuchtet haben.

»Vielleicht sollten wir sie ablenken«, wirft Lucien in den Raum.

»Alter, siehst du nicht, dass sie vollkommen durch den Wind ist? Und du denkst wieder einmal nur daran, sie zu ficken?« Eden klingt selten wütend oder gar aggressiv, doch in diesem Moment ist es anders.

»Ich denke nicht nur daran, sie zu fi-«

»Hört auf!«, unterbreche ich beide scharf. Das Letzte, was ich gerade gebrauchen kann, ist diese Diskussion. Ich hebe den Kopf, und als ich bemerke, dass Lucien jetzt vor dem Bett kniet und mich ansieht, weiß ich, was ich will. Er hat recht. Wenn ihre Worte nicht reichen, um mich abzulenken, dann muss es einen anderen Weg geben, meine Gedanken auf Stand-by zu stellen. Vielleicht macht mich das zu einem schlechten Menschen, aber wie viel schlimmer kann es schon werden?

Ich rutsche auf dem Bett ein Stück zurück, greife nach meinem Tanktop und streife es ab. Da ich keinen BH trage und es hier unten wahnsinnig kühl ist, stellen sich meine Spitzen sofort auf.

Ich muss vergessen.

Nur für ein paar Augenblicke.

Und diese Augenblicke will ich mit ihnen erleben.

»Faye, du solltest nicht ...«

»Ich will aber«, unterbreche ich Eden und lasse mein Top achtlos neben dem Bett zu Boden fallen. Sie sollen mir beweisen, dass sich nichts zwischen uns geändert hat. Meine Finger wandern hinab zu den Shorts, die ich trage. Öffnen langsam den Knopf und den Reißverschluss. Ich schlüpfe mitsamt Slip aus der Shorts und sitze nun splitterfasernackt vor ihnen. Die beiden kennen meinen Körper bereits in- und auswendig. Haben jede Stelle berührt. Jede Faser zum Brennen gebracht. Mehrmals. Aber jetzt ist es anders. Jetzt kennen sie die Wahrheit über mich.

Ich beginne, mich selbst zu streicheln. Mit dem Zeigefinger fahre ich durch das Tal zwischen meinen Brüsten, wandere hinab zu meinem Bauch. Luciens Mundwinkel zucken, während Edens starr bleiben. Seine Augen sind zu Schlitzen verengt, aber wir wissen beide, dass er es ebenfalls will. Die Beule unter seiner Jeans verrät ihn, genau wie das Zucken seiner Finger, die sich immer so perfekt auf meiner Haut angefühlt haben. Eden ist ein Gentleman, aber jeder Gentleman kann bei der richtigen Frau zum Casanova werden.

»Bitte«, flüstere ich. »Bringt mich auf andere Gedanken.« Mit aller Macht versuche ich, das Zittern in meiner Stimme zu unterdrücken, damit sie nicht sehen, wie es wirklich in mir aussieht. Wie tot ich mich im Augenblick fühle. Und wie sehr ich mich nach dem kleinsten Funken Licht sehne.

Lucien erhebt sich, und als er in seiner vollen Größe vor dem Bett steht, beiße ich mir auf die Unterlippe. Ich sehne mich nach jedem von ihnen, doch am allermeisten sehne ich mich nach ihm. Sawyer. Der Einzige, der mich immer auf Abstand gehalten hat. Der von Anfang an das Monster erkannt hat, das ich in Wirklichkeit bin. Meine Hand wandert weiter abwärts, und als ich meinen Venushügel streife, entflieht mir ein Stöhnen.

Nicht nachdenken.

Nur fühlen.

Nicht nachdenken.

Nur sein.

Das ist es, was ich will.

»Bist du dir wirklich sicher, Faye?«, will Eden sanft wissen. Gott, wie sehr ich diese warme Stimme liebe. Wie sehr ich es liebe, wenn er meinen Namen ausspricht, als wäre ich das Kostbarste auf der Welt. Vielleicht werde ich sie heute zum letzten Mal hören. Und genau deshalb brauche ich es jetzt. Auch wenn es verwerflich ist, muss ich sie noch einmal spüren, bevor ich gehen muss.

Erneut beiße ich mir auf die Unterlippe und nicke.

Eden erhebt sich, greift nach dem Saum seines schwarzen Shirts und wirft es ebenfalls zu Boden. Die beiden Männer stehen jetzt gemeinsam vor dem Bett und sehen mich voller Verlangen an.

Eine weitere Welle der Gänsehaut rollt über mich hinweg, als ich erneut das Öffnen einer Tür im Hintergrund höre. Mein Herzschlag setzt aus, meine Finger beginnen, zu zittern.

Er ist hier.

Er hat uns gefunden.

Was wird er tun?

Mich nach draußen zerren und der Polizei ausliefern? Oder ist er hier, um für mich da zu sein?

Lucien und Eden blicken hinter sich, und als Sawyer eintritt, vergesse ich wieder, was mich eben noch so aufgewühlt hat. Nichts hat mehr eine Bedeutung, weil er hier ist. Weil sie alle hier sind. Bei mir. Trotz der Wahrheit, die sie gerade über mich erfahren haben, sind sie immer noch da.

Sawyer bleibt dicht an der Tür stehen, und als die anderen zwei zur Seite treten, begegnen sich unsere Blicke. Ich sehe zwischen den drei Männern hin und her, die grundverschieden und doch im Herzen gleich sind. Ich sollte so nicht für sie empfinden, aber ich bin machtlos, wenn sie in meiner Nähe sind.

Sie stehen vor mir.

So wunderschön.

Ich sitze vor ihnen.

So verwundbar.

Flashbacks tauchen vor meinem inneren Auge auf.

Davon, wie sie die blonde Frau an diesem Bett fixiert und sie gemeinsam zum Schreien gebracht haben.

Mit mir wird es anders sein.

Sie brauchen keine Seile, um mich an Ort und Stelle zu halten. Ihre hungrigen Blicke sind stärker als jede Kette aus Stahl. Und ich weiß, wenn sie mich jetzt gemeinsam verführen, komme ich vielleicht nie mehr von ihnen los. Aber ich gehe das Risiko ein.

EINS

FAYE

Drei Wochen zuvor

»Fahr schneller!« Panisch drehe ich mich um, fokussiere durch die dreckige Heckscheibe von Emilys Ford Fiesta den Weg und versuche, meine Atmung zu regulieren. Das hier muss ein Traum sein. Ein verdammter Albtraum. Ich wollte doch nur einen Abend, an dem ich nicht an all das Chaos denken musste, das zurzeit mein Leben bestimmt. Jetzt ist aus dem Chaos eine ausgewachsene Katastrophe geworden. Und aus der Lagerfeuerparty im Wald wurde ein verdammter Thriller mit uns als Hauptdarsteller.

»Ich kann nicht noch schneller fahren, Faye! Die Straße ist viel zu eng«, murmelt sie, gibt aber trotzdem mehr Gas. Der Waldweg ist so holperig, dass ich unsanft von links nach rechts geschleudert werde. Mein Schädel dröhnt, seit wir die Party hinter uns gelassen haben, als hätte man ihn in einen Schraubstock gequetscht.

Ich bin nicht angeschnallt, und wenn wir jetzt gegen einen Baum fahren würden, wäre es schnell vorbei. Im Augenblick kommt mir der Gedanke nahezu verlockend vor und dass, obwohl ich eigentlich an meinem Leben und meinen Liebsten hänge. *Dein kleiner Bruder braucht dich.* Bei dieser Erkenntnis schnappe ich mir den Sicherheitsgurt, ziehe ihn über meine Brust und lasse ihn einrasten. Anschließend klammere ich mich Halt suchend daran fest.

Es ist stockfinster hier, nur der Weg vor uns wird von den Schweinwerfern beleuchtet. Wir befinden uns mitten im Nationalpark, um uns herum Gletscher, Stauseen und wilde Tiere, die durch die Nadelwälder streifen. Seit wir in den Wagen gesprungen sind, laufen die Tränen pausenlos über mein Gesicht. Meine Augen brennen wie Feuer, genau wie meine Kehle, die mit jedem Meter, der uns tiefer ins Nichts führt, enger wird.

»Emily«, schluchze ich und kralle mich an den inzwischen löcherigen Sitzbezügen fest. In diesem Wagen haben wir in den letzten Jahren so viele Erinnerungen gesammelt, aber auf diese hier könnte ich dankend verzichten.

Nur ein Albtraum, Faye.

Das hier passiert nicht wirklich.

Nichts hiervon ist real.

»Ich bringe uns in Sicherheit«, verspricht sie mir, aber ich glaube ihr kein Wort. Ich kenne die Frau neben mir in- und auswendig. Weiß, wie ihre Stimme klingt, wenn sie etwas voller Überzeugung sagt, und wie sie klingt, wenn sie lügt. Und das eben? Das klang nicht überzeugend, sondern wie ein schwacher Versuch, zu überspielen, was uns gerade passiert ist. Wir waren auf einer Lagerfeuerparty nahe des Rock Shelter Trails mitten in der Wildnis Washingtons, um zu feiern. Weit und breit erwartet uns keine Zivilisation, vor allem nicht in der Richtung, in die wir gerade mit achtzig Kilometer die Stunde jagen, obwohl der Weg so eng ist, dass selbst unser Kleinwagen wie ein Monster wirkt. Wir sind viel zu schnell und doch nicht schnell genug. Ich hatte von

Anfang an keine Lust auf diese alberne Party, habe mich im Endeffekt aber von Emily dazu überreden lassen. Gerade verfluche ich nicht nur sie dafür, sondern vor allem mich selbst. Ich könnte in diesem Moment mit Scotty Marvel-Filme anschauen und Popcorn essen, stattdessen wird mir mit jedem Meter in dieser Rostlaube schwindeliger.

»Was, wenn sie uns kriegen, Em? Wenn uns jemand gesehen hat? Was, wenn ...«

»Faye!« Emily unterbricht mich scharf. Auch ihre Stimme zittert und zeigt, wie es hinter ihrer taffen Fassade aussieht. »Ich fahre gerade wie eine Irre durch ein Gebiet, in dem ich noch nie war! Könntest du bitte ... bitte aufhören, mich noch nervöser zu machen? Ich fahre uns noch gegen einen Baum!«

»Tut mir leid«, wispere ich und blicke erneut hinter uns. Die Scheinwerfer des Fords beleuchten zwar den Weg vor uns, aber hinter uns wird alles von der einnehmenden Dunkelheit der Nacht verschluckt.

Da ist keine Menschenseele.

Zum Glück.

Wir müssen schnellstmöglich so weit wie möglich von der Party weg.

»Weißt du überhaupt, wohin der Weg führt?«, frage ich atemlos und presse mir die Fäuste vor die Augen. Diese verfluchten Tränen wollen einfach nicht versiegen! Dabei muss ich unbedingt einen kühlen – und vor allem klaren – Kopf bewahren.

»Nein.« Emily brettert durch den dichten Nadelwald, nimmt eine scharfe Linkskurve und beschleunigt so stark, dass ich mir wie die Co-Pilotin eines Rallye-Autos vorkomme. Ich werde in den Sitz gedrückt und wünschte, ich könnte mich in Luft auflösen. Ich bin mir sicher, dass wir in die falsche Richtung fahren. Hier werden wir irgendwann in einer Sackgasse landen, außerdem wird der

Sprit in ihrem Tank nicht ewig reichen. So oder so sind wir beide mächtig am Arsch. Durch das heftige Ruckeln bahnt sich Übelkeit in meinem Magen an, die alles nur noch schlimmer macht. Was, wenn ich aus dem geöffneten Fenster kotze, uns der Sprit ausgeht und der Gestank irgendwelche hungrigen Tiere anlockt? Laut der Aussage meines Vaters leben hier nicht nur Wölfe, Pumas und Rehe, sondern auch Bären.

Ein Schreckensszenario jagt das nächste.

Wir sind hier vollkommen falsch. Ich erwarte mit jeder verstreichenden Sekunde, dass eine Sirene einsetzt. Dass ich ein blaues Licht im Seitenspiegel des Wagens entdecke, das immer näher kommt, weil jemand auf der Party beobachtet hat, was passiert ist. Aber es bleibt dunkel und alles, was ich in diesem gottverlassenen Wald höre, ist das Röhren des Motors und Emilys schneller Atem.

Der North Cascades Nationalpark ist der unerschlossenste und verlassenste Nationalpark in den Vereinigten Staaten. Er erstreckt sich über zweitausend Quadratkilometer und mündet an der kanadischen Grenze. Hier gibt es weder eine gute Infrastruktur noch eine Zapfsäule. Mein Blick huscht zur Tankanzeige, dessen Nadel immer tiefer Richtung Reserve fällt. Wir werden hier draufgehen. Entweder das oder wir werden erwischt und ... kopfschüttelnd verdränge ich den Rest des Satzes. Im Augenblick weiß ich nicht, was die bessere Option wäre. Hier in der Wildnis zu sterben oder gefangen zu werden. Der Nationalpark befindet sich einhundertfünfzig Kilometer nordöstlich von Seattle, meinem Zuhause. Gerade fühlt es sich an, als würden uns Tage von dieser lauten Stadt trennen.

»Faye, jetzt hör mir endlich zu!« Emily greift über der Mittelkonsole nach meiner Hand, die seit einigen Minuten wie wild an meinem Pullover nestelt. Ich war so in meiner Angst versunken, dass ich nicht darauf geachtet habe, was sie gesagt hat.

»Was?«, frage ich hauchend.

»Hast du dein Handy da? Wir müssen einen anderen Weg finden, der uns zurück in die Stadt bringt. Auf keinen Fall können wir wieder umdrehen und an Newhalem vorbeifahren.« Emily hat recht. Wenn wir umdrehen und an dem Platz vorbeifahren, an dem die Party stattfindet, können wir auch direkt zur Polizei fahren. Ich taste nach meinem Handy, das ich immer in der rechten Hosentasche bei mir trage, aber alles, was sich in ihr befindet, ist eine alte Packung Minzkaugummis, die sicher schon etliche Male mitgewaschen wurde, so aufgeweicht fühlt sich das Papier an.

»Wo zur Hölle ist das Scheißteil?«, frage ich mit erstickter Stimme und greife in die linke Tasche. Sobald ich die kleinen Plastiktütchen an meinen zitternden Fingern spüre, rinnen noch mehr Tränen über mein Gesicht. Wie in Trance ziehe ich die Kokaintüten aus der schwarzen Ripped Jeans und starre den weißen Stoff, der vermutlich mehrere hundert Dollar wert ist, schluckend an. Bilder blitzen vor meinem inneren Auge auf, die ich kaum ertrage. Damit ich die Drogen, die bis jetzt nur Unheil in mein Leben gebracht haben, nicht länger ansehen muss, stopfe ich die Tüten zurück in meine Tasche und denke krampfhaft nach. Wo habe ich mein Handy zuletzt gesehen? Ich bin mir sicher, dass ich es vorhin noch bei mir trug.

»Faye, dein verdammtes Handy!«

»Ich habe es nicht«, sage ich mit brüchiger Stimme.

»Wie, du hast es nicht?« Emilys Fassade bekommt die ersten Risse. Bis eben war sie diejenige, die den kühleren Kopf von uns beiden besaß, aber damit ist jetzt wohl Schluss. »Auf der Party hattest du es noch! Sag nicht, du hast es da ...«

»... verloren?«, beende ich ihren Satz und beginne, nervös an meinen Fingernägeln zu kauen. Eine Angewohnheit, die Mom immer zur Weißglut treibt. Aber die Alternative ist, dass ich mir die Arme blutig kratze. Das Nägelkauen hält mich davon ab. Vielleicht sollte ich einfach anfangen zu rauchen, um die Nervosität in mir zum Schweigen zu bringen.

»Das darf nicht sein«, wimmere ich und spüre, wie die Panik erneut in mir aufwallt. Emily stellt das Radio an, vermutlich, um ihre tosenden Gedanken zu übertönen. Doch der Empfang hier ist so grottenschlecht, dass man außer einem Rauschen nichts hört. Keine Musik. Keine Stimmen. Da sind nur wir und unsere alles lähmende Angst.

»Weißt du, was das bedeutet? Wenn sie dein Handy auf der Party finden ...« Sie kommt nicht dazu, den Satz zu beenden. Alles geht plötzlich so unfassbar schnell. Direkt vor uns taucht ein Tier auf und stellt sich unserem Wagen mitten in den Weg. Alles, was ich sehe, sind zwei funkelnde, angsteinflößende Augen, die mich hell aufschreien lassen.

»Emily! Stopp!« Doch es ist zu spät. Die grüngelben Augen des majestätischen Wolfs fixieren unsere Motorhaube, während ich ein Gebet Richtung Himmel ausstoße. Emily reißt in letzter Sekunde das Lenkrad herum, um dem gigantischen Tier auszuweichen, und verliert die Kontrolle über den Wagen, als er gegen etwas prallt. Ich weiß nicht mehr, wo oben und unten ist. Links oder rechts. Himmel oder Erde. Die Tannen um uns herum verlieren an Kontur und alles, was mich eben noch umgab, wird von der Orientierungslosigkeit verschluckt.

Der Wagen überschlägt sich, genau wie mein Herz, das noch nie so gerast hat wie in diesem Moment. Emilys Schrei erfüllt das Wageninnere, ich hingegen bekomme keinen Ton über meine Lippen. Ich schmecke Blut. Ist es meines? Oder Emilys? Ein ohrenbetäubender Lärm fegt durch die Nachtluft, gefolgt von einem metallischen Duft. Der Wagen kommt krachend zum Stehen, aber ich – ich fühle mich immer noch, als würde man mich durch die Gegend schleudern. Nur der Schmerz bleibt aus. Ich bin vollkommen unter Strom. Alles, was ich fühle, ist das Pochen hinter meinen Lidern, das neue Tränen ankündigt.

Der rechte Scheinwerfer hat den Geist aufgegeben, der linke flackert schwach. Was ich vor mir sehe, lässt mich frösteln: Direkt vor der zersplitterten Windschutzscheibe befindet sich eine riesige Tanne, um deren Stamm sich die Motorhaube des Wagens gewickelt hat.

»Faye.« Emilys krächzende Stimme reißt mich aus meinem Delirium.

Ich drehe mich in ihre Richtung, und als ich sie ansehe, steht die Zeit um uns herum vollkommen still. Ihre schwarzen Haare verdecken die Hälfte ihres Gesichtes. So schnell es mein durchgeschüttelter Körper zulässt, schnalle ich mich ab, greife nach ihrem Arm und rüttle daran.

»Emily, sieh mich an!« Haltlose Angst breitet sich in mir aus, infiltriert meinen kompletten Körper. Wieder rüttle ich an ihrem Ellbogen, aber sie reagiert nicht mehr. Ich stemme mich hoch, beuge mich über die Konsole und greife nach ihrem Kinn. Sobald ich ihren Kopf in meine Richtung gedreht und die Haare hinter ihr Ohr geschoben habe, entflieht mir ein lautes Schluchzen.

»O mein Gott!« Die Wunde an ihrer Stirn sieht selbst im Halbdunkel so schlimm aus, dass ich mir einbilde, ihren Schmerz selbst fühlen zu können. Das Blut rinnt über ihre Schläfe und tropft warm auf meine Fingerspitzen, die noch immer ihr Kinn umfassen. »Em, wach auf!«, flehe ich sie an, aber ich erhalte keine Reaktion. Ihre Augen sind geschlossen, ihr Mund leicht geöffnet. An ihrer Unterlippe befindet sich ebenfalls eine Platzwunde. Ist sie mit dem Kopf gegen die halb heruntergelassene Scheibe geknallt? Und warum, um Himmels willen, wurden die Airbags nicht ausgelöst? Hat der Wagen vielleicht keine? Ich weiß, dass das Auto wahnsinnig alt und längst bereit für den Schrottplatz ist, aber das hier darf nicht passiert sein.

»Bitte, Em. Wach auf.« Ich muss einen Krankenwagen anrufen, aber wie? Mein Handy ist nicht da, weil ich es auf dieser beschissenen Party verloren haben muss! Hektisch durchwühle ich das Handschuhfach des Wagens, aber außer ein paar zerkratzten CD-Hüllen von Linkin Park und einer Haarbürste finde ich nichts darin. Ich taste Emilys Jeans ab, aber auch sie scheint kein Handy dabei zu haben. Was zur Hölle mache ich jetzt nur? Alles dreht sich so schnell, dass meine Sicht verschwimmt. Es fühlt sich an, als würde ich in einer Achterbahn sitzen, die mich von einem Looping in den nächsten schmeißt. Da ist kein Ende in Sicht. Ich gebe die Suche nach einem Telefon auf, lege meine Hände an Emilys Wange und klopfe sanft dagegen.

»Wach auf, Em. Bitte wach auf«, schluchze ich wieder und wieder. Die Party ist längst in den Hintergrund geraten. Es ist mir scheißegal, ob wir gefunden und verhaftet werden, solange jemand Emily zur Hilfe eilt, bevor sie verblutet. Hat sie noch andere Wunden? Ich lasse meinen Blick über sie gleiten, aber in dem schwachen Licht erkenne ich unterhalb ihres Bauchnabels kaum etwas.

»Faye«, krächzt sie und schlägt flatternd die Lider auf.

»Du lebst!« Noch nie habe ich eine solch intensive Erleichterung verspürt. »Du lebst«, wiederhole ich wispernd.

»So schnell wirst du mich nicht los«, erwidert sie hustend, wobei kleine Blutstropfen auf meinen Fingern landen. Am liebsten würde ich mich an sie schmiegen und einfach nur in Dankbarkeit versinken, weil sie noch atmet.

»Du ...« Ein Keuchen ihrerseits, ein angehaltener Atem meinerseits. »Du blutest.« Erschöpft hebt sie ihre Hand, streichelt über meine Stirn. Aber ich schüttle nur abermals den Kopf. Mir egal, ob ich blute und dass ich vermutlich ein heftiges Schleudertrauma habe. Im Moment ist nur eine Sache wichtig: Dass Emily so schnell wie möglich in ein Krankenhaus kommt.

»Ich werde uns Hilfe holen, Em.«

»Aber ...« Ihr Blick huscht zur kaputten Windschutzscheibe des Wagens. Kleine Glassplitter haben sich wie Hagel auf dem Armaturenbrett verteilt. Ein kühler Wind pfeift ins Innere und beschert mir eine Gänsehaut, die mich wie ein Mantel einhüllt. »Wir sind hier mitten im ...«

»Sch.« Ich lege meinen Finger vor ihre Lippen, um sie zum Schweigen zu bringen. »Du brauchst deine Kraft, hörst du? Ich lass mir was einfallen. Irgendwo wird ein Ort sein, Emily. Hier muss es Campingplätze geben!« Immerhin haben wir Sommer, und ich bin mir sicher, dass etliche Touristen auf den Wanderpfaden unterwegs sind und hier draußen übernachten. Sie werden Telefone und GPS-Tracker dabeihaben und ... trotzdem habe ich keine Ahnung, wo genau wir uns befinden. Wie weit Newhalem von hier entfernt ist, geschweige denn Seattle.

»Es tut so weh«, keucht Emily und hält sich schützend den Bauch. Ich beuge mich wieder über sie, will das Licht im Wagen anschalten, aber es bleibt dunkel. Je länger ich an die Stelle starre, desto klarer werden die Konturen. Ist das ein ... Ast? Ein verfluchter Ast, der sich durch die geöffnete Fensterscheibe in ihre Seite gebohrt hat? Sofort ist die Erleichterung von eben dahin. Ich lege ein letztes Mal meine Hand an Emilys feuchte Wange und gebe mir größte Mühe, nicht zusammenzubrechen. Auch wenn unsere Freundschaft mittlerweile sehr schwierig ist, darf ich sie unter keinen Umständen verlieren. Egal was in den letzten Monaten zwischen uns vorgefallen ist und wie sehr sie mich in die Ecke gedrängt hat, eine Welt ohne Emily Miller ist keine Welt, in der ich leben will.

»Ich finde jemanden, der uns hilft. Wir schaffen es hier raus! Gemeinsam.« Mit diesen Worten greife ich nach der Tür, stoße sie auf und taumle nach draußen. Ich trete nicht nur auf das Dickicht des Waldes, sondern auch auf kleine Splitter und Autoteile, die sich beim Aufprall von der Karosserie gelöst haben müssen.

Hilfe holen.

Nicht nachdenken.

Keine Zeit verschwenden.

Ein Gedanke jagt den nächsten, als ich die Tür hinter mir zuknalle und mich umsehe. Hier sind nur Tannen über Tannen, sonst nichts. Ich weiß, dass hier wilde Tiere leben, immerhin sind wir gerade einem verdammten Wolf ausgewichen, aber das spielt keine Rolle. Emily braucht Hilfe. Ich brauche Hilfe. Meine Knie geben beinahe unter mir nach, aber ich stütze mich in letzter Sekunde an einem der Nadelbäume ab und hieve mich durch die Wildnis Washingtons. Bleibe alle zwei Schritte mit den Schnürsenkeln am Boden hängen, denke aber nicht daran, anzuhalten.

Weiter.

Immer weiter.

Nicht anhalten.

Ich weiß nicht, in welche Richtung ich mich schlage und ob das, was ich vorhabe, überhaupt einen Sinn ergibt. Aber ich kann nicht tatenlos beim Auto sitzen bleiben und auf ein Wunder hoffen. Wer sollte uns ausgerechnet hier in der Pampa finden?

Meine Lunge sticht, genau wie mein Magen, der sich anfühlt, als hätte man mich verprügelt. Schwach setze ich einen Fuß vor den anderen, und als ich etwas Nasses, Warmes an meiner Wange spüre, wandern meine Finger an mein Gesicht. Emily hatte recht. Ich blute, und zwar so stark, dass mir mit jedem Meter schwindeliger wird.

»Hilfe!«, stoße ich einen Schrei aus, der mir in den Ohren wehtut. »Ist hier irgendjemand?«

Im Hintergrund höre ich das Rauschen von Wasser. Ob ich in der Nähe des Skagit Rivers bin? Ich wünschte, ich hätte einen besseren Orientierungssinn. Wünschte, ich wüsste, wo der Fluss mündet und ob ich in die richtige Richtung gehe. Aber alles, was mir bleibt, ist mein unbändiger Drang, weiterzugehen.

Ich zittere am ganzen Leib. Vom Schock, wahrscheinlich. Außerdem gibt es in diesem Nationalpark mehr als dreihundert Gletscher, die den Park im Winter unpassierbar machen und dafür sorgen, dass auch im Hochsommer eher kühle Temperaturen herrschen.

Die Tränen sind inzwischen versiegt, obwohl die Schmerzen immer unerträglicher werden. Eben im Auto fühlte es sich an, als hätte mich jemand in Watte gehüllt. Nichts tat mir weh. Aber jetzt erwischt mich der Schmerz wie eine eiskalte Welle, die mich mit sich reißt und tiefer in den Wald hineinspült.

Das Zirpen der Insekten hört sich ohrenbetäubend laut an, genau wie jedes Knacken zwischen den Bäumen. Ich hangle mich von einer Tanne zur nächsten, spüre, wie sich vereinzelte Splitter in meine Haut schieben.

Einfach weitergehen.

Nicht anhalten.

Nicht umkippen.

Ich verliere das Gefühl für Raum und Zeit. Wie weit bin ich bereits gekommen? Fünfhundert Meter? Drei Kilometer? Und wie lange ist meine Freundin schon allein, verletzt und ängstlich im Wagen? Ein Husten überkommt mich, weil ich dringend Wasser brauche, aber ich habe keine Zeit, jetzt einen Weg zum Fluss zu finden. Keine Zeit. Keine ...

Meine Beine geben ein weiteres Mal fast unter mir nach, aber ich war schon immer eine Kämpfernatur. *Aufgeben liegt nicht in der Familie*, würde meine Mutter jetzt sagen. Der Gedanke an sie sollte mich trösten, stattdessen sorgt er nur dafür, dass ich mich noch einsamer fühle. Ob sie mich überhaupt vermissen würde, wenn ich jetzt umkippe? Ob sie nach mir suchen lassen würde? Oder wäre sie froh, wenn sie mich endlich los ist? Mehr als einmal hat sie mir an den Kopf geworfen, dass ihr Leben ohne mich leichter wäre.

Meine Schritte werden instabiler und meine Hoffnung kleiner. Kleiner und kleiner und kleiner, bis sie an den schwarzen Konturen der Nacht vollkommen zerschellt.

Meine Lunge röchelt, als ich schließlich nicht mehr gegen den Schmerz ankämpfen kann. Ich kippe nach vorn, bekomme in letzter Sekunde etwas Kaltes zu greifen und sinke zu Boden. Es ist so dunkel, dass man die eigene Hand nicht sehen kann, dafür fühle ich umso intensiver. Ist das ein Tor? Und wenn ja, was zäunt es ein? Bin ich vielleicht kurz vor dem Ziel? Ist hier jemand, der mir helfen und einen Notarzt rufen kann?

»Hilfe!«, krächze ich ein letztes Mal, bevor meine Stimme endgültig versagt.

Jammernd versuche ich, mich an der Eisenstange wieder in den Stand zu kämpfen, aber ich bin machtlos gegen die Klauen, die mich immer tiefer Richtung Erde ziehen. Als würden die Toten ihre Hände aus dem Boden schieben, um mich zu sich zu holen.

Ich kann hier nicht sterben.

Darf es nicht.

Weil es bedeuten würde, dass ich Emily im Stich lasse.

Erschöpft kippe ich zur Seite und spüre, wie das Eisen aus meiner Hand gleitet. Gekrümmt liege ich im Dreck, spüre, wie sich spitze Steine in meinen Körper bohren und mein Bewusstsein immer weiter abdriftet.

Langsam drehe ich meinen Kopf und starre nach oben in den sternenklaren Nachthimmel. Golden tanzen die längst verlorenen Punkte über mir und formen Sternbilder, die ich aufgrund meiner körperlichen Verfassung nicht erkennen kann, obwohl sie sich so tief in mein Gedächtnis gebrannt haben. Der Anblick ist atemberaubend, und doch werde ich ab jetzt nie wieder in die Sterne blicken und etwas Schönes dabei empfinden können. Sollte ich die Nacht überhaupt überstehen ...

Meine Lider schlagen immer wieder auf und zu, trotzen dem Schwindel so gut es geht. Aber er ist zu stark, ich zu schwach. Ein letztes Mal betrachte ich den wunderschönen Sternenhimmel, zeichne gedanklich die vom Wind zerzausten Tannenspitzen nach und gebe mich schließlich der Dunkelheit hin.

Ich falle.

Falle und vergesse.

ZWEI

SAWYER

Mein Schädel fühlt sich an, als hätte man ihn durch einen Hochleistungshäcksler gejagt. Dabei lag er heute Nacht lediglich ein paar Mal zwischen den Schenkeln der Zwillinge, die uns kaum Zeit zum Verschnaufen gelassen haben.

Ich schlage die Hand über meine Augen, um der beißenden Sonne zu entgehen, und würde am liebsten wieder pennen. Im Hintergrund plätschert leise der Pool, und auch wenn das Geräusch des Wassers auf andere vielleicht meditativ und entspannend wirkt, geht es mir auf den Sack. Ich brauche vollkommene Stille, um gut schlafen zu können. Wieso zum Teufel bin ich nicht einfach in mein Bett gegangen, als unsere kleine Session am Pool vorbei war? Vermutlich, weil mir die Twins die Kraft nicht nur aus dem Schwanz, sondern auch aus den Beinen gesaugt haben.

Als dann auch noch ein nervtötendes Schnarchen ertönt, ist an Schlaf ohnehin nicht mehr zu denken. Grummelnd stemme ich mich auf und betrachte das Chaos, das wir letzte Nacht hinterlassen haben. Brenda liegt bäuchlings auf der weißen Luftmatratze und treibt wie eine Leiche durch den Pool. Ihre blonden Haare hängen ins

Becken, und ich bin mir sicher, dass ich mir in ein paar Minuten das Gejammer anhören muss, weil das Chlor ihre Spitzen austrocknet. Ihr nackter Arsch ragt in die Morgensonne, und beim Anblick der roten Spuren auf den festen Rundungen muss ich grinsen. Meine Hand passt sich ihrem Hintern jedes Mal perfekt an. Gestern wollte sie es besonders hart, also habe ich ihr den Wunsch erfüllt. Immerhin bin ich ein Gentleman. Manchmal.

Ihre Schwester Brittany schläft auf der Liege neben meiner, hat die Beine an den Bauch gezogen und präsentiert mir einen perfekten Blick auf ihre Pussy, in die wir uns gestern allzu gern gerammt haben. Ob sie wund ist? Sieht ganz so aus. Die beiden Zwillinge hausen seit einigen Wochen bei uns, um ihren herrischen Eltern zu entgehen, und langsam fühlt es sich so an, als wären sie schon immer da gewesen. Ein Teil des Mobiliars, sozusagen. Hin und wieder, wenn Lucien eine Party schmeißt, verirren sich ein paar einsame Seelen zu uns, die dringend eine Auszeit von der realen Welt brauchen. Und welcher Ort wäre dafür besser geeignet als dieser? Wir können hier tun und lassen, was wir wollen.

Seufzend wird Brittany wach, dreht sich auf den Rücken und blinzelt gegen die Sonne an. »Wie spät ist es?«, will sie verschlafen wissen.

Ich werfe einen Blick auf mein Handy, das auf einem Handtuch am Boden liegt, und verdrehe die Augen. Erst sechs Uhr früh. Wir sollten dringend ein Dach über den Pool bauen, der direkt vom Foyer aus zugänglich ist, damit man morgens nicht von der Sonne gebraten wird, wenn man hier einpennt. Die zwei Meter hohe Mauer, die um den Poolbereich gezogen wurde, schützt uns zwar vor dem Wind, aber nicht vor dem Licht.

»Sechs«, erwidere ich knapp. Im selben Moment regen sich auch Lucien und Eden zum ersten Mal. Lucien hat die Nacht am Beckenrand verbracht, während

Eden sich für die Hollywoodschaukel entschieden hat. Man könnte meinen, das hier ist ein stinknormaler Sonntagmorgen im Coldmind. Die ersten Vögel jagen auf der Suche nach Nahrung durch die Lüfte und der wolkenlose Himmel verspricht perfektes Poolwetter.

»Viel zu früh«, jammert Lucien und zündet sich als Erstes eine Kippe an. Ich habe ewig versucht, ihn vom Nikotin wegzubekommen, aber wenn sich der Kerl etwas in den Kopf gesetzt hat, ist man machtlos. Ich bin schon froh, dass er dem Alkohol abgeschworen hat, sonst hätten wir ziemliche Probleme.

»Alter, lebt Brenda noch?« Er nimmt einen tiefen Zug, stößt den Rauch in Kreisen aus und stupst mit seinem Fuß die Luftmatratze an, auf der sie liegt. Keine Reaktion.

»Ihr habt der Kleinen gestern so heftig den Arsch versohlt, dass sie vermutlich noch ein paar Stunden ausgeknockt sein wird«, wirft Eden in die Runde und setzt sich ebenfalls auf. Bei jeder Bewegung quietscht die Hollywoodschaukel und verstärkt meine Kopfschmerzen. Irgendeiner sollte das Scheißteil einölen, sonst fliegt es auf den Müll.

»Hast recht. Ihr Arsch leuchtet wie eine verdammte Supernova. Hab' dir doch gesagt, dass du zu fest zuschlägst, Saw.« Lucien zwinkert mir breit grinsend zu, aber ich präsentiere ihm lediglich meinen Mittelfinger. Ich bin so früh am Morgen nicht für seine übertrieben gute Laune bereit. Dem Kerl scheint vierundzwanzig Stunden, sieben Tage die Woche die fucking Sonne aus dem Arsch. Und auch wenn ich weiß, dass unter seiner Sonnyboy-Fassade grässliche Monster ruhen, nervt er mich gerade mit seinem Tausend-Volt-Grinsen.

»Aufwachen, Schlafmütze. Wäre doch schade, wenn du die Spanking-Spuren nicht mehr vom Sonnenbrand unterscheiden kannst.« Feixend stößt er die Luftmatratze ein weiteres Mal an, und als Brenda sich müde regt, verliert sie das Gleichgewicht. Ihr nackter, geschwächter Körper rutscht von der Matratze und landet platschend im Wasser.

»O Gott, gleich gibt's Krieg«, schwört Brittany und bindet sich die langen blonden Haare zu einem hohen Zopf zusammen. Sie wurde letzte Nacht zwar von unseren Händen verschont, aber nicht von unseren Schwänzen.

Kreischend taucht Brenda auf, keucht nach Luft und funkelt Lucien wutentbrannt an. »Spinnst du? Ich hätte ertrinken können, du Vollidiot!«

»Dann wäre wenigstens Ruhe«, erwidert er und wandert damit auf einem verdammt schmalen Pfad. Die Twins haben einiges auf dem Kasten, seit ich sie trainiere. Brenda stemmt sich aus dem Pool und baut sich splitterfasernackt vor meinem Kumpel auf. Ihre Titten heben und senken sich schnell, so als hätte sie gerade einen der Stauseen im Park durchqueren müssen. Mein Blick gleitet über ihren schmalen, durchtrainierten Bauch hinunter zu den straffen, starken Beinen. Ich habe echt gute Arbeit geleistet. Vor zwei Monaten waren die beiden noch schwache kleine Amseln, die kaum einen Ton über ihre identisch geformten Lippen bekommen haben. Jetzt könnten sie vermutlich Seattles kompletter Männerwelt den Arsch aufreißen, ohne mit den Wimpern zu zucken. Stolz wandert durch meinen Körper und entspannt mich besser, als es eine Meditation je könnte.

»Fick dich, Luce. Nächstes Mal, wenn du angekrochen kommst, weil du Druck ablassen willst, kannst du deine Faust vögeln. Das hier«, sie deutet auf ihren Körper, »bekommst du dann nur noch in deinen Träumen!«

»Ach komm schon, Brenda. Das war ein Spaß.« Lucien verdreht die Augen, zieht erneut an seiner Kippe und macht sie anschließend in der Pfütze aus, die sich unter Brenda gebildet hat. Hinter ihr taucht Eden auf, der sich an ihren nackten Rücken schmiegt und sein Gesicht in ihrem nassen Haar vergräbt.

»Lass ihn reden, Brenda. Keiner von uns kann seine Sprüche so früh am Morgen vor dem ersten Kaffee ertragen.«

»Jetzt fällst du mir auch noch in den Rücken, Mann?« Lucien funkelt Eden entsetzt an. Und während Eden beginnt, Brenda zu beruhigen, indem er ihre Schulter küsst, klettert Brittany auf meinen Schoß. Automatisch landen meine Hände auf ihrer Hüfte und pressen sie noch dichter auf mich. Gegen einen Fick am Morgen hätte ich nichts einzuwenden, immerhin bin ich schon mit einer heftigen Latte aufgewacht.

»Ich gehe jetzt in mein Zimmer. Durch das Chlor sind meine Spitzen sicher schon komplett hinüber!« Wusste ich es doch. Die Leier vom Chlor kenne ich in- und auswendig.

Brenda entkommt Edens Griff, boxt Lucien im Vorbeigehen auf den Rücken und marschiert, wie Gott sie schuf, an uns vorbei. Die beiden sehen identisch aus, aber es gibt ein Merkmal, an dem wir sie voneinander unterscheiden können. Brittany hat ein Muttermal an ihrem Bauch, das Brenda nicht hat. Mehr als einmal haben die beiden sich einen Scherz mit uns erlaubt und sich als die andere ausgegeben. Vermutlich muss man diese Scheiße abziehen, wenn man sich mal eine Gebärmutter geteilt hat. Was weiß ich. Mir ist es jedenfalls egal, welche von beiden unter mir liegt und meinen Namen schreit. So wie es ihnen egal ist, wer sich von uns als Erster in sie rammt. Das zwischen uns und den Zwillingen ist reiner Spaß, mehr nicht. Das Schenken von körperlichen Gefälligkeiten und Flüssigkeiten.

»Komm mit, Brittany. Du musst mir vielleicht die Spitzen schneiden.«

»Aber ich wollte gerade …« Ihre Hand ist bereits unter meine Shorts gewandert, als Brenda sie von meinem Schoß zieht. »Nichts da. Ich brauche dich gerade dringender als Sawyers Schwanz.«

»Bist du dir sicher?«, frage ich die Zwillinge süffisant. Ich hole meinen Steifen heraus, damit sie sehen, was ihnen entgeht, wenn sie jetzt abhauen.

Brittany leckt sich über die Unterlippe, ihre Schwester verdreht nur die Augen. Die Kleine hat heute Nacht anscheinend zu viel Chlor geschluckt. Oder Sperma. Oder beides.

»Sieht echt nach einer Notsituation aus.« Lucien hat sich inzwischen angezogen. Seine blonden Haare stehen wild in alle Richtungen ab, während Eden selbst nach einer durchzechten Nacht immer aussieht wie ein verdammtes Modemagazinmodel. Dieser Wichser wurde mit diesem perfekten Aussehen gesegnet und doch ist er der Bodenständigste von uns. Irgendwas läuft hier definitiv falsch.

»Ihr müsst ohne uns auskommen, Jungs«, sagt Brittany und verzieht ihre perfekten Lippen zu einem Schmollmund.

»Schon okay, ist vielleicht nur eine Morgenlatte. Denkt an das Training nachher.«

Die Zwillinge nicken und marschieren ins Haus, um sich um Brendas Haarunfall zu kümmern. Sobald sie außer Sicht- und Hörweite sind, schlägt plötzlich Yuna Alarm. Unsere Hündin ist der beste Wachhund der Welt, aber bis jetzt hatte sie nur selten etwas zu melden. Eine Tatsache, die uns sofort hellhörig werden lässt.

Eden streift sich sein schwarzes Shirt über, schlüpft in die ebenfalls schwarze Jeans und schließt seinen Gürtel. Seine braunen Haare liegen perfekt, und man sieht ihm nicht an, dass er nur zwei Stunden Schlaf hatte. Ich sage ja: Modelpenner.

»Gott, wieso muss sie ausgerechnet heute so grässlich bellen?« Ich liebe unsere Schäferhündin abgöttisch, und normalerweise ist sie die Entspannung auf vier Pfoten. Sie kläfft fast nie, und wenn, dann nur, wenn wir mit ihr spielen. Aber gerade heute muss sie meinen Schädel mit ihrem Gebell zum Explodieren bringen. Ich sollte ihr antrainieren, mir auf Kommando Aspirin zu bringen.

»Ich schau mal, was da los ist.« Lucien fischt sein Handy aus der Jogginghose und lässt sich auf die Sonnenliege neben mir fallen. Er stinkt nach kaltem Qualm, und am liebsten würde ich ihn in den Pool schmeißen und Shampoo über seinen blonden Schopf kippen, um den Gestank zu vertreiben. Er öffnet die App der Überwachungskameras, die an unserem Grundstück angebracht sind. So haben wir sofort im Blick, wenn etwas nicht stimmt. Durch die Kameras haben wir auch Yuna gefunden, die immer noch alles am Zaun gibt. Vor zwei Jahren streifte sie einsam und verletzt, vermutlich von einem Auto erfasst, durch den Wald. Weder wissen wir, was ihr genau passiert ist, noch, wem sie gehört hat. Seitdem ist sie ein Teil von uns.

»Scheint, als würde da irgendwas vor unserem Tor liegen.« Lucien kratzt sich am Hinterkopf.

»Ein Kadaver vielleicht?«, mutmaßt Eden und lehnt sich gegen eine der Steinsäulen, die nur zur Deko hier rumstehen und eigentlich keinen Nutzen haben, weil über uns nur freier Himmel ist. Na ja, fast keinen Nutzen. Daran vögelt es sich ziemlich gut.

»Alter, es bewegt sich«, murmelt Lucien und kneift die Augen zusammen, sodass eine steile Falte auf seiner Stirn entsteht.

»Was? Der Kadaver?« Eden stößt sich von der Säule ab und tritt auf uns zu. Gemeinsam starren wir auf das Display von Luciens Handy und tatsächlich: Yuna steht direkt vor unserem Tor und kläfft es schwanzwedelnd an.

Die Kameras können nur schwarzweiß aufnehmen, und was da liegt, könnte alles Mögliche sein. Ein Stein, ein totes Tier, der Rucksack irgendeines Campers ... Aber nichts von diesen Sachen würde sich bewegen. Vielleicht hat Lucien Halluzinationen, verursacht durch Schlafmangel?

»Scheiße, ist das ein Mensch?« Eden entreißt Lucien das Handy, zoomt mit der Kamera heran und stürmt los, nachdem er es ihm wieder in die Hand gedrückt hat. Ganz der Samariter, der er ist, lässt er keine Sekunde vergehen, um zur Hilfe zu eilen.

»Eden, jetzt mach mal halblang. Wieso sollte denn ein verfluchter Mensch vor unserem Zaun liegen?«, rufe ich ihm hinterher, aber er hört mich nicht mehr.

»Vielleicht ein Wanderer?« Lucien betrachtet noch einen Moment lang das Handy, bevor er es in seine schwarze Jogginghose stopft und Eden folgt.

Ich ziehe meine Sachen über, schlurfe durch das Foyer und trete ebenfalls nach draußen.

Eden ist inzwischen fast am Tor und bei unserer Hündin angekommen. »Scheiße, Leute. Da liegt wirklich jemand!« Er winkt uns zu sich heran, und auch, wenn ich keine Energie in meinem Körper habe, renne ich ebenfalls los. Vielleicht ist es ja doch ein Wanderer, der sich in den Weiten des Parks verirrt hat und unsere Hilfe braucht? So viel zum ganz normalen Sonntag im Coldmind. Es ist alles andere als normal, dass sich jemand hierher verirrt, immerhin liegt unser Zuhause am sprichwörtlichen Arsch der Welt. Die Einzigen, die uns ab und zu einen Besuch abstatten, sind verfickte Eichhörnchen.

Bevor ich das Tor erreiche, stürmt Yuna auf mich zu, springt an mir hoch und schleckt mir einmal quer über das Gesicht. Stinkende Morgendusche: check. Ich streichle ihre weichen Ohren, gebe ihr einen Kuss auf die Schnauze und wende mich den Jungs zu, die am Eisentor stehen und perplex zu Boden starren. »Und, wer ist es? Irgendein alter Hippie, der sich beim Wandern überschätzt hat?«

»Nein, es ist eine Frau«, erwidert Lucien überrascht. Ich umfasse die Eisenstange und starre den leblosen Körper an, der vor uns auf dem blanken Boden liegt.

Das Erste, was ich von der Seite sehe, ist der knackige Arsch in der hautengen Jeans, die über und über mit Dreck beschmutzt ist. Mein Blick wandert über den Streifen Haut, der zwischen Pullover und Jeans bloß liegt, und mündet an ihrem dunkelblonden Haar, das an den Spitzen rot verfärbt ist. Ihr Gesicht ist zum Himmel gerichtet, aber zu einem großen Teil von ihren Strähnen verdeckt. Mein Puls jagt umgehend in die Höhe.

Sie ist verletzt.

DREI

EDEN

»Fuck, da ist überall Blut!« Ich öffne das Tor, reiße es auf und falle vor dem leblosen Körper der Frau auf die Knie. Lucien und Sawyer stehen hinter mir, während Yuna wieder bellend Alarm schlägt. Waren wir drei eben noch im Halbschlaf, sind wir jetzt wohl alle hellwach.

»Sieht irgendwie übel aus.« Luciens sonst vor Freude triefende Stimme klingt rau.

Ich schiebe ihre verkrusteten Haare zur Seite, um einen Blick in ihr Gesicht zu werfen. »Sie muss schon eine Weile hier liegen, das Blut ist nicht mehr frisch.« Meine Finger fahren über ihre Wange. Ihr Profil ist nicht nur außerordentlich hübsch, sondern ebenfalls blutverschmiert. »Die Wunde an ihrem Kopf sieht heftig aus.« Von ihrem Haaransatz bis zum Ohr zieht sich ein zehn bis fünfzehn Zentimeter langer Schnitt. Die umliegende Haut ist gerötet und wird sich vermutlich entzünden, wenn sie nicht behandelt wird. Ihre Haut glüht und bestätigt meinen Verdacht: Sie hat Fieber.

»Sieht fickbar aus, die Kleine. Ich bin ja dafür, dass du sie verarztest und sie sich bei uns revanchieren darf.« Lucien hat immer nur das Eine im Kopf, aber ich verbeiße mir einen Kommentar.

»Lebt sie überhaupt noch?«, will Sawyer kühl wissen.

»Klar, ich hab doch gesehen, wie sie sich bewegt hat!«, bejaht Lucien.

Ich lasse von ihrem verletzten Gesicht ab, schiebe den Rest ihrer dunkelblonden Haare zur Seite und lege zwei Finger an ihre Halsschlagader. Anfangs finde ich ihren Puls nicht, doch je stärker ich mich fokussiere, desto klarer nehme ich ihren Herzschlag wahr. Er ist trotz der Wunden an ihrem Körper kräftig. »Sie lebt.«

Lucien stößt einen erleichterten Seufzer aus, und auch mir fällt eine tonnenschwere Last von den Schultern. Sawyer hingegen gibt lediglich ein tiefes Knurren von sich.

»Wir müssen sie reinbringen. Die Verletzung am Kopf muss dringend versorgt werden, und wir sollten checken, ob sie weitere Wunden hat.« Ich drehe die junge Frau gänzlich auf den Rücken, aber ihre Augen bleiben geschlossen. Ihre Lippen sind trocken und stehen leicht offen. Sie hat hochstehende, volle Wangenknochen und das Gesicht eines Engels.

»Süßer Mund«, kommentiert Lucien, und ich werfe ihm einen warnenden Blick zu. Dieser Penner kann sich nicht mal zusammenreißen, wenn eine halbtote Frau vor unserem Zuhause auftaucht. Wie nennt man die Menschen, die auf Sex mit Toten stehen? Vielleicht zählt Luce ja dazu.

Was zur Hölle hat sie hergeführt? Da sie keinen Rucksack oder anderweitige Wanderutensilien dabeihat, wird sie wohl kaum hier gezeltet haben. Wenn doch, ist sie lebensmüde. Die meisten Touristen, die sich in den Nationalpark verirren, haben wenigstens einen Guide bei sich, der Ahnung von diesem Gebiet hat und sich blind in den Wäldern auskennt.

»Wir werden sie nicht einfach mit reinnehmen.« Sawyer tritt dichter an die Frau heran und betrachtet ihren Körper mit Missmut. Scheiße, was ist denn sein Problem?

»Alter, Saw. Siehst du nicht, dass die Kleine Hilfe braucht? Wir sind die Einzigen weit und breit.« Lucien hat recht – im Umkreis von zig Kilometern gibt es hier nichts.

»Ich will erst wissen, wer sie ist.« Sawyer deutet auf die Frau, als wäre sie ein Haufen von Yunas Scheiße, in den er mit seinen teuren Schuhen getreten ist. »Hat sie einen Ausweis dabei? Ein Handy? Irgendwas?«

Prüfend wandern meine Hände zu ihrer Jeans. Sie trägt keine Handtasche bei sich, sondern nur die kaputten Kleider an ihrem Leib. In ihren Handflächen stecken mehrere Holzsplitter und ihr schwarzer Pullover ist an der Seite komplett zerfetzt. Wurde sie vielleicht von einem Tier angegriffen? Die meisten Wildtiere hier sind friedlich, solange man sie in Ruhe lässt. Aber vielleicht ist sie einem zu dicht auf die Pelle gerückt? Die Wunde an ihrer Stirn spricht hingegen eher weniger für einen Bärenangriff. Außerdem wäre dann sicher nicht mehr allzu viel von ihrem zierlichen Körper übrig.

»Nun mach schon, Eden. Greif in ihre Jeans.«

»Ich kann das für dich übernehmen«, bietet Lucien – natürlich ganz uneigennützig – an.

Ich ignoriere ihn und taste die hinteren Taschen ihrer dreckigen Jeans ab, doch sie sind leer. Meine Finger schlüpfen in die Vordertasche, finden lediglich eine Kaugummipackung, und wandern schließlich in die andere Seite. Sobald ich deren Inhalt herausgeholt habe, stößt Sawyer einen gefährlichen Laut aus.

Er spuckt neben der Frau auf den Boden und verschränkt die Arme vor der Brust. »Na wunderbar. Sie ist ein verfickter Junkie.«

Ich muss die kleinen Plastiktüten nicht genauer inspizieren, um mir sicher zu sein, dass es sich um Kokain handelt.

»Lasst sie hier liegen.« Sawyer dreht sich um und stößt das Tor wieder auf, um nach drinnen zu gehen.

»Wir werden sie ganz sicher nicht zum Sterben liegen lassen!«, fahre ich ihn an. Der Typ geht mir heute Morgen mächtig auf die Eier, und ich frage mich, was zur Hölle sein Problem ist.

»Eden hat recht, Saw. Sie braucht unsere Hilfe«, stimmt Lucien mir zu. Yuna hat sich inzwischen zu uns gesellt und beschnuppert den Körper der Frau neugierig. Ihr braunschwarzes Fell glänzt in der Sonne, genau wie ihre feuchte Nase.

»Mir egal. Wir holen uns keinen Junkie ins Haus und das wisst ihr. Keine Drogen im Coldmind und damit basta!«

»Und was, wenn sie gar kein Junkie ist?« Nachdenklich sehe ich sie an. Die kleine Stupsnase, die die perfekte Form besitzt. Der sinnliche Mund, der nicht nur in Luciens sexsüchtigem Kopf für heftige Bilder sorgt. Ihre dichten Wimpern, auf die Brenda sicher neidisch wäre. Ganz sachte hebt und senkt sich ihr Brustkorb. Ich werde einen Teufel tun und sie hierlassen, da kann Sawyer sich meinetwegen querstellen.

»Dann ist sie eben kein Junkie, sondern ein Dealer. Noch schlimmer, oder nicht? Wir brauchen niemanden in unserem Haus, der Drogen an andere vertickt und damit Leben ruiniert. Habt ihr vergessen, dass Brenda gerade erst von dem Scheiß runter ist? Soll sie direkt wieder in Versuchung gebracht werden?« Sawyer hat recht. Es gibt nur zwei Regeln in unserem Zuhause: keine Drogen und kein Alkohol. Aber das hier ist schließlich eine Ausnahmesituation.

»Wir wissen nicht, ob sie vertickt«, sage ich scharf.

»Nicht?« Mit diesem Wort ist Sawyer zurück an

meiner Seite und entreißt mir den Stoff. Anschließend wedelt er damit vor meinem Gesicht umher, als hätte ich noch nie zuvor abgepacktes Kokain gesehen. Dabei weiß er am besten, dass ich allein anhand der Körnung erkenne, ob der Stoff gut oder gestreckt ist. »Die Kleine trägt Koks für eine ganze Fußballmannschaft bei sich. Das schreit nahezu nach Dealer, wenn ihr mich fragt.«

»Trotzdem ist sie verletzt. Wenn wir sie hier liegen lassen, sind wir Mörder«, fahre ich ihn an und muss mich zusammenreißen, ihm für diese alberne Show keine reinzuhauen.

Sawyer zuckt mit den Schultern. »Ist ja nicht so, als wäre sie das erste Opfer.« Seine Anspielung lässt mich erstarren. Bevor ich mich auf ihn stürzen kann, hat Lucien sich bereits zwischen uns gestellt. Eine Hand ruht auf meiner Brust, die andere auf Sawyers. So hält er uns auf Abstand, damit wir uns nicht die Schädel einschlagen.

»Jetzt kommt runter, verdammt noch mal! Wir nehmen den Knackarsch jetzt mit rein, Eden versorgt ihre Wunden und dann warten wir, bis sie wach ist und uns ihre Story erzählen kann. Das ist nur fair.«

»Fair«, speit Sawyer. »Ich scheiß' auf fair.«

»Seit wann das?«, fragen Lucien und ich verwundert. »Dir geht es um mehr als um den Stoff, oder? Was hast du für ein Problem mit ihr?« Sawyers Hass auf Drogen ist uns nicht neu, aber das hier geht über stumpfen Zorn hinaus. Das hier ist etwas Persönliches, und dabei bin ich mir sicher, dass die Kleine ihm genauso fremd ist wie uns.

»Keins.« Er presst die Zahnreihen so fest aufeinander, dass es allein beim Anblick in meinem eigenen Mund schmerzt. »Nur die Drogen.«

Wer es glaubt ...

»Also, meinst du, wir können sie einfach reintragen?« Lucien wendet sich mir zu, weil er bei solchen Fragen immer auf mich vertraut. Ich war Sanitäter in Afghanistan und habe mehr Menschen verbluten sehen, als Lucien Sprüche auf dem Kasten hat. Und das sind verdammt viele. Auf keinen Fall will ich, dass ein weiterer Mensch auf dieser viel zu langen Liste landet, nur weil Sawyer einen auf Egomanen machen muss. Keine Ahnung, welche Laus ihm heute über den Sack gelaufen ist, aber er sollte sich schleunigst wieder einkriegen, bevor es noch einen Verletzten gibt. Er kann vielleicht boxen, aber ich kann ganz andere Dinge mit dem menschlichen Körper anstellen. Dinge, die ich im Krieg gesehen und nie wieder vergessen habe.

»Ich denke ja. Sie scheint zumindest keine Brüche zu haben.«

»Gut. Lass mich sie reintragen.« Lucien geht in die Hocke, streichelt einmal flüchtig durch ihr verkrustetes Haar und schickt ein Schmunzeln auf seine Lippen.

»Denk dran: Wir holen sie rein, um sie zu versorgen, nicht, um sie zu vögeln«, rufe ich ihm ins Gedächtnis, für den Fall, dass das Lächeln auf seinen Lippen auf sexueller Vorfreude basiert.

Sawyer tritt wütend gegen das Eisentor und stiefelt mit langen Schritten vor. Scheiße, er sollte eine Runde in den Ring steigen, um sich abzureagieren und wieder klarzukommen.

»*Noch* vögeln wir sie nicht.« Lucien greift unter ihre Kniekehlen und unter ihren Rücken, um sie hochzuheben. Anschließend legt er ihren verletzten Körper fast schon sanft über seine Schulter. »Aber wenn ich mir diesen Arsch so ansehe, weiß ich, was ich mir zum Geburtstag nächste Woche wünsche.«

Yuna gesellt sich an meine Seite, und als ich ihr den Kopf tätschle, hechelt sie wild drauflos. »Gut gemacht, kleine Wachhündin.«

Lucien marschiert auf unseren Hof und trägt den regungslosen Körper über den unebenen Rasen des Coldminds. Und während ich das Tor hinter uns abschließe und ihnen folge, haftet mein Blick an der wundersamen Erscheinung dieser wildfremden Frau.

Eines steht fest.

Die Kleine schreit nach Problemen.

VIER

FAYE

Schwebe ich? Ich könnte schwören, dass ich mich bewege, ohne einen Fuß vor den anderen zu setzen. Meine Lider sind bleischwer, und ich schaffe es nicht, sie zu öffnen. Mich hüllt ein Duft ein, der mir vollkommen fremd ist. Es riecht nach Qualm, gepaart mit dem Geruch eines ... Männerparfüms? Wo zur Hölle bin ich? Mein Körper fühlt sich an, als würde er nicht wirklich mir gehören.

Auf und ab.

Auf und ab.

Auf und ab.

Werde ich getragen? Ich schlage mir eine Hand vors Gesicht, reibe mir über die Augen und spüre eine Berührung an meiner Hüfte. Eindeutig. Ich werde von irgendeinem Kerl getragen. War die Party so heftig? Habe ich mich von einem der Gäste abschleppen lassen? Krampfhaft versuche ich, Raum und Zeit wieder in Einklang miteinander zu bringen, aber in mir herrscht dichter Nebel.

»Bring sie ins Wohnzimmer, Lucien. Ich hole meine Tasche.« Eine warme, tiefe Stimme durchbricht meine rasenden Gedanken. Lucien. Ich lasse mir den Namen durch den Kopf gehen, aber ich bin mir sicher, ihn noch nie in meinem Leben gehört zu haben. Habe ich auf der Party einen Kerl namens Lucien kennengelernt? Mist, ich kann keinen klaren Gedanken fassen.

»Mach ich. Aber beeil dich, bevor ich mit der Kleinen noch Dinge anstelle, die ich nicht anstellen sollte.« Die zweite Stimme ist so nah bei mir, dass sie zu dem Kerl gehören muss, der mich trägt. Ein weiteres Mal versuche ich, die Lider zu öffnen. Ich werde von der beißenden Sonne geblendet und stöhne heiser auf. Scheiße, habe ich gestern Abend so viel getrunken? Ich erinnere mich nicht daran, dass ich überhaupt zu einem Glas Alkohol gegriffen habe! Normalerweise trinke ich nur Wasser auf Partys, um dem Kater am nächsten Morgen aus dem Weg zu gehen. Außerdem hält die alkoholbedingte Euphorie bei mir nie lange an und macht der Übelkeit Platz.

»Wo ...« Mehr schafft es nicht über meine Lippen, weil sich mein Mund trockener als die Sahara anfühlt.

»Da wird wohl jemand wach.« Die Stimme des Mannes, auf dessen Schulter ich hänge wie ein nasser Sack, klingt unfassbar freundlich. Na, immerhin habe ich mich von einem netten Kerl abschleppen lassen?

Mühsam taste ich um mich, und als ich nackte Rückenmuskeln spüre, quieke ich auf. »Lass mich runter!« Ich winde mich, bin aber viel zu schwach. Entweder das oder der Griff dieses Muskelbergs ist zu stark. Vermutlich eine Mischung aus beidem. Ich schirme die Augen vor der Sonne ab und sehe mich um. Wo zur verdammten Hölle bin ich? Mein Blick bleibt an den Spitzen der Nadeltannen kleben, die das komplette Grundstück umgeben, über das ich getragen werde. Die Party hat im Nationalpark nahe Newhalem stattgefunden. Ob ich immer noch hier bin? Aber wo sind die anderen alle? Wo ist Emily? Ein heiseres Stöhnen entflieht mir, während der Kopfschmerz bis in meine Wirbelsäule zieht und sich dort munter einnistet.

»Lass mich runter«, wiederhole ich schwach, weil mein Schädel mit jedem Wort zerspringt. Ich muss einen Kater haben, anders kann ich mir die Schmerzen nicht erklären.

»Ein bisschen Geduld brauchst du noch.«

»LASS MICH RUNTER!« Scheiß auf den Kopfschmerz. Ich will nicht mehr von einem Wildfremden getragen werden. Ich will wissen, wo zum Henker meine Freundin ist und wieso dieser Kerl sich einbildet, mich anfassen zu dürfen!

»Ist ja gut.« Er bleibt stehen, zieht mich wie einen alten Lappen von seiner Schulter und stellt mich auf die Füße. Doch als er mich loslässt, kippen meine Knie zur Seite. In letzter Sekunde stützt er mich. Atemlos blicke ich auf und treffe auf zwei eisblaue Augen, die mich amüsiert mustern. Der Typ ist riesig! Seine blonden Haare sind ein wildes Durcheinander, sein Gesicht ist maskulin, aber nicht zu kantig. Unter dem einzigartigen Augenpaar befindet sich eine gerade Nase, darunter schmale Lippen, die nach oben verzogen sind.

»Siehst du jetzt, wieso ich dich trage? Du kannst dich kaum auf den Beinen halten.« Mit einem breiten Grinsen schnappt er erneut nach meiner Hüfte und wirft mich wieder über seine Schulter, als würde ich so viel wie eine Erdnuss wiegen. Ein schwacher Protest liegt auf meinen Lippen, während ich mir Mühe gebe, mich nicht auf seinen nackten Rücken zu übergeben. Der Typ ist halbnackt. Ich voll angezogen. Wir scheinen also keinen Sex gehabt zu haben. Aber wieso zur Hölle bin ich dann hier? Ich erinnere mich nicht daran, dass ich ihn auf der Party gesehen habe. Und verdammt, an dieses Gesicht würde ich mich erinnern, oder?

»Emily«, murmle ich erschöpft und muss mir Mühe geben, nicht einzuschlafen. Mir tut alles weh. Hat mich vielleicht ein Zug überrollt? Oder ein Panzer? Denn genau so fühle ich mich. Mein Gesicht glüht, als hätte ich die Nacht nicht am, sondern *im* Lagerfeuer verbracht. Die Location der Party war wirklich schön. Es gab mehrere Baumstämme, auf denen man sitzen konnte, eine selbst errichtete Bar zwischen den Tannen und freien Blick auf den Sternenhimmel.

»Hm?« Der Typ nimmt eine kurze Treppe und stößt anschließend eine Tür auf. »Ist das dein Name? Emily?«

Matt schüttle ich den Kopf und kralle mich an seinem Rücken fest wie ein Kätzchen an einem Kratzbaum. »Nein …«

Sobald wir in dem Gebäude sind, empfängt mich kühle Luft. Er trägt mich unbeirrt weiter, eine zweite Treppe hinauf und legt mich schließlich auf einem weichen Sofa ab. Krächzend rolle ich mich zusammen und lasse meinen Blick durch den Raum schweifen. Die Wände bestehen aus grauen Steinen und erinnern an den Charme eines alten Schlosses. Der Boden aus schwarzem Marmor, der in starkem Kontrast zu den hellen Möbeln steht. Die Decken sind wahnsinnig hoch, und eine Gänsehaut ummantelt mich, weil es hier drin genauso kalt ist, wie die Wände wirken. Träume ich etwa? Dieser Ort wirkt so surreal, genau wie die Tatsache, dass ich nicht weiß, wie zum Teufel ich hierhergekommen bin. Sollte ich mir langsam ernsthafte Sorgen machen? Dieser Typ mit den eisblauen Augen wirkt auf den ersten Blick zwar nicht wie ein Vergewaltiger, der Frauen schamlos ausnutzt, aber was, wenn ich mich täusche? Augenblicklich überrollt mich eine Gänsehaut und ich würde am liebsten laut um Hilfe schreien, wäre mein Hals nicht so staubtrocken.

»Ist sie wach?« Die zweite warme Männerstimme von vorhin ertönt und lässt mich zusammenfahren. Neben dem blonden Schönling taucht ein weiterer Kerl auf. Seine Haare erinnern mich an köstliche Zartbitterschokolade. Augenblicklich knurrt mein Magen. Wie lange habe ich nichts mehr gegessen? Gab es auf der Party Snacks? Wieder etwas, an das ich mich nicht erinnere. Fuck. Ich habe einen fiesen Blackout. Einen so fiesen, dass ich mir vorkomme, als wäre ich in einem falschen Film. Ich habe die Hangover-Teile nie gesehen, aber ich bin mir sicher, dass sich die Kerle so gefühlt haben müssen. Fehlt nur noch, dass ein verdammter Tiger neben dem Sofa auftaucht.

»Wie geht es dir?« Der Braunhaarige kniet sich vor das Sofa, auf dem ich liege, und betrachtet mein Gesicht besorgt. Sehe ich etwa so scheiße aus? Er hingegen ist traumhaft schön. Wenn ich dachte, dass der Blonde schon an Attraktivität kaum zu überbieten ist, dann habe ich mich getäuscht. Unter den dunklen Brauen liegen zwei braune Augen, die mich ebenfalls an geschmolzene Schokolade erinnern. Umgeben sind sie von so dichten, schwarzen Wimpern, dass jede Frau neidisch werden würde. Ein leichter Bartschatten zieht sich über seine unteren Wangen und über das markante Kinn. Seine Kleidung ist schlicht, besteht lediglich aus einem schwarzen Shirt und einer schwarzen Jeans, aber die Sachen sehen trotz der fehlenden Extravaganz teuer aus.

»Ich ...« ... weiß nicht, was ich sagen soll. »Wer zum Teufel seid ihr? Und wo bin ich hier?« Schützend schlinge ich die Arme um mich, aber das Zittern bleibt.

»Das ist Lucien.« Der Dunkelhaarige deutet auf den Blonden, bevor er sich wieder an mich wendet. »Und ich bin Eden.« Eden. Der Name klingt wie der eines Engels. Scheiße, habe ich jetzt vollkommen den Verstand verloren? Diese Männer könnten sonst was mit mir angestellt haben und ich denke nur daran, wie gut sie aussehen?

»Ich kenne euch nicht.« Vorsichtshalber rutsche ich in die Ecke des Sofas, damit ich Abstand aufbaue und wieder zur Vernunft komme.

»Wir dich auch nicht«, erwidert Eden. »Du lagst vor unserem Tor.« Vor ihrem Tor?

»Wie ist dein Name?«, fragt Lucien und setzt sich auf den beigen Sessel neben dem Sofa. Sein Blick ruht dabei interessiert auf mir. Etwas in seiner Miene erhellt die Dunkelheit, die in mir herrscht. Meinen Filmriss kann er jedoch nicht zusammenflicken. Keiner von beiden kann das, und verdammt, das sollte mir ernsthaft zu denken geben.

»Faye«, entgegne ich mit trockenem Hals. »Faye Chaplin.«

»Schöner Name. Passt zu dir.« Lüstern wandert der Blick des Blonden über meinen Körper. Ich sehe an mir hinab und runzle die Stirn. Meine Jeans ist voller Schmutz, mein Pullover an der Seite zerrissen und ich habe Schürfwunden an meinem Bauch. Augenblicklich beschleunigt sich mein Puls. Was hat man mir angetan?

»Erinnerst du dich daran, wie du hergekommen bist?« Der Braunhaarige stellt eine schwarze Tasche neben sich auf den Boden, öffnet sie und holt Verbandmaterial heraus.

Schmallippig schüttle ich den Kopf, schließe die Augen und versuche krampfhaft, mich daran zu erinnern, was auf der Party passiert ist. Ich weiß, dass ich mit Emily dort war. Dass wir ausgelassen zur Musik getanzt haben. Doch dann ... was ist dann passiert? Hat mir jemand K.-o.-Tropfen verabreicht? Mich abgefüllt? Und danach in den Dreck gestoßen? Waren es vielleicht sogar die Männer selbst, die mich gerade nur in Sicherheit wiegen wollen, damit ich keinen Aufstand mache? Mein Herz schlägt heftig gegen mein Brustbein und das Blut rauscht in meinen Ohren vor Angst. Am liebsten würde ich aufspringen und verschwinden, aber mein Körper verschmilzt mit dem Polster des Sofas. Außerdem versperren mir die Männer den Ausweg und ich bin bei Weitem nicht fit genug, um vor ihnen zu fliehen.

»W-wo bin ich? W-was habt ihr mit mir gemacht?«, frage ich die beiden mir unbekannten Männer krächzend. Eden scheint aufgrund der Trockenheit in meiner Stimme zu bemerken, dass ich am Verdursten bin.

»Sawyer, bring ihr Wasser!« Sawyer? Hieß der blonde Typ nicht Lucien? Noch mehr Verwirrung wandert durch meine Glieder und mündet in meiner Brust. Ich muss hier raus und weg von diesen ominösen Kerlen, die mich angeblich so vorgefunden haben. Ich bin von Natur aus kein skeptischer Mensch, und viele würden mich in die Kategorie ›naives Großstadtmädchen‹ packen, aber alles hieran schreit selbst für mich nach Gefahr.

Dunkle Schritte ertönen auf dem Marmor, und als ein dritter Kerl den Raum betritt und eine Flasche Wasser in der Hand hält, setzt mein Herzschlag aus. Während die anderen zwei mich bis jetzt eher interessiert angesehen haben, könnten mich die Blicke des Dritten fast töten. Seine waldgrünen Augen erdolchen mich mit einer solchen Intensität, dass mir noch kälter wird und sich mein Verdacht weiter verfestigt: Ich bin hier alles andere als sicher. Er ist etwas kleiner als der Blonde, aber nicht weniger muskulös. Unter dem dunklen Shirt, das er trägt, erkenne ich die Konturen seiner Muskeln. Seine ebenfalls braunen Haare hängen ihm wild in die Stirn und stehen in einem starken Kontrast zu den Augen. Den wohl grünsten Augen, die ich je an einem Menschen gesehen habe. Eine silberne Kette verschwindet unter dem Stoff des Shirts.

»Hier. Trink.« Eden reicht mir die geöffnete Wasserflasche, die ich skeptisch mustere. Ich führe sie an meine Nase, um zu prüfen, ob mir der Geruch Bauchschmerzen bereitet.

»Keine Sorge, das ist wirklich nur Wasser. Wir haben nicht vor, dich zu vergiften.« Nicht? Wie kann ich mir da sicher sein? Letztendlich siegt mein Durst, also setze ich die Flasche an meine Lippen und trinke gierig. Sobald ich die ersten Schlucke genommen habe, überkommt mich ein Husten. Ich fühle mich, als hätte ich eine Woche auf einem Hardrockfestival durchgesoffen.

»Wie bist du hergekommen, Chaplin?« Der Blonde beugt sich auf dem Sessel nach vorn und mustert mich intensiv. An seiner linken Hand befindet sich ein schwarzer Ring, den er gedankenversunken mit dem Daumen dreht.

»K-keine Ahnung.« Und es ist die Wahrheit. Vor gefühlt einer Sekunde stand ich noch neben Emily am Lagerfeuer, und zack, jetzt hocke ich in einem Haus, das von innen wie ein Schloss aussieht, und werde von drei Typen niedergestarrt, die ich noch nie in meinem Leben gesehen habe. »Sagt ihr es mir!«

»Wir haben nichts damit zu tun, Faye. Unsere Hündin hat uns auf dich aufmerksam gemacht, wir haben dich vor fünf Minuten zum ersten Mal gesehen.«

»Und das soll ich euch glauben?«, wispere ich und male mir die Chancen aus, die ich gegen drei Männer dieser Statur habe. Das Ergebnis ist niederschmetternd, denn sie könnten mich problemlos zerquetschen.

»Ich sag ja, sie ist auf Droge. Hattest wohl einen schlechten Trip, hm?« Dieser Sawyer spuckt mir die Worte förmlich ins Gesicht. Er hat die tätowierten, sehnigen Arme vor der Brust verschränkt, und augenblicklich durchfährt mich ein Blitz aus Furcht. Er starrt mich an, als würde er mich mit Haut und Haar verschlingen wollen.

»Ich bin nicht auf Drogen«, erwidere ich ehrlich.

»Und was ist dann das?« Der Typ greift in seine Jeanstasche und holt ein paar Tüten mit weißem Pulver hervor. Mühsam rapple ich mich auf, ziehe die Beine an den Bauch und betrachte das Zeug mit wild rasendem Herzen. Ein Knoten entsteht in meinem Hals, der mir das Sprechen erschwert.

»Das ist nicht von mir!«

»Es steckte aber in deiner Hosentasche.« Der Typ feuert die Tüten auf den kleinen Glastisch neben dem Sofa und baut Distanz auf. Sobald er mir nicht mehr so nah ist, geht es mir etwas besser. Aber jeder Atemzug schmerzt weiterhin, als würde ein Dolch in meiner Lunge stecken. Panisch taste ich meine Brust ab, aber dort ist nichts. Nur der dreckige, zerrissene Stoff meines Pullovers.

»Ich weiß nicht, wie es in meine Tasche gekommen ist!«, versichere ich den Männern. »Ich war auf einer Party mit meiner Freundin Emily. Und auf einmal ... auf einmal ...«

»Auf einmal was?« Der Mann mit den vollsten Wimpern dieser Welt legt seine Hand auf meinen Unterarm und drückt sanft zu. In seinen Augen liegt so viel Mitgefühl, dass die Kälte langsam aus meinem Körper weicht. Ich kenne diesen Mann nicht, aber etwas an ihm beruhigt mich. Seine Stimme, seine Aura, sein ganzes Sein. In mir schreit es förmlich danach, mich in seine Arme zu werfen, wohl wissend, dass ich einem Trugbild erliegen könnte. Aber ein Teil in mir glaubt ihnen diese alberne Story sogar.

»Auf einmal trägt mich ein wildfremder Kerl durch die Gegend!« Ich deute auf Lucien, der sich jetzt amüsiert zurücklehnt und mich mit einem Grinsen mustert, das ein Grübchen auf seiner Wange entstehen lässt. Wie alt sind diese ominösen Typen überhaupt? Locker über fünfundzwanzig, wenn mich mein Gefühl nicht täuscht.

»Ich glaube ihr kein Wort. Sie hat sich eindeutig zu viel eingeworfen und hat deshalb einen Blackout. Ich will keinen Junkie hier haben und ihr solltet es auch nicht wollen.« Plötzlich ist die Kälte wieder da, nur zehnmal stärker. Dieser Vollidiot Sawyer bezeichnet mich doch nicht ernsthaft als Junkie? Nach allem, was ich in den letzten Monaten durchgemacht habe? Wenn er wüsste, was meinem Bruder passiert ist, würde er diese Worte nicht in den Mund nehmen!

»Ich. Bin. Kein. Junkie!«, fauche ich ihn an und ignoriere, dass mein Körper zu schwach für einen Streit ist. »Keine Ahnung, woher diese verdammten Drogen stammen, aber sie gehören nicht mir!«

»Tja, dumm nur, dass ich dir nicht glaube«, erwidert er scharf. Unsere Blicke verkeilen sich ineinander, und ich habe Angst, als Erste wegzusehen. Ich befürchte, dass ich in Flammen aufgehe, wenn ich seinem Blick nicht standhalte. Alles an diesem Kerl schüchtert mich ein.

»Sawyer, jetzt reiß dich zusammen. Siehst du nicht, dass sie eine Kopfverletzung hat? Wäre nicht unwahrscheinlich, dass der Filmriss daher stammt.« Der Engel unter den dreien legt seine Hand unter mein Kinn, dreht meinen Kopf zur Seite und betrachtet eingehend meine Stirn. Meine Finger wandern an die Stelle, die er taxiert. Mich durchfährt ein heftiger Schmerz und ich presse die Augen zusammen.

»Du hast einen Schnitt an deiner Stirn. Hast du eine Ahnung, wie es dazu gekommen ist?«, will Eden wissen.

»Nein.« Eine Träne stiehlt sich aus meinem linken Auge. »Nein, ich weiß nicht, wieso ich verletzt bin. Geschweige denn, wie ich hergekommen bin. Wart ihr auch auf der Party?«

Eden schüttelt den Kopf und verharrt mit seinen Fingern an meinem Kinn.

»Wie gesagt, du lagst bewusstlos vor unserem Grundstück und wir haben keine Ahnung, woher du kommst«, erklärt Lucien und kratzt sich am Hinterkopf. Es fällt mir schwer, nicht die ganze Zeit auf seinen nackten Oberkörper zu starren wie ein Spanner. Seine dunkle Jogginghose sitzt so tief, dass einem nicht viel der Fantasie überlassen wird. Im Moment habe ich wirklich größere Sorgen, Herrgott!

»Bin ich noch im Nationalpark?«, frage ich missmutig. Ich will nur noch heim. Will wissen, was passiert ist und dann die nächsten fünf Nächte durchschlafen, bis der Schmerz in meinem Schädel nachlässt.

Eden nickt stoisch. »Ja, du bist noch im Nationalpark. Eigentlich verirrt sich hier nur selten jemand hin, vor allem nicht allein. Partys gibt es hier eigentlich nie. War sie offiziell?«

»Soweit ich weiß, war die Party illegal. Sie hat in der Nähe von Newhalem stattgefunden.« Genau genommen weiß ich es nicht, weil Emily mich dazu überredet hat, mitzukommen. Ob sie mich schon sucht? Oder hat sie mal wieder eine ihrer Phasen, in der sie mich am ganzen Leib spüren lassen will, wie wütend sie auf mich ist? Ja, wir sind noch befreundet, aber unsere Freundschaft steht nicht auf dem stabilsten und gesündesten Fundament. Es wäre ihr zuzutrauen, dass sie ohne mich nach Hause gefahren ist, weil wir uns gestritten haben. Vielleicht ist das hier auch ein riesiger Prank. Ist Emily auch hier und lacht sich hinter einer der zahlreichen Türen eins ins Fäustchen? Aber zu so etwas wäre nicht einmal sie fähig, oder? In den letzten Monaten hatte ich das Gefühl, sie kaum noch zu kennen, aber kann ein Mensch sich wirklich innerhalb weniger Monate grundlegend verändern?

»Ich glaube dir nicht. Wir sollten sie zum Teufel jagen.« Sawyer steht an einem der Rundbogenfenster und hat die Hände in den Taschen seiner Jeans vergraben.

»Erst werde ich ihre Wunden versorgen«, kontert Eden und kramt erneut in seiner Tasche herum.

»Du wirst sie nicht verarzten, ehe ich nicht weiß, dass

sie clean ist.« Sawyer dreht sich um und funkelt mich hasserfüllt an. Hätte ich mehr Kraft, würde ich mich auf ihn stürzen und ihm die schönen Augen auskratzen. Der Typ hat sie doch nicht mehr alle! Wie oft soll ich noch beteuern, dass ich weder Alkohol noch Drogen zu mir genommen habe?

»Lass sie einfach einen Test machen, dann haben wir Gewissheit«, schlägt Lucien vor. Er hat sich inzwischen eine Kippe angezündet und bläst den Rauch direkt in mein Gesicht. Ein Husten überkommt mich, das ich nicht zurückhalten kann.

»Einen Test?«

»Wir haben Schnelltests hier«, erklärt Sawyer mit zusammengebissenen Zähnen. Gott, wo bin ich hier eigentlich gelandet? Alles an diesem Ort verwirrt mich. Die Optik, die Bewohner, die Schwingungen hier drin ...

»Ich werde keinen verdammten Drogentest machen. Weil ich noch nie in meinem Leben Drogen genommen habe!« Ein wenig Würde möchte ich noch bewahren, wenn ich schon mit dem Filmriss meines Lebens hier aufkreuze. Mitten im Nichts. Umgeben von Tannen, Tannen und noch mehr Tannen. Muskeln, Muskeln und noch mehr Muskeln. Das Testosteron hier drin erdrückt mich beinahe.

Sawyer tritt auf mich zu, und ich erstarre, als er Eden zur Seite schiebt, sich über mich beugt und seine Arme links und rechts neben mir ins Polster drückt. Sein Atem riecht nach Minze, sein Parfüm nach einer frischen Meeresbrise. Sein Gesicht ist genauso schön wie das der anderen beiden, nur auf andere Art und Weise. Es ist spezieller. Unter seinem rechten Auge befindet sich eine feine, kaum sichtbare Narbe.

»Hör mir jetzt zu, du kleiner Junkie. Du wirst den Test machen oder ich schleife dich an deinen Haaren zurück in den Wald und überlasse dich blutend den wilden

Tieren da draußen, bis nur noch ein Brei aus Organen von dir übrig ist.«

»Sawyer, reiß dich zusammen. Siehst du nicht, dass sie Angst vor dir hat?« Eden drängt ihn zur Seite, aber ich kann ihn nicht ansehen, weil mein Blick an Sawyers gekettet ist.

»Das sollte sie auch.« Er dreht sich um und stiefelt davon.

»Achte nicht auf ihn, er hat einen schlechten Tag.«

»Mach einfach den Test, Chaplin.« Lucien steht auf, reicht mir seine Hand und hilft mir auf. Sobald ich stehe, merke ich, wie schwach ich wirklich bin. Dennoch setze ich einen Fuß vor den anderen und fühle mich dabei wie eine senile Oma. Jeder Schritt schmerzt höllisch, aber ich versuche, tapfer zu bleiben.

»Ich fasse nicht, dass er den Scheiß ernst meint.« Eden schmeißt seine Tasche zu und erhebt sich. Seite an Seite mit den beiden Männern schlurfe ich über den Marmor und lasse mich von ihnen in einen Nebenraum bringen. Dort wartet Sawyer bereits auf mich, mit einem weißen Stäbchen in der Hand. Er drückt es mir gegen die Brust, und als ich es an mich nehme, steigt Galle in mir auf. Zum einen, weil mir fürchterlich übel ist, zum anderen, weil ich mich innerlich dagegen sträube, diesen albernen Test zu machen. Wo bin ich hier nur reingeraten? In eine dämliche Komödie?

»Speicheltests sind aus. Setz dich aufs Klo und piss drauf.« Sawyer macht den Weg frei und deutet auf die Toilette. Das Badezimmer ist mit dunkelgrauen Fliesen ausgestattet und sieht wahnsinnig modern aus. Die freistehende weiße Badewanne bietet locker drei Personen Platz. Über dem edlen Waschbecken prangt ein riesiger beleuchteter Spiegel, in den ich jetzt blicke und mich vollkommen erschrecke. Ich sehe katastrophal aus. Überall in meinem Gesicht klebt Blut, der Schnitt an meiner Stirn sieht noch übler aus, als er sich anfühlt. Meine Augen sind gerötet und die Schatten darunter dunkler als Sawyers raue Stimme. Neue Tränen rinnen über meine Wangen und landen in dem kaputten Pullover, der kaum noch meine Haut bedeckt. Das hier kann kein harmloser Prank sein, und diese Erkenntnis lässt mein Herz tonnenschwer werden.

»Komm, lasst sie allein.« Edens Hand ruht auf meiner Taille und ich bin froh, dass er da ist, weil ich sonst vermutlich umkippen würde.

»Sie wird den Test vor unseren Augen machen.« Sawyers Worte lassen mich lieblos auflachen.

»Auf keinen Fall!«

»Ist das echt nötig?«, will Lucien mit erhobenen Brauen wissen.

Hält der Mistkerl gar nichts von einem freien Willen und Privatsphäre?

»Ist es. Und langsam verliere ich die Geduld, also mach endlich den Scheißtest.«

Was zur Hölle ist sein Problem mit mir? Habe ich während meines Blackouts vielleicht etwas getan, das ihn verärgert hat? Habe ich ihm aufs Shirt gekotzt? Seine Karre aus Versehen zerkratzt? Irgendetwas muss ich getan haben, damit er mich wie eine Aussätzige behandelt. Hilfesuchend blicke ich Eden an, dessen Berührung mir Kraft gibt. Sein Daumen streichelt sanft über meine Schulter, und ich weiß nicht, was es ist, aber etwas an ihm gibt mir das Gefühl von Schutz. Seit ich auf Luciens Schulter aufgewacht bin, fühlt es sich an, als befände ich mich im freien Fall. Und Eden ist auf verquere Art und Weise mein Sicherheitsnetz, obwohl ich außer seinem Namen nichts über ihn weiß.

»Ich will, dass nur er hierbleibt«, sage ich mit brüchiger Stimme und deute auf Eden, der so dicht hinter mir steht, dass ich das Heben seines Brustkorbes spüren kann.

Lucien verdreht die blauen Augen. »War ja klar, dass unser Samariter direkt ihr Herz in Beschlag nimmt.« Mit diesen Worten und einem Zwinkern in meine Richtung verlässt Lucien das geräumige Badezimmer.

Sawyer folgt ihm wutentbrannt.

Sobald die Tür ins Schloss gefallen ist, führt Eden mich zur Toilette und dreht sich anschließend um. Er ist von den dreien definitiv der Gentleman und war die richtige Wahl. Murmelnd lege ich den Teststreifen auf dem Badewannenrand ab, knöpfe meine Jeans auf und streife sie mitsamt Slip von meinem Becken. Scheiße, ich habe nie vor einem Typen gepinkelt. Jede Faser meines Körpers schmerzt, als ich mich aufs Klo setze, mir den Teststreifen schnappe und ihn zwischen meine Schenkel schiebe, die ebenfalls schmutzig sind.

»Fertig«, nuschle ich, nachdem ich die Spülung betätigt und mich wieder angezogen habe. Den Teststreifen halte ich in der Hand. Wer zur Hölle hat Drogenschnelltests zu Hause gelagert? Irgendetwas ist an diesem Ort komisch, und ich würde zu gern herausfinden, wer diese Typen sind und warum sie mitten im Wald leben. Die meisten jungen Leute treibt es in die Großstädte und nicht in die Wildnis, in der es vermutlich nicht einmal Internet gibt! Eden dreht sich zu mir um, und obwohl sein Anblick wunderschön ist, kann ich es nicht mehr zurückhalten. Ich falle neben dem Klo auf die Knie, reiße den Deckel wieder auf und übergebe mich schwallartig ins Becken. Meine Kehle brennt, genau wie meine Augen, die immer noch unter Wasser stehen, weil ich mich so gedemütigt fühle.

»Hey, atmen nicht vergessen, Faye.« Eden taucht hinter mir auf, greift in mein zerzaustes Haar und hält es mir aus dem Gesicht. Gleich die zweite Premiere innerhalb weniger Sekunden, schließlich musste mir noch nie jemand die Haare beim Kotzen halten. Erst jetzt merke ich, dass ich den Atem wirklich angehalten hatte.

Meine Speiseröhre brennt wie Feuer, genau wie mein Herz, das sich unsanft zusammenzieht. Ein neuer Schwall an Erbrochenem überkommt mich, und während ich mir die Seele aus dem Leib kotze und Eden mir die Haare hält, geht mir nur eine Frage durch den Kopf.

Wieso erinnere ich mich nicht mehr?

FÜNF

FAYE

»Geht es wieder?« Er ist in keiner Sekunde von meiner Seite gewichen, und während er sanft über meinen Kopf streichelt, verschränke ich die Unterarme auf dem Rand der Toilette und bette meine Wange darauf. Der Schweiß benetzt meinen ganzen Körper, und ich fühle mich, als hätte ich einen Dreitagesmarsch durch den Park hinter mir. War die Party überhaupt gestern Abend? Oder fehlen mir noch viel mehr Teile meiner Erinnerung? Vielleicht irrte ich ja schon seit Tagen durch den Wald? Der Raum muss mit einer Fußbodenheizung ausgestattet sein, denn die Fliesen wärmen meine zitternden Beine, schaffen es aber nicht, die Kälte in meinem Herzen zu vertreiben.

»Geht schon«, murmle ich erschöpft und achte darauf, dass ich den Mund beim Reden gegen meinen Unterarm presse. Ich schmecke sicher nicht nur nach Kotze, sondern rieche auch danach. Wäre es nicht absolut widerwärtig, mit dem Kopf auf dem Klo einzuschlafen, würde ich der Müdigkeit in mir einfach nachgeben. Es klopft an der Tür, und als sie schließlich geöffnet wird, blicke ich auf. Lucien steht im Türrahmen, betrachtet meine vermutlich erbärmliche Erscheinung und grinst wie ein Vollidiot. Er kam noch immer nicht auf die Idee, sich endlich ein Shirt überzuziehen. Da ist anscheinend jemand mächtig stolz auf seine Muskeln.

»Du spuckst echt wie ein Vollprofi, Chaplin.« Ein Zwinkern seinerseits, ein Husten meinerseits. Geht es noch peinlicher?

»Wo ist der Test?« Sawyer taucht neben Lucien auf. Seine Hände sind wieder in den Taschen seiner schwarzen Jeans verschwunden und sein Blick ist genauso eiskalt wie zuvor. Ich habe deutlich größere Probleme als den Hass dieses Typen, aber ich würde zu gern wissen, was ich ihm getan habe, dass er mich so behandelt.

»Liegt auf der Badewanne.« Eden bleibt dicht an meiner Seite und deutet auf den Teststreifen. Und auch wenn ich mir ziemlich sicher bin, clean zu sein, habe ich Angst vor dem Ergebnis. Mir haben noch nie so große Teile meiner Erinnerung gefehlt, und die Ungewissheit darüber, was mir passiert ist, schnürt mir die Luft ab.

Lucien stößt sich vom Türrahmen ab, marschiert zur Badewanne hinüber und schnappt sich den Streifen. Er lehnt sich gegen das Waschbecken, überkreuzt die Beine und blickt rasch auf das Ergebnis. »Negativ, Chaplin.«

Augenblicklich puste ich die angestaute Luft aus meiner Lunge, doch in derselben Sekunde entfacht eine Höllenwut, weil sie mich überhaupt gezwungen haben, diesen dämlichen Test zu machen. Wo ist meine Würde hin?

Sawyer entreißt Lucien den Streifen, wirft einen Blick auf das weiße Stäbchen und spannt den Kiefer an. Ich kann nicht sagen, ob die Anspannung in seinem Gesicht daher kommt, dass er sich ein anderes Ergebnis erhofft hat oder daher, dass er falsch lag.

Eden steht dichter hinter mir, und nur für den Fall, dass ich erneut umkippen sollte, wäre er da, um mich aufzufangen.

»Hab ich doch gleich gesagt!« Wütend funkle ich Sawyer an, der kein Wort mehr gesagt hat, seit er das Ergebnis kennt. »Was? Ist dir jetzt etwa dein Bullshit-Repertoire ausgegangen?« Keine Ahnung, wo meine Kraft plötzlich herkommt, geschweige denn der Mut, diesem Kerl dermaßen ans Bein zu pinkeln. Aber seine arrogante Art geht mir mächtig gegen den Strich.

»Weißt du, was mir nie ausgeht? Wirklich nie?« Sawyer schmeißt den Test hinter sich ins Waschbecken, überbrückt die Distanz zu mir und kommt so nahe, dass ich seinen Atem auf meinem Gesicht spüren kann. Instinktiv halte ich meinen an. Zum einen aus Angst, zum anderen, weil ich gerade etliche Minuten lang Galle gekotzt habe. Er presst mich gegen die Fliesen und sieht aus, als wäre er zu allem bereit. »Die Ideen, wie ich jemanden leiden lassen kann, der mich anlügt. Du glaubst, dass du auf unser Land stolpern kannst und mit der lächerlichen Jungfer-in-Nöten-Nummer durchkommst? Bei den anderen zweien funktioniert es anscheinend, weil sie mit dem Schwanz denken, aber nicht bei mir. Du hast hier nichts verloren, und ich glaube dir kein einziges Wort, das über deine Lippen kommt. Wage es nicht, mich noch einmal so lebensmüde von der Seite anzumachen, wenn du nicht in einem Leichensack im Skagit River enden willst.«

Mir wird schwindelig, weil ich noch immer nicht geatmet habe. Seine Drohung geht mir durch Mark und Bein, lässt mich innerlich erbeben. Ich glaube ihm jedes einzelne Wort.

»Saw, lass endlich gut sein. Und jetzt, wo wir wissen, dass sie clean ist, könnten wir sie vielleicht sogar behalten.« Lucien legt ihm seine Hand auf die Schulter, aber er stößt ihn sofort von sich. Behalten? Was meint er damit? Ich bin sicher kein Spielzeug, das man nach Belieben ›behalten‹ oder ›aussortieren‹ kann wie alte Schuhe. In Sawyers grünen Augen ist ein heftiger Waldbrand ausgebrochen, dessen Flammen auf mich übergehen.

»Ich werde herausfinden, was für eine perfide Show du hier abziehst. Vielleicht hast du die Drogen nicht selbst genommen, aber du hattest sie bei dir, und glaub mir, ich rieche einen dreckigen Dealer auf Kilometer Entfernung.«

Als ich es nicht länger aushalte, stoße ich den Atem aus, lege meine Hände auf seine Brust und schiebe ihn mit letzter Kraft, die ich noch besitze, von mir. »Fick dich!«, brülle ich ihn an. Diesen Kerl, der absolut keine Ahnung hat, was für eine Scheiße er da von sich gibt. Der mich seit der ersten Sekunde angesehen hat, als wäre ich lediglich Müll, den er entsorgen muss, weil er ihm zu sehr stinkt. In meinem Kopf rasen die Gedanken. Versuchen mit aller Macht, die Lücken in meiner Erinnerung zu schließen.

Alles dreht sich, alles schmerzt. Meine Brust, meine Stirn, mein Magen. Jedes Organ in meinem Körper fühlt sich an, als wäre es mit Beton gefüllt. Das Letzte, was ich gebrauchen kann, ist jemand, der auf mich tritt, wenn ich bereits am Boden liege.

»Ich habe keine Ahnung, was für ein Problem du mit mir hast, aber ich lasse mich nicht so von dir behandeln! Ich weiß nicht, wie ich hergekommen bin. Weiß nicht, was mir passiert ist, geschweige denn, wie dieser räudige Stoff in meine Tasche gekommen ist. Wie oft soll ich mich noch wiederholen, bis du es verstehst? Alles, was ich weiß, ist, dass du ein verdammtes Riesenarschloch bist, das keinen Respekt vor Menschen hat, die in Not sind. Wisst ihr was?« Ich wirble zu Eden herum und schiebe auch ihn von mir fort. In diesem Moment will ich niemandem nahe sein. Ich ertrage mich selbst kaum. Am liebsten wäre mir, ich würde einfach wieder ohnmächtig werden, damit ich meine Ruhe finde.

Stille … ich will Stille.

»Ihr könnt mich alle kreuzweise! Fahrt zur Hölle!« Mit dieser mehr oder minder knallharten Ansage marschiere ich aus dem Badezimmer und versuche, mir nicht anmerken zu lassen, wie sehr jeder einzelne Schritt schmerzt. Es ist, als würde ich barfuß über Lava laufen, die langsam in meinen Körper steigt.

Im Hintergrund höre ich, wie die Männer miteinander diskutieren. Meine Lider flattern, meine Kehle brennt noch immer von all der Magensäure und ich habe keine Ahnung, wohin ich gehen soll. Ich erinnere mich nicht daran, hinter welcher Tür sich die Treppe nach unten befindet, aber ich werde einen Weg nach draußen finden und abhauen.

»Wo willst du hin, Faye?« Eden hat mich eingeholt, stellt sich mir in den Weg, aber ich will auch ihn nicht mehr ansehen. Egal wie warm und einhüllend seine Schokoladenaugen sind. Egal wie melodiös seine Stimme klingt. Egal wie engelsgleich sein Name ist. Er scheint mit diesem Psycho befreundet zu sein, und allein dieser Umstand reicht, um ihm etliche Minuspunkte einzuhandeln. Außerdem weiß ich noch immer nicht, ob sie wirklich nichts mit meinem Blackout zu tun haben, und sollte eindeutig vorsichtiger sein. Ich habe mich immer gefragt, wieso Mäuse die Gefahr einer Falle nicht wittern, nur, weil sie der Käse lockt. Ich werde keine Maus sein und diese Kerle sind garantiert nicht mein Käse!

»Weg«, erwidere ich knapp, schiebe ihn schwach zur Seite und laufe los. Stolpere über meine schweren, nutzlosen Beine und kämpfe weiter. Ich muss nach draußen.

Muss den Ort finden, an dem die Party stattgefunden hat. Ich muss zu Emily.

»Faye, du kannst so nicht da raus …«

»Und wie ich kann! Lieber verrecke ich da draußen in der Wildnis, als mir noch mehr Stuss von diesem kranken Bastard anzuhören!«

»Du wirst sterben, wenn du in deiner Verfassung verschwindest. Der nächste Ort ist verdammt weit weg«, hält Eden dagegen, aber ich zucke lediglich mit den Schultern.

»Tut mir leid, kleine Chaplin.« Starke Arme ziehen mich zurück, bevor ich die erste Tür erreichen kann. Lucien zieht mich an seine nackte Brust, und beim Anblick seiner sehnigen, durchtrainierten Unterarme, die mich umfassen und gefangen halten, löst sich mein Widerstand in Luft auf. Gemeinsam mit meiner Wut, meiner Verzweiflung und meiner Angst. Wieso zum Teufel fühlt es sich nur so gut an, von Lucien gehalten zu werden, während Eden mich so intensiv anblickt? Ich kenne die Männer nicht und ich sollte sie auch nicht kennenlernen wollen!

»Wir machen das, um dir zu helfen«, raunt Eden, der jetzt wieder vor mir steht, seine Hand an meine glühend heiße Wange legt und mich besorgt ansieht.

»Was?«, hauche ich benommen. »Was macht ihr?«

Sekunden später spüre ich, wie etwas Spitzes in meinen Oberarm geschoben wird. Ich schlage um mich, will sowohl Lucien als auch Eden von mir treten, aber ich bin machtlos gegen das Gefühl der Schwerelosigkeit, das sich rasend schnell in mir ausbreitet. Durch meinen Körper fließt wie ein kristallklarer Wasserfall, und mir jegliche Kontrolle entzieht. Ein letztes Mal blicke ich in Edens Augen, bevor ich in Luciens Armen zusammensacke und erneut in die Dunkelheit falle.

Stille.

Ich wollte sie so dringend.
Jetzt ist sie da.
Und verschluckt mich.

Leichtigkeit.

Sie durchströmt mich bis in den letzten Winkel meines geschundenen Körpers. Bilder blitzen vor mir auf. Bilder von Feuer, das knisternd in den sternenklaren Abendhimmel steigt. Von Menschen, die ausgelassen tanzen und ihr Leben genießen, als gäbe es keine Probleme, die eine Rolle spielen. Da ist gute Musik, viel Gelächter, Umarmungen, wiegende Tannen. Ich sehe Emily neben mir, kann ihre Blicke auf mir spüren und ihre Hand, die nach meiner greift – wie damals immer. Wir haben Spaß und zum ersten Mal seit einer Ewigkeit ist nichts Negatives mehr zwischen uns. Keine Vorwürfe, keine Verletzungen. Da sind nur wir auf einer Party, die sich erstaunlicherweise gut anfühlt. Zwei Freundinnen, die einfach eine gute Zeit haben.

Doch dann geht alles so schnell. Ihre Miene verfinstert sich, wird von Schatten verschluckt. Sie zieht mich vom Lagerfeuer weg, lässt all die tanzenden Menschen hinter uns und scheint ein genaues Ziel zu haben. Doch welches Ziel? Wohin bringt sie mich? Hat sie keine Lust mehr, mit mir zu tanzen? Will sie etwa schon gehen, obwohl wir gerade erst gekommen sind? Normalerweise ist sie es, die bis zum Morgengrauen tanzt und der Nacht trotzt und ich bin diejenige, die noch vor Mitternacht nach Hause will.

Aber nicht heute, heute will ich mich nicht mehr mit meinen Eltern auseinandersetzen. Ich will mich noch ein wenig länger wie eine ganz normale Frau mit ganz normalen Problemen fühlen. Ein Abend, an dem ich nicht an meinen Bruder und sein Schicksal denken muss. Wieso ruiniert sie es jetzt?

Innerhalb von Sekunden ist das leichte Gefühl, das ich eben noch in meiner Brust empfunden habe, gänzlich verschwunden. Zum ersten Mal seit einer verdammt langen Zeit hatte ich einfach nur Spaß. Ein Spaß, der sich in Luft auflöst, als ich ein Augenpaar unter den Gästen sehe, das mich zurück in die Vergangenheit schleudert und heftig zu Boden wirft. Ein Augenpaar, das mich seit einem Jahr in meinen Träumen verfolgt und dessen Anblick ich kaum ertrage. Doch wer ist dieser Kerl und wieso kann ich sein Gesicht nicht einordnen, obwohl es mich so mitnimmt?

Zurück bleibt nur ein Gefühl.

Hilflosigkeit.

Splitter, die in alle Richtungen geschleudert werden. Blut, das über nackte Haut rinnt. Schmerzen, die jegliches Leichtigkeitsgefühl verschlucken und für immer in die Schwere schicken. Ich fühle mich wie die Beute eines Jägers, der mir bereits dicht auf den Fersen ist und nach meinem Leben trachtet.

Doch wer zur Hölle ist der Jäger?

Und wieso bin ich seine Beute?

»Sie wird wach.« Eine Stimme. Dunkel und rau und wunderschön. Warm und heilsam und doch lässt sie mich erzittern. Schnell schlage ich die Lider auf, und als ich realisiere, dass ich in Edens Augen blicke, rutsche ich hektisch von ihm weg. Ich war doch auf dem Weg aus diesem Haus, oder nicht? Wollte von hier verschwinden und eine Möglichkeit finden, zu Emily zu kommen. Damit ich sie fragen kann, was wirklich passiert ist. Wieder tauchen die Bilder vor meinem geistigen Auge auf. Splitter, Blut, Schmerzen, Jäger, Beute. Kein Platz mehr für Musik, Gelächter und Freude. Wie grelle Blitze jagen sie durch meinen Geist und bereiten mir fürchterliche Kopfschmerzen. Ich versuche mich an die Details meines Traumes zu erinnern, in der Hoffnung, Indizien über die vergangene Nacht herauszufinden, aber es ist, als würde ich auf einen Haufen Puzzleteile blicken, bei denen keines zum anderen passt. Wie sieht das Bild am Ende aus? Und will ich es überhaupt sehen?

Mein Kopf fühlt sich schwer und wie ein Fremdkörper an. Ich taste nach meiner Stirn und fühle das Material eines eng gewickelten Verbands, der vorhin noch nicht da war.

»Hey, alles ist gut.« Eden greift nach meiner Hand, aber ich entreiße sie ihm, als die Wahrheit in mein Bewusstsein sickert. Panisch springe ich vom Bett auf, stolpere in die Ecke des Raumes und kauere mich dort auf den Boden. Ich will über seine Worte lachen, weil sie so absurd sind.

»Alles ist gut?«, frage ich freudlos. »Wenn mich meine Erinnerung – die zugegebenermaßen etwas in Mitleidenschaft gezogen wurde – nicht täuscht, habt ihr mich betäubt.« Ich taste meinen Oberarm ab, in den sie mir die Spritze gejagt haben. Die Stelle fühlt sich leicht taub an, genau wie mein ganzer Körper.

»Das geht auf meine Kappe.« Luciens Stimme lässt mich zusammenfahren. Ich habe nicht gemerkt, dass er ebenfalls hier ist. In diesem Raum mit dem gigantischen, wahnsinnig weichen Bett, in dem ich eben noch lag. Das Zimmer hat mehrere Fenster, durch die ich sehen kann, dass die Sonne bereits hinter den Baumwipfeln des Nationalparks untergegangen ist. Scheiße. Heute komme ich hier also nicht mehr weg, wenn ich nicht unbedingt in der Nacht durch den Wald streifen will wie ein lebensmüder Ranger. Ich könnte nicht einmal die Fährte eines blutenden Tieres lesen.

»Wieso?«, frage ich schluckend. »Wieso sagt ihr mir in einer Minute, dass ihr nichts mit alldem zu tun habt, nur um mich dann zu betäuben? Glaubt ihr wirklich, dass ihr so mein Vertrauen gewinnt?«

Eden sitzt immer noch an der Kante dieses Bettes, während Lucien sich rücklings auf die Matratze fallen lässt. Eine Kippe klemmt zwischen seinen Lippen, die er auch nicht aus dem Mund nimmt, als er mir antwortet. Er hat sich inzwischen umgezogen, trägt eine legere, helle Chinohose und dazu ein dunkles Polohemd.

»Weil du da draußen verreckt wärst, Chaplin. Du hast Fieber, bist verletzt und kannst dich kaum auf den Beinen halten. Wie lange hätte es wohl gedauert, bis dich irgendein Tier als Mitternachtssnack verspeist hätte?« Er schielt zu mir herüber und klopft auf die Matratze. »Und jetzt leg dich wieder hin, du brauchst Ruhe.«

»Was ich brauche ist Gewissheit, dass ihr nichts mit alldem zu tun habt!«

»Zeig ihr die Kameraaufnahmen, Luce.«

Besagter kramt in seiner Hosentasche, fischt ein Handy hervor und wirft es anschließend aufs Bett. »Wenn du den Beweis haben willst, musst du schon deinen süßen Arsch herschwingen. Wir beißen nur, wenn man es will, also komm her.« Seine Anspielung ignorierend stemme ich mich hoch, schlurfe aufs Bett zu und sehe mir die Aufnahme an. Schnell prüfe ich Datum und Uhrzeit und beobachte anschließend, wie die Männer auf das Tor zustürmen und mich vorfinden. Im Dreck liegend, regungslos. Einerseits beruhigt mich die Videoaufnahme, andererseits ploppen tausend neue Fragen in mir auf.

Erschöpft lasse ich mich aufs Bett sinken und möchte vor Verzweiflung heulen wie ein Baby.

»Tut uns leid, wie Sawyer reagiert hat. Der Wichser hat ziemliche Probleme mit seiner Wut«, erklärt Eden überflüssigerweise.

»Erzählt mir was Neues.« Ich nestle an dem Kissen,

auf dem ich sitze. Zu meinem Erstaunen – und Glück – ist der Schmerz nicht mehr ansatzweise so penetrant wie vorhin noch. Wie lange ich wohl weggetreten war, nachdem sie mir die Spritze in den Arm gejagt haben?

»Du warst so fest entschlossen, zu verschwinden und dich in deinen sicheren Tod zu stürzen, dass wir eingreifen mussten. Wir wollten nicht dafür verantwortlich sein, dass du da draußen elendig zugrunde gehst und wir morgen deinen leblosen Körper zur Polizei schaffen müssen.« Lucien zieht an seiner Kippe und mein Blick ruht auf der orangen Glut. Anschließend verschwindet sein schönes Gesicht im Rauch.

»Dafür, dass ihr so ein Problem mit Drogen habt, ist es ganz schön unfair, jemanden auf diese Weise ruhigzustellen«, grummle ich und werfe einen Seitenblick auf Eden. Ihm scheint ihre Herangehensweise am allerwenigsten zu gefallen. Auf seiner Stirn prangen tiefe Sorgenfalten, die ihn jedoch nicht weniger schön machen. Wie kann ein Mann nur so unfassbar perfekt aussehen?

»Besondere Situationen erfordern besondere Maßnahmen, kleine Chaplin. Es kommt nicht oft vor, dass ein schwer verletztes Mädchen ohne Erinnerungen vor dem Coldmind auftaucht.«

»Dem Coldmind?«, hake ich interessiert nach. Da ich meine kaputten Sachen nicht mehr trage, sondern nur noch meinen Slip und ein ziemlich weites schwarzes Shirt, müssen sie mich ausgezogen und halbnackt gesehen haben. Wunderbar. Meine Demütigung ist ein Fass ohne Boden. Ich versuche, meiner Intuition zu vertrauen, aber sie scheint einen ordentlichen Knacks davongetragen zu haben, wenn ich ihnen glaube, dass sie mich nicht ausgenutzt haben, während ich bewusstlos war.

»Wir können dir später deine Fragen beantworten, Faye. Jetzt musst du uns erstmal ein paar Dinge verraten, damit wir dir helfen können.« Eden fährt sich durch die dichten dunkelbraunen Haare. »Was ist deine letzte Erinnerung?«

»Wie gesagt: Ich war auf einer Party irgendwo in der Nähe von Newhalem. Es gab ein Lagerfeuer, einen DJ …« Und ein Augenpaar, das mich vollkommen aus dem Konzept gerissen hat. Doch so sehr ich auch versuche, mehr zu sehen als die Konturen eines Bildes, ich tappe weiterhin im Dunkeln. Keine Ahnung, wer auf dieser Party war, aber mit seinem Auftauchen zersprang auch die ausgelassene Stimmung.

Ich starre Luciens Zigarette so lange an, bis er sie mir ungefragt reicht. Und auch wenn ich nur selten rauche, könnte ich gerade eine Beschäftigung für meine Finger gebrauchen. Ich nehme ihm die Kippe ab, schiebe sie zwischen meine Lippen und ziehe daran. Sobald das Nikotin in meine Lunge strömt, entspanne ich mich etwas.

»Nimm dir die Zeit, die du brauchst, Faye.« Edens Stimme klingt so angenehm und schön, dass man ihm einfach alles verraten will. Jedes dunkle Geheimnis, jeden noch so intimsten Wunsch.

»Ich …« Mit geschlossenen Augen versuche ich, mehr Strohhalme zu finden, an die ich mich klammern kann. »… weiß wirklich nicht mehr.«

»Du warst mit einer Freundin da?«, will Eden jetzt wissen.

Ich nicke.

»Ist sie heiß?« Luciens Frage quittiere ich mit einem Augenrollen. »Deine Freundin, meine ich.«

»Sie steht nur auf Frauen«, nehme ich ihm direkt den Wind aus den Segeln. Doch er verliert das Interesse nicht, stattdessen blitzt in seinen Iriden Herausforderung auf.

»Noch besser. Vielleicht taumelt da draußen ja noch so ein verwirrter Leckerbissen herum.«

»Luce …« Eden stößt ein Knurren aus. »Wir sollten

ihr helfen, herauszufinden, was passiert ist.« Mit diesen Worten wendet er sich wieder mir zu. »Also, deine Freundin war mit dir auf der Party. Hat sie dir irgendetwas über die Leute gesagt, die die Party geschmissen haben?«

Mit geschürzten Lippen schüttle ich den Kopf. Sie hat mir lediglich so lange in den Ohren gelegen, bis ich sie widerwillig begleitet habe. Ich erinnere mich daran, dass wir anfangs sogar wirklich Spaß hatten und es fast wie früher war.

Bevor ich einen weiteren Zug von der Zigarette nehmen kann, hat Lucien danach gegriffen und sie wieder zwischen seine Lippen geschoben. Verdammt, wieso sorgt ein Blick auf seinen wohlgeformten Mund für ein Prickeln in meinem Bauch? Wie kann ich auch nur eine Sekunde an so etwas denken, obwohl gerade mein Gedächtnis in Trümmern liegt? Ach, was sage ich da? Eigentlich liegt seit ein paar Monaten mein ganzes Leben in Trümmern! Genau wie meine Familie, meine Beziehung und mein komplettes Selbstbild. Ich befinde mich an einem Punkt in meinem Leben, an dem ich feststecke.

»Vielleicht hat mir doch jemand etwas verabreicht. Ich meine, so ein Schnelltest kann wohl kaum alle möglichen Drogensorten abdecken, oder?« Auch wenn ich froh darüber war, dass der Test ein negatives Resultat angezeigt hat, wünschte ich mir gerade diese Erklärung herbei. Alles ist besser als das Gefühl, langsam den Verstand zu verlieren.

»Vielleicht. Es kann aber auch sein, dass die Gedächtnislücken von deiner Verletzung kommen. Manchmal sorgt eine Schwellung des Gehirns dafür, dass Erinnerungsschwächen auftauchen. Es könnte sein, dass die Erinnerungen zurückkommen, wenn die Schwellung nachlässt. Fühlst du dich reizbarer als sonst? Anfälliger für Stimmungsschwankungen?« Ich erinnere mich daran, dass ich mich als Kind schon einmal diesen Fragen unterziehen musste, als ich vom Fahrrad gestürzt bin und mir eine heftige Gehirnerschütterung zugezogen hatte.

»Na, vorhin war sie schon sehr gereizt.« Lucien schnappt sich einen Aschenbecher vom Nachttisch und drückt darauf die Kippe aus. Mit einem leisen Zischen erstirbt die Glut. »Ich meine, du hast Sawyer Dinge an den Kopf geworfen, die sich nur die wenigsten trauen würden. Das war echt eine gelungene Show, Chaplin.«

Und ich würde es wieder tun, damit dieser Vollidiot schnallt, dass er so nicht mit mir umspringen kann. »Ich denke schon, dass ich reizbarer bin. Aber wer wäre das in meiner Situation auch nicht?« Ich bette das Gesicht in meine Hände und fahre mir anschließend durchs Haar, das immer noch nach angetrocknetem Blut und Kotze stinkt. Verdammt, eine Dusche wäre gerade eine wahre Wohltat.

»Glaubt ihr, ich habe eine Gehirnerschütterung?«

»Gut möglich. Du hattest heute Morgen Fieber, als wir dich gefunden haben, und deine Wunde sah ziemlich übel aus. Ich habe sie gereinigt und genäht. Außerdem habe ich dir Antibiotika gegeben, du dürftest dich also bald besser fühlen.« Wieder greift Eden nach meiner Hand, und dieses Mal lasse ich es zu. Gerade fühle ich mich unfassbar einsam und ich wünschte, das Händchenhalten würde es leichter machen, mit all dem klarzukommen. Tut es nicht. Dennoch genieße ich die Berührung, weil es mich wenigstens daran erinnert, dass ich nicht allein bin.

»Du hast mich also verarztet?«, frage ich Eden.

Er nickt, während Lucien einfach unbeirrt im Bett liegen bleibt. Die beiden sind so anders als Sawyer. So viel netter, einfühlsamer. In ihrer Nähe fühle ich mich nicht wie eine Schwerverbrecherin, der man die wildesten Dinge unterstellt.

»Sag mal, Chaplin ...« Lucien setzt sich auf, winkelt die Beine an und legt die Unterarme lässig auf seinen Knien ab. Wieso müssen diese Kerle so verflucht gut aussehen? Ich bin in meinem Leben schon vielen Männern begegnet, die mein Interesse geweckt haben, aber nie hat es sich so angefühlt wie bei ihnen. »Woher kommst du eigentlich? Du wirst ja nicht im Wald wohnen, oder?«

»Seattle«, beantworte ich seine Frage und spüre, wie mein Herz verkrampft. Ich vermisse meine Eltern nicht, aber meinen Bruder dafür umso mehr. »Mein Handy!« Gott, wieso habe ich nicht früher daran gedacht? Ich muss einfach Emily anrufen, und schon weiß ich, was letzte Nacht passiert ist. Sie könnte mich abholen und nach Hause bringen. Dann wäre ich spätestens in ein paar Stunden wieder die Gefangene meines trostlosen Lebens, das aus dreckigem Geschirr auf meiner Arbeit und sinnlosen Diskussionen mit meiner Mutter besteht.

»Du hattest keins bei dir, als wir dich gefunden haben.« Edens Worte vernichten meine Hoffnung innerhalb von Sekunden. Dabei bin ich mir sicher, dass ich es auf der Party dabeihatte. Ich verlasse das Haus seit der Sache mit meinem kleinen Bruder nie ohne mein Handy, weil ich im Notfall immer erreichbar sein will, also wo zum Teufel ist es?

»Hast du vielleicht eine Nummer im Kopf, die du anrufen kannst? Die deiner Freundin?«, schlägt Lucien vor.

»Die von Emily nicht, aber die meiner Eltern.« Ich kann mir zwar etwas Besseres vorstellen, als mit ihnen über mein Blackout zu plaudern, aber sie sind mein einziger Lichtblick.

»Ruf sie an.« Eden hält mir sein Handy hin, und sobald ich die Nummer eingegeben habe und das Freizeichen ertönt, klopft mir das Herz bis zum Hals. Es dauert nicht lange, bis meine Mutter abnimmt. Ihre Stimme ist zittrig, brüchig, dünn. Und klingt, als hätte sie gerade erst geweint. In den letzten zwölf Monaten gehörten die Tränen zu ihrer Grundausstattung, immerhin haben wir alle einen Riesenteil unseres Herzens verloren.

»Mom?«, begrüße ich sie krächzend.

»O mein Gott. Faye?« Sie schnappt nach Luft, als hätte sie nie im Leben damit gerechnet, dass ich sie anrufe. Aber es ist keine Freude, die in ihrer Stimme mitschwingt, sondern ein Vorwurf. Wie immer seit einem Jahr.

»Ja, ich bin es. Ich ... hör mal, kann Dad mich vielleicht abholen, wenn ich ihm den Standort schicke? Die Party ...«

»Faye, was hast du nur getan?«, schluchzt meine Mutter völlig aufgelöst. Sofort bin ich in Alarmbereitschaft und kralle meine Nägel in die Matratze. »Du solltest hier nicht anrufen, hörst du? Das ist viel zu gefährlich! Nicht nur für dich, sondern auch für uns!«

»Gefährlich? Wovon redest du da, Mom?«

»Ich weiß, dass du schon lange nicht mehr mein unschuldiges Mädchen bist, aber das? Wie konntest du nur? Wie konntest du so was tun?«

»Wie konnte ich was?«, frage ich perplex und maßlos überfordert. »Ich habe keine Ahnung, was du meinst. Hör zu, ich bin im ...«

»Nein! Sag mir nicht, wo du bist. Und denk ja nicht daran, herzukommen oder mich noch einmal anzurufen!« Mit dieser Abfuhr legt sie auf. Mir rutscht das Handy aus der Hand und landet auf meinen nackten Beinen. Genau wie meine Tränen, die jetzt wieder über meine Wangen rinnen, als wären sie nie fort gewesen. Ich schnappe erneut nach Edens Smartphone, um meine Mutter entgegen ihres albernen Befehls abermals anzurufen, aber sie hat das Telefon inzwischen ausgeschaltet. Ein Schluchzen dringt aus meiner Kehle, das fürchterlich wehtut.

»Hey, dafür gibt es sicher eine plausible Erklärung. Wir werden herausfinden, was passiert ist.« Eden hat sich inzwischen neben mich gesetzt, und obwohl ich niemandem blind vertrauen sollte, sinke ich automatisch an seine Brust. Der Fremde legt seinen Arm schützend um meine Schulter und hält mich. Hält mich, während mein Leben direkt vor meinen tränenverschleierten Augen in tausend Teile zerspringt.

Was habe ich getan?

SECHS

FAYE

Es war kein sonderlich guter Plan, das Bett zu verlassen und mitten in der Nacht durch dieses gruselige Gebäude zu irren, in dem ich mich nicht auskenne. Die Worte meiner Mutter am Telefon gehen mir nicht mehr aus dem Kopf. Was, wenn sie recht hat? Wenn ich etwas Schreckliches getan habe? Wenn ich nicht nur sie, sondern auch meinen Bruder in Gefahr gebracht habe? Oder Emily? Nachdem Eden mir etwas zu essen gebracht, mir eine Dusche erlaubt und weitere Medizin gegeben hat, lag ich zwei Stunden wach und habe mich von links nach rechts gedreht, die dunkle Zimmerdecke angestarrt und nach Erinnerungsfetzen gesucht. Gefunden habe ich nur noch mehr Rauch, der mir die Sicht versperrt. Anschließend habe ich mich auf die Suche nach dem Bad gemacht und mich auf dem Rückweg ins Zimmer dermaßen verlaufen, dass ich keine Ahnung habe, wo ich gerade bin. Alles, was ich weiß: Hinter der großen Holztür, vor der ich stehe, streiten sich die Männer gerade lautstark darüber, was sie mit mir machen werden. Es ist ein wirres Durcheinander von Stimmen, von denen mir vor allem Sawyers scharfer, entschlossener Tonfall Bauchschmerzen bereitet. Als dumpfe Schritte näher kommen, suche ich Schutz hinter einem Eichenschrank im Gang und halte den Atem an. Das Letzte, was ich gebrauchen kann, ist eine weitere Konfrontation mit ihnen. »Sawyer, jetzt warte.« Eden folgt ihm, und als ich mir sicher bin, dass sie weg sind, verlasse ich mein Versteck und taumle – noch immer leicht benebelt von den Schmerzmitteln – über den dunklen Gang.

»Hey, Chaplin!« Mist. Luciens Stimme ertönt hinter mir und lässt mich schneller gehen, doch ehe ich mich hier drin orientieren kann, hat er mich bereits eingeholt. Er zieht mich zurück und ich weiche schutzsuchend von ihm ab, bis ich gegen die Wand und somit direkt gegen die kühlen Steine stoße.

Atemlos blicke ich zu ihm auf und verliere mich in seinen intensiven Augen, deren Farbe sich hier drin in ein dunkles Blau verwandelt hat. In Edens Nähe habe ich mich heute am sichersten gefühlt, während ich in der von Lucien verdammt weiche Knie bekommen habe. So auch jetzt. Er ist mir viel zu nah und doch nicht nah genug. Sein Blick gleitet über mich, bleibt an meinen Beinen hängen und landet wieder in meinem Gesicht. Noch nie habe ich mich körperlich so stark zu einem Mann hingezogen gefühlt, und vor allem nicht in einer so skurrilen Situation.

»Wohin des Weges, kleine Chaplin? Hast du uns etwa belauscht?«

»Ich hau ab. Euer Freund hat anscheinend irgendein Problem mit mir, und ganz ehrlich? Vermutlich hat er sogar recht und ich handle euch nur Ärger ein. Es ist besser, wenn ich verschwinde. Dann könnt ihr ...« Ich suche nach den richtigen Worten, bis mir auffällt, dass ich immer noch nicht weiß, was diese Typen hier eigentlich tun. »... einfach weitermachen. Womit auch immer. Und ich falle niemandem mehr zur Last.«

Mein ganzes Leben lang war ich nur Ballast für

meine Familie, und ich bin es so was von leid, mich so zu fühlen. Mehr als einmal habe ich darüber nachgedacht, einfach zu verschwinden. Seattle zu verlassen und mir irgendwo ein eigenes Leben aufzubauen, immerhin bin ich mit dreiundzwanzig Jahren alt genug für einen Neuanfang. Ich hatte mir sogar schon einen schönen Ort in Florida ausgesucht, aber dann ist die Sache mit meinem Bruder passiert und seitdem gibt es für mich keinen Ausstieg mehr.

»Ich kann dich nicht einfach verschwinden lassen, Chaplin«, raunt er und tritt näher an mich heran. Seine linke Hand befindet sich urplötzlich an meiner Taille, die andere greift nach einer noch feuchten Haarsträhne, die sich vor mein linkes Auge gelegt hat. Jede noch so flüchtige Berührung fühlt sich elektrisierend an, und wenn wir uns unter anderen Umständen getroffen hätten, wäre Lucien vielleicht mein erster One-Night-Stand geworden. Ich habe mich schon immer gefragt, wie es wäre, mit jemandem zu schlafen, den ich nicht kenne. Ob es genauso aufregend ist, wie es sich gerade anfühlt? Dankbar für die Ablenkung von meinem Dilemma lasse ich die Gedanken zu.

»Und wieso nicht?«, frage ich ihn hauchend. Ich fixiere seine Lippen und spüre wieder dieses Kribbeln zwischen meinen Schenkeln, das vollkommen fehl am Platz ist. Weder kenne ich diesen Kerl noch weiß ich, ob ich ihn überhaupt kennenlernen will. Alles an diesem Haus und diesen Männern schreit nach Gefahr. Nach etwas Düsterem. Dennoch lasse ich zu, dass er seinen Mund an mein Ohr führt. »Zum einen, weil Eden dich nicht gehen lassen würde, ohne sich sicher zu sein, dass du klarkommst. Und zum anderen, weil ich noch nicht weiß, wie du schmeckst, Chaplin. So wie du mich gerade ansiehst, gehen dir ähnliche Gedanken durch den hübschen Kopf, hm?« Er lächelt warm. »Das muss dir auch nicht peinlich sein, mir kannst du es anvertrauen.«

Meine Brust drückt sich hektisch gegen das Shirt, das ich trage und von dem ich nicht weiß, wem es gehört. Weil ich der Intensität seiner Nähe nicht mehr standhalten kann, drehe ich den Kopf von ihm weg und mustere den Flur, in dem wir stehen. Irgendetwas muss mich davon abhalten, eine Grenze zu überschreiten.

»Wo zur Hölle sind wir hier eigentlich?«, frage ich Lucien mit dünner Stimme.

»Wie wäre es mit einer kleinen Führung, hm?«, schlägt er im Gegenzug vor und hält mir seinen Arm wie ein Gentleman hin, damit ich mich einhaken kann. Erst zögere ich, dann nehme ich seine Einladung jedoch an.

»Das Coldmind war mal eine Psychiatrie. Sie wurde 1835 gegründet und vor zehn Jahren aufgrund eines ... Vorfalls geschlossen.«

»Das hier war ein verdammtes Irrenhaus?« Mit polterndem Herzen sehe ich zu ihm auf. Ich wusste von Anfang an, dass dieser Ort speziell ist. Kein Wunder, dass ich mich so unwohl fühle. Alles hier drin schreit nach düsteren Gedanken und Gefühlen.

»Irrenhaus, Psychoklinik, Nervenheilanstalt. Nenn es, wie du willst. Sie war auf die Behandlung von psychisch kranken Jugendlichen spezialisiert.«

»Und wieso hier? Wieso mitten im Wald? Gehört der Park hier nicht dem Bundesstaat Washington? Oder dem Land an sich?« Ich fahre mit den Fingerspitzen über die grauen Steine und versuche mir vorzustellen, wie dieses Gebäude noch vor einem Jahrhundert ausgesehen haben muss. Wie viele Menschen hier drin mit ihren inneren Dämonen gelebt haben.

»Das Land wurde erst im Jahr 1968 zum Nationalpark ernannt. Vorher war das hier einfach nur ein unerschlossenes Gebiet.«

»Wow, das ist irgendwie beängstigend.« Ich blicke an die hohen Decken und versuche, meine Atmung unter Kontrolle zu bekommen. Doch auch wenn die Räume hübsch eingerichtet sind, fühle ich mich wie in einem Lost Place. Einem, in dem es spukt. »Und was macht ihr hier?«

Lucien führt mich über eine der Treppen nach unten in die erste Etage, schaltet das Licht an und deutet in den großen Raum hinein, in dem sie mich vorhin aufs Sofa gedrückt haben. Links neben der Couch befindet sich eine gigantische Soundanlage mit Boxen, die fast bis unter die Decke reichen. Auf der rechten Seite steht ein Bücherregal, das beinahe die gesamte Wand einnimmt und hunderte Bücher beherbergt. Vorhin hatte ich gar keine Möglichkeit, mich auf die Details zu konzentrieren.

»Das ist unser Zuhause. Wir stehen auf abgefahrene Locations. Außerdem hat man hier seine Ruhe und kann tun und lassen, was man will. Wir sind hier so weit von der Zivilisation entfernt, dass es keine Sau interessiert.«

»Aber wie zur Hölle ist es überhaupt möglich, hier zu wohnen? Gehört das Gebäude dann nicht trotzdem dem Staat?« So viele Fragen, die durch mich fegen, aber sie alle zu stellen würde Tage dauern. Und so lange werde ich hier definitiv nicht bleiben. Morgen werde ich einen Weg nach Hause finden, auch wenn es bedeutet, dass ich irgendeinen armen Taxifahrer durch die Walachei schicken muss.

»Du bist ziemlich neugierig, kann das sein?« Ein charmantes Lächeln schmückt sein Gesicht, das mich definitiv kälter lassen sollte. Ich zucke mit den Schultern.

»Also ich finde es ja gruselig hier«, erwidere ich, auch wenn mir der Gedanke an einen Ort, an dem man tun und lassen kann, was man will, ohne verurteilt zu werden, verlockend vorkommt. Zu Hause kontrolliert meine Mutter jeden meiner Schritte. Sie war es, die über meinen Kopf hinweg entschieden hat, dass ich nicht studieren darf, sondern arbeiten gehen soll, um unsere Haushaltskasse zu füllen. Und sie war es auch, die mir meine Beziehung verbieten wollte. Zum Glück konnte ich mich wenigstens in diesem Bereich durchsetzen, auch wenn sie am Ende mit all ihren Prophezeiungen recht behalten hat.

»Was macht ihr, wenn ihr in die Stadt müsst? Zum Einkaufen? Zum Arzt? In Newhalem gibt es sicher kaum Geschäfte. Fahrt ihr jedes Mal nach Seattle? Ist das nicht super umständlich?«

»Mit unseren Autos kommt man ziemlich schnell überall hin.« Er zuckt ebenfalls mit den Schultern, während ich mich dichter an seine Seite schiebe. Ich habe vorhin einen Blick aus dem Fenster meines Zimmers geworfen, aber ich habe keine Garage gesehen, geschweige denn ein Auto.

Lucien zieht mich in einen weiteren Gang. »Hier haben die Therapien stattgefunden. Wir haben den ganzen alten Scheiß rausgerissen und es komplett neu eingerichtet.« Schluckend betrachte ich den langen Flur, von dem etliche Zimmer auf beide Seiten abgehen. Die Räume sind alle unterschiedlich groß und einige davon sind nur spärlich möbliert, dienen lediglich als Lagerräume für Staub. Dieses Gebäude ist gigantisch, und dass man sich hier verirrt, ist nahezu unvermeidbar.

»Immer noch gruselig«, murmle ich und betrachte die Räume skeptisch. »Woher weißt du die ganzen Sachen über die Psychiatrie? Und wie lange wohnt ihr hier schon?«

»Seit fünf Jahren. Denkst du, ich ziehe hier ein, ohne mich vorher zu informieren?« Ein Blick in sein Gesicht lässt mich innehalten. Etwas sagt mir, dass er nicht ganz ehrlich mit mir ist. Sie alle sind von Geheimnissen umgeben, und ich weiß bereits jetzt, dass ich sie nicht erfahren wollen sollte.

Wir lassen die ehemaligen Behandlungszimmer hinter uns und nehmen die nächste Treppe, die ins Erdgeschoss führt. Derweil versuche ich krampfhaft, mir den Grundriss dieses Gebäudes einzuprägen, damit ich mich kein zweites Mal verlaufe, sollte ich aufs Klo müssen, aber keine Chance. Ich habe jetzt bereits vergessen, wie man in das Zimmer mit dem Bücherregal kommt.

»Was befindet sich hier?« Ich zeichne mit den Fingern die Klinke aus Messing nach. Mein Blick ruht auf der dazugehörigen Tür.

»Da solltest du lieber nicht reingehen.« Luciens Mundwinkel zucken und wecken somit mein Interesse erst recht. Ich brauche etwas, das mich von dem Chaos in meinem Kopf ablenkt! Von der Tatsache, dass meine Mutter mir befohlen hat, nicht nach Hause zu kommen. Und davon, dass ich immer noch nicht weiß, wo Emily ist. Hätte ich meine Mutter fragen sollen, ob sie etwas über meine Freundin weiß? Aber sie hätte mir ohnehin nicht geantwortet, immerhin konnte sie kaum schnell genug auflegen.

Ich habe jetzt zwei Möglichkeiten: Entweder höre ich auf Luciens Warnung und halte mich von dieser Tür fern, oder ich rebelliere. Die Entscheidung steht schnell fest, und so stoße ich die Tür auf und husche in die Dunkelheit. Im Hintergrund höre ich Luciens leises Lachen, weil ihn meine Entscheidung anscheinend amüsiert.

Mich empfängt neben der Schwärze nur der nasskalte Geruch eines ganz gewöhnlichen Kellers. Es ist stockfinster hier drin, was mich Luciens Duft nur noch intensiver wahrnehmen lässt. Er ist direkt hinter mir, ich kann ihn spüren, auch wenn er mich nicht einmal berührt. Manche Menschen umgibt eine spezielle Aura und

Lucien ist einer dieser Menschen. Ich bin mir sicher, dass sich jeder nach ihm umsieht, wenn er einen Raum betritt.

»Gibt es hier kein Licht?«, frage ich atemlos. Im nächsten Moment knallt Lucien gegen mich, weil ich stehen geblieben bin. Keuchend kralle ich mich in sein Poloshirt, fahre mit den Fingern über seine muskulösen Unterarme und verharre an seinen Handgelenken. Augenblicklich reißt er meine Hände weg und schiebt mich in der Dunkelheit hart gegen die Wand, als hätte ich mit meiner Berührung eine unsichtbare Grenze überschritten. Was habe ich getan? Bis jetzt hatte ich nicht das Gefühl, dass er ein Problem mit Berührungen hat, eher im Gegenteil. Um uns herum nichts als alles umfassende Schwärze. Wieder beginnt mein Herz zu rasen. Schneller und schneller und schneller. Ich spüre seinen Atem auf meiner Stirn, sein Bein, das sich zwischen meine nackten Schenkel schiebt und mich an Ort und Stelle fixiert. Wir sagen nichts, verharren einfach in dieser nahen Stellung. Nach einem kurzen Augenblick weicht sein starrer Körper wieder auf.

»Sorry«, murmelt er und räuspert sich. »Komm weiter, Chaplin. Den coolsten Teil des Hauses hast du noch nicht gesehen.« Er packt mich an der Hüfte, dirigiert mich durch die Dunkelheit. Meine Hände tasten in die Leere, damit ich nicht schnurstracks gegen die Wand renne und mir die nächste Kopfverletzung zuziehe. Lucien schiebt sich jetzt vor mich. Ein Quietschen ertönt, und als schließlich endlich ein Licht angeht, gewöhnen sich meine Augen nur langsam daran.

»Wo sind wir hier?«, frage ich neugierig und werfe einen Blick in den langen Raum, in dem wir stehen. Eine Zelle reiht sich an die nächste. Getrennt durch dicke Steinmauern und verschlossen durch Eisenstangen. Lucien steht direkt hinter mir, ich spüre seinen warmen Körper an meinem. Seinen frischen Duft, der mich umgibt und den Geruch des Kellers übertönt. Er beugt sich seitlich über mich, drückt meinen Körper dichter gegen seinen und hält sich einen Finger vor die Lippen. »Wenn du ganz still bist, kannst du immer noch ihre Schreie hören ...«

»Ihre ... Schreie? Wessen Schreie?« Meine Stimme zittert vor Angst. Oder ist es der Nervenkitzel, der mich so nervös macht? Ohne auf die Konsequenzen zu achten, taste ich hinter mir erneut nach dem dicht gewebten Stoff seines Shirts und halte mich daran fest. Eine Gänsehaut wandert über meine Arme bis in meine nackten Zehen. Hatte er eben noch Probleme damit, von mir berührt zu werden, trennen unsere Körper jetzt nur noch Millimeter.

»In diesen Zellen wurden damals die schweren Fälle festgehalten.« Er beugt sich ein Stück herunter, und als seine Nase über meinen Hals fährt, packe ich den Stoff noch etwas fester.

»Welche schweren Fälle?«, wispere ich stockend. Ich weiß nicht, ob ich aufgrund seiner Nähe so durcheinander bin oder wegen dieser Horrorlocation.

»Hauptsächlich Menschen mit Psychosen, die für andere zur Gefahr wurden. Leute mit Wahnvorstellungen oder Schizophrenien, die jemanden kaltblütig umgebracht haben. Typen, denen man lieber nicht über den Weg laufen wollte. Weder nachts noch tagsüber. Weder hier drin noch da draußen.« Seine Beschreibungen verstärken das Chaos in meinem Kopf. Der Gedanke, dass hier unten Menschen barbarisch festgehalten wurden wie Tiere, lässt meine Kehle austrocknen. Wieso zur Hölle wollte ich unbedingt hier rein? Ich werde heute Nacht sowieso kein Auge zubekommen, und diese kleine Führung trägt nicht gerade dazu bei, dass ich besser schlafen kann. Schließlich befinde ich mich in einer verfluchten Irrenanstalt mitten im Wald!

»Was ist das?« Mein Blick ruht auf der großen, doppelt so breiten Zelle am Ende des Raumes. Im Gegensatz zu den anderen ist diese nicht leer, sondern mit einem riesigen, bequem aussehenden Bett ausgestattet.

»Wenn du nicht auf Livepornos stehst, solltest du lieber nicht nachfragen. Ich habe ja gesagt, dass du hier besser nicht reingegangen wärst.« Belustigung schwingt in seiner Stimme mit. Automatisch gehe ich auf die Zelle zu, auch wenn ich es nicht sollte. Meine Finger greifen nach den Eisenstangen, während meine Aufmerksamkeit auf das große Bett in der Mitte gerichtet ist. Sekunden später ist Lucien wieder hinter mir, drückt mich bestimmend gegen das Eisentor und vergräbt sein Gesicht in meinem Haar.

»Fuck, Chaplin. Hast du eine Ahnung, was mir gerade durch den Kopf geht?«

Völlig überfordert schüttle ich den Kopf. Will ich es überhaupt wissen? Ja. Nein. Ich weiß es nicht. Mein Verstand – oder das, was noch davon übrig ist – schreit Nein. Mein Körper hingegen will, dass er weiterspricht. Dass er mir sagt, was er sich in diesem Moment vorstellt.

»Ich sehe dich schon auf diesem Bett. Gefesselt an Händen und Füßen. Schreiend. Keuchend. Wen von uns willst du? Mich? Eden? Vielleicht sogar Sawyer, obwohl er dich wie Dreck behandelt? Uns ... alle drei? Gleichzeitig?«

Mein Puls jagt in die Höhe, und ich spüre, wie meine Hände von den Gitterstangen abrutschen, weil ich so stark schwitze, obwohl es hier unfassbar kalt ist. Ich starre das rote Laken an und kann nicht verhindern, dass sich in meinem Geist Bilder formen, die da nicht hingehören. Ich sollte mich lediglich darauf konzentrieren, die Wahrheit über letzte Nacht zu erfahren und gesund zu werden, aber es fällt mir schwer, wenn Lucien dabei so dicht hinter mir steht und mir seinen Schwanz gegen den Rücken drückt. Ich spüre, wie er wächst, genau wie dieses diffuse Verlangen in meinem Unterleib, das hier absolut nichts zu suchen hat. Ich schließe flatternd die Augen, kralle mich erneut an den Stangen fest und öffne die Lippen.

»Wir kennen uns doch gar nicht. Wieso denkst du, dass ich das wollen könnte?«

»Ich sehe es in deinem Blick, Chaplin. Glaub mir, ich erkenne Menschen auf der Suche nach Abenteuern, wenn sie vor mir stehen. Du hättest uns längst bitten können, dich nach Seattle zu fahren, und wir hätten es getan, aber das hast du nicht.« Seine beringte Hand ruht jetzt auf meiner Taille, gleitet an meiner Seite hinab und presst anschließend mein Becken ruckartig dichter an seinen Schritt. Mir wird schwindelig. Ich weiß nur nicht, ob es an den Schmerzen oder der Erregung liegt. Vielleicht die Kombination aus beidem. Als seine Fingerspitzen die nackte Haut meiner Oberschenkel berühren, stoße ich ein Wimmern aus.

Falsch. Alles hieran ist falsch.

Ich habe so viel Wichtigeres zu tun, als auf seine Spielchen hereinzufallen, aber mein Körper verrät mich und handelt eigensinnig, indem er ihn gewähren lässt. Auch dann, als seine Finger Richtung Mitte gleiten und hauchzart über den Stoff meines Slips fahren. Er zeichnet den Rand meiner Unterwäsche nach und ich schließe seufzend die Augen. Mit dem Wissen im Hinterkopf, dass ich mich gerade absolut lächerlich verhalte. Aber vielleicht hat Lucien auch recht und ich sehne mich wirklich nach Abenteuern, die bis jetzt einen riesigen Bogen um mein Leben gemacht haben.

»Wetten, dass du schon feucht bist, Chaplin?« Ich sollte den Kopf schütteln, stattdessen gleiten meine Beine sanft auf. Sekunden später wandern seine Finger in meinen Slip. Er passiert meine Vulva, umkreist meinen

Kitzler und dringt anschließend federleicht in mich ein. Und er hat recht. Ich bin feucht, obwohl mein Körper nach den letzten Stunden nicht so reagieren sollte. Dass er überhaupt dazu in der Lage ist, gleicht einem Weltwunder.

»Shit«, murmelt er und vergräbt sein Gesicht in meinem Haar, um mich anschließend noch dichter gegen die Gitterstangen der Zellen zu drücken. Seine Hand ist eingeklemmt zwischen meiner Scham und dem kalten Eisen. Direkt vor uns dieses Bett, das nahezu einladend nach mir ruft. Sein Finger schiebt sich tief in mich und lässt mich überall erzittern. Sein Atem streift mein Ohrläppchen, in das er jetzt sanft beißt. »Ich sagte ja, wir beißen nur, wenn man es will. Und du willst es, nicht wahr? Dafür muss ich dich nicht kennen.«

Ich weigere mich, ihm zu antworten, aber meine Mitte verrät mich ohnehin. Er weiß genau, welchen Druck er aufbauen muss, und während ich meine Stirn an die Stangen sinken lasse, reibt er mich gezielt zum Höhepunkt. Mein Herz rast und ich gebe mir Mühe, nicht lauthals zu schreien, als ich innerhalb weniger Sekunden komme. Durch die Hand eines vollkommen Fremden.

»Hier unten hört niemand deine Schreie, Chaplin. Du wirst perfekt zwischen uns aussehen, weißt du das? Dein Körper ist wie für uns gemacht. Wenn du wieder auf den Beinen bist, werden wir eine Menge Spaß miteinander haben. Entweder das oder du lässt dich von uns nach Hause fahren. Irgendetwas sagt mir aber, dass du gar nicht nach Haus willst.« Ich sollte ihm sofort den Wind aus den Segeln nehmen und ihm sagen, dass es eine Ausnahme war, aber mein Sprachzentrum scheint noch immer ausgeknockt zu sein.

»Da seid ihr ja.« Edens warme Stimme lässt mich erstarren. Was denkt er wohl von mir, wenn er mich so mit Lucien sieht? Seine Hand gleitet aus meinem Slip und ich nutze den Moment, um zur Seite zu springen und Distanz zu Lucien aufzubauen, der sich jetzt lässig gegen das Tor lehnt und mich breit angrinst. Unauffällig schiele ich zu seinem Schritt und beiße mir auf die Unterlippe.

»Was zur Hölle machst du hier unten mit ihr, Luce?«, will Eden vorwurfsvoll wissen.

»Ich habe ihr eine kleine Privatführung gegeben.« Er stößt sich von der Zelle ab, marschiert auf Eden zu und klopft ihm beim Vorbeigehen auf die Schulter. Mit der Hand, die gerade noch in meinem verdammten Slip steckte! Eden taxiert mich misstrauisch, aber sein Blick wird schnell wieder weich.

»Du solltest dich hinlegen, Faye. Das ist eine Anweisung deines Docs.« Seine Mundwinkel verziehen sich zu einem warmen Lächeln, das mich noch stärker ins Schwitzen bringt.

Verdammt, was haben diese Kerle nur an sich? Mit einem letzten Blick auf das gigantische, unberührte Bett gehe ich auf Eden zu und lasse mich von ihm aus dem Keller und in mein Zimmer führen. Auch wenn an Schlaf jetzt ohnehin nicht mehr zu denken ist ...

SIEBEN

FAYE

Wie zu erwarten bekomme ich in dieser Nacht kein Auge zu, weil ich mich mit dieser Ungewissheit im Nacken unmöglich entspannen kann. Durch die hohen Rundbogenfenster scheint das kalte Mondlicht in den Raum hinein und beleuchtet die wenigen Möbel. Das weichste Bett, in dem ich je gelegen habe, zwei kleine Nachtschränke und eine etwas größere Kommode neben der Tür. Auf dem Boden liegt ein großer weißer Flokatiteppich. Sonst ... nichts. Nur ich mit meinen tosenden Gedanken und dem Kribbeln in meinem Bauch, das nicht nachgelassen hat, seit Lucien mich im Keller gegen die Eisenstangen gedrückt und mir Dinge ins Ohr geflüstert hat, die er mir nicht zuflüstern sollte. Immerhin bin ich erst seit einem Tag hier! Und ich sollte definitiv nicht darüber nachdenken, was seine Worte zu bedeuten haben. Ob es wirklich einen Teil in mir gibt, der sich vorstellen könnte, mit ihnen intim zu werden? Ich finde es nicht verwerflich, Spaß zu haben, auch wenn ich eine Person nicht richtig kenne. Aber das? Das ist eine andere Hausnummer, die gerade so gar nichts in meinem Leben zu suchen hat!

Ein Knarzen lässt mich innerlich und äußerlich zusammenfahren, und als die Tür zu meinem Zimmer geöffnet wird, schließe ich die Augen. Das Letzte, was ich gebrauchen kann, ist eine nächtliche Konversation mit einem der Männer. Aber wer zur Hölle kommt überhaupt auf die Idee, mich nachts zu besuchen?

Lucien, um seine versauten Fantasien an mir auszuleben? Oder Eden, um nach mir und meinen Wunden zu sehen? Sicher Letzterer. Egal wer von beiden es ist, meine Knie werden augenblicklich weich und ich wünschte, ich hätte das Shirt anbehalten. Stattdessen liege ich nur noch in Unterwäsche im Bett.

Doch als ich schließlich an meiner Schulter berührt werde, verpuffen beide Varianten einfach in der Luft. Da mich weder Zigarettenrauch umgibt noch Edens markantes Parfüm, kann es nur einer sein.

Sawyer ist hier. Hier in meinem Zimmer. Noch immer halte ich meine Lider geschlossen, damit er nicht bemerkt, dass ich wach bin. Unter der dünnen Bettdecke rast mein Herz und springt mir beinahe vor Angst aus der Brust. Wieso sagt er nichts?

Auf einmal spüre ich eine Hand an meiner Wange. Das Kitzeln von Fingerspitzen, die meine erhitzte Haut berühren. Moment mal ... ich träume, oder? Ich muss träumen. In keinem Universum würde das hier irgendeinen Sinn ergeben. Sawyer hat mir, seit ich wach wurde, zu verstehen gegeben, dass ich nur Ballast bin, den er loswerden will. Wieso berührt er mich dann so zärtlich, als könne ich jeden Augenblick zerbrechen, wenn er zu grob ist?

Er ist mir so nah, dass ich seinen Atem höre und seinen frischen Duft inhaliere. Seine Finger wandern weiter über meine Wange, passieren meine Schläfe und schieben anschließend eine Strähne aus meinem Gesicht. Alles hieran schreit nach Fürsorge, aber es ergibt einfach keinen Sinn!

»Ich wünschte, du wärst nie hier aufgetaucht«, murmelt er rau, und ich bilde mir ein, eine gewisse Niedergeschlagenheit in seiner Stimme wahrzunehmen. Sein Gesicht ist so nah an meinem, dass es ein Kinderspiel wäre, meine Lippen auf seine zu legen. Wieso denke ich auch nur eine Sekunde darüber nach, wie es wäre, ihn zu küssen? Der einzige Grund, wieso ich ihn jemals küssen würde, wäre, um ihn zum Schweigen zu bringen. Damit er aufhört, so viel Nonsens von sich zu geben.

»Wieso?«, erwidere ich schluckend und gebe somit meine Tarnung auf. Was sich als gigantischer Fehler herausstellt. Er reißt seine Finger von meinem Gesicht und legt stattdessen seine Hand an meinen Hals, um mich hart in die Matratze zu drücken.

»Wie lange bist du schon wach?« Jetzt ist seine Stimme wieder kalt wie Stahl. Langsam schlage ich meine Augen auf, und als ich sein Gesicht aus nächster Nähe betrachte, verschlägt es mir die Sprache. Seine rechte Gesichtshälfte wird vom schwachen Mondlicht beleuchtet, die andere liegt im Dunklen verborgen. Ich blicke vollkommen überfordert zu ihm auf, versuche zu ignorieren, dass seine Hand an meiner Kehle liegt und er mich mit ein wenig Druck erwürgen könnte. Wenn ich etwas Falsches sage, könnte er meinem Leben innerhalb von Sekunden ein Ende setzen. Sein Kiefer ist angespannt und es liegt nicht einmal der Ansatz eines Lächelns auf seinen Lippen. Seine Wimpern werfen Schatten auf seine Wangen, von denen ich mir ganz sicher nicht vorstellen sollte, wie es wäre, sie zu berühren.

»Was machst du hier?«, übergehe ich seine Frage krächzend. Ich greife nach seiner Hand und ziehe sie von meinem Hals weg. Sofort geht er auf Distanz, schaltet ein Nachtlicht an, schmeißt einen Rucksack auf mein Bett und öffnet ihn harsch. Ich stemme mich auf meine Ellbogen und betrachte ihn. Sawyer trägt einen schwarzen

Hoodie, der seinen durchtrainierten Oberkörper verdeckt, und eine ebenfalls schwarze Hose. Seine braunen Haare lugen unter der Kapuze hervor und seine grünen Augen sind von tiefen Schatten umgeben.

»Hier. Zieh den an.« Im nächsten Moment landet ein Haufen Stoff auf meinen Beinen. Ich schnappe danach, falte ihn auseinander und zum Vorschein kommt derselbe Hoodie, den auch er trägt.

»Wieso?«

»Zieh das verdammte Scheißteil an!«

Zitternd schlüpfe ich in seinen Pullover, damit er mich nicht länger im BH sieht, und versuche derweil, mir einzureden, dass der Duft in dessen Fasern nichts mit mir anstellt. Dass ich seinen Duft genauso widerwärtig finde wie ihn als Mensch. Aber das wäre eine glatte Lüge. Ich bin noch nie einem Mann begegnet, der ein so interessantes Parfüm benutzt. Dumm nur, dass ein Parfüm nicht über den ekelhaften Charakter eines Menschen hinwegtäuschen kann.

»Und die auch.« Als nächstes reicht er mir eine pinke Jogginghose mit weißen Streifen an den Seiten. Fragend ziehe ich die Brauen hoch.

»Die gehört Brenda. Komm schon, zieh sie an. Wir haben keine Zeit.«

Wer zur Hölle ist Brenda? Bis jetzt habe ich in diesem Haus noch keine andere Frau gesehen, aber diese Psychiatrie umfasst sicher tausend Quadratmeter. Es ist also kein Wunder, dass ich noch nicht jedem, der hier haust, begegnet bin.

Sawyer schließt den Rucksack wieder, schultert ihn und zieht mich vom Bett hinunter, sobald ich angezogen bin. Er wirft mir ein paar Turnschuhe vor die nackten Füße, in die ich ebenfalls steige. Sie sind viel zu eng und drücken an den Fersen. Anschließend bugsiert er mich wenig sanft zur Tür.

»Kannst du mir endlich sagen, was das hier wird?« Langsam bekomme ich Panik. Er steht direkt hinter mir, seine Hand ruht auf meiner Schulter und packt so fest zu, dass es wehtut. Seine Daumen bohren sich in meine Schulterblätter und wenn er noch stärker zudrückt, kann ich die Tränen nicht mehr stoppen.

»Denk nicht daran, zu schreien, sonst muss ich dich anderweitig zum Schweigen bringen.« Die Zärtlichkeit, mit der er mich eben noch berührt hat, ist längst in Vergessenheit geraten. Als er dachte, dass ich geschlafen habe, klang seine Stimme nahezu warm. Herzlich. Jetzt ist da nur noch Eiseskälte. Es ist, als würden zwei Persönlichkeiten in ihm wohnen. Diese hier macht mir Angst und lässt meine Knie schlottern.

Ein Kloß bildet sich in meinem Hals und mein Protest bleibt mir in der Kehle stecken, während Sawyer mich weiter im Dunkeln durch die Psychiatrie führt. Der Charme dieses Gebäudes war schon bei Tag einschüchternd, aber mitten in der Nacht ist die Stimmung nahezu erdrückend. Sobald wir die Eingangstür hinter uns gelassen haben und in die kühle Nacht treten, wird mir schwindelig. Entweder weil die Schmerzmittel nachlassen oder weil ich ahne, was Sawyer hier draußen mit mir vorhat. *Sicherlich kein romantisches Mitternachtspicknick unter den Sternen.*

»Sawyer, bitte tu das nicht.« Aber er reagiert nicht. Führt mich einfach weiter wie eine Schwerverbrecherin über den Hof und steuert das Eisentor an, vor dem ich von ihrer Hündin gefunden wurde.

Sawyer öffnet mit einem Schlüssel das Tor, schiebt es auf und stößt mich nach draußen. Fort von dem vermeintlich sicheren Kokon, raus in die beängstigende Wildnis. Um uns herum ist nur die Schwärze der Nacht, das Zirpen der Insekten und das Rauschen der Nadelbäume im Wind. Es ist furchtbar kalt heute

Nacht, und ich bin froh, dass ich zumindest warme Kleidung trage.

»Wohin bringst du mich? Wenn du mich umbringen willst, kannst du es auch direkt hier machen!« Ich winde mich unter seinem Griff, aber Sawyer ist im Vergleich zu mir ein verdammter Hulk, und ich nur eine winzige Maus, die vor dem Monster mit den stechend grünen Augen fliehen will. Ich bin also doch die verdammte Maus, die in die Falle getappt ist.

»Wenn du nicht endlich aufhörst zu zappeln, fessle ich dich an einen Scheißbaum, Faye. Gleich wirst du dir noch wünschen, dass ich an deiner Seite wäre.«

»Träum weiter«, zische ich ihn an. Dieser Vollidiot hat sie doch nicht mehr alle! Sawyer stapft direkt auf den Wald zu, der die Psychiatrie umgibt. Und auch wenn ich schon einmal hier gewesen sein muss, bleibt das Bild in meinem Kopf blass. Seine Hand ist so fest um meinen Arm geschlungen, dass es sich anfühlt, als würde er mir jeden Moment etliche Knochen brechen, wenn ich mich zu stark wehre, also gebe ich meinen Widerstand auf, um mich nicht unnötig zu verletzen.

Eine Weile laufen wir schweigend nebeneinanderher. Ich nehme seine Anwesenheit immer noch allzu deutlich wahr, aber gedanklich drifte ich langsam ab. Wünsche mich in dieses Bett zurück und stelle mir vor, wie anders alles gelaufen wäre, wenn nicht Sawyer in mein Zimmer gekommen wäre, sondern einer der anderen Männer. Ob sie hiervon wissen? Stecken sie vielleicht sogar unter einer Decke mit ihm, weil sie inzwischen eingesehen haben, dass ich nur Ärger bringe?

Ich verliere vollkommen das Gefühl für Raum und Zeit. Weiß schon nicht mehr, in welcher Richtung sich das Coldmind befindet, geschweige denn wie lange wir schon durch den Nadelwald marschieren. Bei jedem noch so kleinen Geräusch gehe ich direkt vom

Schlimmsten aus. Bären. Pumas. Wölfe. Vermutlich warten sie schon darauf, dass Sawyer mich zum Abschuss freigibt. Können sie meinen Angstschweiß riechen? Ich schon.

Meine Lunge brennt, weil meine Kondition noch nicht auf alter Höhe ist, und meine Augen tun dasselbe, weil ich permanent gegen die Tränen ankämpfe. Ich will vor diesem Arschloch keine Schwäche zeigen.

Als wir schließlich auf einer kleinen Lichtung anhalten, drehe ich mich zu Sawyer um. »Und jetzt? Setzt du mich einfach hier zum Sterben aus?« Denn eins steht fest: Wenn er mich jetzt allein lässt, war es das mit mir. Ich bin noch lange nicht bei Kräften und würde vermutlich orientierungslos im Kreis rennen. Ich habe genug Horrorfilme gesehen, die in solchen Wäldern gespielt haben. Keiner davon ging gut für die Protagonisten aus, vor allem nicht, wenn sie sich getrennt haben und allein waren. Sawyer antwortet nicht, nimmt den Rucksack von seiner Schulter und reicht ihn mir.

»Hier.«

»Wieso?« Trotzig verschränke ich die Arme vor der Brust, aber am liebsten würde ich ihm damit eine runterhauen.

»Da ist Wasser drin. *Nimm ihn.*«

Er greift in die Tasche seiner Jeans und reicht mir ein kleines, rundes Teil. »Und hier hast du einen Kompass.«

»Du bist witzig! Schon daran gedacht, dass es stockdunkel ist und ich nichts sehen kann?« Ich deute nach oben in den mittlerweile bewölkten Himmel. Gleich wird also auch das Mondlicht fort sein und dann war es das endgültig mit meiner Orientierung.

Als Antwort schaltet er eine Taschenlampe an, mit der er mir direkt ins Gesicht leuchtet. Anschließend wirft er sie in meine Richtung. Meine Finger zittern, als ich sie auffange.

»Du setzt mich also wirklich hier aus?«, schluchze ich in der Hoffnung, dass ihn meine Angst umstimmen könnte.

»Dreh dich um.«

Ich trotze seinem Befehl, gebe aber widerwillig nach, als er nach meiner Schulter greift, mich umdreht und sich hinter mich stellt.

»Leuchte auf den Kompass.« Automatisiert mache ich alles, was er mir sagt. Sawyer beugt sich von hinten über mich, starrt auf das kleine Teil in meiner Hand hinab und justiert mich anschließend leicht nach rechts.

»Wenn du den Kurs beibehältst und in diese Richtung gehst, wirst du in ein paar Stunden in Newhalem landen. Von da aus kannst du jemanden anrufen. Deine Familie. Die Polizei. Wen auch immer. Es gibt eine Telefonzelle. Im Rucksack befindet sich Kleingeld. Außerdem gibt es da mehrere Häuser und ein Restaurant. Irgendjemand wird dir sicher helfen. Und wenn nicht …« Er macht eine viel zu lange Pause. »Nicht mein Problem.« Er lässt mich los, aber ich kann nicht. Kann ihn jetzt nicht gehen lassen und allein zurückbleiben. Also schnappe ich nach seinem Hoodie und halte ihn auf. Auch wenn ich ihn verabscheue, weil er mich so behandelt, will ich nicht, dass er geht. In so einer Situation ist es mir lieber, ich habe meinen Feind bei mir, als auf mich allein gestellt zu sein.

»Bitte nicht«, flüstere ich unter Tränen. »Bitte lass mich nicht allein hier zurück. Ich kann morgen früh die Polizei anrufen und von hier verschwinden, aber bitte …«

»Falls du es nicht bemerkt hast: Eden und Lucien wollen dich nicht gehen lassen. Glaub mir, das ist die einzige Möglichkeit.«

»Aber was, wenn ich wirklich in Gefahr bin? Ich kann nicht nach Hause. Ich … ich …« Er legt einen Finger vor meine Lippen und bringt mich zum Verstummen.

Das Gefühl seiner Haut an meiner sollte sich schmerzhaft anfühlen, stattdessen klammere ich mich daran fest.

»Wenn du glaubst, dass es für dich sicherer wäre, bei uns zu bleiben, dann bist du noch viel dümmer, als ich dachte. Der Wald hier will dir nicht wehtun, ich schon.« Damit löst Sawyer sich von mir und verlässt mich mit schnellen Schritten. Ich leuchte ihm hinterher, starre seinen breiten Rücken an und wünschte, er würde umdrehen und mir endlich sagen, dass er nur einen Spaß macht. Dass sein Sinn für Humor echt miserabel ist. Aber er dreht sich nicht um, sieht kein letztes Mal in meine Richtung.

Zitternd und ängstlich verschmelze ich mit dem Waldboden unter mir, jage meine Nägel in den Rucksack und stehe kurz davor, zu kollabieren. Den ganzen Tag lang habe ich tapfer durchgehalten, aber jetzt ist das Fass endgültig übergelaufen. Nein, nicht übergelaufen. Es ist explodiert.

»Sawyer, komm zurück, verdammt!« Erneut leuchte ich in die Richtung, in die er verschwunden ist, aber alles, was ich anleuchte, sind zahlreiche trostlose Baumrinden.

Am liebsten würde ich schreien, ihm hinterherlaufen und ihm meinen Ellbogen ins Gesicht rammen. Aber bei meinem Talent würde ich mich nur verlaufen und den Kurs verlieren, den er mir gezeigt hat, oder irgendwelche hungrigen Tiere anlocken.

Mit dem Ärmel seines Hoodies wische ich über meine tränennassen Wangen, blicke mich in der Dunkelheit um und weiß: Sawyer hat mich gerade in den sicheren Tod geschickt.

ACHT

EDEN

»Wo ist sie?« Ich lasse die Glastür, die vom Foyer in den Poolbereich führt, hinter mir mit Wucht zufallen, und es gleicht einem Wunder, dass sie nicht zerspringt. Im Pool ziehen Brenda und Brittany ihre morgendlichen Bahnen, um sich für das Training mit Sawyer aufzuwärmen. Besagter sitzt auf seiner Liege und sieht mich emotionslos an.

»Wo. Ist. Sie?«, wiederhole ich meine Frage für den Fall, dass er über Nacht unsere Sprache verlernt hat.

»Wo ist wer? Redest du von der armen Maus, die verletzt vor unserem Tor lag? Sawyer hat mir gerade von eurem kuriosen Fund erzählt. Verrückt, oder?« Brenda spitzt ihre Lippen, schwimmt an den Rand des Beckens und steigt aus dem Pool. Ihr olivfarbener Bikini ist so knapp bemessen, dass nicht viel der Fantasie überbleibt.

»Sawyer«, stoße ich seinen Namen warnend aus. »Ich wollte ihr gerade ihre Antibiotika geben. Ihr Bett ist zerwühlt, aber sie lag nicht drin. Ich habe das ganze Haus nach ihr abgesucht. Also, wo ist sie?«

»Wo ist wer?« Lucien tritt an meine Seite, schlürft an seinem morgendlichen Kaffee und blickt in die Runde. Brittany setzt sich an den Beckenrand, während Brenda auf Sawyers Schoß krabbelt und seine ganzen Sachen nass macht.

»Faye ist weg«, erkläre ich Lucien knapp.

»Scheiße!« Er hat sich anscheinend an seinem Kaffee verbrannt. »Sie ist was? Wie meinst du das? Wo soll sie denn sein?«

»Das will ich ja von Sawyer wissen.« Damit wende ich mich wieder unserem Freund zu, der wenig Interesse an meinen Worten zu haben scheint. Mehr hingegen scheinen ihn Brendas Titten zu interessieren. Er öffnet die Schleife des Bikinis in ihrem Nacken und zieht ihr den Stoff vom Körper. Anschließend beginnt er, ihre rosigen Nippel zu lecken, als wären sie gerade das Wichtigste in seinem Kosmos. Er hat uns gestern gesagt, dass er sich dem Problem annehmen wird, und ich kann mir bestens vorstellen, was er damit gemeint hat. Sawyer hatte schon immer seltsame Strategien, wenn es um Problemlösungen ging, aber damit ist er zu weit gegangen.

»Jetzt noch mal von vorn, ich bin noch im Halbschlaf.« Lucien stellt seine Kaffeetasse am Boden ab. »Wo ist die kleine Chaplin? Sicher, dass sie sich nicht einfach wieder verirrt hat? Wer kann es ihr verübeln, das hier ist ein Labyrinth.« Er schiebt sich eine Kippe zwischen die Lippen, zündet sie aber nicht an.

»Sie ist nicht da, glaub mir. Ich habe sie eine halbe Stunde lang gesucht.«

Brenda nestelt an Sawyers Hose, aber ich habe keine Lust auf einen Liveporno, solange Faye weg ist. Ist sie vielleicht freiwillig gegangen? Wäre ja nicht das erste Mal, dass sie es versucht hat. So oder so, ich mache mir Scheißsorgen. Ohne die Antibiotika wird das Fieber nicht zurückgehen und mit Fieber sollte sie garantiert nicht auf eigene Faust von hier verschwinden.

»Brenda, Brittany. Lasst uns allein.«

Brittany steht auf und folgt meiner Anweisung wortlos, ihre zickige Schwester hingegen verschränkt die Arme vor den nackten Titten. Und auch wenn ich weiß, dass sie gerade erst von dem Stoff runter ist und die Gereiztheit die Nachwehen ihres Entzugs sind, nervt sie mich tierisch. »Wer ist die Tussi überhaupt? Ist es nicht scheißegal, ob sie da ist oder nicht?«

»Brenda.« Jetzt ist es Lucien, der sie anspricht. »Schwing deinen verdammten Arsch hier raus und lass uns allein, oder ich werfe dich über meine Schulter und trage dich.«

Widerwillig lässt sie von Sawyers Hose ab, steht auf und schnappt sich fluchend das Bikinioberteil vom Boden. Dann marschiert sie mit genauso wütenden Schritten an uns vorbei. »Ihr zwei wart auch mal witziger.«

»Jetzt sag uns endlich, was du weißt.« Meine Geduld ist normalerweise gut ausgeprägt, aber Sawyer treibt sie seit gestern an ihre Grenzen. Er lehnt sich auf der Liege zurück, schließt seinen Gürtel wieder und verschränkt die Hände hinter dem Kopf, um sich die Sonne ins Gesicht scheinen zu lassen, als gäbe es in seinen Sphären keine Sorgen.

»Ich habe mich um das Problem gekümmert, weil ihr es ja nicht konntet. Vermutlich sind euch die Beschützerhormone zu sehr zu Kopf gestiegen, also gern geschehen.«

»Was hast du gemacht?«, fahre ich ihn an. Lucien entfacht sein Zippo und lehnt sich gegen die Steinskulptur, während ich Sawyer von der Liege zerre und am liebsten einen Uppercut verpassen würde. Faye war nur einen Tag bei uns, von denen sie etliche Stunden aufgrund der Betäubung verschlafen hat, aber das heißt nicht, dass uns egal sein sollte, was mit ihr passiert. Hier geht es nicht darum, dass ihr Leben irgendwem von uns etwas bedeutet, sondern um die Bedeutung eines unschuldigen Lebens an sich. Ich habe bei Weitem zu viele Unschuldige sterben sehen.

»Ich habe sie im Wald ausgesetzt, aber keine Sorge. Wenn die Kleine nicht strohdumm ist, wird sie meinen Anweisungen gefolgt und inzwischen in Newhalem sein.«

Ein Knacken ertönt, als ich ihm meine Faust ins Gesicht ramme und Lucien daraufhin einen anerkennenden Pfiff ausstößt. »Wow, so viel Action hatten wir schon ewig nicht mehr an einem Montag!«

»Fuck, spinnst du?« Sawyer hält sich die Hand vor die blutende Nase. »Du haust mir eine rein? Nach allem, was ich für dich getan habe? Für euch?«, speit er jetzt in Luciens Richtung. »Und das nur für eine Frau, die ihr nicht mal kennt? Ihr wisst nicht, wer sie ist. Was für Leichen sie im Keller hat. Dass ihr euch so aufspielt, zeigt mir, dass es die richtige Entscheidung war, sie wegzubringen. Seit wann lassen wir zu, dass irgendeine Bitch sich zwischen uns stellt?« Sawyer stößt mich zur Seite und tritt auf Lucien zu. Am liebsten würde ich ihm einen weiteren Kinnhaken verpassen, aber ich halte mich zurück. Das Letzte, was ich jetzt gebrauchen kann, ist eine ausgewachsene Schlägerei. Je länger wir mit der Suche warten, desto schwieriger wird es, sie zu finden.

»Wo hast du sie ausgesetzt?«, frage ich, weil ich früh lernen musste, meinen Fokus auf die Lösung, anstatt auf das Problem zu richten. Sawyer hat recht. Ich kenne sie nicht. Aber ich bin mir sicher, dass sie ein Mensch ist, der zur Panik neigt. Außerdem ist sie körperlich ziemlich mitgenommen und wird es in ihrer Verfassung niemals bis nach Newhalem geschafft haben. Dieser Fußmarsch wäre selbst für jemand Gesundes eine Herausforderung.

»Keine Ahnung.«

»Keine Ahnung?«, brülle ich ihn an. Scheiße, heute

müsste ich es sein, der in den Ring steigt, bevor ich etwas vollkommen Unüberlegtes tue.

»Ich bin Richtung Norden gegangen und habe ihr einen Kompass gegeben.«

»Luce? Wo ist Yuna?« Weil ich Sawyers Anblick nicht länger ertrage, wende ich mich ihm zu.

»Sie hat heute Nacht bei mir gepennt. Wieso?«

»Sie kann uns helfen, Faye zu finden. In ihrem Zimmer lag das Shirt, das sie gestern getragen hat. Vielleicht findet Yuna ja eine Spur.«

»Ihr wollt sie suchen?«, blafft Sawyer, dem noch immer das Blut aus der Nase strömt. Der Schlag hat definitiv gesessen. »Ach wisst ihr was? Macht doch, was ihr wollt. Wenn ihr die Prinzessin zurückholen wollt, nur zu. Aber kommt nicht angekrochen, wenn sie alles kaputt macht, was wir uns aufgebaut haben.« Damit stiefelt Sawyer davon, tritt im Gehen Luciens Kaffeetasse am Boden um und verschwindet im Haus. Lucien und ich sehen einander an. Entschlossenheit steht in seinen Augen und fließt gleichzeitig durch meinen Körper.

»Ich gehe Yuna holen.«

NEUN

FAYE

Einige Stunden zuvor

Ich werde hier draußen sterben. Elendig verrecken. Und das Schlimmste ist, dass es vermutlich nicht einmal jemanden interessieren wird. Hätte meine Freundin mich nicht längst suchen lassen müssen? Ab wann gibt man eine Vermisstenmeldung auf? Und hätte meine Mutter mir sonst am Telefon gesagt, dass ich ihr bloß nicht verraten sollte, wo zur Hölle ich stecke?

Mom. Ich wurde schwer verletzt mitten im Wald vor einer verdammt gruseligen Psychiatrie bewusstlos. Eine Psychiatrie, in der heute drei Männer in der Blüte ihres jungen Lebens wohnen. Einer ist mir noch am selben Tag an die Unterwäsche gegangen. Der andere verarztete mich zwar, aber war er deshalb wirklich keine Gefahr? Und der dritte hat mich mitten in der Nacht in dem verfluchten Wald ausgesetzt!

Das würde ich meiner Mutter jetzt gern ins Gesicht schreien, wenn ich denn ein Handy bei mir hätte, das ich benutzen könnte. Vorher würde ich zuerst die Polizei anrufen, damit mich endlich jemand suchen kommt. Ich weiß nicht, wie lange ich schon durch die Finsternis krauche. Das Dickicht knackt bei jedem Schritt unter meinen Füßen, die mir scheiße wehtun, weil die Schuhe einfach viel zu eng sind. Will Sawyer auch noch, dass mir die Füße abfaulen? Reicht es ihm nicht, mich hier allein zurückzulassen?

Ja, er hat mir den Kompass gegeben und die Richtung gesagt, in die ich gehen soll, um nach Newhalem zu gelangen. Aber ich bin mir sicher, dass ich inzwischen vor lauter Hunger, Panik und Müdigkeit gar nicht mehr weiß, was er mir gesagt hat. Erneut knackt es, aber dieses Mal nicht unter meinen Schuhsohlen, sondern weiter entfernt. Hektisch leuchte ich mit der Taschenlampe in die entsprechende Richtung, aber außer zig knochigen Bäumen, die mich hämisch anstarren, sehe ich nichts. Der Wind ist stärker geworden und ich zittere am ganzen Leib, als wäre ich mitten in der Arktis. Doch dann würden hier keine Grizzlys herumlaufen, sondern fiese Eisbären. Mein Magen knurrt, als hätte ich seit einer Woche nichts zu beißen bekommen, obwohl ich vor dem Schlafengehen von Edens Sandwiches abgebissen habe. Die letzte richtige Mahlzeit hatte ich hingegen vor der Party. Mom, Dad, Scotty und ich saßen am Esstisch, aber keiner sagte ein Wort, weil wir Meister darin waren, stumm zu streiten und uns mit Ignoranz zu strafen. Die Zeiten, in denen wir uns beim Essen fröhlich unterhalten haben, waren schon lange vorbei. Und seit zwölf Monaten war beinahe jede zwischenmenschliche Interaktion komplett gestorben. Mein Bruder war immer der Sonnenschein unserer Familie und sein Licht fehlt mir jeden Tag.

Mein Schädel dröhnt, und als schließlich auch noch das letzte Mondlicht über mir von den Wolken verschluckt wird, stoße ich einen Schluchzer aus, der an Theatralik kaum zu toppen ist.

Ich. Werde. Sterben.

Und langsam ist es an der Zeit, mir dessen wirklich bewusst zu werden. Zu allem Übel setzt das Schicksal noch einen drauf, als die Taschenlampe wild flackert und Sekunden später ganz ausgeht.

»Nein, nein, nein!«, stoße ich aus und halte mir die Hand vor den Mund. Wenn ich noch lauter bin, werden mir die ersten Tiere gleich wirklich einen Besuch abstatten. »Das ist doch jetzt nicht wahr!« Sollte ich es hier raus schaffen, werde ich Sawyer umbringen. Langsam. Ganz langsam. Doch egal wie intensiv und detailreich ich meinen ohnehin niemals in Erfüllung gehenden Rachefeldzug plane, es kann nicht verhindern, dass ich endgültig in Panik verfalle. Meine Schritte werden instabiler, genau wie mein Rumpf. Alles tut mir weh, und ich wünsche mir gerade, ich hätte noch die Drogentütchen bei mir, um damit den Schmerz zu töten. Ich weiß nicht, wie es ist, auf Kokain zu sein, aber ich glaube, dass es die Schmerzempfindlichkeit drastisch herunterschraubt.

Meine Atmung wird flacher, so flach, dass kaum noch Sauerstoff in meinen geschwächten Körper gelangt. Mein Puls schnellt in die Höhe und erreicht sicher gleich ein mir vollkommen unbekanntes Level. Das Sausen in meinen Ohren schmerzt, so stark ist es.

Sterben.

Tod.

Verhungern.

Erfrieren.

Die Worte rauschen durch meinen Geist, verwüsten jeden klaren Gedanken, der mir helfen könnte, Ruhe zu bewahren. Ich höre ein leises Plätschern in der Ferne und folge dem Geräusch taumelnd. Taste blind um mich, damit ich nicht gegen einen Baum renne, und laufe weiter. Entferne mich immer mehr von dem Kurs, den Sawyer mir genannt hat. Ich kann nicht weitergehen. Die Sonne wird erst in etlichen Stunden über dem Nationalpark aufgehen, bis dahin bin ich längst an meiner Angst gestorben.

Rein rational weiß ich, dass mich Angst nicht tötet und dass sie nur da ist, um mich zu schützen. Aber diese Episoden fühlen sich dennoch jedes Mal wie Sterben an. Seit der Sache mit meinem kleinen Bruder hatte ich bereits eine Handvoll Panikattacken, wegen denen ich bereits in Therapie war, aber helfen konnte mir bis jetzt niemand.

Atmen.

Ich muss atmen.

Aber ich kann nicht.

Die Tränen laufen haltlos über mein Gesicht, und als das Plätschern ganz nah ist, falle ich schließlich geschwächt auf die Knie, will mich wieder hochkämpfen, aber erfolglos. Ich grabe meine Nägel in die kühle Erde, beuge mich vor und versuche, Sauerstoff in meine Lunge zu pumpen. Sterne tanzen vor meinen Augen und ich zittere am ganzen Körper, als hätte ich bereits Tage in der Kälte verbracht.

Letztendlich rolle ich mich auf dem kalten Boden zusammen und schlinge die Arme um meine Schienbeine. Wie ein Baby wiege ich mich vor und zurück. Nur ohne die schützenden Arme einer Mutter, die mich hält. Da bin nur ich. Allein. Einsam. Wie ich es seit Monaten jeden Tag bin. Ich habe vielleicht noch eine Familie, aber sie ist zerbrochen. Genauso tot wie ich es sein werde, bevor die Sonne aufgeht.

Meine Tränen versickern in der Erde, und sobald ich Sawyers meeresfrischen Duft inhaliere, der in den Fasern des Hoodies hängt, will ich schreien. So laut, dass er es hören kann. Damit er weiß, wie sehr ich ihn hierfür hasse. Wie sehr ich ihn verabscheue, weil er ein verdammtes Monster ist. Wieso, um Himmels willen, finde ich dann trotzdem Trost in seinem Duft?

Etwas Nasses trifft auf mein Gesicht. Erst ist es nur ein diffuses Gefühl, so als würde mich eine hauchzarte Feder streicheln. Doch mit jedem schmerzenden Atemzug wird das Gefühl härter. Bis es sich nicht mehr anfühlt wie eine Feder, sondern wie der Schnabel eines aggressiven Raben, der mich fressen will. Schützend halte ich den Unterarm über mein Gesicht, aber das Gefühl bleibt, breitet sich jetzt auf meinem ganzen Körper aus.

Es tut weh.

Höllisch weh.

Als würde mich jemand mit Patronen malträtieren.

Panisch reiße ich die Augen auf, rolle ich mich auf den Rücken und erkenne, dass es hagelt. Jede Faser in mir schmerzt, jede Bewegung gleicht einem unfassbaren Kraftakt. Kraft, die ich nicht habe, weil ich keine Zeit hatte, mich wirklich zu erholen.

Der verdammte Hagel schlägt ohne Erbarmen auf mich und die Erde ein. Keuchend stemme ich mich hoch, ziehe mir die Kapuze des Hoodies über den Kopf und suche darunter ein wenig Schutz. Anschließend taumle ich den Nadelbäumen entgegen und lasse mich an einem der Stämme wieder auf den Boden fallen. Zittrig reiße ich den ebenfalls durchnässten Rucksack auf, hole die kleine Wasserflasche heraus und trinke sie zügig leer.

Mit schmalen Augen scanne ich meine Umgebung und entdecke das Ufer eines kleinen Sees, der von einem Wasserfall gespeist wird. Ein Wasserfall, der bildschön ist, aber dessen Schönheit ich nicht genießen kann. Dass das Wetter hier draußen unberechenbar ist, wusste ich, als wir zur Party aufgebrochen sind, aber muss es ausgerechnet jetzt hageln? Wie viel Pech kann eine Menschenseele eigentlich haben? Ist das hier mein verfluchtes Karma?

Sobald der Himmel nach etlichen Minuten aufhört, diese Monsterteile regnen zu lassen und sogar ein paar einsame Sonnenstrahlen durch die Wolken brechen, atme ich seufzend aus und robbe wieder dichter ans Ufer heran. Die Mischung aus dem Sprühnebel des Wasserfalls mit der Sonne des Morgens erschafft einen malerischen Regenbogen über dem See. Fast könnte man glauben, ich sei im Paradies gelandet. Vielleicht bin ich ja längst tot und das hier ist der Himmel. Aber müsste ich dann nicht die Schmerzen los sein? Und die Ängste? Die Zweifel? Die Sorgen? Alles ist noch da. Nicht mehr so intensiv wie letzte Nacht, aber ich spüre sie noch. Erneut blicke ich dem Regenbogen entgegen, fahre mir durch die zerzausten Haare und sehne mich danach, diesen Schmutz von mir zu waschen.

Wer weiß, vielleicht kann mich das Wasser erfrischen, bis ich wieder klarer denken kann. Die Sonne strahlt jetzt fröhlich am Himmel und erinnert nicht mehr daran, dass eben noch die verdammte Welt unterging.

Ächzend schlüpfe ich aus Sawyers Hoodie und lasse ihn fallen, als hätte ich mich an ihm verbrannt. Anschließend folgt mein BH, der langsam ohnehin anfängt zu müffeln, weil ich in den letzten zwei Tagen so viel geschwitzt habe. Es folgen die Schuhe und die nicht mehr sonderlich saubere pinke Jogginghose von dieser Brenda. *Sorry an die Unbekannte.* Meinen Slip behalte ich an. Sobald ich mit den Füßen in den See eintauche, stöhne ich auf, weil es eine Wohltat ist, frisches Wasser auf meiner Haut zu spüren, das nicht zu Eis gefroren ist. Anschließend tauche ich bis zum Kinn ab, lege meinen Kopf zurück und spüle den ganzen Dreck aus meinen Haaren, wohl darauf bedacht, dass sich der Verband nicht löst. Dann schwimme ich Richtung Wasserfall. Sobald ich vor dem wunderschönen Spektakel der Natur stehe, lasse ich den Anblick alles fortspülen. All die Wut auf Sawyer. All die Wut auf meine Mutter, die eigentlich nur noch biologisch eine ist. Der See ist so flach, dass ich in ihm stehen und mich vollkommen auf das Gefühl des Sprühnebels auf meiner Haut fokussieren kann.

Zum ersten Mal seit Stunden spüre ich wieder so etwas wie Frieden in mir. Jedenfalls für den Moment. Gleich muss ich mich wieder der Tatsache stellen, dass ich mitten in einem Gebiet bin, das beinahe unerschlossen ist. Ich breite die Arme zu beiden Seiten aus und genieße jede Sekunde hiervon, bevor mich die Realität einholt. Und das passiert schneller als erwartet, als ich eine Stimme höre, die mir mittlerweile fast vertraut vorkommt, obwohl ich sie gestern zum ersten Mal gehört habe. *Als sie mir versaute Dinge ins Ohr geflüstert hat.*

»Was für eine verdammt geile Show, Chaplin!« Ich halte den Atem an, verharre mit den Armen in der Luft und reiße die Augen auf. Träume ich? Oder stehen Lucien und Eden – an der Seite eines traumhaft schönen Schäferhundes – am Seeufer und starren mich an? Während ich halbnackt in diesem verfluchten See stehe? Mein erster Instinkt möchte meine Blöße verdecken, der zweite will an den Rand schwimmen und beiden Männern eine filmreife Ohrfeige verpassen.

Ich entschließe mich für die zweite Variante, schwimme los und krabble mehr oder weniger elegant aus dem See. Der Hund beginnt heftig, mit dem Schwanz zu wedeln, und als Eden die Leine loslässt, stürmt er auf mich zu. Schmiegt sich an meine Beine und will gestreichelt werden. Dabei ist mir gerade herzlich wenig danach zumute, obwohl ich Tiere normalerweise mehr liebe als Menschen. Mein Vorhaben, den beiden ins Gesicht zu schlagen, löst sich im Sprühnebel des Wasserfalls auf, weil es mich erleichtert, nicht mehr allein zu sein.

»Geht es dir gut?«, will Eden besorgt wissen. Mir steckt ein Lachen im Hals fest. Ich kaufe ihm seine Sorge zwar immer noch ab, aber mir ist gerade nicht nach Kuschelmodus, viel lieber würde ich meine Krallen ausfahren.

»Auf jeden Fall siehst du fucking heiß aus.« Lucien starrt mir ungeniert auf die Brüste.

»Ob es mir gut geht?«, frage ich hysterisch. »Wollt ihr mich verarschen?« Das frische Wasser hat mir zwar etwas Lebensenergie zurückgebracht, aber ich bin immer noch verletzt und das Fieber ist sicher nicht über Nacht verschwunden. Außer dieser Wald hat magische Fähigkeiten, von denen ich nichts weiß. »Euer verfickter Freund hat mich mitten in der Nacht hier draußen ausgesetzt wie einen Köter!«

Wie auf Kommando beginnt der Hund neben mir zu winseln. Ich entschuldige mich später bei ihm. Oder ihr. »Ich hätte hier draußen sterben können!«, brülle ich die beiden Männer an, die nichts dafürkönnen, dass Sawyer so ein Arsch ist. Und sie sind hier, um mich zu retten. Aber will ich von diesen Kerlen überhaupt gerettet werden? Lucien will ohnehin nur seinen Schwanz in mich schieben und Eden ... Eden ist *zu* perfekt, um wahr zu sein. Ich bin nicht naiv. Ich weiß, dass hinter der glänzendsten Fassade das dunkelste Monster lauern kann. Aber ein wenig falscher Charme kann aus Lehm auch kein Gold machen. Sawyer steht wenigstens dazu, dass er ein empathieloser Freak ist.

»Hey, jetzt beruhige dich, Chaplin.« Lucien tritt auf mich zu, aber ich weiche zurück.

»Wag es nicht! Ihr seid doch alle verrückt! Vollkommen gestört! Ich meine, wer zur Hölle wohnt in einer alten Psychiatrie und das auch noch freiwillig? Habt ihr keine Eltern? Keine Familie? Kein ... normales Leben?«

»Faye, du bekommst gleich eine Panikattacke.« Eden. Dieser verfluchte Kerl, der anscheinend ganz genau weiß, was ich brauche. Und er hat auch noch recht. Mein Puls ist wieder erhöht, meine Atmung flacher als der See hinter mir, der mir grad noch so viel Frieden gebracht hat. Meine Augen füllen sich mit Tränen und ich verfluche mich dafür, dass ich sie nicht zurückhalten kann.

»Na und? Was interessiert es euch?«, blaffe ich sie an. »Ich bleibe lieber hier und werde vom Hagel erschlagen, als nochmals mit in euer Gruselhaus zu kommen!« Was schlichtweg gelogen ist. Ein warmes Bett und saubere Kleidung wären gerade äußerst himmlisch.

Lucien tritt erneut auf mich zu und packt mich an den Oberarmen. »Jetzt. Beruhige. Dich! Wir sind hier, um dir zu helfen, Herrgott. Wir könnten dich wirklich zum Sterben zurücklassen, immerhin hast du es gerade mal zwei Kilometer weit geschafft. Wie willst du in dem Tempo irgendwo ankommen, bevor du zusammenbrichst? Du glühst am ganzen Körper wie ein Toaster!«

»Zwei Kilometer?«, schluchze ich. Diese Stimmungsschwankungen machen mich fertig. Hat Eden nicht gesagt, dass sie ein Anzeichen für eine Hirnschwellung sein können? Von meiner Wut ist kaum noch etwas übrig, genau wie von dem kleinen, kurzen Kraftschub.

»Ja. Du bist nicht weit gekommen, deshalb konnte Yuna dich ohne Probleme finden.« Eden deutet auf den Schäferhund, der inzwischen in den See gesprungen ist und fröhlich seine Bahnen zieht. Immerhin hat der Hund Spaß, ich gönne es ihm. Ohne die Fellnase würde ich vermutlich immer noch vor ihrem Tor liegen.

»Wieso habt ihr nach mir gesucht?«, hauche ich, jetzt wieder komplett träge. Dass ich immer noch nackt bin, interessiert mich nicht. Sollen sie doch meine Titten sehen, mir egal. So pervers, wie Lucien ist, wird er ohnehin schon meine Bewusstlosigkeit ausgenutzt haben, immerhin konnte er im Keller seine Hände nicht bei sich behalten. *Weil ich es zugelassen habe.*

Noch immer hält er meine Arme fest, aber sein Griff

wird etwas weicher. »Weil wir dich mögen.« Er wirft mir ein Zwinkern zu, das ich verabscheuen sollte, aber nicht kann. Es vertreibt die Dunkelheit der Nacht, die noch immer in meinen Knochen sitzt.

»Und weil wir herausfinden wollen, was dir passiert ist«, setzt Eden hinterher. Er schnappt sich Sawyers Hoodie aus dem Dreck, klopft das Gröbste davon ab und hilft mir, ihn anzuziehen. Ich fühle mich wie ein Kleinkind, lasse es dennoch zu. Anschließend hilft er mir in die Jogginghose, auch wenn sich die nasse Unterwäsche darunter mies anfühlt.

»Komm, Chaplin. Wir bringen dich zurück. Und keine Sorge, ab jetzt stehst du unter unserem Schutz. Sawyer wird dich nicht mehr anfassen und dir nicht mehr zu nahe kommen.«

Glaube ich ihnen etwa? Wenn ja, bin ich geisteskrank und passe in diese Anstalt. In diese Kerker, die im Keller schlummern. Eden will mich stützen, aber ich schiebe beide Männer von mir. »Ich kann allein gehen.« Nachdem ich mir die zu kleinen Schuhe übergestreift habe, stolpere ich los. Höre, wie Eden die Hündin aus dem Wasser abruft und die drei mir folgen. Doch mit jedem Schritt Richtung Wald verlässt mich mehr und mehr meine Kraft. Ich fühle mich wie ein Luftballon mit Loch. Es ist so klein, dass die Luft nur langsam entweicht, aber gleich werde ich vollkommen leer sein.

Mühsam setze ich einen Fuß vor den anderen, nur um in letzter Sekunde, bevor ich zu Boden gehe, aufgefangen zu werden. Langsam glaube ich, dass das Umkippen zur Gewohnheit wird. Doch dieses Mal ist es keine Spritze, die mich lahmlegt, sondern mein eigener Körper, der gegen mich spielt. Edens Arme hüllen mich ein, bevor mir erneut schwarz vor Augen wird.

ZEHN

FAYE

Ich weiß nicht, wie lange ich inzwischen schon im Coldmind bin. Es könnten wenige Tage bis hin zu Wochen sein, denn mein Zeitgefühl hat sich vollkommen von mir verabschiedet. Wenn man sich schweißnass im Bett wälzt, das Gefühl hat, innerlich zu verbrennen und jedes bisschen Essen wieder auskotzt, können einem Stunden wie Tage vorkommen. Seitdem Lucien und Eden mich mit Hilfe ihrer Hündin am Wasserfall aufgespürt haben und ich erneut ohnmächtig wurde, kämpft mein Immunsystem gegen das Fieber an, genau wie gegen den stechenden Schmerz unter meiner Schädeldecke, jedes Mal, wenn die Wirkung der Medikamente nachlässt. Dazu kommen all die Fragezeichen, die mich quälen, seit ich hier bin. Fragen, die meinen Magen rebellieren lassen und deren Antworten ich, solange ich krank ans Bett gefesselt bin, nicht finden kann.

Heute wache ich zum ersten Mal auf und fühle mich besser. Sehr viel besser als in den letzten Tagen. Eden hat dafür gesorgt, dass ich alles bekomme, was ich brauche, um gesund zu werden. Trotzdem wollte er mich mehr als einmal ins Auto laden und ins Krankenhaus bringen, weil das Fieber einfach nicht sinken wollte. Ich war es schließlich, die ihn davon abgehalten hat, seine Worte in Taten umzusetzen. Ich weiß nicht, was es ist. Woher dieses unterschwellige Gefühl in mir kommt, das mir sagt, dass es nicht sicher für mich wäre. Wieso, zur Hölle, sollte ich in einem Krankenhaus nicht sicher sein? Ist es wegen der Sachen, die meine Mutter am Telefon zu mir sagte? Keine Ahnung. Fakt ist, dass ich hierbleiben wollte, obwohl Sawyer mit mir unter diesem Dach lebt und allein diese Tatsache dafür sorgen sollte, dass ich im hohen Bogen flüchte. Zu meinem Glück bin ich ihm, seitdem er mich im Wald ausgesetzt hat, nicht mehr begegnet, weil die einzige Strecke, die ich hinter mich gebracht habe, die zur Toilette und wieder zurück war.

Ein leises Klopfen an der Tür lässt mich hochschrecken, und als ich mich aufrapple, betritt Lucien das Schlafzimmer, das sich inzwischen fast wie mein Eigentum anfühlt. Immerhin habe ich mehr als einmal den Eimer verfehlt, auf den Boden gekotzt und die Bettdecke so oft vollgeschwitzt, dass dieser Raum verdammt viel von meinen Körperflüssigkeiten abbekommen hat.

»Hey, Schlafmütze.« Lucien schließt die Tür hinter sich mit einem charmanten Lächeln. Er und Eden haben sich immer abgewechselt, wenn es darum ging, auf mich aufzupassen und mir etwas zu Essen zu bringen. Und noch immer brennen mir so viele Fragen über die Männer unter den Nägeln. Arbeiten sie überhaupt? Oder haben sie nur reich geerbt? Wieso das gruselige, kalte Coldmind und keine Farm mit niedlichen Tieren? Den meisten meiner Fragen sind sie bisher gekonnt und elegant ausgewichen, aber irgendwann müssen sie mir sagen, in was für ein Chaos ich mich hier kopfüber gestürzt habe, weil ich sonst endgültig wahnsinnig werde.

»Hi«, erwidere ich und werfe einen Blick aus dem Fenster. Die Sonne steht bereits hoch am Himmel, es muss also schon Mittag sein.

»Wie geht es dir heute, Chaplin?« Lucien tritt ans Fenster heran, öffnet es und schiebt sich die obligatorische Kippe zwischen die Lippen. Man sieht ihn selten ohne, und auch wenn er nicht raucht, hat er meistens eine Zigarette im Mund. In seiner Hand hält er einen glitzernden Stoff, den ich nicht einordnen kann.

»Besser. Viel besser, um genau zu sein.«

Zufrieden sieht er mich an. »Das wird unseren Doc freuen. Lass mal sehen.« Er kommt auf das Bett zu und legt seine Hand auf meine Stirn. »Du glühst nicht mehr. Scheint, als hätten wir es endlich geschafft. Wenn das kein Geburtstagsgeschenk ist, dann weiß ich auch nicht.«

»Geburtstagsgeschenk?« Ich runzle die Stirn, an der mittlerweile kein Verband mehr angebracht ist, weil die Narbe laut Eden frische Luft braucht und gut verheilt. »Moment, du hast heute Geburtstag?«

Lucien nickt. Eine Reihe strahlend weißer Zähne blitzt mich an, während seine ozeanblauen Augen heute irgendwie heller wirken als sonst.

»Herzlichen Glückwunsch«, murmle ich, weil ich nicht weiß, was ich tun soll. Ihn umarmen? Wohl kaum. Dann würde er mir bloß wieder Dinge ins Ohr flüstern, die mich nachts nicht schlafen lassen. Also belasse ich es bei einem Lächeln und verdränge die Gedanken an das, was er im Keller mit mir gemacht hat.

»Danke, Chaplin. Heute Abend findet eine kleine Party mit ein paar Leuten statt. Und da du langsam wieder auf die Beine kommst, können wir zusammen feiern.«

»Feiern? Eigentlich wollte ich nach Hause, jetzt, wo das Fieber anscheinend den Rückzug angetreten hat. Es gibt da so viele Dinge, die ich endlich klären muss.« Allem voran muss ich Emily finden.

Seine Augen werden schmal, und ich warte schon darauf, dass er schmollend seine Unterlippe vorschiebt, um mich zum Bleiben zu überreden. Stattdessen streicht er mir eine verschwitzte Strähne hinters Ohr. »Komm schon, Chaplin. Eine Nacht kannst du jetzt auch noch bleiben.« Ich sollte ihm direkt sagen, dass ich absolut nicht in Feierstimmung bin, weil die letzte Party in einem Desaster geendet und mich mit dem Blackout des Todes zurückgelassen hat, aber irgendwie schaffe ich es nicht, ihm den Wunsch abzuschlagen, wenn er mich so ansieht. Dieses verflucht charmante Lächeln und dieser verflucht charmante Blick!

»Was ist das?«, frage ich und betrachte erneut den silbrig glitzernden Stoff, den er mir jetzt reicht.

»Dein Outfit für die Party. Ich habe es von Brenda.«

Na wunderbar. Ich bin dieser Frau noch nicht begegnet, aber sie ist sicher nicht erfreut darüber, dass ich ihre Jogginghose und die Sneakers ruiniert habe. Da ich jedoch keine eigenen Klamotten besitze und die letzten Tage immer nur Sachen von Eden getragen habe, bleibt mir wohl nichts anderes übrig.

»Lucien ...«

»Was, Chaplin?« Er grinst. Und scheiße, ich liebe dieses Grinsen, weil es mich all den Mist vergessen lässt, der in den letzten Tagen passiert ist. Auf der anderen Seite lenkt es mich auch vom Wesentlichen ab.

»Das ist ein Hauch von Nichts!«, sage ich empört, während ich das Outfit in Augenschein nehme. Dieser silberne Stoff ist so kurz, dass er kaum meinen Hintern bedecken wird. An der Taille befinden sich großzügige Aussparungen, die meinen halben Bauch freilegen werden, sollte ich mich dafür entscheiden, den Fummel zu tragen.

»Unsere Freundin hat nicht so viele Nonnenklamotten, sorry. Es wird dir stehen. Zieh es an, Chaplin. Das ist keine Bitte, sondern ein Befehl.« Er marschiert zur Tür und ich blicke ihm mit hochgezogenen Brauen hinterher.

»Und seit wann befolge ich deine Befehle?«, rufe ich ihm nach. Er dreht sich um, läuft rückwärts von mir weg und zuckt mit den Schultern.

»Ab jetzt? Wir sehen uns spätestens heute Abend bei der Party.« Bevor er verschwinden kann, hält er inne, hebt seine Hand und zieht anschließend etwas aus der Tasche seiner Jeans.

»Bevor ich es vergesse. Wenn du nicht unten ohne rumlaufen willst – was ich übrigens begrüßen würde – zieh den hier an.« Damit wirft er mir einen schwarzen String zu, den ich in der Luft abfange. Ich soll jetzt sogar schon die Unterwäsche dieser Brenda tragen? Wird ja immer besser.

Ich sehe aus wie eine freizügige Discokugel. Wie zu erwarten verdeckt der glitzernde Stoff kaum meinen Hintern, und wenn ich mich minimal vorbeuge, kann man meine Arschbacken sehen. Meine Brüste werden durch die eingenähten Cups ordentlich nach oben gedrückt und die Stoffaussparungen verpassen dem Outfit den Rest.

Das Kleid sitzt wie angegossen, und das, obwohl ich in den letzten Tagen sicher ein paar Kilo verloren habe. Wenn man nichts isst, viel schwitzt und nur kotzt, ist das wie eine Zwangsdiät. Ich stehe in einem der zahlreichen Badezimmer vor dem großen Spiegel und betrachte mich eingehend. Meine dunkelblonden Haare fallen aalglatt über meinen Rücken, die Narbe an meiner Stirn springt einem immer noch als Erstes ins Auge und meine Lider sehen müde aus. Da ich kein Make-up hier habe und ich mich nicht auf die Suche nach meiner Kleiderspenderin machen will, werde ich die Schatten unter meinen Augen mit Stolz tragen. Ich habe ohnehin nie viel Make-up benutzt. Emily hat meine Natürlichkeit immer besonders geliebt und es sticht in meiner Brust beim Gedanken an sie. Sie ist die stärkste Frau, die ich kenne, und vermutlich hatten wir wirklich einen Streit, den ich unbedingt aus der Welt schaffen muss.

Ich drehe den Wasserhahn auf, lasse das kühle Nass über meine Handgelenke rinnen und versuche mich im Spiegel an einem Lächeln. Eigentlich habe ich keine Lust auf eine Party. Und erst recht nicht darauf, Sawyer zum ersten Mal seit der Waldaktion wieder gegenüberzutreten. Alles, was ich will, ist, endlich meinen Erinnerungslücken auf den Grund zu gehen. Aber Lucien hat sich in den letzten Tagen rührend um mich gekümmert und deshalb werde ich meine Abreise auf morgen verlegen.

Vor einer halben Stunde haben tiefe Bässe angefangen, das komplette Haus zu erfüllen. Die ersten Stimmen der Gäste folgten schnell. Und zum ersten Mal, seit ich hier bin, fühle ich mich nicht mehr, als wäre ich fernab jeglicher Realität. Zum ersten Mal herrscht richtiges Leben im Coldmind, das die natürlichen Geräusche der Wildnis überdeckt. In den letzten Tagen habe ich mich an das wüste Rauschen des Windes und das Kreischen der Raubvögel gewöhnt. Es ist so viel besser als das Geräusch von vorbeifahrenden Autos, wütenden Fußgängern und den Maschinen, die die Straßen jeden Montag in unserem Viertel reinigen.

»Du siehst toll aus.« Edens Worte lassen mich schmunzeln. Unsere Blicke treffen sich im Spiegel, und ich kann nicht verhindern, dass mein Herz schneller schlägt, weil er da ist.

»Danke. Die Augenringe gehören zum Outfit«, spaße ich und drehe mich um. Kralle mich mit den Händen am Waschbecken fest, für den Fall, dass er näher kommt. Er lehnt am Türrahmen, hat die Hände in den Taschen der schwarzen Chino vergraben und die Beine überkreuzt.

Das weiße Shirt spannt über seinen starken Oberarmen, seine braunen Haare sehen unendlich weich aus.

»Ist das Outfit von …«

»Brenda. Ich weiß zwar immer noch nicht, wer sie ist, aber Lucien hat sich an ihrem Kleiderschrank bedient.« Ich zupfe das Discokugelkleid zurecht, aber es hat keinen Zweck. Da ist einfach zu wenig Stoff für zu viel Haut. Eden stößt sich vom Türrahmen ab, kommt auf mich zu und stellt sich vor mich. Wir wissen kaum etwas voneinander, aber es fühlt sich an, als würden wir uns schon ewig kennen. Und auch wenn ich am Wasserfall unfassbar wütend auf die ganze Welt war, hat er mir das Leben gerettet. Zweimal. Dafür werde ich wohl ewig in seiner Schuld stehen.

Noch stärker klammere ich mich am Porzellan fest, als sein Blick über mich gleitet. Jede Stelle meines Körpers geht in Flammen auf, weil ich in seinen warmen braunen Augen so viel Leidenschaft erkenne. Ich bin mir sicher, dass er ein verdammt guter Liebhaber ist, aber ich sollte es nicht herausfinden wollen. Auf keinen Fall. Genauso wenig wie ich auf Luciens Annäherungsversuche eingehen sollte.

Trotzdem stelle ich mir vor, wie es wäre, wenn Eden mich jetzt mit seinen starken Armen hochheben, aufs Waschbecken setzen und mich ausziehen würde. Bevor ich auf die Idee komme, mich ihm an den Hals zu werfen, schnappe ich nach seiner Hand und zerre ihn aus dem Bad.

»Komm. Lass uns feiern, dass ich noch lebe!«

ELF

FAYE

Überforderung. Das erste Worte, das mir durch den Kopf schießt, als ich auf der Dachterrasse des Coldminds stehe. Hatte Lucien nicht gesagt, dass er nur *ein paar* Gäste eingeladen hat? Auf dem Weg nach oben sind Eden und mir schon so viele Menschen begegnet, dass ich irgendwann aufgehört habe, sie zu zählen.

Wie viele Leute kennen die Männer? Es ist, als befände sich halb Seattle hier, und das, obwohl es auf dieser Party weder Alkohol noch Drogen gibt. Normalerweise gehen die Leute doch auf private Partys, weil sie sich gratis besaufen können. Aber Eden hat mir gesagt, dass sie auf andere Art und Weise feiern. Ohne berauschende Substanzen. Etwas, das mir ziemlich gut gefällt, mich aber trotzdem verwundert.

Die meisten Gäste sind in meinem Alter, unter dem bunten Potpourri an Leuten befinden sich nur wenige, die älter aussehen als fünfundzwanzig. Eden weicht mir in keiner Sekunde von der Seite, und irgendwie fühlt es sich gut an, von ihm begleitet zu werden. Es ist, als würde ich tatsächlich dazugehören. Ein Gefühl, das ich in meinem Leben nie hatte. Ich war immer eine Außenseiterin, immer eigenbrötlerisch und dachte nie, dass sich an dieser Tatsache je etwas ändern würde.

Die Musik ist toll, die Stimmung auch ganz ohne Schnaps ausgelassen. Und was noch besser ist: Niemand hängt über Blumenkübeln oder Toiletten, um sich die Seele aus dem Leib zu kotzen. Von Erbrochenem hatte ich in den letzten Tagen ohnehin schon genug.

Nachdem Lucien mir die Kleider gebracht hat, habe ich einen Entschluss gefasst. Ich genieße diesen Abend, vergesse für wenige Stunden, in welchem Schlamassel ich stecke, und morgen stelle ich mich der Realität. Ich werde nach Hause gehen und meine Mutter zur Rede stellen, genau wie Emily, die entweder wütend auf mich ist oder vor Sorge umkommt. Vermutlich eine Mischung aus beidem. Und dann werde ich wieder die ganz normale Faye Chaplin sein, deren wichtigste Aufgabe im Leben es ist, sich um ihren Bruder zu kümmern und ungehobelte Gäste im Restaurant zu bedienen. Die Aussicht ist nicht sonderlich spektakulär und deutlich weniger atemberaubend als der Anblick des Nationalparks von hier oben, aber das ist schließlich *mein* Leben. Es hat keinen Sinn, das abzustreiten.

»Willst du tanzen?« Eden hält mir seine Hand hin, und als ich einen Blick in sein vor Attraktivität strotzendes Gesicht werfe, trocknet meine Kehle aus. Ich habe in den letzten Jahren nie den dringenden Wunsch verspürt, mit einem Mann zu schlafen, aber bei ihm ist es anders. Nickend greife ich nach seiner Hand und lasse mich von ihm in die Mitte der Terrasse führen. Es ist inzwischen so spät, dass die Sonne hinter den Bergspitzen untergegangen und nur noch ein dunkeloranger Schleier am Horizont zu erkennen ist. Gleich wird die Nacht anbrechen. Der kühle Wind ist nach den letzten Tagen die reinste Wohltat für mich und meinen endlich nicht mehr fiebrigen Körper.

Doch als Eden mich mit einer eleganten Drehung zu sich heranzieht, ist die Fieberhitze wieder omnipräsent. Meine Brust stößt gegen seine und mir entweicht die Luft aus der Lunge. Meine Hände tasten nach seinen breiten Schultern. Als er beginnt, mich zu führen, schließe ich die Augen und versuche mich voll und ganz auf den Tanz und das Gefühl seines Körpers an meinem zu konzentrieren. Er hat das hier echt drauf. Weiß ganz genau, welche Schritte er machen und wie er sich bewegen muss, damit wir zu einer Symbiose verschmelzen. Er, ich und die Musik.

Augenblicklich wird mir noch wärmer, und ich wünsche mir zum ersten Mal, dass noch weniger Stoff an meiner Haut anliegt. Edens Bein befindet sich zwischen meinen Schenkeln, und dieser sanfte Druck lässt Bomben in mir explodieren. Mit einer weiteren Drehung entlockt er mir ein Lachen, und als er mich mit dem Rücken gegen seine Brust drückt und sein Gesicht von hinten in meinem Haar vergräbt, stellt mein Herz einen neuen Rekord im Rasen auf. Bilde ich es mir nur ein oder ist das, was ich an meinem Becken spüre, seine Erektion? Ob ihn das hier genauso erregt wie mich?

Ehe ich weiter darüber nachdenken kann, werden wir bereits unterbrochen. Ich schlage die Lider auf und innerhalb weniger Sekunden verwandelt sich die Hitze in antarktische Kälte. Zum ersten Mal seit Tagen stehe ich Sawyer gegenüber, dem Mann, der mich sterben sehen wollte. Automatisch balle ich meine Hände zu Fäusten. Habe ich mir nicht fest vorgenommen, ihn zu verprügeln, wenn ich ihn sehe? Wieso wachse ich dann am Boden fest und kann nichts weiter tun, als ihn dämlich anzustarren?

Sawyer hingegen scheint keinerlei Probleme damit zu haben, mich zu ignorieren. Er beachtet mich nicht, behandelt mich wie den dünnen Luftzug, der über das

Dach fegt. Er trägt ein schwarzes, mattes Hemd, das ihm wie angegossen sitzt. Die Ärmel sind bis zu den Ellbogen nach oben gekrempelt, und beim Anblick seiner tätowierten Unterarme jagt ein Prickeln durch meinen Körper. Ich schiebe es auf die Nachwehen des Fiebers und des Tanzes mit Eden.

Sawyer bittet Eden zu sich, und ich bleibe wie bestellt und nicht abgeholt auf der Tanzfläche stehen. Beobachte, wie Sawyer ihm etwas ins Ohr flüstert und schließlich mit langen Schritten abmarschiert. Als mein Tanzpartner sich wieder in meine Richtung dreht, hat sich der Ausdruck in seinen braunen Augen verändert. Er ist dunkler geworden, und ich bilde mir ein, ein vorfreudiges Blitzen in ihnen zu erkennen.

Eden zieht mich erneut zu sich, sagt mir, dass ich mich amüsieren soll und er bald wieder da ist. Verdutzt verschmelze ich mit den Steinplatten unter mir, während ich ihm dabei zusehe, wie er Sawyer durch die Menschenmenge folgt und schließlich zwischen den Leuten verschwindet.

Langsam beruhigt sich mein Herzschlag wieder, aber dafür breitet sich ein unerträgliches Gefühl in meiner Brust aus. Einsamkeit. Ich stehe hier oben zwischen hunderten Fremden und kenne niemanden. Hin und wieder stoßen irgendwelche Leute beim Tanzen gegen mich, also verziehe ich mich an den Rand der Terrasse und lasse meinen Blick über das letzte bisschen Licht des Tages schweifen. Nervös nestle ich an diesem Kleid, sehe dabei zu, wie die Wipfel der Tannen sanft im Wind wiegen, und blende alles um mich herum aus. Die Musik? Unwichtig. Das Lachen der Gäste? Bekomme ich kaum noch mit. Meine Gedanken sind dafür umso lauter.

Wo sind die Männer hingegangen? Und wieso hat Sawyer mich mit Ignoranz gestraft, anstatt mir einen fiesen

Spruch reinzudrücken? Wie Luft behandelt zu werden fühlt sich noch schlimmer für mich an, immerhin ist es das, was in meiner Schulzeit an der Tagesordnung stand. Ich war quasi nie existent. Meine Haut war zu blass, meine Haare zu stumpf, mein Busen zu klein und mein Charakter zu unbedeutend. Das ist es, was ich geschlussfolgert habe. Seufzend setze ich mich auf eine hüfthohe Steinskulptur und lasse meinen Blick über die feierwütige Meute gleiten. Niemand scheint ein Problem damit zu haben, dass es hier keinen Alkohol und nichts zu schnupfen gibt.

Die Zeit zieht sich wie ein zäher Kaugummi und meine Neugierde wird immer stärker. Genauso wie das Gefühl, der einzige Alien unter Menschen zu sein. Tränen bilden sich in meinen Augenwinkeln, weil ich plötzlich fürchterliches Heimweh bekomme. Ich vermisse Scotty. Vermisse Emily, die mich anscheinend einfach vergessen hat.

Je länger ich hier oben stehe und niemand sich die Bohne für mich interessiert, desto unwohler fühle ich mich. Entschlossen stehe ich auf, kämpfe mich durch die Menge und krabble durch die Dachluke wieder ins Innere des Gebäudes. Doch auch hier drin gibt es kaum einen Fleck, der frei ist. Lucien muss halb Seattle eingeladen haben, und doch sehe ich zum Glück kein einziges, mir bekanntes Gesicht.

Mit jedem Typen, gegen den ich stoße, und jeder Frau, die mir einen seltsamen Blick zuwirft, geht es mir schlechter. Schluchzend schiebe ich ein paar Körper zur Seite, aber die Flure sind so vollgepresst, dass ich kaum Luft bekomme.

Eilig renne ich los. Spüre die fragenden Blicke auf mir ruhen und höre, wie einige der Leute dumme Sprüche schmeißen, weil ich mich aufführe, als würde mich jemand verfolgen. Niemand ist hinter mir her, nur meine eigene Vergangenheit, aber wie sollte ich das jemandem erklären?

Als ich schließlich in der untersten Etage ankomme, bin ich bis auf den fremden Slip nass geschwitzt. Doch auch hier bin ich nicht allein, sondern von zahlreichen gut gelaunten Leuten umgeben, die einfach eine tolle Zeit haben. Ich muss allein sein. Nur für ein paar Minuten.

Mein Blick landet auf der Kellertür, die sofort eine Gänsehaut auf mir entfacht, weil ich mich daran erinnere, wie ich an Luciens Seite zum ersten Mal vor den Zellen stand. Ohne groß darüber nachzudenken, ziehe ich die schwere Tür auf, husche in die Dunkelheit und taste mich langsam vor. Am Ende des Ganges brennt im Vergleich zu meinem letzten Besuch unter der Erde ein Licht.

Schnell gehe ich ihm entgegen, ziehe die nächste Tür auf und drücke sie hinter mir leise ins Schloss. Ich schließe erleichtert die Augen, atme tief durch und spüre, wie Entspannung durch meine Venen jagt. Bis ich Stimmen höre. Ein Stöhnen. So intensiv, dass es mir durch Mark und Bein geht. Das Aneinanderschlagen von nackter Haut lässt mich die Augen aufreißen.

Schluckend kralle ich mich an den Eisenstangen der Zelle vor mir fest und blicke in die Richtung, aus der die Geräusche kommen.

»Fuck, du bist so eng.« Edens sonst so warme, liebevolle Stimme klingt jetzt dunkel und abgehackt wie die eines emotionslosen Roboters. Mit leisen Schritten gehe ich auf die Zelle am Ende des Kellerraumes zu und traue meinen Augen kaum. Auf dem großen Bett liegt eine blonde Frau, deren helle Haut sich von dem dunkelroten Laken abhebt, ihre Hände und Füße sind so stramm an die Bettpfeiler gefesselt, dass es höllisch wehtun muss, derart überstreckt zu werden. Ihre Augen liegen unter einem schwarzen Tuch verborgen. Ihr Mund steht offen und ein tiefes Stöhnen dringt zwischen ihren vollen Lippen hervor. Mein Blick wandert zu dem nackten, ziemlich knackigen Männerarsch, der sich zwischen ihren Schenkeln befindet. Die Szenerie ist mir zu viel. Die Eindrücke erschlagen mich mit voller Wucht.

Ich sehe, wie Eden diese gefesselte Frau mit so harten Stößen fickt, dass es einem Wunder gleicht, dass das Bett nicht über den Boden scharrt. Lucien und Sawyer befinden sich ebenfalls in der Zelle. Ersterer beugt sich von hinten über die Frau und schiebt ihr jetzt seinen erigierten Schwanz in den Mund. Sofort verstummt ihr Stöhnen, dafür erfüllt seines den nasskalten Keller. Innerhalb von Sekunden wird mir schwindelig und ich muss mir Mühe geben, mich nicht sofort zu verraten, indem ich schreie.

Lucien hat mich hiervor gewarnt, nicht wahr? Wie kam ich auf die dämliche Idee, dass ich ausgerechnet hier allein sein würde? Ich hätte überall hingehen können und lande ausgerechnet in ihrem verdammten Sexkeller?

Ich stehe mit wenigen Metern Abstand vor dieser Zelle und muss mich wieder an den Eisenstangen festhalten, um nicht umzukippen. Edens durchtrainierte Rückenmuskulatur arbeitet, weil er diese Frau mit heftigen Stößen tiefer und tiefer in die Matratze mit dem samtroten Laken fickt. Und dann landet mein Blick auf Sawyer. Er ist als Einziger von ihnen vollkommen bekleidet, lehnt sich gegen den großen Spiegel auf der linken Seite und beobachtet, wie seine Freunde ihre Schwänze in die Öffnungen der Frau stecken, als wäre sie nur dazu da. In seiner Hand hält er ein Messer mit geschwungener Klinge, das er immer wieder tranceartig über seinen Daumen gleiten lässt. Ich spüre, wie es zwischen meinen Beinen zu prickeln beginnt, obwohl mich die Situation maßlos überfordert. Instinktiv gehe ich davon aus, dass ich halluziniere. Vermutlich hat das Fieber nie nachgelassen?

Luciens Erektion verharrt in ihrem Mund, er legt seine Hand an ihr Kinn und hebt es an. »Du musst schon tiefer blasen, du kleine Schlampe. Wenn ich dich nicht würgen höre, macht es keinen Spaß.« Seine blonden Haare hängen ihm wild und feucht vom Schweiß in die Stirn. Seine Jeans ruht in seinen Kniekehlen, während er ihren Mund fickt. Wer ist diese Frau? Sekunden später schiebt er seinen Schwanz so tief in ihren Rachen, dass sie ein Würgen überkommt und Tränen über ihre Wangen laufen. Will sie sich wehren? Oder genießt sie dieses rabiate Verhalten? Meine Kehle wird enger, trockener. Seine Worte hallen in mir wider. Wo ist der Mann hin, der immer einen witzigen Spruch auf den Lippen hat?

»Wisst ihr, wie sie noch besser aussehen würde?« Sawyer verlässt seine Position am Spiegel, geht auf das Bett zu und schwingt das Messer gekonnt in seiner Hand. Alles an dieser Szenerie überfordert mich, aber am allermeisten die Tatsache, dass ich keinen Ekel verspüre, sondern Neugier. »Wenn Blut über ihre helle Haut rinnt.« Er geht zum linken Pfeiler des Betts und schneidet mit einem festen, schnellen Schnitt das braune Kordseil durch. Dann geht er zum nächsten Pfeiler und wiederholt die Prozedur. So lange, bis die Frau zwar frei ist, sich aber immer noch nicht von der Stelle bewegt. Ihre Glieder sinken ermattet und erschöpft in die Matratze. Ob sie Schmerzen hat?

»Dreh sie auf den Rücken, Eden«, raunt Sawyer dunkel. Dieser rammt sich ein letztes Mal in die Mitte der Frau, bevor er sich aus ihr zurückzieht. Im selben Moment zieht auch Lucien seinen Schwanz aus ihrem Mund. Ich kann nicht anders, blicke zwischen Luciens und Edens Erektionen hin und her und beiße mir auf die

Unterlippe. Wieso erregt mich dieses Bild? Wieso nehme ich nicht die Beine in die Hand und verschwinde von hier, bevor sie mich noch beim Spannen entdecken?

Sekunden später kniet die Frau auf allen Vieren und präsentiert den Männern ihren nackten Arsch. Ihre Knie drücken sich zitternd in die Matratze und sie kann sich kaum oben halten. Eden verharrt hinter ihr, streichelt sanft über ihre hellen Rundungen, nur, um anschließend seine flache Hand auf sie hinabschnellen zu lassen. Der Blondine entflieht ein lauter Schrei, der Schwindel in mir entfacht.

Er streichelt ihre andere Pobacke, bevor er auch sie mit einem heftigen Schlag bedenkt. Die Frau krallt ihre Nägel fest ins Samtlaken und wimmert auf.

Ein weiterer Schlag.

Noch mehr Gänsehaut auf meinem Körper.

Wieder und wieder und wieder, bis ihr Hintern rot glüht und ich ihre Schmerzen auf meinem eigenen Po fühle.

»Fickt ihren Mund. Wir wollen doch nicht, dass sie gleich um Hilfe schreit.« Sawyer betrachtet den geschwächten Körper der Frau wie Ware im Supermarkt.

Eden drückt ihr einen Kuss auf die geröteten Arschbacken und leistet seinem Befehl Folge. Sowohl Lucien als auch Eden knien sich neben den Kopf der Blondine aufs Bett und grinsen sich an. Eden legt seine Hand auf ihren Schopf, während er ihr seinen Schwanz in den Mund schiebt, nachdem er sie gerade noch wie ein Tier damit gefickt hat. »Leg dich für meinen Freund ein bisschen ins Zeug, okay?«

Ich presse meine Schenkel zusammen, um das Pochen meines Kitzlers zu zähmen, erreiche damit aber nur das Gegenteil. Noch mehr Lust mündet in meinem Schritt. Sawyer knöpft langsam sein Hemd auf, und als er es zu Boden gleiten lässt, nutze ich den Moment, um seine tätowierte Brust zum ersten Mal zu betrachten. Jeder Muskel sitzt an der perfekten Stelle. Die schwarze Tinte schlängelt sich über seinen Rücken, den er mir jetzt zudreht. Tribals zieren seine Schulterblätter, die sich an den Enden in gierige, angsteinflößende Schlangen verwandeln. Ein Totenkopf befindet sich auf seinem rechten Bizeps, der mich aus den schwarzen Höhlen anstarrt.

Er kniet sich ebenfalls von hinten auf das Bett, spreizt die Arschbacken der Frau und versenkt sein Gesicht zwischen ihnen.

Währenddessen ficken die anderen zwei abwechselnd den Mund der Frau. Alles an dieser Szene erregt und überfordert mich gleichermaßen. Da sind so viele Sinneseindrücke. Die Geräusche, eine Mischung aus Schmerz und Erregung. Der Duft nach Sex, der in der Luft liegt. Das Gefühl, ich wäre diese Frau zwischen ihnen, genau, wie Lucien es mir ins Ohr geflüstert hat, als er genau hier hinter mir stand. Neben dem Gefühl von ... Eifersucht. Weil Eden mich einfach oben auf der Terrasse zurückgelassen hat, um hier mit den anderen beiden eine Frau zu ficken. Anscheinend habe ich alle Zeichen falsch gedeutet. Vermutlich wollte er wirklich nur nett zu mir sein und meine Wunden versorgen. Mehr nicht. Wie immer bin ich einem Trugbild erlegen.

Langsam rutscht meine Hand von der Eisenstange der Zelle neben mir, und als Sawyer aufhört, den Arsch der Frau zu lecken, halte ich den Atem an, in der Erwartung, dass gleich etwas Schlimmes passiert. Er zückt erneut das geschwungene Messer, fährt mit dem Daumen über die glänzende Klinge und zeichnet damit anschließend dünne Linien über ihren Arsch.

Was zur Hölle tut er da? Mein Mund klappt auf, will etwas sagen, aber ich kriege keine Silbe über meine Lippen. Panik rauscht in meinen Ohren, weil Sawyer mit der Klinge über ihr Steißbein fährt, ihre linke Pobacke ansteuert und so viel Druck aufbaut, dass Sekunden später frisches, hellrotes Blut aus ihrer Haut quillt.

O mein Gott.

Die Blondine zappelt und wimmert vor Schmerz, aber Eden scheint nicht einmal daran zu denken, seinen Schwanz aus ihrem Mund zu ziehen. Lucien fickt sich mit seiner Faust, mit der anderen Hand drückt er auf ihre Wirbelsäule und hindert sie somit an der Flucht. Ich weiß nicht, was zur Hölle all das zu bedeuten hat. Wieso tun sie der Frau so etwas an? Wieso schneiden sie ihre Haut auf? Bis eben dachte ich noch, dass alles im Einvernehmen mit ihr passiert, aber als Eden seinen Schwanz aus ihrem Mund nimmt und sie einen heulenden Schrei ausstößt, den Lucien jetzt mit seiner Erektion zum Verstummen bringt, presse ich die Hand vor meinen Mund und beginne, am ganzen Leib zu zittern. Ich will etwas sagen. Will auf mich aufmerksam machen. Aber ich habe Angst. Angst davor, was sie mit mir machen könnten, wenn sie mich entdecken und wissen, dass ich alles mitansehen konnte.

Sawyer fährt mit der Klinge über ihre Pofalte und widmet sich der anderen Arschbacke. Das Blut tropft inzwischen auf das gleichfarbige Laken, in das sich die Frau immer noch Halt suchend festkrallt. Ich will ihr helfen, aber mein Körper gehorcht nicht.

»So fucking schön«, murmelt Sawyer fasziniert und verteilt das Blut auf ihrem Hintern, als wäre es das Normalste auf der Welt. Mir wird speiübel. So übel, dass ich mich in die letzten Tage zurückversetzt fühle. Er lässt das Messer fallen, öffnet seine Jeans und stößt sich Sekunden später in ihre Pussy, ohne zu fragen, ob sie es überhaupt will. Stattdessen vögelt er sie jetzt noch härter als Eden zuvor, beugt sich von hinten über sie und schiebt ihre Mähne auf einer Seite über ihre Schulter. »Nach dieser Nacht wirst du nicht mehr sitzen können, ohne an uns zu denken.« Und während er die Blondine durchnimmt, als wäre er ein wild gewordenes Tier, frage ich mich, ob das vielleicht meine Kleiderspenderin ist. Das Kleid, das ich gerade trage und beinahe vor Angst vollpinkle, könnte ihr passen. Bevor ich noch mehr mitansehen muss, schleiche ich zurück, um mich nicht bemerkbar zu machen. Ich muss Hilfe holen! Jemanden, der einschreitet, weil ich zu schwach bin. Zu ängstlich. Im Hintergrund höre ich das heftige Stöhnen der Frau, von dem ich immer noch nicht weiß, ob es auf Schmerz oder Lust basiert. Tränen laufen über meine Wangen, als ich mich in die Menge stürze und versuche, Hilfe zu holen. Zum ersten Mal wird mir bewiesen, dass ich die ganze Zeit recht hatte: Nicht nur Sawyer ist gefährlich, sondern jeder einzelne von ihnen. Und gemeinsam könnten sie mein Untergang sein.

ZWÖLF

FAYE

Ich will schreien. Jedem einzelnen von diesen Besuchern mitten ins Gesicht. Ich habe sicher mehr als zwanzig Leute angesprochen und um Hilfe gebeten, aber als ich ihnen sagte, was ich gerade im Keller mitangesehen habe, drehten sie sich einfach wieder um und plauderten unbeirrt weiter. Niemanden interessiert, was da unten passiert. Dass diese Frau blutet und Schmerzen hat. Dass die Männer sie teilen und ihr dabei wehtun.

Erschöpft und hilflos kralle ich mich am Geländer der Treppe fest, die ins erste Stockwerk führt. Anschließend lasse ich mich auf eine der Stufen gleiten und lehne meinen Kopf gegen die Metallstreben. Noch immer gehen mir die Bilder nicht aus dem Kopf. Von ihrer hellen Haut, über die das Blut tropfte. Von Eden, der dort unten wie ein komplett anderer Mensch wirkte. Und Luciens Worte gehen mir ebenfalls nicht mehr aus dem Sinn. Sie haben diese Frau wie ein Stück Fleisch behandelt. Ist es etwa das, was Lucien mit mir vorhat? Dass ich zu ihrem verdammten Sexspielzeug mutiere?

»Hey, du bist Faye, oder?« Eine helle Frauenstimme reißt mich aus meinem Gedankenchaos, und als ich aufblicke, steht eine Blondine vor mir, die mir seltsam bekannt vorkommt. Sie trägt ein schwarzes Minikleid, das hochgeschlossen ist und goldene Verzierungen an der Taille hat. Ihre Beine wirken aufgrund der mörderischen Heels endlos. Ihre honigblonden Haare trägt sie zu einer aufwendigen Hochsteckfrisur gebunden. Verdutzt starre ich sie an und scheine vergessen zu haben, wie man spricht.

»Mein Kleid steht dir ganz ausgezeichnet.« Mit diesen Worten setzt sie sich neben mich.

»Du bist ... Brenda?« Sie ist also nicht die arme Frau, die da unten gerade geschlagen und gedemütigt wird.

»Ja, die bin ich. Ich hab schon viel von dir gehört und ich wollte dich längst mal kennenlernen, aber die Jungs haben gesagt, dass du deine Ruhe brauchst.« Sie zuckt mit den Schultern, legt ihren Arm um mich und zieht mich an sich. Anschließend drückt sie mir einen feuchten Kuss auf die Wange, als wären wir dicke Freundinnen und keine vollkommen Fremden.

»Ich freue mich auch, dich kennenzulernen. Und danke für die Sachen. Das mit deiner Jogginghose tut mir leid.«

»Ach.« Sie winkt mit der perfekt manikürten Hand ab. »Das alte Teil? Nicht der Rede wert. Aber nochmals zu diesem Kleid. Es steht dir umwerfend! Deine helle Haut passt perfekt zu dem Silberton. Wenn du möchtest, kannst du es behalten.«

»Danke«, murmle ich und zupfe an dem Stoff, ohne ihr zu sagen, dass ich mich darin nicht gerade wohl fühle. Sollte ich den Moment nutzen, um etwas über sie in Erfahrung zu bringen? Bis jetzt weiß ich außer ihrem Namen und ihrer Kleidergröße schließlich nichts über sie. »Wieso bist du eigentlich hier? Wohnst du hier?«

Sie strahlt mich an wie eine Supernova und entblößt eine Reihe perfekter Zähne. Alles an dieser Frau schreit nach Schönheit. Die eisblauen Augen, die geschwungene

Nase, die hohen Wangenknochen. »So ungefähr, ja. Die Jungs waren so nett, mich vor ein paar Wochen bei sich aufzunehmen. Wir haben uns auf einer Party wie dieser kennengelernt und ich stand gerade an einem ziemlichen Scheideweg in meinem Leben. Es gab für mich zwei Optionen: Entweder ich mache weiter wie bisher und lande unter der Brücke, oder ich nehme ihre Hilfe an und kremple mein komplettes Leben um.«

»Also hast du dich für Letzteres entschieden«, schlussfolgere ich, woraufhin sie nickt. In gewisser Weise sind wir uns ähnlich. Auch ich befinde mich gerade an einer Abzweigung meines Lebens, die mich in die unterschiedlichsten Richtungen führen kann. Vielleicht ist die Abneigung, die meine Mutter mir am Telefon entgegengebracht hat, ein klares Zeichen dafür, dass ich mich endlich von meinen Eltern lösen sollte. Und vor allem von den Schuldgefühlen, die unsere Beziehung überschatten. Vielleicht sollte ich endlich anfangen, Verantwortung für mein eigenes Leben zu übernehmen und mir nicht ständig reinreden zu lassen. Weder von Mom, Dad, noch von Emily. In den letzten Stunden habe ich mir bereits all die Worte zurechtgelegt, die ich ihnen morgen um die Ohren knallen möchte, aber ich bin mir sicher, dass nichts davon meinen Mund verlassen wird, wenn ich erst vor ihnen stehe.

»Ist etwas nicht in Ordnung? Du wirkst traurig.« Brenda berührt mich flüchtig am Arm, um mich aus meiner Trance zu lösen. Am liebsten würde ich ihr mein Herz ausschütten und sagen, was mich belastet und was ich gerade im Keller gesehen habe, aber ich will die Story nicht nochmals wiederholen und ignoriert werden. Mein Mund fühlt sich schon fransig an.

»Ja, sagen wir so: Gerade verfluche ich die Tatsache, dass es auf dieser Party keinen Alkohol gibt«, erwidere ich und grinse sie schwach an. Ihre gezupften Brauen schnellen in die Höhe, anschließend hält sie ihren Finger in die Luft, um mir zu bedeuten, dass ich warten soll. Sie greift nach ihrer schwarzen Handtasche und zieht sie auf ihren Schoß. Dann öffnet sie den Reißverschluss und gewährt mir einen Blick auf die volle Wodkaflasche, die sie bei sich trägt wie eine Schmugglerin. Hinter vorgehaltener Hand wendet sie sich mir zu. »Wenn du mich fragst, ist eine Party ohne Alkohol keine Party.«

Und auch wenn ich sonst ebenfalls meine Finger vom Schnaps lasse, kommt mir diese Flasche gerade gelegen. Vielleicht schafft sie es ja, die Kreissäge in meinem Schädel leiser zu machen.

»Also, Lust auf einen Mitternachtsumtrunk?« Sie hält mir ihre Hand hin, die ich dankbar ergreife. Gemeinsam bahnen wir uns einen Weg durch die Menge nach draußen auf den Innenhof, der ebenfalls voller Menschen ist. Brenda zieht mich in eine dunkle Ecke außerhalb des Hauses, holt die Flasche heraus und öffnet sie. Nachdem sie einen kleinen Schluck genommen hat, reicht sie mir den Wodka. Ich gehe direkt aufs Ganze, lege den Kopf in den Nacken und spüle den brennenden Alkohol hinunter. Ein Husten überkommt mich und es kostet mich verdammt viel Kraft, die klare Flüssigkeit nicht sofort wieder auszukotzen und damit den Rasen zu düngen.

»Schon besser, oder?« Brenda lehnt sich gegen die kühle Außenwand des Coldminds und sinkt zu Boden. Ich folge ihr, setze mich neben sie und genehmige mir noch einen Schluck. Auch wenn ich sie nicht kenne, bin ich froh, dass sie bei mir ist und ich nicht allein sein muss. Die Musik aus dem Inneren dringt bis nach draußen und ist sicher noch im dichten Wald zu hören. Der Wald, der mir mit Alkohol in der Blutbahn gar nicht mehr so beängstigend vorkommt wie letzte Woche. Habe ich wirklich zwei Nächte da draußen verbracht, ohne zu sterben?

»In welcher Beziehung stehst du zu den Männern?«,

frage ich Brenda und schiele zu ihr hinüber. Sie klaut mir die Flasche und setzt sie an ihre vollen kirschroten Lippen. Sie sieht wunderschön aus und hat das Gesicht einer eleganten Puppe. Und noch immer kommt es mir so bekannt vor ...

»Lange Geschichte. Viel zu lang, wenn du mich fragst. Lass uns einfach nur Spaß haben!« Zwinkernd reicht sie mir den Wodka. Spaß. Das ist es, was ich jetzt brauche. Und wer weiß: Vielleicht kann ich mir ja genug Mut antrinken, um gleich in diesen Keller zu gehen und die Männer zur Rede zu stellen.

»Weissu was? Ich mag dich!« Brenda und ich sind inzwischen dazu übergegangen, zu tanzen. Ich barfuß, sie in ihren Heels, die immer wieder im weichen Gras einsinken. Irgendwelche Typen haben große Stroboskoplampen hier draußen aufgestellt, die die gruselige Fassade der Psychiatrie in Lila- und Blautönen zum Flackern bringen. Eines muss man den Männern ja lassen: Auch ohne Alkohol schmeißen sie ziemlich gute Partys. Aber mit Fusel lässt sich das, was ich gerade gesehen habe, etwas besser ertragen.

»Ich dich auch, Faye! Und wenn Eden mir das nächste Mal sagt, dass ich nicht in dein Zimmer gehen soll, weil du dich *ausruhen* musst«, sie setzt das Ausruhen in Gänsefüßchen, »dann zeige ich ihm den hier.« Brenda erhebt ihren rot lackierten Mittelfinger und dreht sich erneut im Kreis. Ich mag sie wirklich, auch wenn ich immer noch nichts über sie weiß. Aber feiern kann man mit ihr, und das ist gerade alles, was zählt. Das, was sich unter unseren Füßen im Keller dieses Gruselhauses abspielt, geht mich nichts an. Außer ... na ja, außer die Frau war gegen ihren Willen dort. Zwischen den dreien. Nackt, schutzlos, verletzt. Ich fühle mich hundeelend, weil ich wie ein Feigling hier draußen feiere, anstatt nach dem Rechten zu sehen.

»Mist, die Flasche ist leer.« Schmollend schiebt Brenda ihre Unterlippe vor und hält den Wodka mit dem Hals nach unten. Ein paar einsame Tropfen sickern in den Boden und töten sicher ein paar kleine Ameisen. Die armen Krabbeltiere. Können das Vierzigfache ihres eigenen Gewichts tragen, zählen zu den stärksten Lebewesen überhaupt und sind doch so leicht zu töten. Manche Dinge im Leben sind so ungerecht. Nein, das *ganze* Leben ist Ausdruck purer Ungerechtigkeit! Niemand fragt uns, bevor wir geboren werden, ob wir überhaupt bereit für dieses Paket aus Schuld und Angst sind. »Aber keine Sorge. Ich habe noch eine Ersatzflasche in meinem Zimmer. Warte hier auf mich!« Sie drückt mir einen scharf nach Alkohol riechenden Kuss auf die Wange und marschiert, mehr oder weniger elegant, zurück ins Haus.

Seufzend lehne ich mich gegen die kühlen Steine des Coldminds und starre in den Wald. Beim Gedanken daran, wie ich allein, verletzt und ängstlich durch ihn gerannt bin, weil Sawyer mich ausgesetzt hat, dreht sich mein Magen um. Gleichzeitig wird eine Wut in mir wach, die gefräßiger ist als ein Löwe, der seit drei Wochen nichts mehr zwischen die Reißzähne bekommen hat. Ich bin es leid, von Sawyer wie Dreck oder Luft behandelt zu werden. Bin es leid, dass Lucien mir nur kryptische Antworten gibt, wenn ich ihn frage, wieso zur Hölle sie überhaupt hier sind. Und ja, ich bin es auch leid, in Eden den Helden zu sehen, nachdem er gerade zugelassen hat, dass Sawyer dieser Frau wehtut. Das Bild ihres blutverschmierten Hinterns geht mir selbst mit Alkohol in den Venen nicht aus dem Kopf. Grummelnd stoße ich mich von der Wand ab und ignoriere die Tatsache, dass Brenda gleich mit einer zweiten Flasche hier sein wird. Ich muss da jetzt runter!

E*inen Fuß vor den anderen setzen.* Sollte easy sein, aber mit jedem Schritt merke ich stärker, dass ich keinen Alkohol vertrage und es für mich eindeutig zu viel der klaren Flüssigkeit war. Hin und wieder muss ich mich irgendwo abstützen. Mal an einer Wand, mal an einem Designerschrank und mal an einem Typen, der mir im Weg steht. Besonders Letzteres kommt nicht sonderlich sexy rüber.

Sobald ich die Kellertür erreicht habe, schließe ich die Augen und versuche, ruhig zu atmen. *Alles wird gut, Faye. Du gehst jetzt einfach da runter, sagst ihnen deine Meinung und erkundigst dich bei der blonden Frau, ob es ihr gut geht. Vielleicht lieber in umgekehrter Reihenfolge.*

Mutig stoße ich die Tür auf, trete in die Dunkelheit und taste nach einem Lichtschalter. Wo zur Hölle war dieses Mistding noch mal? Am Ende des dunklen Ganges brennt immer noch Licht, aber es ist jetzt nicht mehr grellweiß, sondern dunkelrot. Na wunderbar. Das perfekte Pufflicht.

Bevor ich mir in meinem vernebelten Geist weiter die richtigen Worte zurechtlegen kann, wird vor mir die Eisentür geöffnet. Ich sehe im roten Licht die Umrisse der Frau, die vorhin auf diesem Bett lag. An Händen und Füßen gefesselt. Mit einem schwarzen Tuch vor den Augen. Ich bleibe mitten im Gang stehen, taumle dabei leicht und halte sie am Arm zurück, bevor sie an mir vorbeigehen kann. Sobald ich ihr ins Gesicht sehe, poltert das Herz in meiner Brust.

»Momend mal ... Brenda? Wolldesd du nich ...« Super, ich lalle also. Wie zur Hölle kann sie jetzt hier sein?

In einem völlig anderen Outfit? Eben trug sie noch das schwarze, hochgeschlossene Etuikleid, jetzt ein rotes Cocktailkleid. Rot wie das Blut, das vorhin über ihren hellen Hintern geflossen ist. Ich blicke an ihr hinab, auf der Suche nach Blutspuren, aber da sind nur endlos lange, unverletzte Beine. Habe ich mir Sawyers Messerakrobatik vielleicht auch nur eingebildet? Dort, wo ihre Augen eben noch unter einem Tuch verborgen lagen, blitzen mich nun zwei fragende Iriden an. Ich kann die Farbe nicht erkennen, aber sie müssen einfach eisblau sein!

»Entschuldige? Kennen wir uns?« Die Frau sieht mich mit schräggelegtem Kopf an. Bin ich etwa so betrunken, dass inzwischen alle gleich aussehen?

»Ich … ähm … gehd es dir gud?«, frage ich, anstatt ihr zu antworten. Sie schiebt sich die Haare hinter den Rücken und verengt die Augen. Sie ist umwerfend schön, aber langsam glaube ich fest, dass die Fieberhalluzinationen zurück sind. Dass sie im Grunde genommen nie weg waren. Sollte ich Eden Bescheid geben? Nein! Deshalb bin ich nicht hier! Sondern, um sie zur Rede zu stellen!

»Ich meine, ich hab' dich gesehn. Mit den Männern … habn sie dir wehgedan?«, konkretisiere ich meine Frage und versuche wirklich, mir den Alkoholpegel nicht anmerken zu lassen. Ihrem Blick nach zu urteilen schaffe ich es nur semi-gut.

»Natürlich haben sie mir wehgetan. Aber mir geht's gut, Kleine.« Sie legt mir ihre Hand auf die Schulter und drückt sie meines Erachtens etwas zu fest. Mir entflieht ein *Aua*, bevor ich ihrer Rückansicht hinterherstarre. Sie hat mich einfach hier stehen lassen. Ich sammle mich noch einen kurzen – oder langen? Wo ist mein Zeitgefühl hin? – Augenblick, bevor ich eine Entscheidung treffe. Entschlossen steuere ich die Tür an, durch die sie gekommen ist, baue meinen Mut wieder von Neuem auf und marschiere auf diese Horror-Sex-Zelle zu. Doch sobald ich vor ihr stehe und die drei Männer betrachte, bröckelt der Mut schon wieder. Stein für Stein verpufft vor meinen brennenden Augen.

Lucien liegt oberkörperfrei auf dem Bett und raucht eine Kippe. Sein Blick trifft meinen sofort, aber mein Auftauchen scheint ihn nicht sonderlich zu überraschen. »Seht mal, wer uns Gesellschaft leistet.«

Eden sitzt neben ihm und fährt sich durchs dichte braune Haar. Und Sawyer steht in der dunklen Ecke an die Wand gelehnt. Alles, was ich sehe, sind die Schemen seines schönen Gesichts. Moment. Schön? Ätzend! Ich verfluche ihn!

»Was hast du hier unten zu suchen, Faye?« Eden steht auf und tritt an das Tor heran, aber sobald er mir zu nahe kommt, springe ich ein paar Schritte zurück. Gerate erneut ins Straucheln, fange mich aber selbst wieder auf, bevor ich vor ihnen auf dem Hintern lande und mich hochgradig blamiere. Alles hieran ist reine Blamage.

Er verengt die Augen, umgreift die Eisenstangen und starrt mich prüfend an.

»Ich ... habe ... euch ... beobachtet.« Wow, gar kein Lallen! Das ist ein Fortschritt! Sie sollen nicht merken, dass ich mir Mut antrinken musste. »Wie ihr diese Frau ... behandelt habt! Ihr seid perverse Dreckschweine! Wieso bin ich noch hier? Meintest du etwa das, als du mir sagtest, dass ich gut zwischen euch aussehen würde?« Damit wende ich mich Lucien zu, der inzwischen die Hände hinter dem Kopf verschränkt hat und mich mit der Kippe zwischen den Zähnen amüsiert mustert. Ihn verfluche ich auch, weil sein Grinsen so sexy ist.

»Vielleicht? Hat dir die Show wenigstens gefallen?«, fragt er süffisant, und ich widerstehe nur schwer dem

Drang, auf dieses Bett zu springen und die Zigarette in seinem dämlich hübschen Gesicht auszudrücken.

»Gefallen?«, speie ich. »Ihr habt diese Frau geschn … geschnitten! Dass Sawyer …« Diese Wortfindungsprobleme kann ich gerade echt nicht gebrauchen. »Dass dieser Mistkerl so drauf ist, hätte ich mir ja denken können. Aber ihr? Du?« Vorwurfsvoll sehe ich Eden an, dessen Miene ausdruckslos ist. Wo ist dieser liebevolle Blick hin, mit dem er mich vorhin auf dem Dach während unseres Tanzes angesehen hat? Es ist, als wäre er hinter diesen Gittern ein völlig anderer Mensch.

»Fertig mit deiner Predigt, Chaplin? Was ist, kommst du jetzt rein oder nicht? Du bist doch nicht wirklich hier, um uns zur Sau zu machen. Du bist eifersüchtig.«

»Pah! Blödsinn!«, blaffe ich zurück und stemme die Hände in die Hüfte. Ob ich auch nur annähernd so taff rüberkomme, wie ich rüberkommen will? Oder mache ich mich nur lächerlich? Vermutlich sieht man mir die Trunkenheit an der Nasenspitze an, genau wie die Eifersucht. Lucien hat nämlich recht. Neben all dem bin ich vor allem eifersüchtig. Was vollkommen hirnrissig ist, immerhin sah es vorhin nicht aus, als hätte die Frau sonderlich viel Spaß gehabt. Doch eben wirkte sie überhaupt nicht eingeschüchtert oder verstört, sondern tough und selbstbewusst. Was zur Hölle läuft hier für ein Spiel? Und wie sind die Regeln?

»Komm schon.« Lucien drückt die Kippe am Holzpfeiler aus und schnippt sie auf den Boden. Derweil tritt Sawyer aus dem Schatten heraus. Er trägt sein Hemd offen, sodass ich nahezu gezwungen bin, seinen darunterliegenden Oberkörper anzustarren. Diese perfekt geformten Muskeln mit den düsteren Tattoos, deren Bedeutung mich auf keinen Fall interessieren sollte.

»Ihr wollt mich so vögeln, wie ihr es gerade mit dieser armen Frau gemacht habt?« Ich blähe meine Nasenlöcher auf. »Wisst ihr was? Na los, holt euch, was ihr wollt. Fickt mich, schneidet mich, schlagt mich. Vielleicht schaffen es ja eure Schwänze, mein Hirn wieder an die richtige Stelle zu schicken, damit ich mich endlich erinnern und von hier verschwinden kann!« Mit unsicheren Schritten gehe ich auf das Tor zu, aber Eden blickt mich warnend an, als würde er mir damit sagen, dass ich anhalten und auf keinen Fall diese Tür öffnen soll, die mich noch von ihnen trennt.

»Du würdest zerbrechen wie eine billige Vase«, sagt Sawyer arrogant.

»Als ob«, knurre ich ihn an.

»Na dann komm her, Chaplin. Wir sind definitiv bereit für eine zweite Runde.« Lucien steht ebenfalls auf, und als ich in seine Augen sehe, die durch das Licht wie die des Teufels wirken, schürze ich die Lippen. Auf keinen Fall will ich wirklich dort reingehen und zu dieser Frau von eben werden. Wieso habe ich es dann gesagt? Wieso habe ich sie herausgefordert? Konnte ich bis eben meine Betrunkenheit gut überspielen, fühlt es sich jetzt an, als wäre der Alkohol endgültig in mein System gesickert. Als hätte jemand einen Schalter umgelegt.

»Ich ... will nichts von euch! Von keinem! Nich von dir, dir und von dir erst recht nich!« Mein Finger zittert, als ich auf Sawyer zeige. Sekunden später spüre ich Eden so dicht vor mir, dass mir das Herz bis zum Hals schlägt. Er greift nach meiner Hand, drückt sie bestimmend herunter und flüstert mir eine Frage ins Ohr.

»Bist du betrunken, Faye?«

Ich will den Kopf schütteln, stattdessen nicke ich wie ferngesteuert, als wäre lügen keinerlei Option, um meinen Arsch zu retten.

»Fuck. Komm mit.« Ehe ich verschwinden oder mich wehren kann, hat er schon unter meine Kniekehlen gegriffen und mich über seine Schulter geschmissen.

»Ey!« Ich donnere ihm meine Fäuste gegen den nackten, wohldefinierten Rücken. Langsam wird dieses Gegen-meinen-Willen-getragen-werden zu einer Tradition. Eine, auf die ich getrost verzichten könnte. »Lass mich runter!«, motze ich.

»Ja, Eden. Sie will Teil unserer Show sein, dann lass sie hier. Verdirb uns nicht den Spaß, Alter.« Lucien klingt wie ein trotziges Kind, dem ich jetzt meinen Mittelfinger präsentiere.

»Wisst ihr was? Fickt euch doch einfach selbst!«

»Sei. Still«, droht Eden mir. Er klang noch nie so wütend wie in diesem Augenblick.

»Dann lass du mich runter! Ich kann allein laufen!«

»Ach ja? Wie viel hast du getrunken?«, fragt er mich jetzt wieder erstaunlich ruhig und sachlich. Verdammt, wieso riecht er so gut? Wieso fühlt sich seine Haut so weich an? Wieso will ich meine Nase in seinem Haar vergraben, genau wie meine Nägel?

»Nich viel«, lüge ich. Eine halbe Flasche Wodka ist für mich verdammt viel. Ob die erste, echte Brenda schon auf der Suche nach mir ist? Am liebsten würde ich ihren Namen schreien, damit sie mich finden und retten kann, bevor eine Katastrophe geschieht.

»Wohin bringst du mich, Eden?« Dieses ständige Auf und Ab seiner Schritte nervt mich und triggert wieder diese Übelkeit. Langsam sind wir echt dicke Freunde, die Kotze und ich. Mich überkommt ein Lachen, das mir Seitenstechen beschert.

»Benimm dich, Faye. Wenn die Leute sehen, dass du dicht bist, fragen sie sich, ob wir auf unsere Prinzipien scheißen.« Weil ich nicht aufhöre zu lachen, stößt er ein tiefes Knurren aus, während er mich unbeirrt eine Treppe hinaufträgt. Die anderen Gäste sehen in meinen Augen aus wie gesichtslose Puppen. Was zur Hölle war in dem Wodka noch drin? Ich schlage um mich, damit

Eden mich runterlässt, aber keine Chance. Sein Griff ist so fest, dass mir Tränen in die Augen schießen. Seit wann ist er so grob? Und wieso denkt keiner dieser Gäste daran, mir zu helfen?

Er marschiert noch ein Stockwerk höher, drängt sich und mich an den Partygästen vorbei und steuert einen leeren Gang an. Sobald er eine der Türen geöffnet und hinter uns wieder geschlossen hat, sehe ich mich im Raum um. Es ist ein gigantisches Schlafzimmer. In der Mitte befindet sich ein Bett, in das sich locker fünf Menschen kuscheln könnten. Dahinter steht ein riesiger, schwarzer Klavierflügel, direkt vor dem Rundbogenfenster. Der Raum ist dunkel gehalten, die Möbel sind allesamt schwarz, die Wände genauso grau und kalt wie der Rest dieser gruseligen Anstalt.

»Wo sind wir hier?«, frage ich interessiert und habe inzwischen aufgehört, mich zu wehren. Er wird mich ohnehin erst runterlassen, wenn er es will.

»In Sawyers Schlafzimmer.«

»In ... was?« Panisch beginne ich wieder zu zappeln. »Lass mich runter und hier raus!«, fiepe ich. »Ich will nicht hier sein!« Ich will weder sehen, wo Sawyer schläft, noch, wo er Klavier spielt. Allein die Vorstellung von ihm an dieser gigantischen Schönheit trocknet meine Schleimhäute aus.

»Glaub mir, das ist der letzte Ort, an den ich dich bringen will. Aber der einzige im ganzen Haus, an dem wir ungestört sind und dafür sorgen können, dass du nüchterner wirst. Sawyers Abteilung ist die einzige, in die sich keiner reintraut. In meinem Zimmer ficken sicher schon die ersten Gäste.« Diese offene, wenig diskrete Sprechweise passt gar nicht zu dem Mann, der mich in der letzten Woche so liebevoll versorgt hat. Was ist passiert? Was habe ich verpasst?

»Ich will gar nich nüchtern werden!«, protestiere ich

und lasse meinen Blick noch einmal durch das Zimmer schweifen, bevor Eden mich in einen weiteren Nebenraum trägt. Er schaltet das Licht an und ich sehe mich staunend in diesem monströsen, luxuriösen Badezimmer um. Goldene Fliesen, mattschwarze Badmöbel und eine Regenwalddusche, in die ebenfalls eine halbe Fußballmannschaft passen würde. Protziger geht es wohl kaum.

»Du solltest aber nüchtern werden.« Endlich lässt Eden mich runter. Bevor ich den Halt verliere, drückt er mich sanft gegen die Glaswand der Dusche und schiebt sein Knie zwischen meine Beine als Stütze. Ich sehe zu ihm auf und suche in den wärmsten braunen Augen dieser Welt sein altes Ich. Den Eden, den ich kennengelernt habe.

»Wieso?«, fordere ich ihn heraus.

»Weil Sawyer ausflippt, wenn er merkt, dass hier Alkohol im Spiel ist. Du kennst unsere Regeln. Wieso hast du dich nicht an sie gehalten? Und wo hast du ihn her?«

»Deine Fragerei nervt!« Mehr sage ich nicht.

»Faye ...« Eden verengt die Augen. »Wenn Sawyer ...«

»Was? Was wird er tun? Will er mir auch den Hintern aufschlitzen wie dieser armen Frau? Und du? Willst du mir den Arsch davor oder danach versohlen, bis er glüht?« Wütend funkle ich ihn an und versuche nicht daran zu denken, wie nah wir einander sind. Unsere Münder trennen nur wenige Zentimeter, die ich einfach überbrücken könnte, wenn ich mich auf Zehenspitzen stellen würde. Ich setze erneut zum Sprechen an, weil noch so vieles in mir brodelt.

»Stopp, Faye!« Sein Tonfall lässt keinerlei Widerspruch zu, also klappe ich meinen Mund wieder zu, anstatt mit meiner Anklage fortzufahren.

»Glaubst du etwa, dass wir diese Sachen gegen ihren Willen getan haben? Dass wir sie vergewaltigt haben wie irgendwelche Scheißpenner, die ihre Triebe nicht im Griff haben?«

»Ja. Nein. Was weiß ich! Aber ihr wart so ... so anders.«

»Faye, wir alle haben unterschiedliche Seiten in uns. Und du genauso. Das, was du gesehen hast, hat dich angemacht. Hör auf, dir das Gegenteil einzureden.« Es ist keine Frage, sondern eine schlichte Feststellung, die mich in Verlegenheit bringt, weil er vielleicht recht hat. Aber nur zu einem winzigen Teil. Ich kann mir nicht vorstellen, was schön daran sein soll, aufgeschlitzt und geschlagen zu werden.

»Unsinn«, halte ich dagegen.

»Ach ja?« Er beugt sich dichter über mich, und als sein warmer Atem mein Gesicht kitzelt, seufze ich. Eden ist so unfassbar schön. Seine braunen Augen blicken mir bis in die Seele und sehen Teile von mir, die ich selbst nicht erklären oder gar erkennen kann. Seine braunen Haare, die sonst immer perfekt gestylt sind, hängen ihm jetzt wild in die Stirn und verleihen ihm einen verwegenen Look.

»Wollen wir wetten, dass du bereits nass bist?«

Ich schüttle den Kopf, auch wenn es stimmt. Dieser fremde Slip ist längst feucht.

»Soll ich nachsehen?«

Erneut ein Kopfschütteln meinerseits, gefolgt von diesem umwerfenden Grinsen seinerseits.

»Du bist so anders. In den letzten Tagen warst du immer so liebevoll, so nett, so hilfsbereit. Und jetzt hast du diese Frau wie ein Stück Gummi mit Herzschlag gefickt.«

»Faye ... Glaubst du, nur weil ich ein *netter* Mensch bin, stehe ich auf Blümchensex in Missionarsstellung?« Wieder zucken seine Mundwinkel, während meine Lippen beben. Der Drang, ihn schmecken zu wollen, wird nahezu unerträglich. Seit ich hier bei diesen Männern gelandet bin, bringen zwei von ihnen meinen Körper vollkommen um den Verstand. Nur zwei. Sawyer nicht. Sawyer lässt mich kalt wie eine schreckliche Eisdusche. Er muss mich kalt lassen. Es darf kein Kribbeln in mir auslösen, dass er jeden Moment hier reinplatzen könnte.

»Dann zeig es mir. Nimm mich. Genau hier. In diesem Badezimmer, das dem Mann gehört, der mich abgrundtief hasst. Fick mich, wie du diese Frau gefickt hast. Dann weiß ich wenigstens, dass ich mir dieses verdammte Prickeln zwischen uns nicht nur eingebildet habe!« Ich rede mich in Rage, balle meine Hände zu Fäusten und warte atemlos darauf, dass er reagiert. Entweder mit Rückzug oder Angriff.

Edens Gesichtszüge erstarren, bevor er mir antwortet. »Du bist betrunken, Faye. Ich nutze das nicht aus, aber du solltest es nicht herausfordern.«

»Bullshit!«, fahre ich ihn an, um ihn zu reizen, obwohl er recht hat. Ich benehme mich gerade wie eine läufige Hündin, die nach Aufmerksamkeit lechzt. Und nach Sex. Ich schiebe die Schuld auf den Alkohol, weil es der einfachste Weg ist. »Da unten habe ich eine andere Seite von dir gesehen. Also entweder lügst du mich an oder du hast einfach keinen Bock auf mich. Dann sei wenigstens Manns genug und sag es!« Was verdammt wehtun würde, weil ich ihn schon will, seit er sich so rührend um mich gekümmert hat. Auch wenn ich langsam glaube, dass all das nur seine Masche ist, um hilflose Frauen wie mich rumzukriegen.

»Faye ...« Vier Buchstaben aus seinem Mund, so rau, so drohend. So verflucht heiß. »Seit du vor unserem Tor lagst, stelle ich mir schon vor, wie es wäre, dich zum Schreien zu bringen. Also hör auf, mich zu provozieren.«

»Sonst was?«, frage ich und fahre mit den Fingern

über seinen nackten Oberkörper. Diesen unfassbar schönen Oberkörper, an dem jede Sehne perfekt sitzt. Breite Schultern, stählerne Brust, der sanfte Pfad aus Härchen, der in der Jeans verschwindet, die ich jetzt streife. »Was machst du sonst mit mir, Eden? Ich bin kein Püppchen, das nach eurer Pfeife tanzt. Wenn ich jetzt mit dir schlafe, dann weil ich es will. Nicht weil du dich nicht zurückhalten kannst. Verstanden?« Mit diesen Worten streichle ich die Erektion, die sich deutlich unter seiner Hose gebildet hat. Ich habe seinen Schwanz vorhin bereits gesehen und weiß, wie groß er ist. Es sollte mir Angst machen, dass jemand seiner Größe mein erster Richtiger sein könnte. Mit Sexspielzeugen kenne ich mich aus, aber das hier ist etwas vollkommen anderes.

»Bitte, Eden. Ich will dich jetzt.«

»Du machst es mir verflucht schwer, mich zurückzuhalten«, erwidert er scharf, als ich beginne, über seine Chino zu reiben. Er wird größer, härter, zuckt unter dem viel zu dicken Stoff.

Ich küsse seine Kieferlinie, seinen Kehlkopf, seine Brust. »Dann halte dich nicht zurück.«

Sekunden später hat Eden nach dem Lichtschalter gegriffen, ihn ausgeschaltet und mich erneut gegen die Glaswand gedrückt. Das Bad wird jetzt nur noch durch das Fenster neben dem Waschbecken beleuchtet. Das bunt flackernde Stroboskoplicht dringt in den gefliesten Raum und tanzt auf den Wänden. Ich öffne seinen Ledergürtel, taste wild an seiner Hose herum und ziehe sie ihm bis in die Kniekehlen herunter. Dass ich noch nie einen Schwanz im Mund, geschweige denn in mir hatte, verschweige ich ihm. Er würde sofort aufhören, da bin ich mir sicher. Und ich will nicht aufhören. Ich will heute einfach nur Spaß haben, anstatt pausenlos daran zu denken, wieso meine Mutter nicht will, dass ich nach Hause komme.

Eden zieht mich zurück auf die Beine, greift unter den Saum meines Discokugelkleides, zieht es mir aus und schleudert es achtlos hinter sich. Brenda hat es mir geschenkt, also ist es mir egal, wo es landet und ob es heil bleibt. Anziehen werde ich den Stofffetzen ohnehin nicht mehr.

»Fuck, Faye ...« Er knetet meine nackten Brüste, sodass sich meine Spitzen sofort für ihn aufstellen. Ich greife nach seiner Hand, schiebe sie zwischen meine Schenkel und beiße mir auf die Unterlippe, als er unter den schwarzen Stoff des geliehenen Strings gleitet.

»Du bist nicht nur feucht, du läufst aus«, murmelt Eden und vergräbt sein Gesicht an meinem Hals. Alles dreht sich. Nicht nur wegen des Alkohols in meiner Blutbahn, sondern seinetwegen. Unsere Körper verschmelzen miteinander. Ich grabe meine Nägel in sein Haar, biege meinen Rücken durch und dränge mich ihm halbnackt entgegen. Alles, was ich noch trage, ist dieser Slip. Alles, was er noch trägt, zieht er nun aus. Splitterfasernackt steht er vor mir. Ich lasse meinen Blick über ihn wandern und mein Herz poltert im selben Takt, in dem mein Kitzler pocht. Ich will das hier, auch wenn ich mir sicher bin, es spätestens morgen zu bereuen.

Eden packt meine Hüften und hebt mich mit Leichtigkeit hoch. Sein steinharter Schwanz drückt sich von außen gegen meinen Venushügel, und als er mich in die gigantische Dusche trägt, küsse ich ihn. Schmecke seine Frische, seine Unverwechselbarkeit. Seine Zunge gleitet in meinen Mund, streichelt über meine obere Zahnreihe und tanzt anschließend mit der meinen, wie wir oben auf dem Dach miteinander getanzt haben. Nur dass es dieses Mal keine Zuschauer gibt und wir deutlich weniger bekleidet sind.

»Verhütest du?«, fragt er mich raunend.

Mit geschürzten Lippen schüttle ich den Kopf und

befürchte, dass es hier enden wird. Doch Eden hat einen anderen Plan, greift in die Einsparung der Dusche, in der einige Glasflaschen mit sicher arschteurem Shampoo stehen, und fischt ein Kondom hervor. Er reißt es mit den Zähnen auf und streift es sich routiniert über. Woher weiß er, dass Sawyer hier in der Dusche Kondome aufbewahrt? Teilen sie etwa auch hier drin ihre Frauen?

Kraftvoll stößt er mich gegen die kalten Fliesen, während ich blind nach der Dusche taste. Sekunden später ergießt sich warmes, fast heißes Wasser über uns. Die Haare hängen ihm nass und dunkel in die Stirn und tropfen auf sein schönes Gesicht. Derweil kralle ich mich in seinen Nacken und reibe meine Scham an seinem Schwanz. Die Vorstellung, dass er gleich in mir sein könnte, macht mich vollkommen willenlos. Ich weiß, dass es anders ablaufen sollte. Romantischer. Mit einem Mann, den ich länger kenne und vielleicht sogar liebe. Aber mein Leben steuert ohnehin geradewegs auf den Abgrund zu, wieso sollte ich den Sturz dann nicht ein wenig genießen?

»Das hier will ich schon seit einer Woche mit dir machen«, raunt Eden und setzt mich am Boden ab. Meine Füße gleiten auseinander, und als er seine Finger unter meinen Slip hakt und ihn mir abstreift, trete ich ihn zur Seite. Brenda wird ihn sicher nicht vermissen. Noch immer dringt das flackernde Licht in den luxuriösen Raum. Jede Regung seinerseits läuft optisch in Zeitlupe ab. Wie er sich vor mir aufbaut. Sein Gesicht zu meinen Brüsten senkt. Mit der rechten Hand umgreift er meine Brust, während er die andere mit seiner geschickten Zunge liebkost. Keuchend werfe ich den Kopf zurück, fahre durch sein nasses Haar und lasse mich vollkommen von dieser Hitze einnehmen. Edens Hand fährt über meinen Bauch, streichelt meine Vulva und gleitet zwischen meine Schamlippen.

»So perfekt«, murmelt er und beißt sanft in meine Brustwarze. Mir entflieht ein Stöhnen. Eden leckt ein letztes Mal über meinen Nippel, richtet sich auf und greift unter meinen Hintern. Ich schlinge die Beine um sein Becken, sehe ihm in die Augen und stoße einen Schrei aus, als er mich auf seinen Schwanz schiebt. Ich bin so feucht, dass er leicht in mich gleitet, und doch ist das Gefühl so ... anders. Anders als alles, was ich je empfunden habe. Ich brauche einen Moment, um mich an seine Latte und diese immense Größe zu gewöhnen, aber Eden lässt mir diese Zeit nicht. Er fickt mich mit harten, schnellen Stößen gegen die Fliesen und drückt mich so fest auf seine Erektion, dass es wehtut. Er weiß nicht, dass es mein erstes Mal mit einem Mann ist. Dass ich es sanft brauche. Und ich sage nichts. Lasse mich weiter von ihm vögeln und vertreibe jeglichen Gedanken daran, wie falsch das hier ist. Und wie verrufen, dass ich nicht nur sein Gesicht vor Augen habe, sondern auch das der anderen beiden Männer. Dass ich bildlich vor mir sehe, wie Lucien seinen Schwanz in meinen Mund schiebt, während Sawyer uns dreien dabei zusieht.

Ich schließe flatternd meine Lider, stöhne Edens Namen und jage meine Nägel so tief in seine Schultern, dass er bald bluten muss. Aber es hält ihn nicht davon ab, mich weiter zu ficken. Immer wieder gleitet sein Schaft aus mir heraus, nur um anschließend noch härter in mich zu stoßen. Die Feuchtigkeit meiner Erregung vermischt sich mit der Nässe des Duschwassers, das endlos auf uns prasselt. Die Wassertropfen sind im Vergleich zu seinen Stößen so sanft und fühlen sich wie Seifenblasen an, die auf meiner Haut zerplatzen.

Eden legt seine Hand an mein Kinn, dreht mein Gesicht in seine Richtung und küsst mich. Voller Leidenschaft und genauso rau und wild wie der Ort, an dem sie leben. Durch das Wasser nehme ich seinen Duft noch intensiver wahr, und jedes Mal, wenn er mit seinem Schwanz gegen meinen Muttermund stößt, entflieht mir ein Stöhnen, das Lust und Schmerz miteinander vereint. Ob es diese Mischung ist, die die Frau unten im Keller so genossen hat?

Unsere nackten, nassen Körper schlagen gegeneinander, während da draußen die Party einfach weiterläuft. Niemand weiß, was wir hier tun. Und es interessiert auch niemanden. Hier gibt es keinen, der mich verurteilt. Nur mich selbst. Seufzend nehme ich seine Zunge tief in meinem Mund auf und erstarre am ganzen Körper.

Ich spüre ihn, bevor ich ihn sehe. Seine Anwesenheit legt sich wie ein Schleier um meinen nackten Körper, hüllt mich ein, verbrennt meine Nerven.

Ich löse meinen Mund von Edens, drücke sein nasses Gesicht an meinen Hals und blicke zur Tür. Sekunden später öffnet sie sich. Er lehnt sich gegen den Türrahmen und sieht uns einfach nur an.

Lucien.

DREIZEHN

LUCIEN

Nachdem die kleine Chaplin uns im Keller eine nahezu filmreife Szene geboten hat, habe ich mich auf die Suche nach ihr und Eden gemacht. Ich will wissen, was genau sie von unserer Session gesehen hat. Ob es ihr gefallen hat, wie wir unsere kleine Freundin gemeinsam besinnungslos gevögelt haben.

Sawyer hingegen ist wütend davongerauscht, um sich auf meiner Geburtstagsparty mit anderen Weibern abzulenken. Da ich Eden und Faye nirgends finden konnte und sie auch nicht in Edens Zimmer waren, gibt es nur noch einen Ort, an dem sie sein können. Der einzige Bereich des Hauses, in den nie jemand hineingeht. Niemand bis auf uns.

Er hat sie in Sawyers Zimmer gebracht, da bin ich mir sicher. Und ich frage mich, ob er die Konsequenzen bedacht hat, sollte unser Freund davon Wind bekommen. Es ist kaum zu übersehen, dass Faye ihn nicht so kalt lässt, wie er es vorgibt, aber wir sollten ihn auch nicht herausfordern.

Sobald ich seine Schlafzimmertür hinter mir geschlossen habe, grinse ich bis über beide Ohren. Jackpot.

Eden vögelt die kleine Chaplin in Sawyers Dusche und treibt dieses Spiel damit auf den fucking Höhepunkt. Ich trete auf das Badezimmer zu, dessen Tür nur leicht angelehnt ist. Langsam drücke ich sie auf und lehne mich gegen den Holzrahmen. Mein erster Blick landet in Fayes Gesicht. Sie starrt mich an, als wüsste sie längst, dass ich ihnen Gesellschaft leisten will. Eden fickt sie in der Dusche, gräbt seine Nägel in ihre Hüften und hämmert sich in ihre Pussy. Dieser verfluchte Mistkerl. Ich wusste, dass er der Erste von uns sein würde, und doch hatte ich mir gewünscht, dass es anders wäre. Durch das Stroboskoplicht von draußen hat die Szenerie etwas verdammt Ästhetisches an sich. Die nackten Körper werden abwechselnd von lilafarbenem und blauem Licht angestrahlt. Da sie seitlich zu mir stehen, kann ich die Show bestens genießen.

Faye hält meinem Blick stand, während Eden sie von seinem Schwanz hebt, auf dem Boden abstellt und umdreht. Ihre Hände ruhen jetzt auf den Fliesen, die durch das Flackerlicht der Party im Innenhof bunt tanzen. Dieser Anblick ist verflucht heiß. Zuzusehen, wie der Schwanz meines besten Freundes jetzt von hinten in die Kleine eindringt, macht mich sofort hart. Nach dem Hauptgang im Keller kommt mir das hier wie das zuckersüße Dessert vor.

Ob sie will, dass wir sie teilen?

Mein Blick gleitet über ihren perfekten, pitschnassen Körper, den ich bereits unter dem Wasserfall betrachten konnte. Ihre Titten sind prall, aber nicht groß. Ihr Bauch schmal, aber nicht trainiert, sondern weich. Sie sieht mich immer noch an, ihre sinnlichen Lippen stehen offen und laden mich förmlich zu einem süßen Dreier ein. Bei diesem Mund bräuchte ich vermutlich nicht lange, um abzuspritzen.

»Ich finde es nicht okay, dass die Party ohne mich stattfindet«, sage ich schließlich. Eden fickt Faye unbeirrt weiter. Wir sind lange über diesen Punkt hinaus, es ist keine Seltenheit, dass wir uns die Frauen teilen. Dass wir ohne Ankündigung in die Zimmer der anderen platzen. Ein Grinsen breitet sich auf seinem Gesicht aus, während Fayes Hände immer wieder von den nassen Fliesen abrutschen. Ich ziehe mein Shirt aus, werfe es ins Waschbecken und trete auf die Dusche zu.

»Schon vergessen, dass ich das Geburtstagskind bin?«

Sie schüttelt keuchend den Kopf, blickt meinen Oberkörper hungrig und zugleich ängstlich an. Ich muss sie nicht fragen, ob sie schon einmal einen Dreier hatte. Die Antwort ist nein, denn in ihren Augen tanzt so viel Neugierde, gepaart mit glasklarer Unwissenheit.

»Was meinst du, Faye?« Eden zieht sanft ihren Kopf zurück und verharrt an ihrem Ohr. »Soll er dazukommen?«

Sie zögert. Ihre Titten heben und senken sich so schnell, als hätte sie bereits einen Gangbang hinter sich. Ich warte ihre Reaktion ab, schäle mich trotzdem schon aus der Jeans. Wir wissen beide, dass sie Ja sagen wird. Schlussendlich nickt sie schwach, schließt erneut die Augen und fokussiert sich auf die Stöße, mit denen Eden sie gegen die Fliesen drückt.

»Komm her, Lucien.« Wieder grinst er mich an. »Ich spüre, dass sie gleich kommt.«

Das lasse ich mir nicht zweimal sagen. Sobald ich nackt bin, trete ich zu den beiden unter die Dusche. Innerhalb von Sekunden bin ich ebenfalls komplett nass, lege meine Hand auf Fayes und löse sie von der Wand. Ihre Lider schlagen auf, und ihr so nah zu sein, während sie nackt und schutzlos ist, treibt mich in den Wahnsinn. Wer hätte gedacht, dass die kleine Chaplin so ein versautes Stück ist? Sobald ich auch ihre zweite Hand von den Fliesen gelöst habe, stelle ich mich vor sie, schiebe ihre nassen Strähnen hinters Ohr und beuge mich vor. »Halt dich an mir fest. Ich will sehen und spüren, wenn du kommst, während Eden dich in den Himmel fickt.«

Atemlos nickt sie und öffnet stöhnend den süßen Mund. Ich platziere ihre Hände auf meinen Schultern und sehe im Partylicht nicht, ob ihre Wangen gerötet sind, aber ich bin mir sicher, dass sie glühen, genau wie ihr ganzer Körper. Die Geräusche, die entstehen, wenn Eden sich in sie schiebt, turnen mich an. Lassen mich noch praller werden. Faye sieht auf meine Latte hinab, beißt sich auf die volle Unterlippe und ist gleich so weit. Nur noch zwei, drei Stöße an der richtigen Stelle ...

Ihre Spitzen sind steinhart und wunderschön. Ihre Titten wippen, jedes Mal, wenn Eden seinen Schwanz in ihr versenkt. Sekunden später krallt sie ihre Fingernägel in meine Schultern und lässt den Kopf schreiend nach vorn fallen. Sofort greife ich ein, lege meine Hand unter ihr Kinn und hebe ihren Kopf wieder an.

»Sieh mich dabei an, Chaplin. Ich will sehen, wie es passiert.«

Sie gehorcht, als wisse sie, dass es keine Bitte, sondern ein Befehl war. Blickt mir tief in die Augen, während der Orgasmus über sie hinwegfegt und sie am ganzen Körper erzittern lässt wie eine zarte Blume im stürmischen Wind. Ihre Knie beben, genau wie ihre Hände, die immer noch auf mir liegen. Das kleine Kätzchen hat verdammt scharfe Krallen. Ich streichle ihre Wange, fahre mit dem Daumen über ihre Lippen und teile sie. Schiebe ihr meinen Finger in den Mund und stoße ein Stöhnen aus, als ihre Zunge über ihn fährt. Bei der Vorstellung, dass es mein Schwanz ist, den sie auf diese Art und Weise nimmt, verlässt mich die Geduld.

Ich muss sie ficken. Mir egal ob ihre süße Pussy, ihren

knackigen Arsch oder ihren unschuldigen Mund. Hauptsache, ich kann in ihr sein. Das Wasser rinnt ästhetisch über ihren schönen Körper, der sich kaum noch auf den Beinen halten kann.

»Fuck, Faye ...«, stößt mein bester Freund aus.

»Kleines ...« Ich küsse ihren Mundwinkel und rieche ihre Fahne. Dass sie betrunken ist, wusste ich in dem Moment, in dem sie das erste Wort im Keller gesagt hat. »Eden kommt gleich in dir. Ich will, dass du dich vollkommen darauf konzentrierst, verstanden? Denk an nichts anderes. Nur daran, wie er seinen Samen in dich pumpt.«

Sie nickt schwach, braucht nicht mehr viel, um zu Boden zu gehen. Eins steht fest: Einen echten Dreier würde sie nicht verkraften. Keine Ahnung, ob sie es einfach nicht gewohnt ist, richtig gevögelt zu werden, oder ob es an ihren Verletzungen liegt.

Eden krallt sich fester in ihre Hüfte, zerteilt die Kleine mit seinem Schwanz. Ich sehe meinen Freund an und weiß, dass er kurz davorsteht, abzuspritzen. Wir haben das hier schon so oft getan, dass wir den anderen wie ein Buch lesen können.

Wieder findet meine Hand ihre Wange. Ich lehne meine Stirn gegen ihre, sehe ihr im tanzenden Licht in die Augen und grinse sie frech an.

»Drei.«

Sie keucht.

»Zwei.«

Er raunt ihren Namen.

»Eins«, zähle ich herunter. »Fühlst du es? Spürst du, wie er in dir pulsiert? Wie er dir alles schenkt? Bis auf den letzten Tropfen?«

Fayes Lider flattern erneut, während Eden seinen Orgasmus mit langsamen Stößen zum Ausklingen bringt. Er zieht sich aus ihrer Mitte, reißt sich das

Kondom ab, knotet es zusammen und wirft es ins Waschbecken.

»Und jetzt geh auf die Knie«, weise ich sie an. Die veränderte Pose wird eine Wohltat für ihren überforderten und überreizten Körper sein. Wieder zögert sie, gibt aber schließlich nach. Als sie vor mir am Boden kniet und mich so unschuldig und unerfahren ansieht, weiß ich, dass es schnell gehen wird. Eden beobachtet, wie ich in ihre nassen blonden Haare greife, meinen Schwanz zu ihren Zuckerlippen führe und in sie eindringe. Ich bin nicht einmal zur Hälfte in ihr, als sie bereits würgt. Fuck, wenn schon ihr Mund so eng ist ...

Ich lasse mich gegen die Fliesen sinken, streichle ihren Hinterkopf, als wäre sie ein kleiner süßer Hund und taste mich langsam vor. Scheiße, sie bekommt mich zwar nicht ansatzweise ganz rein, aber allein das warme Gefühl ihrer vorsichtigen Zunge an meiner Eichel reicht, damit ich noch stärker anschwelle. Sie beginnt zögernd, mir einen zu blasen, und auch, wenn dieser Blowjob bei Weitem nicht der geilste ist, den ich je hatte, macht er mich am allermeisten an. Weil *sie* mich anmacht. Ihr keuscher Blick. Ihre kleinen Titten, die perfekt in meine Hände passen werden. Im Augenwinkel sehe ich, dass Eden seine Faust fickt. Dieser Wichser hat die verdammte Ausdauer eines Soldaten. Er macht seinem damaligen Job alle Ehre.

Faye wird langsam mutiger, lutscht mich härter, macht mich nasser. Ich stöhne tief, halte sie fester. Und beginne langsam, mich selbst zu bewegen und ihren Mund zu vögeln. Sekunden später leistet Eden uns wieder Gesellschaft, und als Faye unsere beiden Schwänze vor sich sieht, hält sie inne. Ich ziehe mich aus ihr zurück, gehe in die Hocke und drehe ihren Kopf in Edens Richtung, sodass er meinen Platz einnehmen kann. Shit, ihr Mund ist anscheinend noch unerfahren, aber wie für unsere Schwänze gemacht. Tief nimmt sie ihn in sich auf, während ich mit den Fingern ihre steifen Spitzen massiere. Wie zu erwarten liegen ihre Titten perfekt in meinen Händen. Ich spüre unter ihrer nassen Haut, wie stark ihr kleines Herz rast. Immer schneller. Immer wilder. Wie das eines kleinen Vogels, der vor lauter Erschöpfung kaum noch fliegen kann. Zu gern würde ich sie fallen sehen.

Eden drückt sich jetzt ein letztes Mal sanft in ihren Mund, bevor er sie wieder mir überlässt. Ich stehe auf, ziehe ihren Kopf zurück und ficke sie, dieses Mal weniger zärtlich. Nichts kommt an das Geräusch eines geilen Blowjobs unter der Dusche heran. Sie saugt an mir und mit jeder Sekunde wird sie mutiger und offener. Eden schiebt sich erneut den Schwanz in die Faust und genießt die Show.

»Fuck, Chaplin. Das habe ich mir zum Geburtstag gewünscht, als ich dich zum ersten Mal gesehen habe, weißt du das?«

Sie sieht leicht verunsichert zu mir auf, schließt ihre Lippen enger um meinen Schaft und zuckt zusammen, als ich heftig in ihr komme. Mein Samen läuft warm in ihren Rachen, lässt sie würgen. Und dennoch schluckt sie meinen Saft restlos. Sobald ich den Orgasmus bis zur letzten Sekunde ausgekostet habe, drücke ich sie zurück und deute auf Eden.

Wie ferngesteuert wendet sie sich meinem Freund zu, legt ihre Hände auf sein Becken und nimmt ihn erneut in sich auf. Er schiebt sich sinnlich in ihren Mund, streichelt ebenfalls ihre nasse Mähne und spritzt mit ihrem Namen auf den Lippen in ihr ab. Auch sein Sperma schluckt sie bis auf den letzten Tropfen. Erschöpft sinkt sie auf die Fersen, rutscht an die Duschwand heran und zieht die Beine an den Bauch. Anschließend vergräbt sie das Gesicht in ihren Knien, schlingt die Arme um ihre Schienbeine und verharrt in dieser Pose. Ihre Schultern beben, als würde sie weinen.

Fuck, war das schon zu viel für sie?

Eden schaltet die Dusche ab, und als wir ihr leises Schluchzen hören, sehen wir einander fragend an. Was zur Hölle ist passiert?

VIERZEHN

FAYE

Ich will sie nicht ansehen. Weder Eden noch Lucien, obwohl ich ihre Blicke wie Messerklingen auf meiner nackten, nassen Haut spüre, nachdem sie mir gerade so nah waren. Noch immer brennt meine Mitte auf zuckersüße Weise, mein Herz hingegen steht lichterloh in Flammen. Es tut weh. Es tut so verdammt weh, und ich weiß nicht einmal, wieso überhaupt. Bereue ich, dass ich mit Eden geschlafen habe? Dass ich zugelassen habe, dass Lucien dazukommt? Meine Gedanken sind so laut und so wirr, dass ich mir die Fragen nicht beantworten kann.

»Faye, was ist los?« Eden beugt sich über mich, aber ich kann meinen Kopf nicht heben. Will die beiden nicht ansehen und sie glauben lassen, dass ich wegen des Dreiers weine. Denn eigentlich geht es gar nicht darum. Ich presse mein Gesicht auf meine Knie, bekomme aber aus dem Augenwinkel trotzdem mit, wie Lucien das Licht anschaltet.

»Komm hoch, Faye.« Eden greift unter meine Arme, zieht mich in den Stand und holt mich aus der Dusche heraus. Anschließend spüre ich, wie mich etwas Warmes, Weiches umgibt. Er trocknet mich ab.

Erschöpft blicke ich auf und sehe Lucien, der wieder in seine Klamotten geschlüpft ist. Eden hingegen hat sich lediglich ein Handtuch um die nackte Hüfte gebunden, um seine Blöße zu verdecken. Seinen Schwanz, mit dem er gerade bis zum Anschlag in mir steckte, ohne zu wissen, dass er der Erste für mich war.

Lucien holt derweil seine Zigarettenschachtel aus der Jeans. »Scheiße.« Die Kippe muss durch das Wasser am Boden aufgeweicht sein, denn sie geht nicht an. Wütend bricht er sie in der Mitte durch, schnippt das nasse Ende zur Seite und zündet sich den trockenen Rest an. Anschließend lehnt er sich gegen die Fliesen und sieht dabei zu, wie Eden mich weiter liebevoll abtrocknet.

Erst meine Schultern und Oberarme, dann meinen Rücken, meine Brüste und meinen Bauch. Er steht hinter mir, geht in die Hocke und widmet sich meinen Beinen, die noch immer puddingweich sind. In diesem Augenblick behandelt er mich wieder wie dieses kostbare Stück Glas, das zerbrechen könnte, wenn er zu grob vorgeht. Und das, obwohl er sich gerade wie ein Wahnsinniger in mich geschoben hat. Sobald ich weitestgehend trocken bin, wickelt er mich in dem gigantischen Handtuch ein und setzt mich auf die Toilette. Ich nestle an dem Frottee und weiche noch immer den Blicken der beiden aus. Aber ich weiß, dass ich mich ihnen stellen muss, genau wie ihren Fragen. Immerhin bin ich gerade in Tränen ausgebrochen, nachdem ich mit ihnen Sex hatte.

»Komm schon, Chaplin. Sag uns, was los ist. Frauen weinen öfter, wenn wir mit ihnen fertig sind, aber mit ihnen gehen wir auch deutlich rabiater um als mit dir eben. Waren wir nicht sanft genug?«

»Es liegt nicht am Sex an sich. Glaube ich.« Momentan weiß ich gar nichts mehr mit einhundertprozentiger Sicherheit.

»Und woran sonst?«, will Eden wissen. Er steht links neben mir, und ich wünschte, er hätte sich ebenfalls angezogen wie Lucien. Ich kann mich einfach nicht konzentrieren, wenn einer von ihnen halbnackt ist. Mit den nassen dunklen Haaren und den Tropfen, die über seinen Bizeps rinnen, sieht Eden aus wie einem Werbespot für Duschgel entsprungen.

»Ich sollte herausfinden, was mit mir passiert ist. Was ich alles vergessen habe. Wieso meine Mutter nicht will, dass ich nach Hause komme und wieso mich das Gefühl nicht loslässt, dass ich mich in tierische Schwierigkeiten geritten habe. Stattdessen ...«

»Stattdessen hattest du Spaß mit uns. Was ist schon dabei?« Lucien betrachtet mich interessiert, scheint aber mein Dilemma nicht zu kapieren. Für ihn gibt es anscheinend nie ernste Probleme und das nervt mich gerade tierisch! Nicht für jeden Menschen scheint jeden Tag die Sonne.

»Was dabei ist?«, frage ich und funkle ihn an. »Vielleicht, dass ich noch nie mit einem Mann Sex hatte und ich jetzt ... mit euch! Ich kenne euch kaum. Weiß gar nichts über euch. Ich hatte es mir einfach anders vorgestellt.«

»Du warst Jungfrau?« Eden klingt vollkommen sachlich, als würden wir uns gerade nur über das morgige Wetter unterhalten und nicht über meine *Unschuld*. Gott, wie sehr ich dieses Wort hasse. Als wäre ein Mensch, der Sex hatte, schuldig.

»Scheiße, was?« Lucien lässt die Kippe auf die Fliesen fallen und tritt sie mit dem Schuh aus. »Wie alt bist du, Chaplin? Zweiundzwanzig?«

»Dreiundzwanzig«, korrigiere ich ihn. Allein seine Frage nach meinem Alter nervt mich, sodass ich erneut explodieren könnte. »Wieso, zum Teufel, spielt mein

Alter eine Rolle für dich? Nur weil ich mit dreiundzwanzig Jahren noch nie einen echten Schwanz in mir hatte, heißt es nicht, dass ich prüde bin. Und wenn ich mit sechzehn schon drei gehabt hätte, wäre ich auch keine Schlampe. Gott!«

»Ihr habt sie entjungfert?« Sawyers kalte, herrische Stimme lässt mich heftig zusammenfahren. Ich springe von dem Toilettensitz auf, stürze auf die Tür zu und will einfach verschwinden. Auf keinen Fall möchte ich vor Sawyer über diese Scheiße reden, doch er lässt mich nicht durch, blockiert den Türrahmen und stützt sich an beiden Seiten ab, sodass ich nicht vorbeikomme.

»Bleib.« Eine klare Aufforderung, auf die ich gern scheißen würde. Aber wenn mir nicht innerhalb von Sekunden ein paar Muskeln wachsen, habe ich keine Chance gegen ihn.

»Wieso? Damit ihr mit mir über meine Jungfräulichkeit plaudern könnt?«

»Damit du mir, verdammt noch mal, sagen kannst, wo du den Alkohol herhattest. Denkst du, ich habe nicht gemerkt, dass du betrunken bist? Deine Jungfräulichkeit interessiert mich einen Scheiß«, erwidert er scharf. Sawyers waldgrüne Augen blicken mit einer Mischung aus Abscheu und Wut auf mich herab. Ihn scheint es tatsächlich nicht zu interessieren, dass Eden mich gerade entjungfert hat, und ein Teil in mir spürt Enttäuschung aufflammen, weil es ihm am Arsch vorbeigeht. Weil es mir verdeutlicht, dass ich ihm schlicht und einfach egal bin. Genau so, wie er es von Anfang an hat durchschimmern lassen. Wie verkorkst bin ich, dass ich mir wünschte, sein schreckliches Verhalten hätte einen tieferen Sinn?

»Von Brenda«, antworte ich ehrlich und fühle mich umgehend schlecht dabei. Sie war nett zu mir, und ich will nicht, dass sie Ärger bekommt, aber es fällt mir in ihrer Gegenwart so verflucht schwer, zu lügen. Etwas an ihren Augen hypnotisiert mich. Macht mich willenlos. Und das hasse ich am meisten.

»Jedenfalls glaube ich das. Mittlerweile bin ich mir nicht mehr sicher, ob ich nicht langsam den Verstand verliere. Sie war auch unten bei euch im Keller, oder? Aber wie? Wie ist das alles möglich? In einer Sekunde war sie noch bei mir und in der nächsten kommt sie aus eurem gruseligen Spielzimmer.«

»Wir waren mit Brittany unten, nicht mit Brenda«, erklärt Eden, der wieder so dicht hinter mir steht, dass ich seinen Duft inhaliere. Er riecht so unfassbar gut, und ich spüre wieder dieses Prickeln zwischen meinen Schenkeln, das ich gern im Keim ersticken würde.

»Wie?«, frage ich verwirrt.

»Brenda und Brittany sind eineiige Zwillinge. Du kannst sie nicht voneinander unterscheiden. Außer, du siehst dir das Kunstwerk an, das Sawyer mit seinem Messer auf Brittanys Apfelarsch hinterlassen hat.« Lucien sieht sich mein Profil an, wartet auf eine Reaktion meinerseits, aber ich kann kaum noch klar denken. Ich bin erschöpft. Vollkommen im Eimer. Und am liebsten würde ich mich schlafen legen und erst in drei Wochen wieder aufwachen.

»Und wieso habt ihr sie hergebracht? Hättet ihr sie nicht woanders vögeln können?« Sawyer sieht Eden über meinen Kopf hinweg an und wieder fühle ich mich, als wäre ich nur stickige Luft für ihn.

»Ich wollte sie hier ausnüchtern lassen. Du weißt selbst, dass bis zum Morgengrauen alle anderen Zimmer belegt sein werden. Lucien hat die komplette Erdhalbkugel eingeladen«, murmelt Eden hinter mir und legt seine Hand auf meine Schulter. Ich schüttle ihn ab, weil ich gerade am liebsten ganz allein wäre. Die drei Männer vernebeln mir schon einzeln den Verstand, aber wenn sie gemeinsam mit mir in einem Raum sind, ist es besonders schlimm. Eden nutzt den Moment, um sich endlich etwas überzuziehen.

»Du wolltest sie ausnüchtern lassen und vögelst sie stattdessen in meiner Dusche. Großes Kino, Eden.«

»Hey, ich habe sie auch gevögelt. Zumindest ihren Mund. War der etwa auch jungfräulich?« Mit diesen Worten ist Lucien an meiner Seite und sorgt innerhalb von Sekunden dafür, dass mir wieder bullenheiß wird.

»Mich interessiert einen Scheiß, was ihr mit ihr macht. Wenn ihr sie vögeln wollt, vögelt sie. Aber nicht in meinem Bad. Nicht in meinem Bett. Ich will sie nicht hier haben und das wisst ihr.«

»Sie ist jetzt aber hier, also komm damit klar, Saw.« Luciens Lippen streifen mein Ohr, und als er sanft in mein Läppchen beißt, grabe ich meine Finger in den Handtuchstoff. Sie kesseln mich ein, lassen mir keinen Raum, um meine Gefühle zu sortieren. »Und ich kann nicht fassen, dass du noch Jungfrau warst und Eden es nicht einmal wusste, als er dich wie ein Irrer gefickt hat.«

»Du hättest es mir sagen können.« Eden beugt sich wieder von links über mich und verpasst mir mit dieser Nähe den Rest. Eine Gänsehaut rauscht über meinen Körper, und die Tatsache, dass Sawyer noch immer vor mir steht, macht das Chaos in mir nicht unbedingt besser. Links Eden, rechts Lucien, vor mir Sawyer. Sie sind überall und ich löse mich allmählich zwischen ihren Körpern auf.

»Hätte ich«, erwidere ich. »Aber ich wollte es nicht. Ich bin nicht *wirklich* Jungfrau.«

»Shit, was denn nun, Chaplin?«

»Ich hatte schon Sex, aber nie mit einem Mann.«

»Fuck, was?« Lucien legt seine Hand auf meine

Schulter und dreht mich in seine Richtung. »Willst du damit sagen, dass du …«

»Dass ich bisexuell bin? Ja. Ich stehe auf Männer und Frauen, Lucien. Willkommen im einundzwanzigsten Jahrhundert.«

Eden atmet nahezu erleichtert aus, während Sawyer mein Gesicht anstarrt, als wäre ich lediglich eine blasse Leinwand ohne Inhalt.

»Du hattest wirklich noch nie etwas mit einem Kerl?«, will Lucien wissen. Gott, wieso können wir diese alberne Befragung nicht beenden? Ich will ins Bett und die letzten Tage einfach wieder vergessen.

»Nein, stell dir vor. Ich fühlte mich schon immer zu beiden Geschlechtern hingezogen, aber ich kam mit meiner Jugendliebe zusammen, als ich sechzehn war. Und die war nun mal eine Frau, mit der ich bis vor einem halben Jahr zusammen war.« Wieso rechtfertige ich mich überhaupt? Es sollte keine Rolle spielen, aus welchem Grund ich noch nie Sex mit einem Mann hatte.

»Faye wird heute Nacht in deinem Bett schlafen.« Eden wendet sich an Sawyer.

»Was? Nein!«, zische ich. Auf keinen Fall will ich länger als nötig in seinem Zimmer sein. Umgeben von seinen Möbeln, seinen Sachen, seinem Bettbezug … Am liebsten würde ich gerade ganz woanders sein. Da wäre mir sogar der kalte, dunkle Wald lieber.

»Vergiss es«, knurrt Sawyer.

»Wo soll sie sonst hin? Das Haus ist voller Gäste und sie ist ziemlich offensichtlich durch den Wind und hat zu viel getrunken. Du kannst überall pennen, also sei einmal in deinem Leben kein Arschloch.«

Sawyers Blick streift meinen und dieser flüchtige Moment bereitet mir Magenschmerzen. Ich will nicht in dem Bett schlafen, in dem er jede Nacht liegt. Aber ich habe auch nicht sonderlich viel Lust, wieder vor die Tür zu gehen und mitten in die Party zu geraten. Mir tut alles weh.

»Ach, wisst ihr was? Ihr macht eh, was ihr wollt. Lasst sie hier schlafen.« Er tritt näher an mich heran, und als mich sein frischer Atem trifft, halte ich den meinen an. »Aber an deiner Stelle würde ich die Augen nicht schließen, wenn dir etwas an deinem Leben liegt.« Und mit dieser Drohung ist Sawyer verschwunden. Die Tür knallt lautstark ins Schloss. Zurück bleiben ein schweigender Eden und ein Lucien, der nicht aufhören kann, mich wie ein Kunstwerk zu mustern. Vermutlich hat er aufgrund meines Outings das Kopfkino seines Lebens.

»Komm, wir bringen dich ins Bett.« Eden legt mir seine Hand auf den unteren Rücken, aber ich schüttle ihn erneut ab.

»Ich kann allein gehen, danke.« Sobald wir in Sawyers Schlafzimmer stehen, wird mein Mund ganz trocken. Das große Boxspringbett hat eine sogartige Wirkung auf mich und doch stößt es mich zur selben Zeit ab. Wie hat Sawyer seine Drohung gemeint? Wird er mir etwas antun, wenn ich hierbleibe? Wäre ja nicht das erste Mal.

Ich setze mich auf den Rand des Bettes, während Eden einen der Schränke öffnet und ein Shirt herausholt, das er mir reicht. Alles in mir sträubt sich dagegen, Sachen von diesem Tyrannen anzuziehen, aber was bleibt mir anderes übrig? Ich will nicht nackt in seinem Bett schlafen und in das Discokugelkleid kriegen mich keine zehn Pferde mehr.

»Dreht euch um«, weise ich die beiden Männer an.

»Echt jetzt, Chaplin? Ich habe dir gerade noch in den süßen Rachen gespritzt und Eden hat sich so tief in dich geschoben, dass sein Schwanz fast oben wieder rausgekommen wäre. Zieh dich einfach an.«

Mit zusammengepresstem Kiefer öffne ich den

Knoten des Handtuchs an meiner Brust, lasse es aufs Bett fallen und schlüpfe in Sawyers schwarzes Shirt. Augenblicklich hüllt mich sein intensiver Duft ein. Anschließend krabble ich über das Bett, schiebe meine Beine unter die Decke und ziehe sie mir bis unters Kinn.

»Dann schlaf schön, Chaplin. Ich habe da noch eine Party zu feiern.« Mit diesen Worten und einem charmanten Lächeln ist Lucien verschwunden. Zurück bleiben Eden und ich. Der Mann, der keine Ahnung hatte, wie besonders dieser Sex gerade für mich war. Vermutlich war ich nur eine von vielen, immerhin hatten sie kurz vorher zu dritt Sex mit Brendas Schwester.

»Geht es dir gut?«

Ich habe die Augen geschlossen, spüre aber, dass die Matratze nachgibt.

»Ja«, lüge ich. Mir geht es alles andere als gut, aber das liegt sicher nicht am Sex. Der war nämlich verdammt gut. Viel eher liegt es an der Tatsache, dass ich vor der Wahrheit davonlaufe und nicht den Arsch in der Hose habe, nach Hause zu gehen und mich meiner Mutter zu stellen. Dass ich lieber in dieser Pampa bei diesen seltsamen Männern bleibe, anstatt Mut zu beweisen.

»Wenn du mir gesagt hättest, dass du noch nie mit einem Mann ...«, beginnt er. Ich drehe mich auf die Seite, schiebe meine Hände unter den Kopf und sehe zu ihm auf. Es ist dunkel hier drin, aber ich spüre seinen Blick auf mir wie eine Feder, die mich streichelt. Wie im Wald, bevor aus der Feder harter Hagel wurde. Lässt sich nur hoffen, dass es dieses Mal bei dem schönen Gefühl bleibt.

»Was dann?«, frage ich schmunzelnd. »Hättest du dann Kerzen angemacht, Champagner kaltgestellt und romantische Musik abgespielt?«

Ich sehe, wie er mit den Schultern zuckt. »Wer weiß. Aber ich hätte es etwas sanfter angehen lassen.« Gott, wieso glaube ich den Männern eigentlich jedes Wort, das sie sagen? Nachdem ich im Keller gesehen habe, wie sie drauf sind? Auch wenn die Frau laut seiner Aussage darauf steht, geht mir dieses Bild nicht aus dem Kopf. Sie waren wie wilde Bestien, die sich gemeinsam auf ihre Beute gestürzt haben. Will ich etwa ihre nächste Mahlzeit sein, die sie dann einfach ersetzen?

»Wie oft macht ihr das?«, murmle ich dicht an meiner Hand, die zittert, seit Eden die Dusche abgestellt hat.

»Was meinst du?«

»Wie oft teilt ihr euch die Frauen da unten? Und seid ihr mit jeder so ... grob?«

Ich sehe seine Umrisse nur vage, aber ich weiß ganz genau, was für ein schönes Bild er in diesem Moment abgibt.

»Ich zähle nicht mit, Faye. Aber das ist eben unsere Art, zu leben. Hast du ein Problem damit?«

»Ich weiß nicht ...« Vermutlich sollte ich ein Problem damit haben, meine nicht vorhandenen Sachen packen und von hier verschwinden. Aber etwas an diesen Männern hält mich gefangen, nimmt mich vollkommen ein. Das eben war atemberaubend. Berauschend. Unfassbar intensiv. Und auch wenn ich noch nie so für mehr als eine Person empfunden habe, sind diese Gefühle da. Dieses Verlangen, das nicht nur Eden gilt, sondern auch Lucien.

»Du solltest jetzt schlafen, Faye. Aber eine Sache sage ich dir gleich.« Er beugt sich über mich, gibt mir einen Kuss auf den Scheitel und verharrt an meiner Schläfe.

»Was?«

»Nächstes Mal, wenn ich dich ficke, wirst du vollkommen klar im Geist sein.« Nächstes Mal? Wird es das überhaupt geben? »Und jetzt schlaf schön.« Eden steht auf. Sobald er den Raum verlassen hat, vergrabe ich das Gesicht im Kissen, möchte am liebsten lauthals schreien, und bereue es sofort. Ich liege in Sawyers Schlafzimmer. Eingebettet in seinen frischen Duft, der so intensiv in den Fasern schlummert, dass es mir den Verstand raubt. Es fühlt sich an, als würde ich in seinen Armen liegen, obwohl er nicht da ist.

FÜNFZEHN

SAWYER

Fuck! Alles in mir schreit danach, auf etwas oder jemanden einzuschlagen. Ich will Knochen brechen und Blut spritzen sehen. Hauptsache, ich bekomme dieses Bild von Faye aus meinem verfickten Schädel. Davon, wie es wohl ausgesehen haben muss, als sie von meinen Freunden unter meiner Dusche gevögelt wurde. Es sollte mir egal sein, dass Eden sie entjungfert – oder nicht entjungfert hat. Es sollte mir egal sein, dass Lucien jetzt weiß, wie es ist, in ihrem Mund zu kommen, der mir permanent auf den Sack geht. Sollte ...

Ich ignoriere die Gäste, die meinen Namen rufen und etwas von mir wollen. Ignoriere die Frauen, die seit Tagen oder Wochen auf eine Antwort von mir warten und keine erhalten werden. Alles, was ich tun kann, ist weitergehen, ohne mich umzudrehen. Weil die Gefahr, dass ich dann zurück in mein Zimmer gehen könnte, zu groß wäre. Ich muss die Finger von ihr lassen. Nicht, um sie zu schützen, sondern mich.

Als ich schließlich Brenda draußen in der Menge ausmache, balle ich meine Hände zu Fäusten. Sie steht in ihrem scharfen, schwarzen Minikleid an der Hauswand und genehmigt sich ein Wasser. Vielleicht ist in ihrem

Glas aber auch der Alk, mit dem sie Faye abgefüllt hat. Eine Flasche kann ich nicht in ihrer Nähe sehen.

»Baby!« Brenda tritt mit großen Schritten auf mich zu und will mich küssen, aber ich nehme ihr stattdessen das Glas ab und rieche an dessen Inhalt. Um sicherzugehen, nehme ich einen Schluck und werde bestätigt. Nur Wasser.

»Jetzt komm her und küss mich endlich!«, säuselt sie, schlingt ihre Arme um meinen Nacken und macht sich an meinem Hals zu schaffen. Derweil umfasse ich das Glas etwas fester und feuere es gegen die beleuchtete Hauswand hinter ihr. Die Musik aus den großen Boxen, die Lucien hier draußen hat aufstellen lassen, verschlucken das Geräusch des zerspringenden Glases.

»Wo warst du denn den ganzen Abend?«, will sie von mir wissen. Als Antwort packe ich ihr Handgelenk und ziehe sie unwirsch mit mir. Weg von den tanzenden Gästen, die Lucien eingeladen hat, obwohl er davon sicher nur die Hälfte wirklich kennt. Sobald Brenda und ich uns abseits der Meute befinden, drücke ich sie hart gegen die Wand.

»Hm. Darauf warte ich schon seit Stunden«, murmelt sie und will schon meinen Gürtel öffnen. Dass ich hart bin, weiß sie längst, immerhin hat sie einen verdammten Ständer-Radar. Was sie nicht weiß: Ich bin es nicht ihretwegen, sondern wegen Faye. Der Frau, die jetzt da oben in meinem Bett liegt, ihren Duft in meinen Kissen verteilt, und die gerade von meinen besten Freunden in meiner Dusche gevögelt wurde. Mir geht ihr Augenaufschlag nicht mehr aus dem Kopf, genauso wenig wie die porzellanfarbene Haut unter dem weißen Handtuch.

Anstatt mich von Brenda ausziehen und verführen zu lassen, schlage ich ihre Hand weg, drücke sie noch stärker gegen die Wand und lege meine Finger an ihren Hals. »Was sollte das?«

»Was sollte was?« Perplex sieht sie zu mir auf und beginnt, nervös zu werden. Sie weiß ganz genau, wovon ich spreche. Das Unschuldslamm kaufe ich ihr nicht mehr ab, eigentlich habe ich das nie. Die Zwillinge waren verdammte Wracks, als sie herkamen. Brittany hat sich von einem Alkoholexzess in den nächsten gestürzt und Brenda hatte mehr Kokain im Körper als Blut. Ohne unsere Hilfe wären die beiden entweder längst tot oder unter der Brücke. Normalerweise hätte ich die beiden genau wie Faye niemals in unser Zuhause gelassen, aber Eden hat auch bei ihnen darauf bestanden, dass wir ihnen helfen. Vermutlich, weil die Twins ihn an sich selbst erinnert haben. Seitdem wohnen sie hier, finden langsam zu ihrer eigenen Stärke und nutzen uns genauso für ihre Orgasmen aus wie wir sie für unsere.

»Du weißt, dass Alkohol hier tabu ist. Und trotzdem schmuggelst du welchen auf Luciens Party und füllst Faye damit ab?« Unsere Münder sind einander so nah, dass ich ihren hektischen Atem auf meiner Haut spüre. Entweder hat sie selbst nichts von dem Alk angerührt oder sie hat ihre Fahne mit einem Kaugummi oder Mundwasser übertüncht.

»Wovon sprichst du, Baby?«

»Ich weiß genau, dass du ihr den Alkohol gegeben hast. Also frage ich dich noch einmal: Wieso? Wieso riskierst du damit, dass wir dich rausschmeißen?« Meine Finger packen ihre Kehle etwas fester. Sie legt ihre Hände auf meine, will mich von sich schieben, aber sie ist trotz meines Trainings nicht stark genug.

»Wieso interessiert es dich so sehr, was die kleine Tussi macht? Hat sie euch allen dreien den Verstand vernebelt mit ihrer dämlichen Amnesie-Nummer?« Wütend funkelt sie mich an und reckt ihr Kinn.

»Mir hat niemand den Verstand vernebelt«, verneine ich, obwohl es eine glatte Lüge ist. Ich wollte Faye mehr als einmal loswerden, aber irgendwie findet sie immer wieder den Weg zurück. Und nach dem, was Eden und Lucien mit ihr in der Dusche getan haben, wird sie ohnehin nicht so schnell wieder verschwinden. Ich kenne Frauen wie sie. Einmal von uns gekostet, kommen nur die wenigsten wieder von uns los.

»Als ob! Du bist seit einer Woche kaum wiederzukennen! Beim Training bist du mit deinen Gedanken irgendwo, aber nicht bei Brittany und mir. Eden kümmert sich nur noch darum, dass es der kleinen armen Faye gut geht, und Lucien? Lucien würde alles dafür tun, um sie zu vögeln.«

»Er hat sie längst gevögelt.« Zwar nur ihren Mund, aber es wird nicht mehr lange dauern, bis er sich auch den Rest von ihr vornimmt. Wenn der Scheißkerl einmal Blut geleckt hat, dann wird man ihn nur schwer wieder los.

»Was?«, haucht Brenda atemlos. »Du ... auch?«

»Nein.« Auch wenn mein penetranter Schwanz in der Hose sich wünscht, es wäre anders. Vielleicht sollte ich mich einmal auf sie einlassen und dann erneut aussetzen. Aber dieses Mal würde ich klüger vorgehen und sie mit dem Auto weit weg vom Coldmind bringen.

»Was hat sie an sich? Warum begehrt ihr sie alle so?«

»Ich begehre sie nicht«, knurre ich Brenda an. »Ich will nur wissen, wieso du ihr Alkohol gegeben und auf unsere Regeln geschissen hast.«

»Ich wollte, dass ihr seht, wie wenig sie zu uns passt. Hierhin genauso wenig wie zu euch dreien. Ihr braucht etwas anderes. Ihr braucht Frauen wie Brittany und mich.« Seufzend lässt sie sich gegen meine Brust fallen, tanzt mit den Fingern über meine Brust und beißt sich auf die Unterlippe. »Oder glaubt ihr, dass ihr an der Kleinen jemals eure Triebe ausleben könnt? Glaubst du ...« Sie legt ihre linke Hand an meinen Hinterkopf, zieht mich zu sich hinunter und leckt über mein Ohrläppchen. »... dass die Kleine sich jemals auf deine Messerspielchen einlassen würde?«

Nein.

Faye würde zwischen uns zerbrechen wie Porzellan.

Sie würde weder auf meine kranken Vorlieben stehen noch darauf, dass wir sie wie ein Stück Plastik benutzen. Und doch hat sie mit Eden geschlafen und zugelassen, dass Lucien dazukommt. Weiß sie überhaupt, was sie getan hat? Worin sie sich verrennt? Ich werde härter bei der Vorstellung, wie sie zwischen uns aussehen würde. Ihre helle Haut auf dem roten Samtlaken. Wie verführerisch der Gedanke ist, von ihr zu kosten. Von ihren Lippen, ihrer Pussy und vielleicht sogar von ihrem Blut.

»Komm schon, Sawyer. Du weißt, dass ich recht habe. Dass nur wir dir geben können, was du brauchst.« Brenda drängt sich noch dichter an mich, reibt sich an meinem Ständer und knabbert weiterhin an meinem Ohr. Bilder von Faye blitzen vor mir auf. Davon, wie sie nur in dieses Handtuch gewickelt vor mir stand und aus herausfordernden goldbraunen Augen zu mir aufsah.

Ich muss mich ablenken. Muss aufhören, mir vorzustellen, wie gut es sich anfühlen muss, ihre makellose Haut zu zerstören.

»Scheiß drauf«, raune ich, greife unter Brendas Arsch und hebe sie hoch. Anschließend dränge ich sie gegen die kalte Wand, hole mit einer Hand erst ein Kondom und dann meinen Schwanz heraus, schiebe ihren Slip zur Seite und stoße mich in sie. So hart, dass Brenda laut aufschreit. Hemmungslos ficke ich sie gegen die Mauer des Coldminds, grabe meine Nägel in ihren festen Arsch und benutze sie, um Druck abzulassen. Mit jedem Stoß ein wenig mehr Freiheit, mit jedem Stoß immer weniger Faye. Sie infiltriert meine Gedanken, seit sie blutend vor unserem Haus lag. Damit muss Schluss sein, endgültig, bevor ich das nächste Mal diesem Drang in mir nicht widerstehen kann.

»O Gott, Baby«, keucht Brenda und krallt sich so fest in meinen Nacken, dass es Spuren hinterlassen wird. Ich ficke sie, ohne sie anzusehen. Stoße in sie, ohne darüber nachzudenken, dass sie nicht die ist, die ich eigentlich will. Wieder und wieder und wieder.

Mit einem spitzen Schrei auf den Lippen kommt sie, erzittert auf meinem Schwanz und vergräbt anschließend ihr Gesicht an meinem Hals. Ich ramme mich noch wenige Male in sie, spritze ins Kondom und lasse sie umgehend wieder zu Boden gleiten. Sobald ich mich angezogen habe und sie ihren Slip wieder an die richtige Stelle gerückt hat, lasse ich sie hier an der Ecke des Hauses stehen. Im Gehen werfe ich das Kondom weg, ohne darauf zu achten, wo es landet. Darum soll sich Lucien morgen kümmern, immerhin ist das hier seine Party.

Wie ein Zombie bewege ich mich auf die Gäste zu, ignoriere weiterhin alle Leute, die irgendetwas von mir wollen, und gehe zurück ins Haus. Die gute Laune ist omnipräsent, während ich gern etwas zerschlagen würde. Aber das hier ist Luciens Geburtstagsparty und ich will keine Schlägerei anzetteln. So viel Macht will ich der kleinen Tussi, wie Brenda sie nennt, nicht über mich geben.

Es ist fast Sonnenaufgang, als ich mich dazu entschließe, in mein Zimmer zu gehen. In dem Wissen, dass sie noch immer in meinem Bett liegen und schlafen wird. Einige Gäste haben es sich in den zahlreichen Räumen bequem gemacht, andere sind verschwunden. Die Musik wurde leiser gedreht und man hört nur noch vereinzelte Stimmen, die sich unterhalten.

Erleichtert, weil ich mit niemandem reden musste, schließe ich die Tür hinter mir und verharre an dessen Holz. Faye hat das Gesicht in meine Richtung gewandt, sodass ich es im Dämmerungslicht sehen kann. Die Decke klemmt zwischen ihren Beinen, das Shirt, das sie trägt, gehört mir. Eden muss es ihr gegeben haben. Allein die Tatsache, dass sie nicht nur in meinem Bett liegt, sondern auch meine Klamotten trägt und darin so verflucht heiß aussieht, lässt mich innerlich erneut explodieren.

Ich hasse, dass sie diese Wirkung auf mich hat. Dass sie immer noch hier ist, obwohl ich ihr mehr als einmal deutlich zu verstehen gegeben habe, dass sie hier nicht erwünscht ist. Faye Chaplin ist lästiger als eine kleine Bettwanze.

Ich scanne ihren Körper und sehe, wie sich ihre Brust sanft hebt und senkt. Fahre hinunter zu ihrem Arsch, der splitterfasernackt unter dem hochgerutschten Shirt hervorblitzt. Fuck. Ich sehe ihre kleine Pussy. Ganz ohne Stoff. Ohne dass ich sie mir vorstellen muss.

Ich gehe zum Sessel in der Ecke und setze mich. Ficke ihre kleine Fotze mit meinen Augen und ignoriere meine Latte. Inzwischen renne ich seit Stunden mit dieser lästigen Erektion herum, weil der Fick mit Brenda mir nicht helfen konnte, diese Bilder aus meinem Kopf zu bekommen. Das hier wäre die Chance, meine Theorie zu testen. Ich müsste nur zu ihr rübergehen, sie wecken und verführen. Sie würde anbeißen, das weiß ich. Es hat ihr nicht gefallen, dass ich sie in der letzten Woche komplett ignoriert habe. Sie will lieber von mir gedemütigt werden, als dass ich sie wie Luft behandle.

Ich könnte in wenigen Sekunden in ihrer süßen Pussy sein und mir endlich diese körperliche Obsession aus dem Kopf vögeln. Dann würde ich sehen, dass sie nichts Besonderes ist. Dass sie niemals auf die Art Sex stehen wird, die ich brauche. Brenda hatte recht mit allem, was sie draußen zu mir gesagt hat. Und doch kann ich einfach nicht aufhören, diesen nackten, knackigen Arsch anzustarren. Gedanklich sehe ich bereits den schönen Kontrast ihres Blutes zu ihrer hellen Haut. Ihre Knöchel zucken leicht, und als ich ihr ins Gesicht sehe, weiß ich, dass sie wach ist. Die Augen hält sie dennoch geschlossen, so als wolle sie sich nicht verraten.

»Ich weiß, dass du wach bist«, sage ich gepresst. Meine Stimme ist kratzig, weil ich seit dem Quickie eine ganze Schachtel Marlboro geleert habe, obwohl ich sonst nie rauche.

Fayes Körper erstarrt zu Eis. »Und ich kann nicht schlafen, wenn ich beobachtet werde«, erwidert sie müde. Langsam schlägt sie die Lider auf, dreht sich auf den Rücken und bedeckt ihre Blöße mit der Decke. Ob sie weiß, dass ich gerade den perfekten Blick auf ihre rosigen Schamlippen hatte?

»Du liegst in meinem Bett«, erinnere ich sie und lege den rechten Knöchel auf dem linken Knie ab. Faye zieht sich die Decke über die Brüste und krallt sich darin fest. Ihr Blick ruht auf mir und es ist das erste Mal, dass wir in einem Raum sind und nicht streiten. Das sollte ich schleunigst ändern, aber irgendwie bin ich dafür wohl zu kaputt. Ich bin scheißmüde, und wenn sie nicht mein Bett blockieren würde, wäre ich längst eingepennt.

»Soll ich gehen?« Ihr Vorschlag ist zu gut. Wäre so einfach. Ich sollte sie vor die Tür setzen, und es sollte mir egal sein, wo sie die Nacht verbringt, immerhin habe ich sie im Wald ausgesetzt. Wieso nehme ich ihn dann nicht an, sondern schüttle mit dem Kopf?

Faye hebt ihre Brauen und sieht mich fragend an. Shit. Sie soll nicht denken, dass ich anfange, zurückzurudern. Ich hasse es immer noch, dass sie hier ist. Und noch mehr, dass es ausgerechnet mein Bett ist, in dem sie liegt.

»Danke, dass ich heute Nacht hierbleiben darf.« Sie

fährt sich schlaftrunken über das Gesicht und sinkt wieder zurück ins Kissen. Am besten verbrenne ich nach dieser Nacht das ganze Bett und kaufe mir ein neues.

»Das heißt nicht, dass ich dich nicht mehr loswerden will.«

Wissend nickt sie, öffnet ihre Lippen einen Spaltbreit und heizt meine Fantasie damit wieder an. Befeuert sie mit dem kleinen Schlitz, in den ich mich gern kraftvoll schieben würde.

»Kein Problem, ich bin sowieso so gut wie weg.«

»Wie meinst du das?« Will sie abhauen? Dieses Mal wirklich?

Faye zuckt mit den Schultern und spielt mit der Ecke des zweiten Kopfkissens, auf dem noch nie eine Frau gelegen hat. Sie ist die Erste, die jemals dieses Bett berührt hat. Ob sie sich dessen bewusst ist? »Ich will nach Hause. Zu meinen Eltern und meinem Bruder. Will herausfinden, was passiert ist und wieso meine Mom am Telefon so seltsam war. Wenn ihr mich nachher nach Seattle bringen könntet, wäre ich euch wirklich dankbar.«

»Machen wir«, entgegne ich wie aus der Pistole geschossen. Umso besser für mich und alle in diesem Haus. Unsere Blicke ruhen noch einen Moment aufeinander, bevor sie die Lider senkt, sich zurück auf die Seite dreht und die Augen gänzlich schließt. Ich verharre in dem Sessel, sehe dabei zu, wie ihre Atmung wieder regelmäßiger wird, und lasse einen kurzen Moment der Schwäche zu. Wenige Minuten, in denen ich sie einfach nur ansehe, ohne ihr wehtun zu wollen. Und das fühlt sich zu meinem Erstaunen viel zu gut an.

SECHZEHN

FAYE

»Du willst also nach Hause?« Eden sitzt mir gegenüber am Frühstückstisch. Die Küche ist so weitläufig, dass ich mir vorkomme wie in einem Restaurant. Was vermutlich daran liegt, dass hier früher einmal die Kantine der Psychiatrie war. Die schwarzen Küchenfronten harmonieren perfekt mit dem dunklen Boden und den hellen Sitzmöbeln. Nachdem Sawyer ins Zimmer kam, war an Schlaf nicht mehr zu denken. Ich habe zwar so getan, als wäre ich längst wieder im Land der Träume, aber all meine Versuche, seine Anwesenheit zu ignorieren, sind trostlos gescheitert.

»Ja«, erwidere ich kauend und schlucke das Müsli herunter. Ich kann und will nicht länger davonlaufen, auch wenn mir die ausgelassene Stimmung heute Morgen äußerst gut gefällt. Zu Hause wird nur miteinander geredet, wenn wir streiten, hier fühlt sich das Leben irgendwie leichter an. Lucien steht derweil am Herd und bereitet auf meinen Wunsch Pancakes zu, die köstlicher duften als jedes Frühstück, das ich jemals gegessen habe. Hat meine Mutter mich je bekocht? Meistens konnte ich froh sein, wenn sie überhaupt mal Rücksicht auf mich genommen hat. Das hier ist so fürchterlich gut und normal, dass mich der Gedanke, heute zu gehen, traurig stimmt.

»Schade, Chaplin. Ich dachte, dass wir nach gestern …«

»Was?«, frage ich ihn grinsend. Luciens blonde Mähne ist ein wildes Chaos, vermutlich ist er direkt aus dem Bett in die Küche gestolpert. Mittlerweile ist es fast Mittag und die Partyleichen sind alle verschwunden. Noch immer frage ich mich, wie sie überhaupt alle hierhergekommen sind. Es gibt hier weder einen Parkplatz noch eine richtige Straße, soweit ich es mitbekommen habe.

Lucien holt den letzten Pancake aus der Pfanne, drapiert ihn auf dem Teller und bringt ihn mir. Hinter mir bleibt er stehen, beugt sich über mich und drückt mir einen Kuss auf den Hals. Mit ihm fühlt es sich fast an, als wären wir ein ganz gewöhnliches Paar, das den Morgen zusammen verbringt. Wäre da nicht Eden, der uns genauestens beobachtet und dasselbe Gefühl in mir wachruft wie sein Freund. In den letzten Tagen habe ich versucht mir einzureden, dass meine Empfindungen in der Nähe dieser Männer rein körperlicher Natur sind. Dass ich mich einfach ausprobieren will, nachdem ich sieben Jahre lang in ein und derselben Beziehung festklemmte, die mir in den letzten Jahren nicht sonderlich gutgetan und mich erdrückt hat.

Aber da steckt mehr dahinter.

Ich will alles über sie wissen.

Will wissen, wieso Eden es sich zur Aufgabe gemacht hat, mich zu beschützen. Wieso Lucien seine wahren Gedanken immer hinter dieser Maske versteckt. Und ich will, verdammt noch mal, wissen, wieso Sawyer noch zwei Stunden bei mir im Zimmer saß und mir beim *Schlafen* zugesehen hat. Das alles macht mich vollkommen fertig und lenkt mich von der Sache ab, die im Moment am allerwichtigsten sein sollte.

Meine verlorenen Erinnerungen.

»Ich dachte, dass wir uns nach der gemeinsamen Dusche gestern einig sind.«

»Einig worüber?«, fragen Eden und ich gleichzeitig. Er hat sich lässig auf seinem Stuhl zurückgelehnt. In der rechten Hand hält er eine schwarze Kaffeetasse mit irgendeinem dämlichen Spruch, mit der linken krault er die Ohren von Yuna, ihrer bildschönen Schäferhündin, die seit einer halben Stunde seinen Teller anstarrt und deren Sabber den Boden volltropft.

»Darüber ...« Lucien greift in mein Haar und fährt durch meine langen blonden Strähnen. »... dass wir verdammt gut harmonieren. Wenn du jetzt gehst, konnte ich noch nicht ansatzweise das mit dir tun, was ich tun will.«

»Mir ins Ohr flüstern, dass ich eine dreckige Schlampe bin, zum Beispiel?«, reize ich ihn und blicke zu ihm auf. Kurz erstarrt seine Miene, bevor er wieder dieses Tausend-Watt-Lächeln aufsetzt, das heller strahlt als die Sommersonne über dem Coldmind.

»Ach komm schon ...« Er nimmt meine Haare zusammen, zieht sanft meinen Kopf zurück und blickt ruhig auf mich herab. »Ein bisschen Dirty Talk hat noch nie jemandem geschadet.« Mit diesen Worten lässt er von mir ab, zieht den Stuhl neben mir zurück, greift sich einen der Pancakes und schiebt ihn ganz in seinen Mund. Während ich versuche, dieses Bild aus meinem Geist zu verbannen, ein für alle Mal.

»Sawyer, reiß dich zusammen!« Eine flötende Frauenstimme, die mir bekannt vorkommt, ertönt. Ich verharre mit der Gabel in meinem Pancake und sehe zur Tür. Sawyer erscheint in ihr, flankiert von den bildschönen Zwillingen, die ich zum ersten Mal nebeneinander sehe. Sie tragen knallrote Bikinis, die kaum etwas bedecken, und als eine der beiden zum Kühlschrank stolziert, klebt mein Blick an ihrem Arsch. Feine, rote Linien zeichnen sich ab, die sicher fürchterlich wehtun müssen. Aber Brittany lässt sich nichts anmerken, als sie sich neben Eden setzt, ihm seinen Kaffee abnimmt und daran nippt. Mein Blick rauscht zu Sawyer, der mit viel Abstand zu mir Platz nimmt und Brenda herrisch auf seinen Schoß zieht.

»Guten Morgen«, begrüße ich die drei, aber nur Brittany antwortet mir. Brenda hingegen würdigt mich keines Blickes, als hätte sie vergessen, dass wir gestern viel Spaß zusammen hatten. Sie, der Wodka und ich. Anstatt mir zu antworten, presst sie ihren Arsch fester auf Sawyers Schritt und kichert wie eine Dreizehnjährige, als er ihr etwas ins Ohr flüstert. Gleich kommt mir das Müsli wieder hoch, weil sie so offen miteinander flirten. Wieso zum Teufel verletzt es mich, dass mich beide ignorieren? Brenda kenne ich kaum, und Sawyer? Er hat mich von Anfang an wie einen nervigen Eindringling behandelt. Das hier sollte nichts Neues für mich sein.

»Also, du bist dir sicher, dass du nach Hause willst?«, lenkt Eden das Gespräch wieder zurück. Ich sehe ihn mit geschürzten Lippen an und schiebe den Teller mit den Pancakes von mir weg. Der Appetit ist mir vergangen, egal wie lecker diese Teigteile duften und wie viel Mühe Lucien sich gegeben hat. Der Frühstückstisch ist so reich gedeckt, dass eine ganze Großfamilie doppelt satt werden würde.

»Ja.«

»Okay, dann bringen wir dich mit der Hellcat in die Stadt.« Lucien legt seinen Arm auf meiner Stuhllehne ab und sofort fühle ich mich weniger fehl am Platz. Er hat mir bis jetzt nie das Gefühl gegeben, dass ich nur ein Klotz an ihren Beinen bin.

»Du gehst also?« Brenda pustet ihre anscheinend

frisch lackierten Nägel trocken und sieht mich gehässig an. Was zur Hölle ist aus der netten Frau von gestern geworden? Aus der Frau, die mir Komplimente gemacht und mir ihre Sachen geschenkt hat?

»Ich muss«, erwidere ich. Denn eigentlich will ich nicht gehen. Zu groß ist die Angst davor, erneut von meiner Mutter abgewiesen zu werden wie ein nicht bestelltes Paket.

»Besser so.« Sie drückt Sawyer einen Kuss auf den Mund, bevor sie aufsteht und mit schwingenden Hüften davondackelt. »Kommst du in den Pool, Baby?« Sie wirft Sawyer einen verführerischen Schulterblick zu, aber er hat nur Augen für mich. Wir sehen einander an, und ich wünschte, die Kälte in seinen Iriden würde mich weniger verletzen. Innerhalb von Sekunden ist die Temperatur im Raum in den Folterkeller gefallen.

»Ich komme«, ruft er ihr nach, steht auf und schiebt seinen Stuhl etwas zu harsch an den Tisch heran. Warum benimmt er sich so, nachdem er heute Nacht fast normal mit mir gesprochen hat? Ich verstehe diesen Kerl einfach nicht. Doch noch weniger verstehe ich, dass mein Herz furchtbar wehtut, als er Brenda folgt.

»Womit zur Hölle verdient ihr eigentlich euer Geld?«, frage ich erstaunt, als wir vor einer Ansammlung aus teuren Wagen stehen bleiben. Das Geheimnis rund um die fehlenden Autos hat sich somit gelüftet. Es gibt einen Tunnel, der unter dem Coldmind entlangführt und in einer gigantischen Tiefgarage mündet. Lucien hat mir erklärt, dass diesen Weg damals die Mitarbeiter der Psychiatrie benutzt haben, und noch immer jagen Schauder über meinen Rücken, wenn ich daran denke, wie viele psychisch kranke Menschen hier einst gelebt haben.

»Mit Nutten natürlich«, erwidert Lucien grinsend, schmeißt den Autoschlüssel in die Luft und fängt ihn lässig wieder auf. Anschließend führt er mich zu dem wohl schönsten Wagen hier drin. Er ist dunkelrot, sieht angsteinflößend und zugleich verdammt elegant aus. Die runden Scheinwerfer starren mich regelrecht in den Boden.

»Wir verdienen unser Geld nicht mit Nutten«, korrigiert Eden Lucien und hält mir, ganz der Gentleman, der er ist, die Beifahrertür auf. Womit sie es stattdessen verdienen, verraten sie mir jedoch nicht. Langsam geht mir diese Geheimniskrämerei auf den Geist. Ich hätte mehr Zeit gebraucht, um hinter ihre Masken zu blicken. Jetzt gehe ich zurück in meinen lästigen Alltag und weiß absolut gar nichts über sie. Sie sind wie ein Mysterium, das jeden Tag weitere Fragen aufwirft. Ein Ozean aus Geheimnissen, in dem ich letzte Nacht allzu gern geschwommen bin.

Der Sitz schmiegt sich an meinen Hintern. Lucien steigt auf der Fahrerseite des Dreitürers ein und rutscht auf der Rücksitzbank hinter mich. Sekunden später hat Eden auf dem Fahrersitz Platz genommen, die Tür geschlossen und den Motor gestartet. Ich fahre innerlich zusammen, als ich das Fauchen des Motors höre, das hier in der Garage einem grellen Löwengebrüll gleicht.

»Die gute alte Hellcat hat einfach den besten Sound«, sagt Lucien und stößt einen Pfiff aus. Bevor ich mich an das Geräusch gewöhnen kann, prescht der Wagen nach vorn. Mit quietschenden Reifen fährt Eden an das große Tor heran, drückt auf den Knopf einer kleinen Fernbedienung auf dem Armaturenbrett und wartet darauf, dass es sich öffnet. Dann gibt er Gas. So viel, dass ich heftig in den Sitz gepresst werde und mich in dem Leder festkralle, als könne mir dieses Teil irgendwie Schutz bieten. Die Wahrheit ist: Wenn Eden mit dieser Geschwindigkeit gegen einen Baum fährt, sind wir alle sofort tot.

Hinter der Garage befindet sich ein Sandweg, der so holprig ist, dass wir unsanft von links nach rechts geschleudert werden, und ich traue mich erst wieder zu atmen, als wir eine feste Straße erreichen, die einigermaßen in Ordnung aussieht. Es gibt etliche Schlaglöcher und der Asphalt ist sicher nicht neu, aber alles ist besser als dieser mörderische Waldweg. Das Gelände des Coldmind ist so weitläufig, dass ich diese Straße bis jetzt übersehen haben muss.

»Soll ich langsamer fahren?«, fragt Eden und fokussiert sich derweil auf die Straße. Ich bin froh, dass er nicht auf die Idee kommt, stattdessen mich anzusehen. Dann würde er nämlich entdecken, dass ich mir beinahe ins Hemd mache.

»Unsinn. Zeigen wir unserer kleinen Chaplin, was *Leben* wirklich bedeutet.« Mit diesen Worten beugt Lucien sich von hinten über mich, legt seine Hände auf meine Schultern und beginnt, sie zu massieren. Ich sollte Eden sagen, dass er langsamer fahren soll. Dass ich Seattle lebend erreichen will. Aber ich bekomme keinen Ton über meine Lippen, weil mich Luciens Hände komplett vereinnahmen. Er fährt jetzt über mein Schlüsselbein, wandert tiefer hinab und hält an meinen Brüsten inne. Es erinnert mich daran, wie gut es sich angefühlt hat, ganz ohne Stoff dazwischen von ihm berührt zu werden. Seufzend schließe ich die Augen, lege den Kopf zurück und genieße einfach nur. Ein letztes Mal, bevor ich die Männer vermutlich nie wieder sehen werde. Bevor ich zurück in mein trostloses Leben geworfen werde, das aus Standpauken meiner Eltern und unfreundlichen Kunden in dem Restaurant besteht, in dem ich mich seit einer Woche nicht mehr habe blicken lassen. Mein Chef wird mich in den Boden stampfen.

Luciens Hände umfassen meine Brüste, und da ich keinen BH unter dem weiten Shirt trage, drücken sich umgehend meine Nippel gegen den weichen Stoff. Nicht nur mein Herzschlag wird immer schneller, sondern auch dieses Biest auf vier Rädern, in dem wir sitzen. Eden gibt Gas, beschleunigt so stark, dass ich erneut in den Sitz gepresst werde und mir so heftig auf die Unterlippe beiße, dass ich mein eigenes Blut schmecken kann.

»Das gefällt ihr«, ruft Lucien über den knurrenden Sound des Motors hinweg. Ob er überhaupt angeschnallt ist? So weit, wie er sich über den Sitz beugt? Seine rechte Hand umkreist weiterhin meine Brustwarze, die andere hingegen wandert tiefer hinab. Ich spüre seinen Atem an meiner nackten Schulter, weil das Shirt heruntergerutscht ist. »Schieb die Lehne zurück. Ich will an deine Pussy.«

Mein Atem stockt, meine Lider flattern hektisch. Da sind so viele Empfindungen. Das Vibrieren des starken Motors, Edens frischer Duft, der das Wageninnere erfüllt, Luciens Hände, die überall auf mir sind und nach mehr lechzen. Hektisch taste ich den Sitz ab, bis ich einen Hebel finde, der die Lehne zurückstellt. Halb liegend verharre ich auf dem Sitz dieses motorisierten Monsters und spüre, wie das Blut in meinen Ohren rauscht. Ich sollte das nicht tun. Sollte sie nicht noch mehr mit meinen überschäumenden Hormonen spielen lassen. Aber ich will es. Ich will es so sehr.

»Gut so, Chaplin.« Luciens Stimme, die sonst nur Licht bringt, klingt dunkler als sonst. »Und jetzt zieh dich aus.«

Wie ferngesteuert folge ich seinem Befehl. Greife als Erstes unter Edens Shirt, das anschließend im Fußraum landet. Als Nächstes schlüpfe ich aus den Schuhen und der Jogginghose, die Brenda gehören und die ich eigentlich nie wieder anziehen wollte, weil sie mich an die Nacht im Wald erinnern. Die Grasflecken sind auch nach drei Wäschen nicht rausgegangen.

»Fuck«, murmelt Eden neben mir, und ich weiß, dass er mich ansieht, obwohl er gerade mit über einhundert Sachen über diese kurvige Straße brettert. Eine unachtsame Sekunde kann über Leben und Tod entscheiden. Unser Leben. Die Sonne schickt warme Strahlen durch die Tannen und zaubert ein Bild, das sich als Desktophintergrund eignet.

»Konzentrier dich auf die Straße, Alter«, sagt Lucien lachend. Inzwischen ist er in die Mitte der Sitzbank gerutscht, weil die Lehne ihm keinen Platz mehr lässt. »Ich übernehme das für uns beide.«

»Spreiz die Beine, Faye.« Edens Stimme klingt ebenfalls so dunkel, so rau, so atemberaubend schön, dass ich gar nicht anders kann, als meine Schenkel zu öffnen. Sekunden später beugt sich Lucien wieder nach vorn, küsst meinen Hals und wandert mit einer Hand über meinen Bauch. Er liebkost meinen Venushügel und gleitet mit den Fingern zwischen meine Schamlippen.

»Wenn du wüsstest, wie nass sie ist, Eden. Dann würdest du sofort diesen Wagen anhalten und sie auf der heißen Motorhaube ficken.« Wieder kralle ich mich im Sitz fest, doch dieses Mal nicht wegen der Geschwindigkeit, sondern wegen Luciens Berührungen, die mich in den Wahnsinn treiben.

»Finger sie«, weist Eden seinen Freund an, der sofort gehorcht. Hart gleiten zwei seiner Finger in meine Mitte und entlocken mir ein Stöhnen.

»Gott, Chaplin. Dein Stöhnen ist noch so viel geiler als der Klang der Hellcat.« Es ist, als könnte er meine Gedanken lesen. Als wüsste er ganz genau, was ich will. Wie ich es will. Lucien fingert mich jetzt schneller, legt seinen

Daumen auf meine Klit und reibt sie mit perfektem Druck. Ich biege meinen Rücken durch, lege meine flache Hand auf die Fensterscheibe und spüre, wie meine Knie zittern.

»Ich will von ihr kosten, Luce.« Eden bremst ab, nimmt eine scharfe Rechtskurve und beschleunigt erneut. In diesem Moment interessiert es mich nicht, ob ich lebend hier rauskomme. Ob wir gleich einen Unfall bauen, bei dem Lucien vermutlich als Allererster sterben wird, weil er nicht angeschnallt ist. Er zieht seine Finger aus meiner Pussy, gleitet flüchtig über meine Perle und wendet sich Eden zu. Sekunden später kostet dieser meine Erregung. Ich sehe ihm dabei zu und mir springt beinahe das Herz aus der Brust. Das hier ist so viel aufregender als alles, was ich jemals erlebt habe. Und der Anblick von Edens Zunge, die meinen Saft von Luciens Fingern leckt, macht mich noch schärfer.

Sobald Lucien seine Hand wieder zwischen meine Beine geschoben hat, keuche ich auf. Genieße, wie sein Daumen über meine Klit reibt und er erneut in mich eindringt. Meine Hand rutscht von der Fensterscheibe ab, und als Eden erneut beschleunigt, kann ich es nicht mehr zurückhalten. Ich komme schreiend. Lasse meiner Lust freien Lauf und sinke erschöpft zurück in den Sitz.

Meine Mitte zieht sich um Luciens Finger zusammen, hält sie in mir gefangen. Sobald sich die Wellen beruhigt haben, zieht er sich aus mir zurück, streichelt ein letztes Mal über meine Brüste und haucht mir einen fast unschuldigen Kuss auf die nackte Schulter.

»Bist du dir immer noch sicher, dass du nach Hause willst, Faye?« Edens Mundwinkel zucken bei dieser Frage. Und die Antwort steht längst fest. Ich will nicht nach Hause. Aber ich muss.

SIEBZEHN

FAYE

»Bist du bereit?« Eden sieht mich mitfühlend an und ich schüttle den Kopf. Bereit bin ich nicht, aber den Schwanz einziehen will ich auch nicht länger. Obwohl ich nur eine Woche weg war, kommt mir das Treiben der Stadt so befremdlich vor. Die vielen Menschen, die lauten Autos, alles überfordert mich. Am allermeisten die graue Fassade des Hauses, in dem ich aufgewachsen bin, und die mich nun anstarrt, als wäre sie der Höllenschlund höchstpersönlich.

»Nein, aber ich muss es hinter mich bringen. Danke, dass ihr mich gefahren habt.« *Und dass ihr mir den aufregendsten Orgasmus meines Lebens geschenkt habt.* Noch immer presse ich die Schenkel fest zusammen, obwohl ich mittlerweile längst wieder angezogen bin und gleich meiner Mutter gegenübertreten muss.

»Wir warten noch, bis du drin bist. Nur zur Sicherheit.« Eden zieht den Schlüssel aus der Zündung und betrachtet das Gebäude, in dem ich so viele schöne Erinnerungen mit Scotty gesammelt habe. Allein seinetwegen muss ich jetzt aussteigen und die Männer hinter mir lassen. Es war aufregend, aber mein Leben findet hier statt. Im hektischen, stickigen, lauten Seattle. Nicht im ruhigen, rauen Nationalpark, in dem mehr Bären als Menschen leben. Auch wenn ich mich zwischen den Baumwipfeln, den Bergketten der Cascades und dem Zwitschern der Vögel fast schon wohlgefühlt habe, kann ich mich nicht ewig vor der Realität verstecken.

»Danke«, murmle ich und sehe die beiden ein letztes Mal an. Präge mir Edens makellose Schönheit ein und wende mich dann Lucien zu. Er hat es sich hinten bequem gemacht, die Fensterscheibe geöffnet und sich eine Zigarette angezündet. Seine strahlend blauen Augen werden nun von einer schwarzen Pilotensonnenbrille verdeckt. Der Qualm übertüncht den Geruch nach Sex, der im Wageninneren hängt. Wenn meine Mutter wüsste, was auf dem Weg hierhin passiert ist, würde sie mich ohnehin nicht ins Haus lassen. Mom und Dad kamen schon kaum damit klar, dass ich auch auf Frauen stehe. Wenn sie wüssten, dass ich es mit zwei Männern gleichzeitig getan habe, würden ihre dünnen Masken endgültig aufplatzen wie Eierschalen. Nach außen hin haben sie immer versucht, weltoffen zu sein. Aber hinter verschlossenen Türen haben sie ihre wahren, intoleranten Gesichter gezeigt.

Ich stoße die Tür auf und zupfe die grasbefleckte Jogginghose und Edens Shirt zurecht. Dann schließe ich den Wagen und marschiere los. Jeder Schritt schmerzt, als würde ich geradewegs in den Abgrund spazieren.

Scotty. Denk an Scotty. Und daran, dass du ihn gleich endlich wiedersehen wirst.

Er ist schließlich der einzige Mensch in diesem grauen Betonklotz vor mir, der mich vermisst hat, als ich weg war. Das weiß ich, ohne dass er es mir sagen muss. Wir haben uns schon immer blind verstanden und brauchten keine Worte, um zu wissen, was in dem anderen vorgeht.

»Du schaffst das, Faye«, spreche ich mir Mut zu, verharre an der dunklen, abgeblätterten Holztür mit der Nummer sieben und hebe meine Faust, um zu klopfen. Vorher schließe ich meine Augen, atme einige Male tief ein und aus und traue mich schließlich. Das Herz rutscht mir in die Hose, als ich darauf warte, dass jemand öffnet. Da ich kein Handy und keine Uhr besitze, weiß ich nicht, wie spät es ist. Wenn ich nach dem Stand der Sonne gehe, vermutlich Mittag? Vielleicht ist mein Vater bereits auf der Arbeit und ich bin meiner Mutter allein ausgeliefert. Das Worst-Case-Szenario.

Meine Finger werden immer feuchter, genau wie meine Handinnenflächen. Wann war ich das letzte Mal so nervös? Prüfend blicke ich hinter mich, und als ich sehe, dass die rote Hellcat noch immer an ihrem Platz steht, fühle ich mich sicherer. Lucien steht inzwischen draußen, ans Auto gelehnt, und genießt seine Zigarette. Eden hat die Fensterscheibe heruntergelassen und seinen Arm locker darauf abgelegt. Beide haben mich ganz genau im Blick, bereit dazu, einzugreifen. Was wird meine Mutter denken, wenn sie die beiden sieht? In einem Wagen, der vermutlich teurer war als unser gesamtes Haus?

»Faye?« Durch meine Träumerei habe ich nicht mitbekommen, dass sie die Tür inzwischen geöffnet hat. Ertappt drehe ich mich um, blende die Männer hinter mir aus und sehe meiner Mutter, und somit meinem älteren Ebenbild, ins Gesicht. Das Weiß ihrer Augen ist blutunterlaufen, die Schatten unter ihren ebenfalls honigbraunen Augen noch tiefer als sonst. Ihre Haut ist fahl und blass, als hätte sie seit Wochen keine Sonne mehr gesehen. Ihre bronzefarbenen Haare sind am Ansatz fettig, genau wie ihre Stirn. Kann ein Mensch in einer Woche um zehn Jahre altern?

»Mom«, flüstere ich und will die Türschwelle übertreten, aber sie tritt stattdessen nach draußen und drängt mich somit zurück auf die Veranda. Ihr Blick huscht panisch durch die Straße, bevor sie mich am Arm packt und grob zu sich heranzieht. »Was machst du hier, Faye? Weißt du, wie gefährlich es ist, hier am helllichten Tag aufzutauchen? Habe ich dir nicht gesagt, dass du fortbleiben sollst?«

Meine Kinnlade klappt herunter, aber ich bekomme keinen Ton über meine Lippen. Dabei würde ich sie am liebsten anschreien und ihr sagen, dass sie endlich Klartext mit mir sprechen soll! Sieht sie nicht, dass ich verletzt bin? Die fette Narbe auf meiner Stirn springt ihr beinahe ins Gesicht und doch ist da kein Mitgefühl in ihrem stoischen Blick. Keine Sorge um ihre Tochter. Keine Frage danach, was mir eigentlich passiert ist. Ob sie in den letzten Tagen überhaupt versucht hat, mich zu erreichen? Oder war es ihr einfach egal?

»Mom, ich weiß nicht, wovon du sprichst. Bitte lass mich rein, dann kann ich dir erklären, wo ich nach der Party war.«

»Nein!« Sie ist eine zierliche Frau in den Vierzigern, die kaum mehr als fünfzig Kilo wiegt, aber sie versperrt mir den Weg, als wäre sie ein 1-A-Bodyguard.

»Wieso nicht? Was zur Hölle geht hier eigentlich vor sich? Wieso willst du nicht, dass ich nach Hause komme? Vermisst ihr mich gar nicht?« Meine Stimme ist nichts als ein brüchiges Hauchen von Worten. Da ist keine Wucht hinter meinen Buchstaben, keine Kraft. Als hätte ich diese in den Wäldern verloren.

»Ob wir dich vermisst haben?«, zischt sie mich an und blickt an mir hinab. Vermutlich reimt sie sich aufgrund meines zusammengewürfelten Outfits bereits die wildesten Geschichten über die letzte Woche zusammen, aber nichts von dem, was sie sich ausmalen könnte, würde auch nur im Ansatz zutreffen, da bin ich mir sicher. Ich verstehe ja selbst nicht, was in den letzten Tagen passiert ist. Dass ich geradewegs in die Arme dreier Männer gestolpert bin, die meine gesamte Welt auf den Kopf gestellt haben.

»Du hast im letzten Jahr genug Unheil über unsere Familie und das Leben deines Bruders gebracht. Wenn du nicht willst, dass ich die Polizei rufe, dann solltest du jetzt gehen und nicht wiederkommen, hörst du? Es gleicht einem Wunder, dass sie unser Haus nicht überwachen.«

»Sag mir endlich, was dein Scheißproblem ist, Mom! Wie kann es sein, dass deine eigene Tochter eine Woche lang verschwunden ist und du dich nicht eine Sekunde lang fragst, wo sie gesteckt hat! Außerdem: Warum redest du die ganze Zeit von der Polizei? Ist ja nicht so, als wäre ich irgendeine Kriminelle, die Dreck am Stecken hat!« Die ersten Tränen kitzeln in meinen Augenwinkeln, aber ich bin auch zu stolz, um sie meiner Mutter zu zeigen. Sie soll nicht sehen, was ihre Worte mit mir anstellen. »Ich erinnere mich nicht daran, was nach der Party passiert ist und ich hatte gehofft, dass ihr mir …«

»Es ist mir egal, was du zu sagen hast, Faye. Und auch, wohin du gehst. Du findest sicher einen Platz. Aber halte uns aus deinen Machenschaften raus!«

»Machenschaften?« Redet sie etwa von den Drogen, die die Männer in meiner Jeans gefunden haben und von denen ich immer noch nicht weiß, woher sie kommen? Ich lache lieblos auf. Sie kann von dem Kokain nichts wissen, also redet sie von etwas anderem.

»Die Polizei stand letzte Woche vor unserer Haustür und hat nach dir gesucht, weil dein Handy an einem Tatort gefunden wurde, Faye! An einem verdammten Tatort! Selbst wenn du nichts getan hast, dein plötzliches Untertauchen wirft ein ganz schlechtes Licht auf dich und somit auch auf uns als Familie, aber das ist dir egal, oder? Es geht dir immer nur um dich. Indem du hier aufkreuzt und ich dich decke, bringst du auch uns in Gefahr! Ich kann nicht fassen, dass du wirklich meine Tochter sein sollst.« Ihr abschätziger Blick trifft mich mitten ins Herz, genau wie ihre Worte.

»Aber ...« Mir fehlen die Worte. Von was für einem verdammten Tatort spricht sie? Ist Emily etwas zugestoßen? Das hätte sie längst gesagt, nicht wahr? Immerhin gehörte sie lange Zeit zu meinem Leben und war ein Teil dieser Familie.

»Was?«, hauche ich. »Was ist mit Emily? Geht es ihr gut?« Das Dröhnen in meinen Ohren wird immer lauter und niederschmetternder.

»Um Emily solltest du ebenfalls einen großen Bogen machen. Sie ist ohne dich besser dran und das weißt du!«

Sie lebt. Sie lebt. Sie lebt.

Das ist alles, was zählt.

»Mom, bitte ...«

»Ich habe keine Lust mehr auf deine Spiele, Faye. Geh bitte.«

»Dann lass mich wenigstens zu Scotty! Es ist mein gutes Recht, ihn zu sehen!« Ich blicke an ihr vorbei, und als ich meinen Bruder im Hintergrund neben der Treppe entdecke, flutet bedingungslose Liebe mein Herz. Er sieht mich mit aufgerissenen Augen an, regt sich aber nicht von der Stelle, als wäre er ein Hund, dem man befohlen hat, zu bleiben. Er sitzt in seinem Rollstuhl und starrt ins Leere, als wäre ich gar nicht da. Die gerade aufflackernde Liebe wird sofort von Dunkelheit verschluckt, als meine Mutter die Tür lautstark hinter sich zuzieht und somit die Verbindung zwischen mir und meinem kleinen Bruder kappt. Ich hatte nicht einmal die Zeit, ihn genauer anzusehen. Zu schauen, ob er glücklich oder traurig aussieht. Ob er heute einen guten oder schlechten Tag hat.

»Mom, das hier ist auch mein Zuhause.«

»Das hier ist nicht mehr dein Zuhause. Ich hätte dich

schon vor Monaten rausschmeißen sollen, jetzt hast du mir die Entscheidung abgenommen.«

Wie kann sie nur so eiskalt sein? Der Mensch, der mich bedingungslos und am meisten auf der Welt lieben sollte, sprüht mir nur Hass entgegen. »Dann lass mich wenigstens meine Sachen holen. Meine Klamotten. Meinen Laptop. Meine Arbeitsuniform«, stammle ich und stehe vollkommen neben der Spur.

»Ich lasse dich nicht mehr ins Haus, Faye.« Sie schüttelt nahezu bedauernd den Kopf. »Und deine Arbeitsuniform brauchst du nicht mehr, weil du keine Arbeit hast. Das *Rooke* hat dich gefeuert, der Brief kam vor zwei Tagen.«

»Was?«, entfährt es mir schrill. Nicht weil ich sonderlich an dem blöden Kellnerjob gehangen habe, sondern weil ich die Welt, in der ich lebe, nicht mehr verstehe. Warum verhalten sich alle, als wäre ich der Staatsfeind Nummer eins? Brenda will mich aus dem Coldmind loswerden und meine eigene Mutter lässt mich nicht mehr ins Haus. Mein Chef hat mir gekündigt, ohne vorher mit mir gesprochen zu haben. Alles bricht direkt vor meinen Augen zusammen und ich kann es nicht aufhalten. Ich kann nur danebenstehen und dem Zusammenbruch zusehen.

»Wer sind diese Kerle, die du da angeschleppt hast?«, fragt meine Mutter voller Abscheu. Ich höre Schritte hinter mir und ahne Böses. Ich erkenne am Gang eines Menschen, wie seine Gemütslage ist. Und diese Schritte klingen wahnsinnig wütend. Lucien marschiert auf uns zu, schiebt seine Sonnenbrille nach oben und leistet mir an der Tür Gesellschaft. Bevor ich ihn davon abhalten kann, hat er meine Mutter gepackt und so stark gegen die Tür gedrückt, dass ihr ein Schmerzensschrei entfährt. Ihre Füße heben leicht vom Boden ab, weil er sie nach oben drückt, aber ich greife nicht ein. Meine Mutter sieht in mir die mieseste Tochter der Welt. Vielleicht ist es an der Zeit, dass ich mich auch wirklich so verhalte.

Lucien wendet sich meiner zitternden Mutter zu, die aussieht, als würde sie der personifizierte Teufel packen. Ich habe erst einmal so viel Angst in ihren Augen gesehen. Und zwar, als Scotty vor einem Jahr ins Krankenhaus kam.

»Wer wir sind? Sie können es sich aussuchen, Mrs Chaplin. Wir können Ihre besten Freunde sein oder Ihre größten Feinde. Aber so, wie Sie gerade mit Ihrer Tochter umgegangen sind, tendiere ich eher zu Letzterem. Haben Sie gar keinen Anstand? Keinen Funken Mitgefühl? Wissen Sie, wie wir Menschen wie Sie nennen? Abschaum.«

»Lassen Sie mich los!« Meine Mutter klingt wie ein quengelndes Kind und irgendwie gefällt mir dieser Klang. Gepaart mit der Angst in ihren Augen, die Lucien in ihr entfacht. In den letzten Tagen war er stets der freundliche Sonnyboy, der immer ein Lächeln auf dem Gesicht getragen hat. Jetzt gerade bekomme selbst ich Angst vor ihm.

»So ein Gesindel fasse ich ohnehin nicht gern an.« Mit diesen Worten lässt er von ihr ab und spuckt neben ihre Füße, um anschließend seine Hände an der Jeans abzuwischen, als hätte meine Mutter Schimmelsporen abgesondert. »Wenn Sie sich entscheiden, doch noch eine gute Mutter zu sein, finden Sie Ihre Tochter bei uns. Wenn nicht, verrecken Sie in Ihrer dreckigen Vorstadthölle.« Er holt einen Zettel aus seiner Jeanstasche und schleudert ihn meiner Mom entgegen. Ob darauf die Adresse der Psychiatrie geschrieben steht? Hat sie überhaupt noch eine offizielle Adresse? Ich habe keinen Straßennamen gesehen, immerhin gibt es auch keine richtige Straße.

Meine Mutter betrachtet das Stück Papier in ihren

Händen voller Missmut und Abscheu, sagt aber nichts mehr.

»Und jetzt, einen schönen Tag noch, Mrs Chaplin.« Nun klingt er wieder fröhlich wie eh und je. Lucien wendet sich mir zu. Dankbar, dass er an meiner Seite ist, greife ich nach seiner Hand und lasse mich von ihm zum Auto führen. Ich höre den stockenden Atem meiner Mutter so laut, dass ich ihn nicht ignorieren kann, auch wenn ich mir wünschte, es wäre anders. Ein letztes Mal sehe ich sie an. Sie hat das Stück Papier in ihren Händen zerknüllt und starrt uns hinterher. Ihr Blick genauso leer wie das Organ, das in ihrer Brust schlägt.

»Eden? Starte die verfluchte Hellcat«, ruft Lucien. Sekunden später ertönt das ohrenbetäubende Fauchen der roten Schönheit, das die gesamte Straße für sich einnimmt. Sicherlich werden gleich alle Nachbarn aus ihren Fenstern glotzen.

»Wie geht es jetzt weiter?« Ich bin unfassbar erschöpft, was man meiner Stimme vermutlich anhört.

Lucien legt seinen Arm um meine Schulter, grinst mich schief an und führt mich zur Beifahrerseite der Hellcat. »Jetzt, meine Schöne ...« Er öffnet die Tür und stützt seinen Ellbogen darauf ab. »... besorgen wir dir ein paar Klamotten und ein neues Handy.«

Atemlos nicke ich, krabble dieses Mal auf die Rücksitzbank dieses Monsters und kann nicht fassen, dass ich tatsächlich wieder in dem Wagen sitze. Das Auto, das ich nie wieder mit unschuldigen Augen ansehen kann.

»Alles in Ordnung, Faye?« Eden dreht sich zu mir um. Eine Hand ruht lässig auf dem Lenkrad, die andere tastet nach meinem Knie. Spürt er, wie mein Körper bebt? Nichts ist in Ordnung. Meine Mutter hat mich gerade als Kriminelle betitelt und rausgeschmissen, ohne mich mit meinem Bruder reden zu lassen. Dennoch nicke ich Eden zu und schließe die Augen.

Ich bin okay.
Ich bin okay.
Ich bin okay.

Wenn ich es mir lange genug einrede, glaube ich vielleicht eines Tages daran.

ACHTZEHN

FAYE

Die Hellcat ist bis unters Dach mit Einkaufstaschen gefüllt, sodass ich kaum noch Platz habe, um darin zu sitzen. In den letzten Stunden haben wir so viele Boutiquen abgeklappert, dass ich mich fühle, als hätte ich gerade einen Ironman-Triathlon hinter mir. Shoppen kann verdammt anstrengend sein, aber auf der anderen Seite war ich dankbar für die Ablenkung. Anfangs habe ich mich noch schlecht gefühlt, weil die Männer mir all diese Dinge gekauft haben, doch irgendwann habe ich es einfach akzeptiert, anstatt mich weiterhin dagegen zu wehren.

Nun befinden sich Einkäufe im Wert von mehreren tausend Dollar neben mir auf der Sitzbank. Ich wollte mir in den günstigsten Ramschläden ein paar Sachen kaufen, aber Eden und Lucien haben darauf bestanden, dass ich hochwertige Kleidung bekomme, auch wenn ich selbst keinen Cent in der Tasche habe. Außerdem haben sie mir ein überteuertes iPhone besorgt, das ich jetzt während der Fahrt einrichte. Nach einer Woche der medialen Abstinenz fühlt es sich komisch an, gleich wieder erreichbar zu sein. Auch wenn mich ohnehin niemand anrufen wird.

Während der Shoppingtour musste ich permanent an die Konfrontation mit meiner Mutter zurückdenken, und daran, was ihre Worte wohl bedeuten könnten. Sie hat von einem Tatort gesprochen und mich lässt das Gefühl nicht los, dass die Drogen, die ich bei mir getragen habe, die größte Rolle in diesem Drama spielen. Dass sie mir nahezu als Hinweis ins Gesicht springen und doch kehren meine Erinnerungen nicht zurück. Laut Eden müsste die Schwellung längst abgeklungen sein, aber mein Gedächtnis erholt sich einfach nicht.

Ich sinke mit der Schläfe gegen die kühle Fensterscheibe, stelle meinen Sicherheitscode im Handy ein und speichere meinen Fingerabdruck.

Derweil kommt die Hellcat vor einem schicken Gebäude im Edelviertel der Stadt zum Stehen.

»Wo sind wir?«, frage ich matt und lasse das Handy auf meinen Schoß gleiten. Ich habe mich vorhin auf dem Klo des Kaufhauses direkt umgezogen. Jetzt trage ich nicht mehr Brendas befleckte Jogginghose, sondern eine schwarze Röhrenjeans, die an den Knöcheln endet, weiße Turnschuhe und eine luftige, mintfarbene Bluse. Die Hose dieser Pute, die mich heute Morgen so abwertend behandelt hat, habe ich einfach in den Müll geworfen.

Es war erfrischend, mit den beiden einzukaufen, und jedes Mal, wenn ich in der Umkleidekabine stand und mich auszog, wünschte sich ein Teil in mir, dass die Männer mir Gesellschaft leisten würden. Etwas stimmt ganz und gar nicht mit mir, wenn ich nach allem, was heute passiert ist, immer noch an Sex mit ihnen denken muss. Es ist, als würde ich in ihrer Nähe nicht mehr Herrin meiner eigenen Lust sein.

»Es ist schon ziemlich spät«, erklärt Lucien und steigt aus. Anschließend hilft er mir aus dem Wagen. »Deshalb werden wir heute Nacht in unserem Stadtapartment bleiben und morgen zurück ins Coldmind fahren.«

»Ihr habt ein Stadtapartment?«, entfährt es mir perplex. Was kommt als Nächstes? Eine Luxusyacht? Handeln die Typen mit Aktien? Oder vielleicht eher mit Organen? Wie sonst sollten sie sich diese Dinge leisten können?

»Jap. Da oben.« Lucien deutet auf das Gebäude hinter mir. Ich betrachte die gläserne Fassade und mein Atem stockt. Die Architektur dieses Hauses ist so außergewöhnlich, dass ich mir nicht ausmalen kann, wie teuer es im Bau gewesen sein muss.

»Mach den Mund zu, Chaplin«, raunt Lucien in mein Ohr und sendet damit Wellen der Erregung durch mein System. »Sonst komme ich noch auf versaute Gedanken.«

Ehe ich etwas erwidern kann, hat er mich nach vorn dirigiert. Ich folge ihm und Eden, der ein paar der Tüten schleppt, zur ebenfalls gläsernen Eingangstür. Sobald wir das Foyer betreten haben, das dem eines Edelhotels gleicht, und Eden eine Schlüsselkarte in den dafür vorgesehenen Schlitz gesteckt hat, springt auch schon der Fahrstuhl auf.

Ich lasse mich von Lucien hineingeleiten, und als sich die Türen schließen und ich hier auf engstem Raum mit den beiden stehe, wird mir sofort wieder heiß. Verdammt, ich muss wirklich aufhören, sie eine solche Macht über mich ausüben zu lassen. Wo Sawyer wohl gerade ist? Ob er Brenda schon quer durch den Pool gefickt hat? Der Gedanke stört mich, und das hasse ich noch viel mehr als die Tatsache, dass mein Herz rast, weil Lucien und Eden die Nacht mit mir in ihrem Stadtapartment verbringen wollen.

Ersterer steht neben mir und tippt etwas in sein Handy, Eden hingegen starrt mich, seit wir den Fahrstuhl betreten haben, ungeniert an. Als würde er mir mit seinen Blicken etwas sagen wollen, das ich nicht verstehe.

Seine breiten Oberarme sorgen dafür, dass der Stoff seines Shirts spannt, und sobald sich unsere Blicke treffen, sehe ich schnell weg. Er ist erstaunlich ruhig, seit wir bei meiner Mutter waren und sie mich wie Dreck behandelt hat. Was ihm wohl durch den Kopf geht? Die Männer sind für mich ein reines Mysterium. Eines, das ich zu gern aufdecken würde, auch wenn ich absolut nicht weiß, was mich erwarten wird.

Mit einem leisen *Bing* öffnet sich der Fahrstuhl, und als ich ihn verlasse, traue ich meinen Augen kaum. Ich stehe inmitten eines loftartigen Apartments, das an Schönheit kaum zu übertreffen ist. Der Boden besteht aus schwarzem Holz, die Wände sind strahlend weiß und mit ästhetischen Kunstwerken dekoriert. Hinter dem Designersofa befindet sich eine gigantische Glasfront, die einem den perfekten Blick über ganz Seattle und die Space Needle beschert. Es riecht frisch und sauber. Staunend stelle ich mich vor die Scheibe. Wenn man da unten ist, fühlt man sich so unbedeutend und klein, hier oben steht man über allem. Die Lichter Seattles tanzen durch die anbrechende Nacht, und hinter der Skyline befindet sich nur noch ein schmaler Streifen Licht, der gleich ebenfalls am Horizont verschwunden sein wird. So weit oben war ich in meinem ganzen Leben noch nie, schließlich habe ich das Viertel, in dem ich aufgewachsen bin, selten verlassen. Und dort gibt es eben keine protzigen Hochhäuser.

»Schön, oder?« Eden tritt hinter mich und legt mir seine Hände auf die Schultern. Seine Daumen fahren kreisend über meine Schulterblätter und innerhalb von Sekunden sinke ich gegen seine Brust und lasse all die Anspannung des Tages von mir abfallen. Dieses Gefühl der Geborgenheit hatte ich von Anfang an in seiner Nähe.

»Wahnsinnig schön«, stimme ich ihm, immer noch staunend, zu. Im Hintergrund höre ich, wie Lucien sich an der im Raum freistehenden Bar bedient. Sobald er bei uns ist, reicht er mir ein Glas mit Mineralwasser. Er lehnt sich gegen die Fensterscheibe, und egal wie schön der Anblick von Seattle bei Nacht auch ist, sein Anblick ist noch umwerfender. Wie er in seiner legeren Kleidung dasteht und mich ansieht, als wäre ich etwas besonders Kostbares. Er hat mich vor meiner Mutter in Schutz genommen und dafür werde ich ihm auf ewig dankbar sein. Und je mehr Zeit ich mit ihnen verbringe, desto klarer wird mir, dass all die Geschehnisse der letzten zwei Tage so viel weiter reichen. Hier geht es schon jetzt um mehr als Sex. Wieso sonst sollten sie mir helfen? Sie hätten mich auch genauso gut mir selbst überlassen können, immerhin bin ich nicht ihre Baustelle.

»Danke.« Ich blicke zwischen Eden und ihm hin und her. »Dafür, dass ihr mich wieder mitgenommen habt. Ich weiß nicht, was ich sonst tun würde. Ich habe weder Geld noch eine Bleibe.«

»Dafür musst du uns nicht danken, Faye.« Eden küsst meinen Nacken flüchtig. »Du kannst bei uns bleiben, solange du willst. Entweder hier, wenn es dir lieber ist, oder du kommst wieder mit ins Coldmind.« Der Gedanke, allein in diesem gigantischen Apartment zu leben, fühlt sich nicht gut an. Der Gedanke, mit ihnen zurückzugehen hingegen viel zu gut. Und doch habe ich das Gefühl, gerade nirgendwo richtig dazuzugehören. Ein Gefühl, das sich wie ein roter Faden durch mein gesamtes Leben zieht.

»Und was ist mit Sawyer? Er wird nicht sonderlich begeistert sein.« Schon seit wir das Coldmind hinter uns gelassen haben, rauschen meine Gedanken immer wieder zu ihm.

»Na und? Wir leben in keiner Diktatur, sondern in einer Demokratie. Wenn wir dich bei uns behalten wollen, muss er damit klarkommen. Ich bin auch nicht der größte Fan von Brenda und trotzdem haben wir sie und ihre Schwester bei uns aufgenommen, als sie unsere Hilfe brauchten.« Eden massiert mich weiter. Lucien stößt sich indessen von der Glasfront ab und wirft sich elegant aufs Sofa. Derweil drehe ich mich in Edens Armen um und sehe zu ihm auf. Seine braunen Augen wirken durch die Dunkelheit hier drin wie Opale, die mir bis in die Seele blicken können. Es fühlt sich an, als könnten die Blicke der Männer all meine Schichten abtragen. Lucien sieht einen Teil von mir, den ich selbst nicht kannte und den ich allzu gern erkunden würde. Eden blickt noch tiefer, erreicht meinen Kern. Und unter Sawyers intensivgrünen Augen fühle ich mich vollkommen nackt. Entblößt bis auf die letzte Angst, den letzten Wunsch, die letzte Sehnsucht. Vielleicht fällt es mir deshalb so schwer, ihn wirklich zu hassen. Weil er mir das Gefühl gibt, zum ersten Mal richtig gesehen zu werden.

»Ich würde gern schlafen gehen«, murmle ich und nippe an meinem Wasser. Der Tag war wahnsinnig auslaugend und ich brauche ein wenig Zeit, um mich und meine Gedanken zu sortieren, genau wie meine Gefühle. Vor allem meine Gefühle, die seit einer Woche machen, was sie wollen.

»Okay.« Edens Daumen streicht über meine Wange und diese Berührung lässt mich all den Schmerz von heute für einen Moment vergessen. Wie kann es sein, dass ich mich nach einer Woche bereits so wohl bei ihnen fühle? So angekommen? Ich wusste nicht einmal, dass ich auf der Reise war.

»Ich bringe dich ins Schlafzimmer.« Er greift nach meiner Hand und führt uns durch das wundervolle Loft.

Eine offene, auf Hochglanz polierte Küche befindet sich zehn Meter neben dem Sofa, auf deren Arbeitsplatte Eden nun mein Wasserglas abstellt. Er zeigt mir, wo das Bad ist, und bringt mich anschließend in den angrenzenden Raum. Außer einem Bett befindet sich nichts hier drin, aber es braucht auch gar nicht mehr. Da die Hälfte des Raumes ebenfalls aus Glasfronten besteht, kann man der Stadt beim Schlafen zusehen, bevor man selbst die Augen schließt.

Ich schäle mich aus meinen neuen Klamotten, lege sie neben dem Bett auf den Boden und schlüpfe nur noch in BH und Slip unter die zuckerwatteweiche Decke. Eden steht im Türrahmen und beobachtet mich mit einer Gelassenheit, die mir eine Gänsehaut beschert. Noch immer brennen mir so viele Fragen unter den Nägeln, aber heute werde ich keine Antworten mehr bekommen. Ich will nur noch schlafen und Kraft tanken, damit ich mir morgen einen Plan überlegen kann, wie es weitergehen soll. Denn eins steht fest: Ich kann nicht einfach dem Befehl meiner Mutter folgen und mich von Scotty fernhalten. Dafür brauchen wir einander zu sehr. Dafür vermisse ich ihn zu heftig.

»Schlaf gut, Faye. Wenn etwas ist: Wir sind im Wohnzimmer.« Es fühlt sich gut an, nicht allein zu sein.

Bevor er mich auf dem Bett zurücklässt, frage ich ihn: »Können wir morgen zur Wohnung meiner Freundin fahren? Ich halte diese Ungewissheit nicht mehr aus.« Auch wenn ich in den letzten Tagen alles darangesetzt habe, mich nicht in die negativen Gedanken zu stürzen, befinde ich mich geradewegs in der Spirale meiner eigenen Angst.

»Natürlich.« Damit ist Eden verschwunden und hat die gläserne Schiebetür hinter sich zugezogen. Zurück bleibt nur dieses weiche Bett, der atemberaubende Anblick der Stadt und meine tosenden Gedanken, die um die Begegnung mit meiner Mutter kreisen und mir wieder Tränen in die Augen treiben. Ich kuschle mich tiefer ins weiche Kissen, betrachte die goldenen Punkte vor dem Fenster und schlafe innerhalb weniger Sekunden ein.

NEUNZEHN

EDEN

»Was glaubst du, hat ihre Mutter vorhin gemeint?« Lucien tippt auf seinem Handy, während ich nach unten auf die Straße starre.

»Keine Ahnung. Ich glaube immer noch nicht, dass die Drogen wirklich ihr gehört haben.« Und selbst wenn, würde es mich nicht einmal stören. Sawyer hat recht: Ich sollte vorsichtiger sein, gerade wegen meiner eigenen Vergangenheit, aber ich kann nicht anders, als ihr helfen zu wollen. Lucien weiß das. Ihm geht es genauso, auch wenn seine Beweggründe vermutlich anderer Natur sind. Er will sie bei uns behalten, weil er einen Narren an ihr gefressen hat, und wenn ich beobachte, wie sie ihn ansieht, beruht es auf Gegenseitigkeit.

»Wir nehmen sie morgen mit ins Coldmind. Sawyer kann von mir aus einen Handstand machen und sich nackt im Kreis drehen, sie wird bleiben, solange sie will. Ich habe ihm gerade geschrieben, dass wir mit Faye hier sind.« Mit diesen Worten schmeißt er das Handy zur Seite, schaltet den Flatscreen an und zappt sich unachtsam durchs Abendprogramm.

Derweil denke ich darüber nach, wie ich Faye helfen kann, herauszufinden, was ihr widerfahren ist.

Ich lasse Lucien auf dem Sofa zurück, gehe in die Küche und will mir gerade ein Wasser aus dem Kühlschrank holen, als ich ein leises Wimmern höre. »Scotty! Nein!« Sofort bin ich in Alarmbereitschaft, schließe den Kühlschrank wieder und gehe auf das Schlafzimmer zu, in dem Faye seit zwei Stunden liegt und schläft.

Leise schiebe ich die Tür auf. Sie liegt im Bett, wirft ihren Kopf unruhig von links nach rechts und krallt ihre Finger in die Decke. Durch die Lichter der Stadt und des Mondes ist es hell genug, um den Schweiß auf ihrer Stirn glitzern zu sehen. Sie träumt. So intensiv, dass es sich auf ihren ganzen Körper auswirkt.

»Fahr schneller!«, stößt sie hervor und windet sich, als hätte sie Schmerzen, gepaart mit unbändiger Angst. Ich gehe zum Bett, beuge mich über sie und rüttle sanft an ihrer Schulter, aber sie wacht nicht auf. Gleitet tiefer in die Panik und wimmert, als würde jemand ihr Leben bedrohen. Ich lege meine Hand an ihre Wange, fixiere ihren Kopf, und rede ihr gut zu, auch wenn sie mich nicht hört. Ihr Unterbewusstsein wird merken, dass ich da bin. In den Lagern habe ich meinen Kameraden ebenfalls auf diese Weise beigestanden, selbst wenn sie durch das Morphium weggetreten waren. Panisch schlägt Faye die Lider auf. Ihr Atem rast, ihre Haut glüht, aber nicht so fiebrig wie in den letzten Tagen. Sie starrt mich aus großen, runden Kulleraugen an, und fuck, ich wünschte, ich könnte ihr irgendwie helfen.

»Wo bin ich? Wo ist Scotty?«, fragt sie hauchend und rappelt sich leicht auf. Aber ihr Körper ist immer noch nicht wieder vollkommen gesund und so sinkt sie müde zurück ins Kissen. Prüfend blickt sie sich im Raum um und scheint einen Moment zu benötigen, bis sie sich daran erinnert, dass wir hier und in Sicherheit sind.

»Im Apartment. Du hattest einen Albtraum.«

»Es tut so weh«, schluchzt sie. »Es tut so weh, wie

meine Mutter mich behandelt hat. Es tut weh, sich nicht zu erinnern und es tut weh, zu schlafen. Seit einer Woche tut einfach alles so weh, Eden.«

»Ich weiß.« Ohne um Erlaubnis zu bitten, setze ich mich neben sie. »Wer ist Scotty?«

Stirnrunzelnd sieht sie mich an. »Mein Bruder, wieso?«

»Du hast seinen Namen im Schlaf gerufen.«

Faye lässt sich noch tiefer ins Kissen sinken und fährt sich mit der Hand über das Gesicht.

»Weißt du noch, was im Traum passiert ist?«, hake ich weiter nach und ziehe sie an mich. Faye schließt die Augen, legt den Unterarm über ihr Gesicht und schüttelt anschließend schluchzend den Kopf. »Ich weiß nicht genau, es ist alles so verschwommen.«

Sie kuschelt sich an meine Brust, umklammert mich wie ein Äffchen und vergräbt ihr Gesicht in meinem Shirt. Ist es falsch, dass ich mir in diesem Moment wünsche, allein mit ihr zu bleiben? Ja, Saw, Luce und ich teilen uns öfter die Frauen, mit denen wir schlafen. Aber jetzt will ich sie nur für mich. Faye kann gerade weder Luciens Sprüche noch Sawyers Wut gebrauchen.

»Erzähl mir alles, woran du dich erinnerst.«

»Erst war ich bei meinem Bruder im Zimmer und wir ... wir hatten Spaß. Doch dann hat er keine Luft mehr bekommen und ich konnte nichts für ihn tun. Er ... er ...« Sie pausiert, um sich zu sammeln. »Auf einmal war Scotty weg und ich war allein in einem Wald. In einem Wagen. Da waren grüngelbe stechende Augen, die mir noch jetzt eine Gänsehaut bescheren, wenn ich daran denke. Ich glaube, es war ein Wolf. Dann hast du mich geweckt. Ich sagte ja, es ist alles verschwommen.«

War sie deshalb verletzt, als sie vor unseren Toren zusammengebrochen ist? Weil sie einen Autounfall hatte? Aber hätten wir es nicht mitbekommen, wenn in der Nähe des Coldminds ein Unfall passiert wäre? Auf der anderen Seite weiß ich nicht, wie weit sie in dieser Nacht durch den Wald geirrt ist.

Weil sie noch immer wie Espenlaub in meinen Armen zittert, bohre ich nicht weiter nach, sondern warte einfach ab, bis sich ihr Körper beruhigt hat.

»Atmen, Faye.« Ich erinnere mich an so viele Tage und Nächte in Afghanistan, in denen ich meinen Kameraden durch die Angst helfen musste. Nicht zu wissen, ob man den kommenden Tag überleben wird, ist ein Scheißgefühl. Mit dem Wissen einschlafen zu müssen, dass jederzeit das eigene Lager angegriffen werden könnte, macht es nicht gerade besser. Ich lege meine Hand auf ihre Brust und spüre, wie kurz und flach sie atmet, wie schnell ihr Herz schlägt. Wenn sie weiter so macht, rast sie Vollgas in eine Panikattacke. Ich hatte in meinem Leben bereits mehr als eine und weiß, wie scheiße es ist, innerlich zu sterben, obwohl äußerlich nichts passiert.

»Ich zähle bis vier. So lange atmest du ein, okay? Dann zähle ich bis sieben, und so lange hältst du den Atem an. Dann atmest du auf acht wieder aus.«

Faye nickt, noch immer das Gesicht in meinem Shirt vergraben. Ihre Schultern beben, weil sie weint. »Komm, setz dich vor mich.«

Wie aufgetragen rappelt sie sich auf, schiebt sich zwischen meine Beine und presst sich dicht an mich. Eine Hand lege ich auf ihre Taille, die andere wieder auf ihre Brust, direkt über ihr Herz. »Denk dran, vier, sieben, acht. Und jetzt atme ein.« Ich höre, wie sie Luft holt. »Eins, zwei, drei, vier. Jetzt anhalten.« Ihre Brust ist gehoben, und je länger sie den Atem anhält, desto ruhiger wird ihr Körper. Diese Atemübung habe ich mit meinen Kameraden mehr als einmal gemacht. Unter meinen Fingerspitzen spüre ich, wie ihr Herzschlag langsam ruhiger wird. »Sechs, sieben. Und jetzt ausatmen.« Faye atmet aus, bis ich bei acht angelangt bin. Das Ganze wiederholen wir noch zwei weitere Male, bis ihr Puls sich endgültig reguliert hat. Ihre Haut ist noch immer warm und verschwitzt, aber sie glüht nicht mehr wie ein heißes Eisen.

»Woher weißt du all diese Dinge? Wie man Wunden näht und wie man sich aus der Panik rausholt?« Sie schiebt sich dichter an meine Brust, und es fühlt sich seltsam vertraut an, ihr so nah zu sein.

»Ich war vor einigen Jahren als Sanitäter im Krieg stationiert. Ich kenne kaum Soldaten, die keine Panikattacken während eines Einsatzes hatten.« Ihr Atem wird noch gleichmäßiger und sie wird in meinen Armen ganz weich.

»Wo warst du stationiert?«

»Zweimal in Afghanistan. Seit meinem letzten Einsatz bin ich raus.« Nicht selten muss ich an all die Männer denken, die in diesem Augenblick an der Front stehen und für Kriege kämpfen, die nichts als Blut und Leid bringen. Wer glaubt, dass man Gewalt mit Gewalt bekämpfen und dadurch Frieden erhalten kann, hat das Leben nicht verstanden. Ich musste es auch erst lernen.

»Wieso bist du so nett zu mir?«, fragt Faye plötzlich und wendet das Gespräch in eine ganz andere Richtung. »Ich meine ...« Sie dreht sich um, kniet jetzt halbnackt vor mir und macht es mir schwer, nicht auf ihren begnadeten Körper zu starren, der bei Weitem schöner ist als das Licht der Stadt in ihrem Rücken. »Ich handle euch doch nur Ärger ein. Sawyer hasst mich.«

»Er hasst dich nicht«, widerspreche ich ihr. »Du bist ein Trigger für ihn.«

»Ein Trigger? Aber wofür?« Sie sinkt auf ihre Fersen. Ihre Hände ruhen auf meinen Knien, und die Vorstellung, sie könnte mit den Fingern weiter aufwärts wandern, regt meine Fantasie an. Ich sollte sie nicht vögeln wollen, nicht hier und nicht jetzt. Aber ich sollte mir auch nicht vorstellen, wie es wäre, wenn wir drei sie parallel durchnehmen, und trotzdem kriege ich das Bild nicht aus dem Kopf, seit sie vor der Zelle im Keller stand. Etwas an dieser Frau sorgt dafür, dass meine sonst so sorgsam errichtete Zurückhaltung bröckelt, aber ich setze alles daran, der Versuchung nicht zu erliegen. Es war ein verdammt harter Weg hierhin, und mein altes zugedröhntes Ich hätte sie sogar durchgefickt, während sie in einer Panikattacke steckt. Aber das bin ich nicht mehr. Darf ich nicht mehr sein.

»Warum löse ich diese Wut in ihm aus, Eden?«

»Das muss er dir selbst erzählen, wenn er so weit ist. Und wieso ich so nett zu dir bin? Wieso sollte ich es nicht sein?«, frage ich stattdessen. Faye schürzt die Lippen und starrt derweil die meinen hungrig an. Statt zu antworten, rutscht sie dichter an mich heran und küsst mich, als wäre es das Normalste der Welt. Und auch wenn ich weiß, dass sie mich gerade vermutlich benutzt, um den Scheißtag zu vergessen, lasse ich es zu. Weil ich bereits hart bin, seit ich an Luciens Fingern von ihr kosten konnte. Ihr Stöhnen geht mir nicht mehr aus dem Kopf, genauso wenig wie das Bild ihres nackten Körpers in meiner Hellcat. Ihre geröteten Wangen, die vor Lust geöffneten Lippen, die sich gestern Abend unter der Dusche so geil um meinen Schwanz gelegt haben.

»Du solltest schlafen«, murmle ich zwischen unseren Lippen, die so perfekt zusammenpassen. Ihre Zunge gleitet über meine, und fuck, sie schmeckt viel zu gut, auch nach diesem langen Tag noch.

»Ich würde lieber das hier tun.« Mit diesen lasziven Worten lässt sie von meinem Mund ab, gleitet mit der Zunge über meinen Hals und wandert tiefer. Ihre Finger fahren über meine Brust, hinunter zu meinem Bauch. Sekunden später hat sie mich von dem lästigen Stoff befreit.

Mein Blick ruht auf ihrem hübschen Gesicht, das immer weiter Richtung Süden wandert, und als sie meinen Schwanz aus der Jeans befreit hat, kann ich mich nicht länger zurückhalten. Sie will es. Und scheiße, ich will es auch.

»Mach den Mund auf, Baby«, raune ich ihr zu. Sekunden später bin ich bereits in ihr, teile ihre perfekten Lippen mit meinem Schwanz und stöhne rau auf, als ich ihren Rachen an meiner Spitze spüre. Ein leises Würgen entflieht ihr, das mich noch schärfer macht. Am liebsten würde ich sie auf die Matratze schmeißen und ihr meinen Schwanz so tief reinstecken, dass sie an nichts anderes mehr denken kann als daran, wie gut es sich anfühlen wird, wenn ich in ihrem Mund komme. Aber sie hat einen beschissenen Tag, nein – eine beschissene Woche –, hinter sich. Also lasse ich zu, dass sie meinen Schwanz in ihrem Tempo mit dem Mund fickt. Sanft, langsam.

Sie fährt mit der Zunge über meine Länge und sieht mich dabei aus diesen verflucht schönen Augen an. Ich nehme ihre langen dunkelblonden Haare zusammen, wickle sie um mein Handgelenk und sehe dabei zu, wie mein Schwanz rhythmisch zwischen ihre Lippen gleitet.

So. Fucking. Schön.

Wieder nimmt sie mich tief in sich auf, macht mich nass, treibt mich an. Ich werde noch härter in ihrem Mund, und als sie beginnt, mich schneller zu lutschen, lege ich den Kopf zurück, schließe die Augen und genieße diesen verdammt unschuldigen Blowjob. Kaum zu glauben, dass sie bis gestern noch nie einen Schwanz in sich hatte und mir jetzt zum zweiten Mal einen bläst. Wieder und wieder gleite ich in ihren Mund, ficke ihren Rachen und widerstehe dem Drang, sie härter ranzunehmen. Nicht heute. Nicht nach allem, was ihre Mutter ihr an den Kopf geworfen hat. Faye umgreift mit ihrer zierlichen Hand meinen Schaft, streichelt mich und saugt an meiner Spitze, als hätte sie in ihrem Leben schon tausend Schwänze auf diese Weise gelutscht. Sekunden später ergieße ich mich warm in ihrem Mund und lasse sie alles von mir schlucken. Devot hebt sie ihren Blick, leckt sich über die Unterlippe und gleitet schließlich seufzend neben mich.

»Würdest du heute Nacht hier bei mir schlafen, Eden?«

Shit, wie sollte ich zu dieser Frau jemals Nein sagen?

ZWANZIG

SAWYER

Ich sollte nicht hier sein. Dennoch parke ich jetzt meine Harley vor unserem Apartment in Seattle und nehme den Helm ab. Edens Hellcat schmückt den Straßenrand, fällt aber neben all den anderen Luxuskarren dieser Gegend nicht sonderlich auf. Allein in dieser einen Straße stehen Wagen im Wert von einer Million Dollar.

Ein Blick nach oben in unser Apartment zeigt kein Licht, nur Dunkelheit. Ich checke die Uhrzeit auf meinem Handy und stelle fest, dass es bereits nach Mitternacht ist. Was zur Hölle mache ich hier eigentlich? Welcher Idiot kommt auf die Idee, mitten in der Nacht auf seinem Bike durch die Walachei zu fahren, nur um ... ja, was eigentlich? Es gibt hier nichts für mich zu tun. Lucien hat mir geschrieben, dass Faye vorerst bei uns bleiben wird. Und das Erste, was ich tue, ist herzukommen?

Wütend über mich selbst lasse ich meine Harley zurück und fahre mit dem Fahrstuhl ins Loft. Mich empfängt das überzogene Stöhnen einer Frau, die sicher nicht Faye ist. Ich weiß nicht, wie ihr Stöhnen klingt, aber so falsch und billig ganz sicher nicht. Als ich Lucien auf dem Sofa entdecke und schnalle, woher die grässlich gestellten Sexgeräusche kommen, muss ich schmunzeln. Dieser Ficker hat sich tatsächlich mit einem Billigporno auf die Couch verzogen und ist dabei auch noch eingepennt. Scheint ja nicht sonderlich spannend zu sein, dieser Film. Ich gehe aufs Sofa zu, schnappe mir die Fernbedienung und stelle den Mist aus. Anschließend sehe ich mich nach Eden um, aber von ihm fehlt jede Spur, genau wie von Faye. Die Tür zum Schlafzimmer ist zugezogen, aber da sie aus Glas besteht, kann ich die beiden Turteltauben sehen. Faye liegt in Edens Armen und sieht … friedlich aus. Er ebenso. Die beiden würden echt ein gutes Paar abgeben, wenn die Kleine nicht ebenfalls auf Luciens gierigen Schwanz abfahren würde. Wir wissen alle, dass eine Beziehung, die nicht nur körperlicher Natur ist, mit ein und derselben Frau niemals gut enden würde. Jedenfalls nicht in unserem Kosmos. Eines Tages würde es zu Stress unter uns kommen und uns zerstören. Etwas, das nach allem, was wir durchgemacht haben, nicht passieren darf. Und erst recht nicht wegen einer Frau wie ihr.

Einen Moment beobachte ich meinen besten Freund noch und lasse schließlich vom Schlafzimmer ab. Stattdessen setze ich mich auf den beigen Ledersessel neben dem Sofa und starre durch die Glasfront in den wolkenlosen Nachthimmel. Über Seattle sieht man so gut wie nie die Sterne, während man sich im Coldmind kaum davor retten kann. Allein deshalb hasse ich die Stadt. Hier ist alles verseucht. Lichtverschmutzt, luftverschmutzt, stickig und vollkommen überfüllt. Der Stress und die Angst der Menschen kleben auf den Bürgersteigen und fressen sich mit jedem Schritt tiefer in den Erdboden.

Wir sind verloren.

Wir alle.

Und doch tun wir so, als wäre es anders.

Als wären wir nicht längst dem Untergang dieses Planeten geweiht.

Bevor ich weiter über das unausweichliche Ende unserer Menschheit sinnieren kann, zieht ein Knacken meine Aufmerksamkeit auf sich. Im Augenwinkel sehe ich eine zierliche Gestalt, die sich mir langsam nähert und gleichzeitig viel zu schnell auf mich zukommt.

Faye trägt lediglich schwarze Unterwäsche, sonst nichts. Sofort verkrampfe ich mich auf dem Sessel, weil sie einfach nicht stehen bleibt, sondern es wagt, mich mitten in der Nacht zu nerven. Aber was hatte ich auch erwartet, als ich beschloss, herzukommen? Ich wusste, dass sie sich nicht fernhalten würde.

»Seit wann bist du hier?«, fragt sie verschlafen und reibt sich die Augen wie ein kleines Kind, das nachts zu ihren Eltern ins Schlafzimmer kommt und von ihren Albträumen erzählt. Nur dass ich nicht ihr Vater bin und mich ihre Träume genauso wenig interessieren wie ihre Gefühle. Eine Tatsache, die ihr inzwischen bewusst sein sollte.

Ich antworte nicht, zwinge mich, ihrem halbnackten Körper keine Beachtung zu schenken, und sehe wieder nach draußen. Das Tapsen ihrer nackten Füße auf dem Boden kommt näher, bis sie sich schließlich neben mir auf die Lehne des Sofas fallen lässt, auf dem Lucien noch immer pennt. Den Sack kann man selbst mit einer Kreissäge nicht wecken.

Gemeinsam sitzen Faye und ich vor der Glasfront des Lofts und sagen nichts. Ich hasse ihr Schweigen genauso wie ihre Stimme. Alles an ihr reizt mich, treibt mich tiefer in Richtung des Abgrunds, den ich nie wieder sehen wollte. In den ich nie wieder stürzen wollte. Ich zücke automatisiert mein Messer. Augenblicklich verändert sich die Energie im Raum. Ich höre, wie Faye schluckt, spüre, wie sie erstarrt. Dabei will ich einfach nur mit dem

Finger über die Klinge des Messers fahren, um mich abzulenken. Es ist meine Art der Meditation. Eden spürt diesen Frieden in seiner Brust, wenn er anderen Menschen hilft. Lucien, wenn er sich mit seinen bedeutungslosen Ficks von dem Dreck in seinem Kopf ablenkt, und ich brauche mein Messer, um zu entspannen. Mir ist klar, dass ich nicht normal bin, aber ich habe aufgehört, mich gegen meine wahre Natur zu wehren.

»Wieso tust du das? Ich meine, wieso schneidest du Frauen beim Sex?« Ist da etwa Neugier in ihren Worten zu erkennen? Oder ist es Angst, die sie damit zu verstecken versucht? Ich sehe sie von der Seite an, fahre unbeirrt mit dem Daumen über die Messerklinge und sage nichts. Denkt sie, dass ich ihr jetzt mein Herz ausschütte? Dass sie auf diese Weise an mich herankommt? Dass sie überhaupt noch hier ist, zeigt, wie dämlich und naiv sie ist. Ich habe sie von Anfang an richtig eingeschätzt.

»Wir müssen auch nicht darüber reden, aber ich kann nach meinem Albtraum nicht mehr richtig schlafen und ich muss irgendetwas tun, um nicht verrückt zu werden. Denn langsam glaube ich, dass ich ganz hervorragend ins Coldmind passen würde.«

»Wieso weckst du nicht Eden?«, schlage ich ihr salopp vor. »Oder Lucien? Die beiden lenken dich sicher allzu gern ab.«

Sie rutscht jetzt von der Rückenlehne des Sofas auf die breite Armlehne, zieht die Knie an den Bauch und legt den Kopf seitlich auf ihren Beinen ab. Zu nah. Viel zu nah.

»Sie sehen so friedlich beim Schlafen aus«, erwidert sie leise und schielt zu Lucien hinüber. Ein Blick auf ihn zeigt, dass er sich noch immer nicht bewegt hat.

»Und was willst du von mir? Ich kann dir nicht helfen.«

»Ich weiß.« Sie klingt genauso erschöpft, wie ich mich

im Moment fühle. Seit Tagen penne ich noch schlechter als ohnehin schon. Genau genommen, seitdem sie aufgetaucht ist. »Aber ich werde langsam wirklich wahnsinnig. Ich war heute bei meinen Eltern, aber meine Mutter hat mich rausgeschmissen, ohne mir zu erklären, wieso. Ich erinnere mich einfach nicht daran, was ich getan haben soll, und das … das …«

»Unwissenheit ist ein verdammtes Geschenk, Faye«, knurre ich. Ihr Atem stockt, und als ich sie ansehe, erstarrt sie am ganzen Körper. Unsere Blicke sind wie Magnete, die man nicht voneinander lösen kann. Ich will wegsehen, aber ich kann einfach nicht. »Und du trittst es mit Füßen. Wenn ich den Luxus hätte, mich nicht zu erinnern, glaub mir, ich würde jeden Tag der Unwissenheit genießen, anstatt dagegen anzukämpfen.«

Sie hebt den Kopf, umklammert ihre Schienbeine und betrachtet mich fragend. Scheint nach der Story hinter meinen Worten zu suchen, aber ich werde sie ihr nicht geben.

»Was willst *du* denn vergessen?«

»Nichts«, lüge ich. Ich hätte einfach meine verdammte Schnauze halten sollen, anstatt dafür zu sorgen, dass sie noch mehr Fragen stellt, die ich ihr nicht beantworten will.

Faye verengt ihre Augen, scheint zu überlegen, ob sie weiter nachhaken soll, aber sie tut es nicht. Schlaues Mädchen. Zumindest dieses eine Mal.

»Wieso kannst du nicht schlafen? Nur wegen des Albtraums?« Und wieso sitze ich immer noch hier, anstatt zu verschwinden und mich entweder im Ring auszupowern oder mir in irgendeiner Proletenbar weibliche Ablenkung zu suchen? Fragen über Fragen, deren Antworten ich im Grunde genommen lieber nicht wissen will.

Faye zeichnet mit dem Zeigefinger die Umrisse ihrer

Zehen auf der Armlehne nach und bettet ihr Kinn wieder auf die Knie. »Nicht nur. Ich muss ständig an die Worte meiner Mutter denken. Und daran, dass sie mir nicht erlaubt hat, meinen Bruder zu sehen. Ich vermisse ihn so sehr, dass es sich anfühlt, als würde ich sterben. Sein Name ist Scotty und ... na ja, er ist mein Ein und Alles.«

»Und wieso sitzt du dann noch hier und versauerst in deinem elendigen Selbstmitleid, anstatt etwas dagegen zu tun?«

»Wie meinst du das? Was sollte ich denn tun?« Irritiert zieht sie die filigranen Augenbrauen zusammen.

»Wenn du deinen Bruder sehen willst, wird es Wege geben, das zu tun. Oder lässt du dich wirklich von deiner Mutter wie ein Kleinkind behandeln? Wie alt bist du? Fünf?« Es nervt mich, wenn Menschen nicht tun, was sie tun wollen. Wenn sie stattdessen in ihrer gemütlichen Komfortzone bleiben, weil es einfacher und bequemer ist. Scheiße, es nervt mich so sehr, dass ich sie gern schütteln würde, damit sie zur Vernunft kommt.

»Sie hat mich nicht ins Haus gelassen, Sawyer. Was hätte ich tun sollen? Sie k. o. schlagen und einfach reingehen?«, fragt sie mich mit ironischem Unterton.

Ich zucke mit den Schultern, fahre ein letztes Mal über die Klinge und stecke das Messer ein. Anschließend stehe ich auf und lasse Faye auf dem Sofa zurück.

»Wohin willst du jetzt plötzlich?«

Ich drehe mich nicht um, sehe sie nicht an. Mir ist klar, dass ich den größten Fehler meines Lebens begehe, wenn ich die folgenden Worte ausspreche, und doch öffnet sich mein Mund, als hätte ich keinerlei Kontrolle über ihn.

»Wir fahren jetzt zu deinen Eltern und brechen in dein fucking Haus ein.« Noch während ich diesen albernen Vorschlag ausspreche, könnte ich mir mein eigenes Messer ins Herz rammen. Ein Gefühl, das noch mächtiger wird, als ich höre, dass sie zurück ins Schlafzimmer geht, ohne die Tür hinter sich zu schließen.

Sie zieht sich an.

Sie folgt mir.

Und das ist ein verdammt großer Fehler.

EINUNDZWANZIG

FAYE

Es ist falsch, Sawyer zu folgen, nachdem er mich so oft wie Müll behandelt hat. Er könnte mich, anstatt mich wirklich zu meinem Elternhaus zu bringen, auch in der Elliot Bay versenken. Dann wäre er mich endgültig los. Er könnte Eden und Lucien sagen, dass ich schon verschwunden war, als er kam. Keiner von beiden hätte es mitbekommen. Wieso habe ich mich trotzdem in meine neuen Sachen geworfen und bin ihm gefolgt?

»Wie sicher kann ich mir sein, dass es kein Vorwand von dir ist, um mich wieder loszuwerden?«, frage ich misstrauisch, während er auf seine Maschine steigt, die vor dem Apartment steht. Dieses schwarze Motorrad sieht genauso anmutig aus wie die Hellcat, die bei tiefster Nacht noch gefährlicher wirkt als am Tag. Ich schlinge die Arme um meinen Oberkörper und betrachte Sawyer auf der Harley. Alles an diesem Bild passt perfekt zusammen. Seine abgewetzte Lederjacke, die schwarze, löchrige Jeans, die dunklen Motorradstiefel. Und dann dieser Blick, der mir durch Mark und Bein geht und der mich an die hungrigen Augen des Wolfes aus meinem Traum erinnert. Sawyer schnappt sich den schwarzen Helm vom Lenker und schmeißt ihn mir zu. In letzter Sekunde fange ich das schwere Teil, bevor es vor meinen Füßen auf dem Boden aufschlagen kann.

»Das wirst du nur herausfinden, wenn du aufsteigst. Willst du deinen Bruder nun sehen oder nicht? Deine Entscheidung.« Mit dieser provokanten Ansage startet er die Harley, die mit einem Knall dafür sorgt, dass sich mein Magen zusammenzieht. Ich bin noch nie auf einem Motorrad gefahren und würde lieber schreiend davonrennen, als ihm zu vertrauen, aber ich muss Scotty sehen. Muss ihm sagen, dass er mich nicht verloren hat, auch wenn es sich vielleicht so anfühlt. Das hier könnte meine einzige Chance sein, mit ihm zu sprechen und mich zu erklären. Wer weiß, was unsere Eltern ihm für Lügen über mich erzählt haben; es ist mein gutes Recht, die Dinge ins richtige Licht zu rücken.

Mit stockendem Atem setze ich den Helm auf, schließe ihn unter meinem Kinn und gehe zögerlich auf die Maschine zu. Sobald ich hinter Sawyer sitze, er die Fußraste löst und beschleunigt, bereue ich meine Entscheidung bereits. Wir sind einander viel zu nah, und wenn ich mich nicht an ihm festhalte, werde ich bei dem Tempo vermutlich zu Boden geschleudert. Sawyer manövriert das Bike durch Seattles Straßen wie ein Vollprofi, und er scheint ganz genau zu wissen, wohin er fahren muss. Woher kennt er die Adresse? Von den anderen Männern? Haben sie schon über meine Konfrontation mit meiner Mutter gesprochen? Wenn ja, wann?

Der Nachtwind peitscht mir ins Gesicht und jagt unter dem dünnen Stoff der nagelneuen und arschteuren Bluse eine Gänsehaut über meinen Körper. Ich kralle mich in Sawyers Lederjacke, wohl darauf bedacht, ihm trotzdem nicht zu nah zu kommen. Als ich vorhin in Edens Armen wach wurde, habe ich sofort gespürt, dass etwas anders ist. Es ist, als würde sich die Temperatur im

Raum verändern, sobald Sawyer ihn betritt. Ich weiß nur nicht, ob es wärmer oder kälter wird. Vielleicht beides.

Die Fahrt bis zum Haus meiner Eltern dauert gute zwanzig Minuten, und als er das Motorrad in der Straße abstellt, in der ich damals so oft Kreidebilder mit Scotty auf den Asphalt gemalt habe, wird mein Herz tonnenschwer. Ich steige von der Maschine, ziehe mir den Helm vom Kopf und sehe zum Haus hinüber, das sich jetzt noch fremder anfühlt als vorhin. Als würde ich mich mit jeder Stunde, die vergeht, weiter von meiner Vergangenheit und meinem alten Leben entfernen. Von meinem alten Ich.

Sawyer schaltet den Motor ab und sofort ist es mucksmäuschenstill hier. Keine Vögel, keine Menschen, keine Schritte, nichts. Nur ich, mein polterndes Herz und die Angst davor, gleich in mein eigenes Haus einzubrechen, nachdem meine Mutter mir bereits mit der Polizei gedroht hat. Was muss passiert sein, damit eine Mutter ihrer Tochter so etwas antut?

»Wo ist das Zimmer deines Bruders?«, fragt Sawyer und tritt neben mich. Sein Duft ist so einzigartig, dass ich den Geruch des Mülls, der sich in der Tonne links neben uns stapelt, fast ausblenden kann. Aber nur fast. Ich deute auf das Fenster rechts neben der Tür. Früher war Scottys Zimmer im zweiten Stock, direkt neben meinem. Doch seit seinem Krankenhausaufenthalt ist er auf einen Rollstuhl angewiesen und kann keine Treppen mehr steigen. Meine Eltern konnten es sich nicht leisten, einen Treppenlift einzubauen, also wurde er unten ins ehemalige Gästezimmer einquartiert, auch wenn es für einen Teenager seines Alters viel zu klein ist und eher einer Abstellkammer gleicht.

»Und wie machen wir das jetzt? Schlagen wir das Fenster ein und hoffen, dass es keiner hört?«

»Willst du direkt die Bullen anlocken?« Seine Gegenfrage klingt fast schon … humorvoll? »Wird dein Bruder schreien, wenn wir anklopfen?«

Mein Mund trocknet aus und jeder Atemzug gleicht dem Inhalieren von Gift. »Nein. Er wird nicht schreien. Aber er wird das Fenster auch nicht öffnen können.«

Sawyer nickt, ohne nachzufragen. »Warte hier.« Er trägt unter der Lederjacke einen dunklen Hoodie, dessen Kapuze er nun aufsetzt. Dann steuert er das Haus an. Mit einem prüfenden Blick in Richtung der Nachbarhäuser greift er in seine Tasche und zückt etwas, das ich in der Dunkelheit nicht erkennen kann. Hat er etwa immer Werkzeug zum Einbrechen dabei?

Sekunden später macht er sich an dem gekippten Fenster zu schaffen. Ich werde nervös, umarme mich selbst schutzsuchend und prüfe immer wieder, ob uns jemand beobachtet. Das Letzte, was ich jetzt gebrauchen kann, ist ein Besuch auf dem Revier. Wie soll ich jemandem erklären, dass ich in mein eigenes Haus einbreche?

»Ich bin drin.« Sawyer winkt mich zu sich, und als ich bei ihm bin, macht er mir Platz, damit ich durchs Fenster einsteigen kann. Mühsam ziehe ich mich am vergilbten Rahmen hoch, schwinge die Beine ins Innere und hüpfe hinein. Vermutlich bekommt Scotty den Schock seines Lebens, also hole ich mein neues Handy heraus, schalte die integrierte Taschenlampe an und beleuchte mein Gesicht, damit er mich erkennt und keine Angst mehr hat.

»Scotty?« Ich entdecke meinen Bruder mit aufgerissenen Augen. Er starrt erst mich, dann Sawyer an, der inzwischen hinter mir steht und am Fenster wartet, um die Lage draußen zu checken.

»Keine Sorge, Scotty. Er tut dir nichts.« Mit diesen Worten steige ich über ein paar Kartons, die am Boden stehen und den kleinen Raum noch enger erscheinen lassen, schiebe seinen Rollstuhl neben dem Bett zur Seite und gehe vor ihm auf die Knie. Dann greife ich nach der Lavalampe auf seinem Nachttisch und schalte sie an. Sofort wird der Raum in einen grünen Schleier getaucht, wie damals immer, wenn wir nachts auf seiner bunten Bettwäsche mit unseren Autos gespielt haben, weil einer von uns nicht schlafen konnte. Scotty liegt seitlich auf dem Bett, seine blonden Haare sind länger, als ich sie in Erinnerung hatte, und so fettig, dass sie schon eine Weile nicht gewaschen worden sein müssen. War ich nur eine Woche lang weg oder einen Monat?

Ich lege meine Hand an seine Wange und streichle mit dem Daumen darüber. Sekunden später spüre ich etwas Nasses. Mein Bruder weint still, weil er nicht anders kann.

»Oh, Scotty.« Ich rutsche dichter ans Bett heran, gebe ihm einen Kuss auf die Stirn und lege mein Gesicht auf der verstellbaren Matratze ab. »Ich bin ja da«, flüstere ich und greife nach seiner Hand. Umgehend drückt er die meine so fest, dass es beinahe wehtut. Aber ich genieße den Schmerz, weil es seine Hand ist, die ihn verursacht. So einen festen Händedruck hat mein Bruder nur, wenn er einen guten Tag mit viel Kraft hat.

»Wie geht es dir, hm?« Ich sehe ihm in die Augen, die tränenüberströmt sind, und mein Herz macht einen Satz. Ich habe ihn lange nicht mehr weinen sehen, und nicht zu erfahren, ob es Tränen der Freude über unser Wiedersehen oder Tränen der Trauer sind, macht mich wahnsinnig.

»Ich wäre schon früher gekommen, aber es gab ein paar Schwierigkeiten.« Anfangs war es komisch, nie Antworten zu bekommen und Selbstgespräche zu führen, doch irgendwann habe ich erkannt, dass er mich ganz genau versteht. Scotty ist der beste Zuhörer dieser Welt. Sanft streichle ich über seinen Handrücken und wärme seine kalten Finger mit den meinen. Er zittert, genau wie ich.

»Ich wünschte, ich könnte hier bei dir sein. Wünschte, alles wäre so wie früher, aber ich kann nicht. Mom will nicht, dass ich hier bin, und das bricht mir das Herz. Aber du sollst wissen, dass ich immer für dich da bin, auch wenn du mich nicht sehen kannst. Hörst du? Ich bin immer da. Hier drin.« Ich lege meine Hand auf seine Brust über dem Marvel-Schlafshirt, spüre sein Herz schlagen und bilde mir ein, dass dieses ruhige Pochen seine Antwort ist. Dass er lediglich eine andere Sprache benutzt als ich. Gott, wie sehr ich seine jungenhafte, fröhliche Stimme vermisse. Zum letzten Mal habe ich sie vor einem Jahr gehört, auf dieser Party. Ich erinnere mich nicht mehr daran, welches Wort er zuletzt zu mir gesagt hat. Seitdem präge ich mir bei allen Gesprächen jede Silbe ein. Man weiß nie, wie oft man die Stimme eines Menschen noch hören darf, bevor sie für immer verschwunden ist. Vielleicht fühle ich mich deshalb in Luciens Nähe so wohl – weil seine Stimme dieselbe Fröhlichkeit in sich trägt, die Scotty verloren hat.

»Ich hab dich so vermisst. Es war nur eine Woche, aber es hat sich angefühlt wie eine Ewigkeit.« Ich lasse seine Hand los und fahre stattdessen durch seine blonde Löwenmähne. Unsere Mutter will sich die Kosten eines Friseurbesuchs sparen und schwingt deshalb immer selbst die Schere, weshalb seine Haare an einigen Stellen viel zu kurz und an anderen zu lang sind.

Ich spüre Sawyer in meinem Rücken, kann seine Fragen in der grün schimmernden Luft tanzen sehen. Aber es ist mir egal, dass er gerade dieses intime Gespräch zwischen mir und dem Herzen meines Bruders mitbekommt. Ich wünsche jedem Menschen auf der Welt eine solche Verbindung, wie wir sie haben.

Als ich sanft an seinen blonden, fettigen Haarspitzen

zupfe, zieht mein Bruder seine Mundwinkel hoch. Sein Lächeln sieht immer etwas schief und unbeholfen aus, aber es ist das schönste Lächeln, das ich je gesehen habe. Ich könnte ewig hier bei ihm sitzen und vergessen, dass ich in diesem Haus unerwünscht bin.

»Da ist ein Licht im Flur angegangen, Faye. Wir müssen los, wenn du nicht wirklich noch auf dem Revier landen willst.« Sawyer steht nun direkt hinter mir, legt seine Hand auf meine Schulter, und als ich den schmalen Lichtstreifen unter dem Holz sehe, fluche ich leise. Wieso zur Hölle sind meine Eltern mitten in der Nacht wach? Haben sie uns vielleicht gehört oder Kameras installiert? Unmöglich. Meine Eltern kämpfen um jeden Cent, den sie sparen können. Die Behandlung und Pflege meines Bruders fressen ihre Konten seit Monaten leer. Eigentlich wollte ich mich in mein Zimmer schleichen und ein paar Sachen holen, aber das kann ich vergessen, wenn ich nicht meiner Mutter in die Arme stolpern will.

»Faye. Wir müssen gehen.« Sawyer zerrt mich auf die Beine, aber ich bin noch lange nicht bereit, mich von meinem Bruder zu lösen.

»Scotty, ich muss jetzt gehen. Aber ich werde wiederkommen, hörst du? Ganz bald.« Mit diesem Versprechen küsse ich ein letztes Mal seine Stirn, schalte die Lavalampe aus und stürze zum Fenster. Ich höre hinter mir, wie Scotty sich windet und ein fast unnatürliches Schluchzen von sich gibt, weil ich schon wieder gehe. Ich habe in seinen Augen so oft den Wunsch gesehen, von hier zu verschwinden. Aber er wird vermutlich sein gesamtes Leben lang an den Rollstuhl und dieses Bett gekettet sein. Und somit auch an unsere Eltern. Mit jedem Schritt bricht eine weitere Ecke meines Herzens ab, die ich hier bei meinem Bruder lasse.

Sawyer bleibt dicht hinter mir, folgt mir nach draußen und schließt das Fenster von außen. Dann rennen wir über den verwilderten Vorgarten meines Elternhauses Richtung Parkplatz. Ich drehe mich um, sehe, wie in Scottys Zimmer das Licht angeht und werde noch schneller. Springe auf Sawyers Maschine und befürchte, dass mein Herz gleich zu schlagen aufhört. Ich sehe die Konturen meiner Mutter am Fenster. Sie schiebt den Vorhang zur Seite und sieht sich draußen um.

»Sawyer, komm schnell!«

Er schwingt sein Bein über die Sitzbank, startet die Harley und prescht los. Ein letztes Mal sehe ich zu Scottys Fenster hinüber und begegne dem entsetzten Blick meiner Mutter. Sie hat uns gesehen. Sie weiß, dass ich hier war und ins Haus eingebrochen bin.

Die Frage ist nur: Was wird sie tun?

ZWEIUNDZWANZIG

FAYE

»Sie wird die Polizei rufen!« Sobald Sawyer seine Maschine wieder vor der Hellcat geparkt hatte, bin ich von ihr heruntergesprungen, als hätte ich mich an dem Ledersitz verbrannt. Jetzt tigere ich von links nach rechts über den von jeglichem Unkraut befreiten Bürgersteig und raufe mir die Haare. Seitdem meine Mutter am Fenster aufgetaucht ist, dreht sich alles in mir im Kreis. Meine Gedanken, meine Gefühle, meine Ängste. »Sie wird die Polizei anrufen und dann komme ich in den Knast!«

»Faye.« Seine Stimme gleicht einem tiefen Donnerschlag und erschafft die Illusion eines Gewitters. Ein Blick nach oben verdeutlicht mir, dass der Himmel wolkenlos ist. »Was für einen Bullshit redest du da?«

»Meine Mutter wird die Polizei anrufen und mich anzeigen«, wiederhole ich meine Worte zum dritten Mal, für den Fall, dass dieser Kerl einfach chronisch schwer von Begriff ist. Er lehnt nun lässig an seiner Maschine, hat die Beine überkreuzt und den Helm wieder über den Lenker gehangen.

»Sie wird dich anzeigen, weil du in das Haus eingestiegen bist, in dem du lebst?« Purer Spott untermalt seine dunkle Stimme und ich würde ihm am liebsten meine Fäuste gegen die Brust donnern, weil er mich nicht ernst nimmt. Sawyer ist ein verfluchtes Arschloch und erkennt einen Menschen, der Hilfe braucht, nicht einmal, wenn er direkt vor seinen Augen ertrinkt. Genauso fühle ich mich, seit wir das Haus verlassen haben. Seit ich Scotty zurücklassen musste, ohne zu wissen, wann ich ihn das nächste Mal werde sehen können. Er fehlt mir bereits jetzt.

»Du verstehst das nicht! Ich habe irgendetwas getan. Irgendetwas ... Schlimmes. Und jetzt bin ich auch noch gegen ihren Willen zu Scotty gegangen!« Versteht er denn nicht die Tragweite des Problems? Es war eine dämliche Idee, ihm zu folgen und zu glauben, dass wir unentdeckt bleiben würden.

»Was ist mit deinem Bruder passiert?« Seine Frage trifft mich wie ein greller Blitz, der mich auf der Stelle erstarren lässt und die Illusion des Unwetters perfekt macht. Ich zupfe nervös an dem luftigen Chiffonstoff meiner Bluse und traue mich nicht, Sawyer anzusehen. »Faye, was ist mit deinem Bruder? Wieso kann er weder sprechen noch aufstehen?«

»Es ist meine Schuld«, flüstere ich beinahe lautlos. Anschließend gehe ich zu Boden, weil ich nicht länger stehen kann. Mir egal, dass ich mich mitten auf dem Gehweg befinde und mich jeder, der aus den Fenstern dieser Hochhäuser blickt, sehen könnte. Die letzte Woche war die anstrengendste und verrückteste meines Lebens.

»Komm hoch.« Sawyer stößt sich von der Maschine ab, bleibt vor mir stehen und zerrt mich zurück in den Stand, obwohl ich einfach nur mit den Steinen unter mir verschmelzen möchte. Ich will mich auflösen. Nicht mehr denken müssen. »Reiß dich, verdammt noch mal, zusammen.« Mit diesen barschen Worten zieht er mich zur gläsernen Tür, öffnet sie und schubst mich ins Innere des Hauses. Doch anstatt den Fahrstuhl mit seiner Karte zu öffnen, dirigiert er mich zu der Treppe rechts daneben. Meine Füße schaffen es nur mit Mühe, dabei nicht zu stolpern.

»Wohin bringst du mich?« Wimmere ich etwa schon wieder? Es ist, als wäre ich in Sawyers Nähe die Schwäche in Person. Er antwortet mir nicht, zieht mich einfach unbeirrt weiter durch das dunkle Treppenhaus nach unten.

Ich kann meine Umgebung nur noch erahnen, und als er eine Tür öffnet und mich in den nächsten Raum stößt, halte ich den Atem an. Hier drin ist es stockfinster. Ich kann meine eigene Hand vor Augen nicht sehen und bekomme augenblicklich Panik. Was hat er jetzt schon wieder mit mir vor? Will er mir die nächste Lektion erteilen? Mich bestrafen? Aber wofür dieses Mal? Weil ich weinend auf der Straße zusammengebrochen bin?

»Sawyer?«, rufe ich ins dunkle Nichts, erhalte aber keine Antwort. Er muss sich so leise und gezielt durch die Schwärze bewegen, dass ich ihn nicht lokalisieren kann. Erst als schließlich ein Licht angeht, entdecke ich ihn und erkenne meine Umgebung. Vor mir steht ein gigantischer Boxring, der größer ist als das Gästezimmer im Coldmind. Über dem Ring hängen alte, industriell aussehende Lampen, die eigentlich nur noch für den Schrott gut sind, und der Boden besteht aus blankem Beton. Auf der linken Seite des weitläufigen Raumes leuchten große Buchstaben in Gold auf.

Punch of Hope
Schlag der Hoffnung

»Wo sind wir hier?«, frage ich Sawyer und höre, wie meine Stimme im Raum hallt. Die Decken sind locker vier Meter hoch und die Wände bestehen aus reinem Putz, der an einigen Stellen mit Rocky-Plakaten geschmückt wurde. Sawyer steht im Ring, hat die Hände auf einem der vier Eckpfeiler abgestützt und sieht mich an.

»In meinem Boxclub. Und jetzt komm her.« Er lässt keine Widerworte zu, und ehe ich mich's versehe, setze ich mich in Bewegung. Sawyer hat ein eigenes Boxstudio? Eines dieser enormen Größe? Verdient er etwa damit das ganze Geld? Aber wenn er nicht gerade Rich Kids von irgendwelchen Hollywoodstars trainiert, wird er wohl kaum dadurch so reich geworden sein.

»Wen trainierst du hier?«

»Jeden, der trainiert werden will.« *Wow, danke für diese wundervoll detaillierte Antwort, Arschloch!*

»Warum sind wir hier?« Ich bin froh über die Ablenkung, die diese Halle mir bietet. Denn solange ich die Details des Raumes betrachte, muss ich mich nicht mit den Gefühlen beschäftigen, die in mir wüten und mich zerfressen. Und auch nicht mit den tosenden Gedanken, die sich wie Parasiten durch mein Hirn nagen.

»Warum gibst du dir die Schuld an dem, was deinem Bruder widerfahren ist?«, stellt er eine Gegenfrage, die ich am liebsten ignorieren würde. Ich will Ablenkung. Von Scotty, von meiner Schuld, von der Misere, in der ich stecke. Und doch jagt er seine Krallen in die frische Wunde, anstatt mich in Ruhe zu lassen. Er winkt mich zu sich heran, und als ich mehr oder weniger elegant in den Ring gestiegen bin, taxiert er mich bei der kleinsten Bewegung. Meine Finger fahren über die Seile, die den Boxring umgeben.

»Ich will nicht darüber reden.«

»Tja, ich aber. Sag mir, was passiert ist. Wieso brichst du aufgrund einer einfachen Frage mitten auf der Straße zusammen? Wieso sollte deine Mutter die Polizei rufen? Was hast du getan, Faye?«

Meine Umgebung beginnt zu wanken. Oder bin ich

es, die wankt? »Ich habe meinen Bruder mit zu einer Party genommen. Vor einem Jahr.«

»Und? Kein Staatsverbrechen. Erzähl weiter.« Inzwischen ist er dichter an mich herangetreten. Uns trennen vielleicht fünfzig Zentimeter voneinander, und ich wünschte, er würde wieder auf Distanz gehen, denn ich kann es nicht. Bin am Boden festgewachsen und kann mich nicht davon lösen.

»Meine Mutter war strikt dagegen, dass ich meinen Bruder mitnehme, immerhin war er gerade erst fünfzehn geworden und steckte in einer ziemlich rebellischen Teeniephase«, lasse ich den Tag dieser Party in meinem Geist Revue passieren. Ich erinnere mich an jedes noch so kleine Detail. Weiß noch genau, welches Kleid ich anhatte und für welche Schuhe Scotty sich nach ewigem Hin und Her entschieden hat. Auf der Party war ein Mädchen, das er mochte, und er wollte es an diesem Abend zum ersten Mal ansprechen. Ich erinnere mich an den strengen Tonfall meiner Mutter und die Beschwichtigung meines Vaters, der ausnahmsweise – und zum letzten Mal – auf meiner Seite war.

»Red. Weiter.«

Wieso tut er mir das an? Wieso will er, dass ich es laut ausspreche? Reicht es nicht, dass ich mich innerlich jeden Tag damit quäle?

Weil ich den Kopf schüttle, packt er mich an den Schultern und sieht mir so intensiv in die Augen, dass ich den Blick nicht von seinen Iriden lösen kann. Was lodert da in seinen Pupillen? Ist es Hass? Wut? Mitleid?

Was zur Hölle willst du von mir, Sawyer?

»Wieso soll ich es dir sagen? Warum soll ich es aussprechen?«, wispere ich und spüre erst, dass ich weine, als die ersten Tränen auf meine zitternden Hände tropfen.

»Weil Verleugnung das Schlimmste ist, was wir uns selbst antun können. Du kannst einen Kampf nicht gewinnen, ohne deinem Gegner in die Augen zu sehen. Auch nicht, wenn der Gegner deine eigene Vergangenheit ist. Also, was ist auf der Party passiert?«

»Wir hatten Spaß«, schniefe ich und wische die nassen Spuren von meinen Wangen, aber neue Tränen kommen sofort wieder nach. »Wir haben getanzt, herumgealbert, wie Geschwister es nun mal tun. Doch dann wollte ich mit meiner Freundin ungestört sein, anstatt mich weiter um meinen kleinen Bruder zu kümmern, also habe ich ihm gesagt, dass er allein feiern soll. Ich habe ihn zuletzt mit so einem Kerl reden sehen, dann war er weg.« Jedes Wort schmerzt, als hätte man mir Rasierklingen in den Hals gerammt. Sawyer hört mir zu, sagt nichts mehr. Wartet schweigend darauf, dass ich ihm zeige, wie hässlich meine Seele ist. Dass ich all das, was er mir an den Kopf geworfen hat, verdient habe. Seine Nähe macht mir einerseits Angst, andererseits fühlt sie sich so schützend warm an, obwohl er mir nie etwas Gutes getan hat. Wieso entfacht er in mir so widersprüchliche Gefühle? Sawyer ist das, was ich mir unter einer Droge vorstelle. In einer Sekunde fühlst du dich ihretwegen high und schwerelos, in der nächsten bricht sie dir das Genick.

»Nach zwei Stunden habe ich Scotty gesucht, aber er war nirgends zu finden. Weder auf der Tanzfläche noch an der Bar. Er war einfach weg, genau wie der Kerl, mit dem ich ihn zuletzt gesehen habe. Ich habe Panik bekommen und fast jeden Gast auf der Party gefragt, ob er Scotty gesehen hat.« Es ist, als würde ich wieder auf dieser Tanzfläche stehen. Zwischen all den mir fremden feiernden Jugendlichen, die einfach eine gute Zeit hatten.

»Und dann habe ich ihn gefunden, nachdem mir ein Mädchen sagte, dass er im oberen Stockwerk ist. In einem der Schlafzimmer des Hauses, in dem die Party geschmissen wurde, lag er auf dem Bett, hatte Schaum vorm Mund und …«

»Und was?« Zum ersten Mal, seit ich Sawyer kenne, klingt er fast mitfühlend. Aber ich bin nicht mehr so naiv und renne dem Teufel in die Arme, nur weil er mir kurz sein Engelsgesicht zeigt.

»Er hat in der Zeit, in der ich ihn alleingelassen habe, Drogen gekauft. Von diesem zwielichtigen Typen, dessen Namen niemand kennt, der aber bekannt dafür ist, dass er Jugendlichen Stoff vertickt. Der Typ, mit dem er zwei Stunden zuvor geredet hat. Scotty hat an diesem Abend nicht nur zum ersten Mal Drogen genommen, sondern direkt eine Überdosis. Er wäre beinahe daran gestorben.«

Sawyers Hände lassen von mir ab.

»Verstehst du jetzt, wieso ich die Schuld trage? Mein minderjähriger Bruder, auf den ich hätte aufpassen sollen, hat billig gepanschten Scheiß gekauft und so viel davon genommen, dass er ins Krankenhaus kam. Ich erinnere mich nicht mehr an die genauen Worte des Arztes in der Notaufnahme, aber es war verdammt knapp. Hätte ich ihn zehn Minuten später gefunden, hätte es sein können, dass er nicht mehr aufgewacht wäre. Mein Bruder ist ins Koma gefallen und als er zwei Wochen später wieder wach wurde …« Ich schüttle unter Tränen den Kopf, will einfach nur vergessen, was passiert ist. Aber Sawyer lässt mich nicht, fesselt mich mit seinen Blicken an Ort und Stelle, sodass ich nicht fliehen kann. Hätte ich Scotty von diesem Kerl weggezogen, der mir von Anfang an suspekt vorkam, wäre alles anders gekommen.

»Als er wach wurde, war etwas in ihm gestorben. Ich weiß nicht, was dieses Monster ihm verkauft hat, aber es hat bestimmte Hirnareale angegriffen. Jetzt kann er weder laufen noch sprechen und ist in diesem nutzlosen Körper gefangen, weil ich nicht auf ihn aufgepasst habe. Ich habe nicht nur sein Leben ruiniert, sondern auch das meiner Eltern. Meine ganze Familie ist zusammengebrochen, meinetwegen.« Schluchzend fahre ich mit den

Händen über mein Gesicht, spüre meine nassen Wimpern, die an meinen Fingerspitzen kitzeln, und will einfach nur schreien.

Sawyer hat nichts mehr gesagt, löst sich aus seiner Starre, geht an den Rand des Rings und fischt zwei rote Boxhandschuhe vom Boden. Mit ihnen bewaffnet tritt er wieder in die Mitte und wirft sie mir zu.

»Zieh sie an.«

»Wieso? Hast du mir nicht zugehört? Ich habe dir gerade mein dunkelstes Geheimnis anvertraut, und was machst du?«, wispere ich verzweifelt.

»Ich helfe dir. Und wenn du diese Handschuhe nicht freiwillig anziehst, werde ich dich dazu bringen, es zu tun. Deine Wahl.«

Sein herrischer Tonfall geht mir mittlerweile so dermaßen gegen den Strich, dass ich ihn am liebsten wirklich verprügeln würde. Aber der Gedanke ist absurd, immerhin ist Sawyer ein verfluchter Riese mit Muskeln aus Stahl, die seinen ganzen Körper überziehen.

»Faye, ich sage es nicht noch einmal«, grollt er. Seine braunen Haare sehen aus, als hätte Brenda zu viel darin herumgewühlt. Sofort ist die Wut noch stärker. Auf mich. Auf ihn. Auf sie. Auf die ganze Scheißwelt. Widerwillig schlüpfe ich in die roten Handschuhe und stehe anschließend regungslos vor ihm.

»Was jetzt?«, frage ich unnötigerweise.

»Schlag mich.«

»Nein.«

»Wieso nicht? Willst du das nicht schon seit einer Woche tun?« Wie ein Jaguar pirscht er sich an mich heran, drängt mich in die Ecke, bis ich mit dem Rücken gegen einen der Pfeiler stoße. »Komm schon, Faye. Schlag mich endlich. Hör auf, dich zurückzuhalten.«

»Wieso? Ich weiß nicht, was du hiermit bezwecken willst, Sawyer. Ich bin müde und ich möchte ins Bett.«

Ich will die Handschuhe schon wieder ausziehen, als er mich an sich zieht und in die Mitte des Rings stößt, wo ich zu Boden gehe. Ich kauere jetzt vor ihm wie ein Häufchen Elend, während er sich über mir wie ein gigantischer Schatten aufbaut.

»Du bist ein Feigling, Faye. Ein lächerlicher Feigling. Du erzählst mir gerade, dass du deinen Bruder zum Krüppel gemacht hast, und jetzt? Willst du mich nicht einmal schlagen, obwohl ich dich wie Dreck behandelt habe?«

Ein Kloß bildet sich in meinem Hals, der mir das Atmen erschwert. Die Dinge, die er sagt, sind wahr, tun aber fürchterlich weh. Er tut mir seit einer Woche immer weh, wenn wir uns sehen. Wie lange kann ich das aushalten, ohne daran zu zerbrechen?

»Warum siehst du mich so an? Nach allem, was du mir gerade gesagt hast, bist du das wahre Monster, Faye. Also versteck dich nicht länger hinter deinen albernen Tränen!«

»Es reicht!« Mit diesen Worten bin ich aufgesprungen und habe ihm den ersten Schlag verpasst, direkt auf Brusthöhe. Der nächste folgt Sekunden später. Wie eine Irre dresche ich auf ihn ein, lege all die verbleibende Kraft in meine Schläge und bin mir sicher, dass ich ihm damit nicht einmal einen blauen Fleck zufügen werde.

Sawyer steht wie versteinert vor mir und lässt zu, dass ich ihn als meinen Boxsack benutze. Noch ein Schlag, dieses Mal in seine Magengrube. Links, rechts. Oben, unten. Schweiß läuft über meinen Nacken und rinnt über meine Wirbelsäule.

»Du bist so ein verdammter Wichser!«, brülle ich ihn an.

»Na endlich«, murmelt er und schubst mich grob zurück, nur, damit ich Sekunden später wieder auf ihn stürzen und ihm einen neuen Punch verpassen kann. Eigentlich bin ich längst am Ende meiner Kräfte, aber ich will nicht aufhören, weil es sich befreiend anfühlt.

»Du bist wütend auf mich, gut so. Sei wütend. Der einzige Weg aus einer Emotion heraus ist durch die Emotion selbst. Wenn du traurig bist, sei traurig. Wenn du dich schuldig fühlst, weil dein Bruder von einem Vollwichser, der Stoff an Minderjährige vertickt, vergiftet wurde, dann geh durch die Schuld. Wenn du Hass empfindest, wehre dich nicht dagegen und schlucke ihn nicht herunter, wie du es bei mir seit einer Woche tust.«

»Halt deine Schnauze!«, schleudere ich ihm entgegen, gefolgt von meinen beiden Fäusten, die seine Schulter treffen. Doch egal wie stark ich mich verausgabe, er steht weiter unberührt vor mir.

»Menschen haben Emotionen nicht verstanden, Faye. Du hast das Prinzip von Gefühlen nicht kapiert.«

»Aber du?« Mehr Hohn kann ich kaum in meine Stimme legen. Meine Haare kleben mir schweißnass an der Kopfhaut und ein paar Strähnen haben sich an meine tränenfeuchten Wangen gelegt. Seit einigen Minuten laufen sie einfach über mein Gesicht und versiegen nicht.

»Du hältst mir eine Predigt über Gefühle?«, speie ich. »Hast du mich deshalb im Wald ausgesetzt? Mich dazu gezwungen, diesen albernen Test zu machen, obwohl ich nie in meinem Leben Drogen genommen habe? Sie haben mir alles genommen. Einfach alles! Sag du mir nicht, wie Gefühle funktionieren, immerhin bist du anscheinend ein emotionaler Krüppel, der nur Wut, Abscheu und Hass empfinden kann!« Ich verpasse ihm einen Haken mit dem Ellbogen, bevor ich noch einen weiteren Treffer dort lande, wo sein Herz wäre, hätte er eines. Meine Lunge pfeift und schmerzt, mein Herz poltert und stirbt, meine Gedanken ... sind plötzlich ganz still. Zum ersten Mal seit Stunden bin ich frei von ihnen. Und obwohl ich Sawyer verabscheuen sollte für all die

Dinge, die er gerade zu mir gesagt hat, und all die Dinge, die er getan hat, bin ich ihm dankbar. Weil diese Stille in meinem Kopf pure Erlösung bedeutet. Er hat Ruhe in den Sturm gebracht. Lässt zu, dass ich auf ihn einschlage, ohne sich dagegen zu wehren. Meine Schläge werden schwächer, genau wie meine Wut.

»Bist du jetzt fertig?«, fragt er mich, drückt meine Hände hinunter, bevor ich ein weiteres Mal ausholen kann, und presst mich zu Boden. Sekunden später liegt er auf mir. Sein Knie drängt sich hart zwischen meine Beine, seine Hände streifen mir die Boxhandschuhe ab und schleudern sie fort. Meine Knöchel schmerzen von all den Schlägen und fühlen sich steif an. Anschließend packt er meine Gelenke und hält meine Hände über meinem Kopf zusammen. Jede Zelle seines Körpers strotzt vor Gewalt und Macht. Er nagelt mich in diesem Ring fest, als würde die Welt ihm gehören, und jeder, der sich ihm widersetzt, muss beseitigt werden.

»Antworte mir.« Seine raue Schleifpapierstimme jagt ein heftiges Ziehen durch meinen Körper. Es beginnt in meiner Kehle und mündet in meinem Schritt, der sich direkt an seinem Knie befindet.

»Ja.« Nur ein Hauchen. Mehr kann ich nicht erwidern.

Wir sehen einander an, sind uns so nah, dass ich seine Luft einatme und er die meine. Seine grünen Augen fahren über mein Gesicht und verharren einen Moment zu lang an meinen geöffneten Lippen. Will er mich etwa küssen? Und würde ich es zulassen? Alles daran wäre falsch, vollkommen verwerflich und hochgradig kopflos. Aber ich wollte selten etwas dringender in meinem Leben als diesen Kuss. Weil ich tief in mir glaube, dass er all das hier getan hat, um mir zu helfen. Er hat seltsame Methoden, aber sie haben geholfen, den Zirkus in meinem Kopf zum Schweigen zu bringen. Die grässlichen Farben meiner Gedanken, die mich so stark geblendet haben, nehmen an Intensität ab. Seinetwegen.

Hungrig starre ich seinen Mund an und frage mich, wie vielen Menschen er damit schon so wehgetan hat wie mir. Wie viele Frauen er geküsst und wie viele geleckt hat, bis sie schreiend mit seinem Namen auf der Zunge gekommen sind. Wie viele Herzen hat er schon gebrochen? Und wird meines das nächste sein?

Meine Brust hebt sich schnell, drückt sich gegen seinen definierten Oberkörper unter dem Hoodie und ich presse mich instinktiv noch dichter an ihn heran. Dann schließe ich die Augen und warte. Warte, dass er den ersten Schritt wagt und mich küsst, auch wenn wir einander hassen. Sein unverwechselbarer Duft hüllt mich in Schwerelosigkeit, und als er die letzte Distanz überwindet, seufze ich in seine Mundhöhle. Der folgende Kuss ist fernab von all dem, was ich je für möglich gehalten hätte. Auf einmal sind die Farben in meinem Kopf eine Etage tiefer in mein Herz gerutscht. Rot, blau, lila, grün, gelb. Es ist, als würde jemand Farbbomben in meiner Brust detonieren lassen, aber dieses Mal fühlen sie sich gut an.

Seine Zunge ist warm und geschickt, drängt sich zwischen meine Lippen und nimmt mich für sich ein. Ich gebe den restlichen Widerstand auf, werde unter ihm zu flüssiger Lust und wünschte, er würde meine Hände freigeben, damit ich ihn anfassen kann, aber sein Griff hat sich nicht gelöst, er ist immer noch genauso fest und herrisch. Sein Knie drängt sich gegen meinen Lustpunkt, der sich nach mehr sehnt. Mehr von diesem Gefühl, nichts zu fühlen. Mehr von diesen leeren Gedanken, die sich so befreiend leicht anfühlen. Ich will ihn, obwohl ich ihn nicht wollen sollte. Oder vielleicht genau deshalb?

Drängend beuge ich mich vor, sauge den Kuss wie mein Lebenselixier ein und möchte vor Frust stöhnen, als Sawyer ihn abrupt unterbricht. Eine Hand gleitet an meiner Taille entlang, mit der anderen hält er weiterhin meine Arme gefangen. Und dann ist dieser intime, wunderschöne Moment der Leichtigkeit urplötzlich vorbei. Ich muss nicht an mir hinabsehen, um zu wissen, dass er mir seine Messerklinge an die Kehle hält.

Pure Angst flutet meinen Körper, mein ganzes Sein. Wieso tut er das? Wieso küsst er mich, um mich im nächsten Moment mit seinem Messer zu bedrohen? Sein Gesicht hat er in meinem Haar vergraben, das sich wie ein Fächer auf dem Ring ausgebreitet hat, während er mit der Klinge Richtung Halsschlagader wandert.

»Willst du wissen, wieso ich dich wirklich im Wald ausgesetzt habe?«, fragt er raunend. Ich will den Kopf schütteln, aber dann würde sich die Klinge in meine Haut schneiden und davor habe ich fürchterliche Angst. Auch wenn mein Leben gerade den Bach hinuntergeht, will ich nicht sterben, also schweige ich. Warte darauf, dass er weiterspricht.

»Durch die Klinge dieses Messers ist der wichtigste Mensch meines Lebens gestorben, Faye. Sie hat das Herz des Mädchens zum Stoppen gebracht, für das ich noch heute sterben würde, ohne mit der Wimper zu zucken.«

»Was?«, entflieht es mir heiser. Will er mir damit sagen, dass er ... ein Mörder ist? Innerhalb eines Atemzuges hat sich die Panik in mir verdreifacht, aber ich bleibe nach wie vor regungslos unter ihm liegen.

»Und seit du vor unserem Tor lagst, stelle ich mir bereits vor, wie es wäre, dich damit zu berühren.« Ganz langsam gleitet die Klinge Richtung Schlüsselbein. So federleicht, dass ich mir einbilde, es wären seine Finger, die mich berühren. Meine Augen halte ich wimmernd geschlossen, weil ich ihn nicht ansehen will.

»Ich habe dich im Wald ausgesetzt, weil die Chance, dass du da draußen in der Wildnis trotz deiner Wunden überlebt hättest, größer war, als die, wenn du bei uns geblieben wärst. In meiner Nähe. Ich verwandle alles um mich herum in Asche, Faye. Und scheiße, merk dir die nächsten Worte ganz genau, weil ich sie nie wieder zu dir sagen werde.« Er verharrt mit der Messerspitze über meinem Herzen und lässt es anschließend neben meinen Körper fallen. »Ich will dir nicht wehtun. Ich will nicht, dass du in meinem Feuer elendig zugrunde gehst. Das wollte ich nie. Aber das ist es, was ich tue. Ich tue Menschen weh, die es nicht verdient haben. Ich habe dich gewarnt, mehr als einmal. Habe dir die Chance gegeben, zu fliehen, und doch bist du zurückgekommen wie ein verletztes Reh, das ausgerechnet in den Armen seines Jägers Schutz sucht. Alles, was jetzt passiert, passiert deinetwegen, nicht meinetwegen.« Damit lässt er von mir ab, schnappt sich das Messer vom Boden und schwingt es in seiner Hand. Ohne mich anzusehen, holt er die Schlüsselkarte für den Fahrstuhl aus seiner Lederjacke und wirft sie neben mir auf den Boden des Boxrings. Meine Hand gleitet an meine Kehle, um zu prüfen, ob er mich vielleicht doch geschnitten hat, aber ich spüre kein Blut an meinen Fingern.

Seine Schritte entfernen sich, und ehe ich meinen hektischen Atem unter Kontrolle bringen kann, ist Sawyer bereits verschwunden. Sein Parfüm hängt noch immer in der Luft, genau wie das diffuse Gefühl der Lust, das sich für wenige Augenblicke in mir ausgebreitet hat wie ein Lauffeuer. Ich fahre mit dem Handrücken über meine Wange, aber da sind keine Tränen mehr. Wann habe ich aufgehört zu weinen?

DREIUNDZWANZIG

FAYE

Zwei Wochen sind vergangen, seit meine Mutter mich endgültig aus ihrem Leben und dem Leben meines Bruders verbannt hat. Nachdem Sawyer mich im *Punch of Hope* zurückgelassen hat, bin ich einfach liegen geblieben und habe den Glühbirnen der Deckenlampen beim Leuchten zugesehen. Zwei Stunden lang. Ich konnte mich nicht bewegen, konnte nicht aufstehen. Irgendwann hat Eden nach mir gesucht, mich im offenen Boxstudio gefunden und ins Apartment getragen. Ich war ihm dankbar dafür, dass er mich nicht dazu gezwungen hat, über die Konfrontation mit Sawyer im Studio zu sprechen. Doch meine Gedanken hingen ihm weiterhin nach und ließen sich auch nicht in eine andere Richtung lenken, als Eden mich in seine schützenden Arme zog. In dieser Nacht war Sawyer fort. Und auch, als wir am nächsten Tag ins Coldmind gefahren sind, fehlte von ihm jede Spur.

Jetzt liege ich in dem Gästezimmer, das ich seit drei Wochen besetze, und checke zum tausendsten Mal an diesem Abend meine E-Mails. Immer noch keine Antwort von Emily. Am Morgen nach meinem Einbruch zu Hause sind Eden, Lucien und ich zu Emilys Wohnung gefahren, die nur wenige Querstraßen von meinem Elternhaus entfernt liegt, aber weder stand ihr Auto vor dem Wohngebäude noch hat sie mir die Tür geöffnet. Seitdem versuche ich krampfhaft, herauszufinden, wo sie ist, aber mir sind die Hände gebunden. Da Emily vor ein paar Wochen eine neue Handynummer bekommen hat, weiß ich sie nicht auswendig. Und weil sie keine Familie mehr hat, kann ich auch niemanden kontaktieren, der mir stattdessen ihre neue Nummer geben könnte. Wir haben während unserer Beziehung in unserer zweisamen Blase gelebt und für uns hat es funktioniert, aber gerade wünschte ich, wir hätten so etwas wie einen intakten Freundeskreis. Emily hat weder einen Instagram-Account noch ein Facebook-Profil, weil sie nichts von sozialen Medien und dem öffentlichen Zur-Schau-Stellen seines Lebens hält. Also blieb mir nur ein Weg: sie per E-Mail zu erreichen. Bis jetzt erfolglos. Sie hat meine inzwischen zehn Mails einfach ignoriert, und die Angst, dass ihr doch etwas zugestoßen sein könnte, schnürt mir die Luft ab. Ich habe das Internet nach Nachrichten durchforstet, aber weder finde ich etwas über die Party heraus, auf der wir waren, noch über einen angeblichen Tatort, von dem meine Mutter gesprochen hat. Die andere Erklärung wäre, dass Emily mich absichtlich ghostet, das wäre gewiss keine Seltenheit, immerhin rasen wir seit Monaten von einem Konflikt in den nächsten. Es gleicht einem Wunder, dass wir uns überhaupt noch Freunde nennen, und der Gedanke daran, was aus uns geworden ist, bereitet mir furchtbare Magenschmerzen. Sie hat mich schon mehrfach für mehrere Wochen aus ihrem Leben verbannt, um dann wieder um meine Verzeihung zu bitten, aber dieses Mal fühlt es sich viel ernster an. Mir sind die Hände gebunden, immerhin kann ich nicht zur Polizei gehen, solange ich nicht weiß, wieso sie hinter mir her sind. Es wäre reine Selbstopferung, aufs Revier zu fahren.

Seit der Nacht in dem Apartment plagen mich Albträume, die mir fast täglich den Schlaf rauben. Immer wieder sehe ich diesen majestätischen Wolf vor mir, diese Intensität, mit der er mich anblickt und die mir eine Gänsehaut über den Körper jagt. Gefolgt von einem blauen Augenpaar, das mich schreiend aufwachen lässt. Doch egal wie viele meiner Träume ich in meinem neuen Handy notiert habe, der zündende Funke will immer noch nicht überspringen. Ich weiß, dass Emily und ich jemanden auf der Party getroffen haben, aber das Gesicht bleibt nach wie vor blass wie Schnee.

Ich nehme einen tiefen Atemzug und starre an die weiße Decke des Zimmers. Die Männer waren in den letzten Tagen nur sporadisch hier und haben die meiste Zeit im *Punch of Hope* verbracht, um sich selbst und andere zu trainieren. Laut Lucien finden im Club ebenfalls des Öfteren Partys statt und langsam bekomme ich ein Bild davon, womit sie ihr Geld verdienen. Auch wenn es bei Weitem nicht reichen kann, um sich diesen Luxus zu leisten.

Somit war meine einzige Vertraute in den letzten Tagen Yuna. Als wüsste die schöne Schäferhündin, dass ich über sie nachdenke, hüpft sie zu mir aufs Bett und kuschelt sich an meine Seite. Ich war schon immer ein tierliebender Mensch, aber ich hatte nie selbst Haustiere. Es ist schön, jemanden an seiner Seite zu wissen, der einem bedingungslos zuhört, ohne ständig seinen Senf dazu abgeben zu wollen. Inzwischen müssen Yuna meine Selbstmitleidstorys schon zu den Ohren raushängen, aber sie kommt trotzdem immer wieder in mein Zimmer, um sich zu mir zu legen.

»Na, meine Schöne. Wie geht es dir heute, hm?« Ich streichle kreisend über ihren Bauch, und als sie sich wohlig seufzend auf den Rücken dreht, lasse ich mein Handy neben das Kopfkissen fallen und kümmere mich voll und ganz um Yunas Streicheleinheiten. Sie sieht mich aus ihren treuen braunen Augen an, die mich mit den dunklen Sprenkeln automatisch an Edens erinnern. Beim Gedanken an ihn und Lucien wird mir warm ums Herz, auch wenn ich immer noch nicht weiß, was ich davon halten soll, dass ich beginne, für beide Gefühle zu entwickeln, die ich nicht einsortieren kann. Ist das nur Sex? Atemberaubend guter Sex? Oder steckt mehr hinter den Schmetterlingen in meinem Bauch, wenn ich einen der beiden sehe? Und wie ist es bei Sawyer? Unsere letzte Unterhaltung schwebt wie eine unheilbringende Wolke über dem Coldmind, und ich warte bereits darauf, dass sie alles um sich herum verschluckt.

Weil ich mich langweile und diese Langeweile dafür sorgt, dass ich zu viel nachdenke, schlüpfe ich aus dem Bett, lasse Yuna schlummernd darauf zurück und gehe nach draußen. Auch wenn ich seit drei Wochen hier bin, war ich noch nicht ansatzweise in jedem Winkel dieses monströsen Gebäudes. Es ist Samstagabend und im Flur herrscht Totenstille, die mir sofort ein mulmiges Gefühl gibt. Die Steinwände lassen mich frösteln, auch wenn es hier drin eigentlich nie kalt ist. Ich schlinge die Arme um meinen Oberkörper und gehe einfach los, ohne ein genaues Ziel zu haben. Passiere Gang für Gang, sehe mir die Einrichtung genauestens an und schnappe mir in dem großen Bücherregal blind drei Romane, mit denen ich mich ablenken kann, bis ich in die nächsten Albträume abdrifte. Im Moment würde ich auch die Heilige Bibel lesen, Hauptsache, ich bin nicht meinen Gedanken ausgeliefert. Mit den Büchern bewaffnet gehe ich weiter durch das alte Steinhaus und bleibe abrupt stehen, als ich eine Stimme höre, die ich gerade am allerwenigsten gebrauchen kann.

»Ich kann nicht fassen, dass die Tussi immer noch hier ist.« Ich muss nicht nachforschen, um zu wissen, dass es Brenda ist, die sich über mich auslässt. Den Zwillingen bin ich zum Glück in den letzten Tagen eher selten über den Weg gelaufen, und als ich an die Tür herantrete, hinter der sich die beiden unterhalten, fühle ich mich wie eine Stalkerin. Aber vielleicht finde ich so wenigstens heraus, was für ein Scheißproblem Brenda mit mir hat. Ist es Eifersucht, weil Eden und Lucien mit mir schlafen? Wenn ich mich richtig erinnere, klebt sie ausschließlich Sawyer an den Lippen und macht sich dabei mehr als oft lächerlich.

»Du solltest aufhören, dich darüber aufzuregen. Sie wird ohnehin nicht mehr lange bleiben und bis dahin kannst du sie doch einfach ignorieren.« Brittanys Stimme klingt nahezu identisch, aber in ihren Worten schwingt weniger Argwohn und Hass mit als in denen ihrer Schwester.

»Das ist verdammt schwer, wenn die Kerle ihr am Rockzipfel hängen wie kleine Babys, die Muttermilch wollen«, grummelt sie. Ich schiebe die Tür einen Spalt auf und sehe die beiden auf dem gigantischen Himmelbett liegen. Auf den ersten Blick kann ich sie schwer voneinander unterscheiden, aber inzwischen gibt es ein paar Dinge, die es mir vereinfachen. Brittany trägt die Haare meist glatt, Brenda gelockt. Außerdem wählt Letztere fast immer Klamotten, die kaum noch als solche durchgehen würden. In Brendas Augen glitzert purer Egoismus, in denen ihrer Schwester hin und wieder etwas Mitgefühl. Wenn auch nur ein paar einsame Funken davon, die sie mir immer dann schenkt, wenn ihre Schwester nicht in der Nähe ist.

Als ich die Tür wieder zuziehen möchte, reißen sie ihre Köpfe hoch. Sofort verschwinde ich. Das Letzte, was ich heute gebrauchen kann, ist eine Konfrontation mit den Terror-Twins. So schnell ich kann passiere ich den Flur, biege am Ende scharf rechts ab und reiße die erste der schweren braunen Massivholztüren auf, die ich zu greifen bekomme, um mich zu verstecken, bis die Luft wieder rein ist. Das Herz schlägt mir bis zum Hals, als ich Brendas schrille Stimme gedämpft aus dem Flur höre. Es ist stockfinster im Raum, weil draußen die Sonne bereits untergegangen ist, und sobald ich endlich einen Lichtschalter gefunden habe, knipse ich eine alte Deckenlampe an, die vermutlich schon seit einem halben Jahrhundert da hängt und nie abgestaubt wurde. Der braune Lampenschirm ist von einer fetten Schicht Schmutz bedeckt.

Ist der Rest dieses Hauses mit den schönsten und edelsten Möbeln bestückt, stehe ich jetzt im Schandfleck des Gebäudes. Das hier muss mal ein Aktenlager gewesen sein, die leeren Regale ziehen sich bis an die hohen Decken. Der Teppichboden unter meinen Füßen ist dunkel und fühlt sich an, als wären darauf schon etliche Sachen ausgelaufen. Ich gehe auf die Regale zu, fahre mit den Fingern über die leeren Bretter und lege meine Ausbeute an Büchern darauf ab, als ich einen einsamen Karton ganz unten in der hintersten Ecke entdecke. Eigentlich halte ich nicht viel davon, in fremdem Besitz herumzuschnüffeln, aber wie gesagt: Mir ist langweilig.

Ich hieve den schweren Karton hervor, stelle ihn vor mir auf den Boden, gleite daneben in den Schneidersitz und befreie den Deckel vom Staub. Anschließend öffne ich den Karton. Zum Vorschein kommen etliche Zeitungsartikel, vergilbte Rezepte von irgendwelchen Medikamenten und eine Dose mit Kleingeld. Wem gehört dieses Zeug? Und warum vergammelt es hier in diesem Zimmer?

Die Ausgaben der *Daily Seattle* sind bereits zehn Jahre alt. Mehr oder weniger interessiert lese ich Vermisstenanzeigen verschwundener Haustiere, die hoffentlich gefunden wurden, Artikel über den Nationalpark, die steigenden Touristenzahlen und die damit verbundene Müllproblematik, und bleibe an einem Bericht hängen, der mich magisch anzieht. Er zeigt ein Schwarz-Weiß-Foto der Psychiatrie, als sie noch als solche genutzt wurde. Neugierig schiebe ich den Karton zur Seite, lehne mich gegen das leere Regal und überfliege die ausgeblichenen Zeilen. Einige Wörter sind kaum noch zu erkennen, aber im Großen und Ganzen geht es darum, dass sich die ehemalige Psychiatrieleitung mit den tollen Fortschritten in der Behandlung von Jugendlichen, die unter anderem an Psychosen und Schizophrenie erkrankt sind, beweihräuchert.

Mein Daumen fährt über die Fotografie, passiert die Gesichter der jungen Menschen, die aufgereiht vor dem großen Eisentor stehen, als wären sie genau dazu gezwungen worden. Manche Seelen blicken so leer in die Kamera, dass mich ein Schaudern überkommt. Andere hingegen tragen ein breites, fast schon gruseliges Grinsen auf den Lippen. Luciens Worte kommen mir wieder in den Sinn. Darüber, dass unten im Keller die schweren Fälle „weggesperrt" wurden, als wären wir immer noch im barbarischen achtzehnten Jahrhundert.

Gerade als ich die Zeitung zurück in den Karton legen will, halte ich inne. Starre das Foto erneut an und traue meinen Augen nicht. »Was zur Hölle?«, entflieht es mir, als ich das Blatt so halte, dass die grässliche Deckenlampe das Bild besser anleuchtet. Die Fotografie ist schlecht, aber ich erkenne das Gesicht. Es rumpelt in meiner Brust aus zweierlei Gründen.

Der erste Grund: diese kalten, unberechenbaren Augen, von denen ich ganz genau weiß, wie sie gemasert sind. Sawyer. Er steht in der ersten Reihe dieses Fotos, trägt dieselbe Kleidung wie die anderen Patienten. Erschöpft sinke ich auf die Fersen, starre den Artikel an und bleibe an einem jungen Mädchen hängen, das direkt neben ihm steht und zu ihm aufblickt, anstatt in die Kamera zu sehen. Sie hat dunkle lange Haare, ist zierlich und selbst verpixelt wunderschön. In meiner Brust wird es immer enger.

War Sawyer etwa Patient hier? Und ist dieses Mädchen ... das Mädchen, von dem er mir vor zwei Wochen im Boxring erzählt hat? Das Mädchen, das durch sein Messer gestorben ist? Die Luft in diesem stickigen Raum wird immer dünner. Als würde es nicht reichen, dass ich kurz davorstehe, zu hyperventilieren, setzt das Schicksal noch eins drauf. Es ist nur eine Vorahnung, die mich die anderen Gesichter fokussieren lässt. Was, wenn sie alle hier Patienten waren? Woher sonst sollten sie sich kennen und dann auch noch gemeinsam hier wohnen? Was zum Teufel bedeutet das alles?

Tausend Fragen rasen durch meinen Geist, und ich stoße einen Fluch aus, als ich finde, wonach ich gesucht habe. In der letzten Reihe stehen sie. Seite an Seite. Edens Haare sind auf dem Bild raspelkurz, seine Augen von tiefen Schatten umgeben. Seine Gesichtszüge so viel weicher und kindlicher als heutzutage, aber auch deutlich gequälter. Ich kralle mich an der Zeitung fest, spüre, wie ich zittere, als ich zuletzt Lucien ansehe. Seine blonden Haare waren im Vergleich zu Edens viel länger als heute. Sie reichen ihm bis zu den Schultern, und als ich ihm ins Gesicht sehe, verkrampfe ich innerlich.

Ich habe Lucien als lebensfrohen, jungen Mann kennengelernt, der keine Gelegenheit für einen Flirt oder einen witzigen Spruch auslässt, doch auf diesem Foto steht ein komplett anderer Mensch. Eine tiefe Traurigkeit liegt wie ein Schleier über seinem schönen Gesicht, seine sonst immer nach oben gezogenen Mundwinkel sind starr wie eine Linie, die nichts in der Welt bewegen könnte.

Meine Augen füllen sich mit Tränen und ich weiß nicht, warum ich weine. Vor Angst, dass die drei Männer noch gefährlicher sind als vermutet? Oder vor Mitleid, weil jeder einzelne von ihnen ganz offensichtlich tiefes Leid verspürt hat?

Mir ist schwindelig und ich schaffe es kaum, einen Fuß vor den anderen zu setzen, aber ich muss hier raus. Raus aus diesem Raum, dessen Wände immer näher zu kommen scheinen. Weg von diesem Karton und all dem Staub, der sich um mein Herz gelegt hat. Mit dem Zeitungsartikel in der Hand renne ich los, reiße die Tür auf und stürme über den Flur. Von den Zwillingen fehlt jede Spur, was mich aufatmen lassen sollte, aber ich bin zu durcheinander, um Erleichterung zu verspüren. Wieso kam ich nicht früher auf die Idee, dass die drei hier Patienten gewesen sein könnten? Aber warum zur Hölle sind sie immer noch hier? Zehn Jahre, nachdem das Foto aufgenommen und die Klinik geschlossen wurde?

Ich stürze die breite Treppe hinunter, und sobald ich unten im Foyer ankomme, das an beiden Seiten zu einem eingemauerten Außenbereich führt, entscheide ich intuitiv. Ich höre, wie jemand im Wasser des Pools seine Bahnen zieht. Sekunden später trete ich nach draußen, starre Luciens definierten Rücken an, während er mit langen, eleganten Zügen untertaucht. Als er wieder auftaucht und mich sieht, strahlt er mich an. Das einzige Licht kommt von den integrierten Spots am Beckenboden des Pools.

»Da bist du ja, Chaplin. Wurde aber auch Zeit, dass du mir Gesellschaft leistest.« Er stemmt sich am Rand hoch, tritt aus dem Becken und kommt tropfend nass auf mich zu. Instinktiv weiche ich zurück. Vor ihm hatte ich nie wirklich Angst, aber jetzt? Mit dem Wissen, dass er mal hier eingewiesen war? Was hatte er? Wieso wurde er weggesperrt?

»Hey, was ist los? Du siehst aus, als hättest du einen Geist gesehen. Oder Sawyer nackt. Der Ausdruck ist so ziemlich der Gleiche«, spaßt er und ich erinnere mich wieder an den traurigen Ausdruck auf seinem Gesicht. Ich halte mich an dem Artikel fest, weiß nicht, was ich sagen soll. Ob ich überhaupt etwas sagen sollte. Ist es im Grunde nicht vollkommen egal? Er hätte mir längst etwas antun können, wenn er gewollt hätte, oder?

»Scheiße, Chaplin. Kommst du jetzt in den Pool, oder was? Ich war in der letzten Stunde schon ganz einsam.« Einsamkeit. Dieses Gefühl hat er auf dem Foto auch ausgestrahlt. Ohne ihm zu antworten, halte ich ihm die Zeitung hin. Er greift nach dem Papier, wirft einen flüchtigen Blick auf den Artikel und sieht mich aus seinen sonst so schönen hellblauen Augen an. Jetzt ruht nur Dunkelheit in ihnen.

»Woher hast du das?«, fragt er, und der Schalk ist aus seiner melodiösen Stimme gewichen. Dafür hat er einer Ernsthaftigkeit Platz gemacht, die so gar nicht zu dem Mann passt, den ich kennengelernt habe und der mich in den letzten Wochen immer am allerbesten von der Tragödie meines Lebens ablenken konnte.

»Wann wolltet ihr mir sagen, dass ihr Patienten hier wart?« Klinge ich etwa zickig? Und wenn ja, habe ich Grund dazu? Sie sind mir keine Rechenschaft schuldig, aber ich bin verletzt. Immerhin lebe ich seit drei Wochen mit ihnen unter einem Dach, habe ihnen sogar von Scotty erzählt, und tappe immer noch im Dunkeln, was ihre Geschichte angeht. So einseitig funktionieren weder Freundschaften noch Beziehungen.

Lucien runzelt die Stirn, zerreißt den Artikel in seinen Händen und schmeißt die Fetzen achtlos hinter sich. Einige landen am Beckenrand, andere im beleuchteten Wasser.

»Du hast nie gefragt, ob wir Patienten waren«, entgegnet er ruhig. »Außerdem heißt Sawyer mit Nachnamen Cold. Hast du dich nie gefragt, ob es einen Zusammenhang geben könnte?« Damit lässt er mich stehen, marschiert auf eine der Liegen zu und wirft sich darauf. Seine schwarze Badehose hängt so tief auf seinem Becken, dass ich dieses definierte V sehen kann, das im Bund verschwindet. Er sieht wahnsinnig scharf aus, oberkörperfrei, nass und mit feuchten blonden Haaren, die dadurch fast braun wirken. Ich denke über seine Worte nach und schüttle den Kopf.

»Moment. Cold wie ... Coldmind? Was bedeutet das?« Ich kannte Sawyers Nachnamen bis jetzt nicht.

»Das bedeutet ...« Er zieht die Sonnenliege neben sich dichter an seine heran und klopft auf das dunkle Polster. »... dass die Psychiatrie ein Familienunternehmen war. Sein Familienunternehmen. Sein Ur-Ur-was-auch-immer-Vater hat die Klinik gegründet, als das Land noch nicht zum Nationalpark erklärt worden war.«

Ich folge seiner Einladung, setze mich neben ihn und starre ihn interessiert an. »Und wieso war er hier? Wieso wart ihr alle hier?!«

»Ich kann dir nicht die Leidensgeschichten der anderen erzählen, Chaplin. Das ist nicht meine Aufgabe. Ist es dir wirklich so wichtig?«

Ja, verdammt!

»Das Mädchen auf dem Foto. Das neben Sawyer. Sie ist tot, habe ich recht?« Der Kloß in meinem Hals hat sich inzwischen in einen Ziegelstein verwandelt.

»Woher weißt du von Savannah?«

Savannah also.

Das Mädchen, für das Sawyer noch heute sterben würde, wenn sie noch am Leben wäre. Das Mädchen, das durch seine Klinge ermordet wurde. Die Klinge, die ich immer noch an meiner Kehle spüre, wenn ich die Augen schließe.

»Sawyer hat so etwas erwähnt. Ich habe eins und eins zusammengezählt«, erkläre ich ihm. Lucien fährt sich durch das nasse Haar, streicht es nach hinten und greift nach seiner Packung Kippen.

»Hat er sie ermordet?« Ich sollte nicht so mit der Tür ins Haus fallen. Sollte ihn nicht über Sawyer ausfragen, aber ich kann nicht anders. Ich muss wissen, was passiert ist. Und ob ich einen verdammten Mörder geküsst habe! Einen Mörder, der sich seit Wochen in meine Träume schleicht und mich kaum noch loslässt.

Luciens Blick ruht auf dem wiegenden Wasser des Pools, das sich langsam wieder beruhigt. Er nimmt einen tiefen Zug, bei dessen Anblick mir allein schon schwindelig wird, und antwortet mir nicht.

»Lucien ... hat er oder hat er nicht?« Weil er mir nicht antwortet, verlasse ich meine Sonnenliege und krabble stattdessen auf seinen Schoß. Umgehend langt seine freie Hand nach meinem Becken. Als wären unsere Körper zwei Puzzleteile, die zusammengehören. Aber wie könnten wir jemals zusammengehören, wenn wir nichts übereinander wissen?

»Die Geschichte ist lang. Sehr lang.«

»Ich habe Zeit«, schießt es aus mir heraus.

»Ich werde dir nicht erzählen, wieso die anderen beiden hier drin waren, Faye. Sie müssen selbst entscheiden, ob sie es dir sagen wollen.« Hat er mich je bei meinem Vornamen genannt? Mein Herz galoppiert in meiner Brust, und ich fürchte, dass es gleich einfach aus dem Sommerkleid herausspringt.

Ich brauche Antworten. Ich brauche irgendetwas, das mich beruhigt. »Das alles ist so verwirrend, Lucien. Ich habe mich von Anfang an gewundert, wieso ihr hier wohnt, aber das? Wie ist das alles möglich? Hat Sawyer das Haus geerbt oder so?«

Er nickt mit schmalen Augen und ist anscheinend nicht in der Stimmung, mich ins Bild zu setzen.

»Seine Eltern sind also tot?«, hauche ich.

»Faye«, warnt er mich, aber ich werde nicht aufgeben.

Lucien zieht erneut an seiner Kippe und weicht meinem Blick aus. Das tut er nie! Ich lege meine Hand an seine Wange, spüre seine warme, feuchte Haut an meinen Fingerspitzen, und warte darauf, dass er mir antwortet.

»Ich will wissen, was hier los ist, Lucien. Ich will wissen, bei welchen Männern ich seit drei Wochen lebe. Wir hatten Sex, verdammt!«

»Reicht es dir etwa nicht mehr, dass wir dich zum Kommen bringen, immer wenn du es willst?«, fragt er mit ernster Miene. Seine Worte müssten mich verletzen, aber ich habe immer noch dieses schrecklich traurige Bild von ihm vor Augen, das es mir unmöglich macht, wütend zu sein. Ich schüttle mit geschürzten Lippen den Kopf.

»Nein. Das reicht nicht. Ich will nicht nur eure Körper, ich will mehr. Ich will wissen, wer ihr seid. Und es ist mein gutes Recht, immerhin habe ich euch mein Vertrauen geschenkt.«

»Mein altes Ich will man nicht kennen, Chaplin.« Er fährt sich gedankenversunken über das Handgelenk, nachdem er die Kippe in dem Aschenbecher am Boden ausgedrückt hat.

»*Ich* will es.« Und ich bin es leid, dass man mir Dinge in den Mund legt, die ich nicht sagen will. Gefühle, die ich nicht fühlen will. Das hier ist *mein* Leben, und die Einzige, die darüber bestimmt, was ich denke, fühle, sage und mache, bin ich! »Lucien ...« Ich rutsche dichter an seinen definierten Oberkörper heran, lege meine Hände auf seine starken Schultern und küsse seinen Mundwinkel. »Warum warst du hier?«

Sein Atem stockt und mir entflieht ein Stöhnen, weil

er mit der Zunge über meine Unterlippe gleitet. Verdammt! Er soll mich nicht mit Sex ablenken, um dem Gespräch aus dem Weg zu gehen, aber ich bin in der Nähe dieser Männer machtlos gegen diese Sehnsucht. Eine Sehnsucht nach mehr. Mehr Leben. Mehr Sex. Mehr Intimität. Mehr Ehrlichkeit. So viel zu meiner ach so tollen Selbstbestimmung. Seufzend lasse ich von seinen weichen Lippen ab. »Sag es mir. Bitte.«

Er schüttelt den Kopf, schnappt grob nach meiner Hand und legt zwei meiner Finger auf sein linkes Handgelenk.

»Was tust du?«

»Ich *zeige* es dir, Chaplin.«

Ich spüre seinen schnellen Puls unter meinen Fingerspitzen schlagen und habe das Gefühl, dass sich mein Herzschlag an seinen anpasst. Anschließend fahre ich über seine warme Haut und weiß sofort, was er meint. Die erhabenen Stellen überziehen seinen kompletten Unterarm, und als ich ihn im schwachen blauen Licht ansehe, fluten Tränen meine Augen. Wie konnte ich die Narben nicht schon früher sehen? Wie kann es sein, dass ich sie nie wahrgenommen habe?

»Lucien ...« Sein Name kommt flüsternd über meine Lippen, während ich die Spuren seines Leids verfolge. Deshalb war er hier? Weil er sich das Leben nehmen wollte? Aber wieso? Wie kann es sein, dass der fröhlichste Mensch, dem ich je begegnet bin, so weit gehen wollte?

»Wie alt warst du?«

Er zögert. Scheint abzuwägen, was er mir anvertrauen will und was er noch verschlossen halten möchte. Und ich wünsche mir nichts sehnlicher, als dass er mir vertraut.

»Vierzehn.«

Es fühlt sich an, als würde mein Herz zu schlagen

aufhören. Vierzehn. Er war jünger als mein kleiner Bruder und wollte sich umbringen. Mir wird eiskalt, und so, wie Lucien mich ansieht, kann ich meinen Schock darüber nicht verbergen.

»Nun guck mich nicht an wie ein getretener Welpe. Ich lebe ja noch, oder nicht?« Nun kehrt langsam der altbekannte Charme in seine Stimme zurück, aber ich sehe ihn jetzt mit anderen Augen. Höre seine Stimme mit anderen Ohren. Mit dem Daumen fahre ich über die längste der Narben, die sich einmal über den gesamten Unterarm zieht. Tränen kullern über meine Wangen. Ich will die Narben küssen, doch Lucien legt seine Hand in mein Haar und zieht mich harsch wieder hoch. In seinen Augen tanzen die sanften Wellen des Pools, gepaart mit der eindeutigen Warnung, es nicht zu tun.

»Scheiße, Chaplin. Ich will dich nur weinen sehen, wenn es vor Lust ist, weil ich dich zappeln lasse und du es nicht mehr aushältst. Ich kann …« Er verstummt.

»Du kannst was?«

»Ich kann nicht darüber reden. Mit niemandem. Und glaub mir, wenn ich mir jemanden aussuchen könnte, bei dem mein Verstand nicht so blockiert ist, dann wärst es vermutlich du. Aber *ich kann nicht*. Und ich weiß nicht, ob es sich jemals ändern wird.« Dabei wünsche ich mir so sehr, dass er sich diese Blockade nur einbildet. »Vor allem nicht, wenn du mir gleichzeitig deine kleine Pussy gegen den Schwanz drückst.« Raunend beugt er sich vor, greift unter die dünnen Träger meines Kleides und schiebt sie hinunter. Sekunden später hat er meine nackten Brüste befreit und die Region zwischen ihnen mit seiner Zunge erkundet.

Erst tue ich nichts. Denke darüber nach, ihn von mir zu stoßen, damit wir über das reden, was ich gerade über ihn erfahren habe, aber seine Zunge ist so verdammt gut. Ich unterdrücke mein Stöhnen, doch meine Zurückhaltung scheitert, als er einen meiner Nippel zwischen die Zähne nimmt und sanft hineinbeißt. Augenblicklich setzt mein Denken aus und mein Körper übernimmt wieder das Kommando. Ich schiebe mich dichter auf seinen Schritt, taste nach seiner Badehose und spüre, wie er unter meinen Fingern wächst.

»Scheiße, Chaplin. Wir zwei brauchen dringend eine Abkühlung.«

VIERUNDZWANZIG

FAYE

Noch immer spüre ich die Narben an seinem Arm unter meinen Fingerspitzen, obwohl sie längst nicht mehr auf seiner warmen Haut ruhen. Stattdessen schiebe ich meine Finger in sein feuchtes Haar, ziehe ihn zu mir heran und küsse ihn. Küsse ihn so, wie ich es bis jetzt nur einmal getan habe – unter Sawyers Dusche, während Eden mich von hinten nahm.

»Fuck, Chaplin.« Er beißt in meine Unterlippe, rollt das schwarze Kleid über meinen Hintern nach oben und streift es mir schließlich gänzlich ab. Kurz lösen sich unsere Münder voneinander, nur um sofort wieder nacheinander zu gieren. Der Kuss ist nicht so sanft wie Edens und auch nicht so hart wie Sawyers, aber er ist perfekt leidenschaftlich. Er will mich und ich will ihn. Eine einfache Gleichung. Ist es verwerflich, dass ich jeden der Männer auf seine ganz eigene Art und Weise begehre? Bin ich ein Flittchen, weil ich, obwohl ich bis vor zwei Wochen nie Sex mit einem Mann hatte, nicht genug von ihnen bekomme? Es hat mich schon immer gestört, dass Frauen ihr Sexleben nie so frei genießen können wie Männer.

Allein deshalb ist mir die Antwort auf die Frage egal,

als Lucien sanft an meinen Spitzen zieht, mein Becken auf seinen harten Schritt drückt und plötzlich gemeinsam mit mir ins angenehm temperierte Wasser des beleuchteten Pools gleitet. Meine Augen behalte ich geschlossen, weil ich mich vollends auf die körperlichen Empfindungen fokussieren will. Und vielleicht auch, weil ich Angst habe, erneut auf seine Narben zu blicken und den Moment zu ruinieren. Er wollte ganz offensichtlich nicht darüber reden, und diesen Wunsch akzeptiere ich, weil ich dank Sawyer bestens weiß, wie es sich anfühlt, zu etwas gedrängt zu werden, das man nicht will.

Gerade will ich alles von Lucien spüren. Jeden Zentimeter seiner Haut, die nicht makellos, aber perfekt ist. Jeden Kuss, den er mir schenkt, und jeden Stoß, mit dem er sich in mich schieben wird. Ich trage nur noch meinen Slip, der sich nass an meine Haut legt, und lasse mich von Lucien gegen den Beckenrand drücken. Er stellt sich hinter mich, umfasst meine Hände und legt sie auf den dunklen Fliesen ab.

»Halt dich fest.«

Ich gehorche, kralle mich an den Beckenrand und schließe vor Vorfreude glühend die Augen. Vielleicht ist es genau dieses Gefühl, das mich in ihrer Nähe hält. Dieses Gefühl, an nichts anderes denken zu müssen. Wenn ich bei ihnen bin, ist da nur die Gegenwart. Nicht meine Vergangenheit und all der Schmerz, der in ihr gespeichert ist, und auch nicht die Zukunft, die mir in stillen Momenten mehr Angst denn je einjagt. Wenn Eden und Lucien bei mir sind, fällt es mir leichter, den Moment zu leben.

Luciens Hände wandern liebevoll über mein Rückgrat, passieren Wirbel für Wirbel, bis er unter dem Wasser nach meinem Slip greift und ihn mir abstreift. Ich steige aus dem nassen Stück Stoff und lasse es im Wasser treiben. Vollkommen entblößt stehe ich vor Lucien, spüre seine enorme Härte an meinem nackten Po und schiebe mich dichter an ihn heran.

»Sag mir, Chaplin.« Er küsst mein Schulterblatt, fährt erneut über meinen nackten, nassen Körper und verharrt auf meiner Taille. Ich spüre seinen heißen Atem an meinem Hals und wünschte, er würde mich überall mit seinen Lippen berühren. »Ist dein Arsch auch noch jungfräulich?« Summend fährt er mit seinen Fingern gen Süden, umgreift mein Becken und spreizt anschließend meine Pobacken. Am liebsten würde ich ihn anflehen, dass er mich endlich erlösen soll, weil ich es kaum länger aushalte, aber ich bleibe ruhig und nicke nur.

»Hm.« Seine Finger wandern in die Mitte meines Pos, und als er mit dem Daumen sanft darüberfährt, packe ich den Beckenrand vor Lust so fest, dass meine Knöchel weiß hervortreten und es schier wehtut.

»Ich würde dich verdammt gern in den Arsch ficken, aber ich glaube nicht, dass du das schon aushältst.« Ich will widersprechen, will ihm sagen, dass ich alles aushalte, was er mit mir vorhat, aber ich bekomme die Worte nicht über meine Lippen. »Warte hier.«

Eine Mischung aus Frustration und Erregung durchspült mich, als Lucien von mir ablässt, aus dem Pool steigt und geht. Mein Blick verharrt an dem sexy Hintern, den ich schon mehr als einmal begutachten konnte und der leider Gottes unter der schwarzen Badehose verborgen liegt. Noch. Ich schiebe mich dichter ans Becken heran, und sobald mein Venushügel gegen ihn stößt, verschafft mir der Druck minimale Erleichterung. Wieso lässt er mich so lange zappeln? Und wo zum Teufel ist er hin?

Als er wieder in den eingemauerten Außenbereich tritt, schlucke ich schwer. In seiner linken Hand befindet sich nun ein schwarzer Gegenstand.

Vor mir geht er zu Boden und umfasst mein Kinn.

Sanft hebt er es an, streichelt mit dem Daumen über meinen Mund und zwinkert mir zu. »Vertraust du mir?«

Bevor ich auch nur eine Sekunde darüber nachdenken kann, ob ich ihm wirklich vertrauen sollte, nicke ich bereits. Ein Grinsen breitet sich auf seinem schönen Gesicht aus, und das Grübchen, das auf seiner Wange entsteht, sieht so verflucht attraktiv aus. Lucien lässt von mir ab, steigt zurück ins Wasser und tritt wieder hinter mich. Seine freie Hand ruht auf meiner Schulter, während er erneut anfängt, meine Wirbelsäule zu küssen und mich damit in den Wahnsinn treibt.

»Bitte, Lucien«, krächze ich.

»Bitte was?«, wiederholt er, reizt mich weiter, lässt mich unbefriedigt im Wasser stehen.

»Bitte hör auf, mich zu quälen.« Ich blicke über meine Schulter zu ihm, treffe auf sein wunderschönes Grinsen und stelle mir vor, wie es wäre, wenn er mit seinen strahlend weißen Zähnen in meine empfindliche Haut beißt. Erneut beugt er sich über mich, gleitet mit der rechten Hand unter Wasser und tastet den Beckenrand ab. Sekunden später entfährt mir ein erschrockener Laut, als das Wasser aufgewirbelt wird. Ich blicke nach unten in das beleuchtete Blau und stöhne leise auf, als ich sehe, dass der fünfzehn Meter lange Pool komplett mit Massagedüsen ausgestattet ist. Das Wasser wird gegen meine Scham gedrückt, trifft genau den Punkt meines Körpers, der sich am stärksten nach Berührung sehnt. Eine Berührung, die Lucien mir weiterhin verwehrt.

»O mein Gott«, flüstere ich und schiebe mich instinktiv noch dichter an den Rand heran, um die Intensität zu erhöhen, mit der mein Kitzler stimuliert wird. Im selben Augenblick beginnt Lucien, mich wieder zu streicheln. Seine Finger fahren über meinen Hintern, er gleitet mit dem Daumen zwischen meine Pobacken und mich durchströmt pure Neugier.

»So perfekt, Chaplin.« Es ist von außen betrachtet nicht gerade sexy, in einem so intimen Moment beim Nachnamen angesprochen zu werden, aber bei Lucien ist es anders. Bei ihm macht es mich auf verquere Art und Weise sogar an. Sein Daumen verharrt über der Stelle meines Körpers, die noch nie von jemandem berührt wurde. Zaghaft reibt er sie, wodurch ich anfange, zu erzittern. »Ich spüre, wie du zuckst. Kannst du dir vorstellen, wie viel Selbstbeherrschung es mich kostet, mich nicht einfach in deinen süßen Arsch zu schieben und dich gegen die Düsen zu ficken?«

Ich bin nicht fähig, etwas zu erwidern, anscheinend hat mein Sprachzentrum komplett ausgesetzt. Alles, was ich tun kann, ist genießen. Genießen, wie sein Daumen weiterhin über mein Röschen gleitet, bevor er ihn ganz langsam, Millimeter für Millimeter in mich schiebt. Stöhnend beuge ich mich vor, lege meine Unterarme auf dem Beckenrand ab und lasse die Hitze meinen ganzen Körper verbrennen. Sein Daumen steckt nun gänzlich in meinem Hintern, und als er ihn aus mir herauszieht, will ich frustriert aufstöhnen. Bevor ich dazu komme, spüre ich schon etwas anderes an meinem Po. Etwas Größeres.

»Du kannst mehr ab als meinen Finger, Chaplin. Entspann dich, okay? Es wird dir gefallen.« Da bin ich mir sicher. Mit geschlossenen Lidern schicke ich meine komplette Aufmerksamkeit auf die Empfindung, die mich überflutet, als Lucien den Gegenstand tiefer in mich schiebt. Er ist deutlich voluminöser als sein Daumen und ich gewöhne mich nur langsam an das seltsame Gefühl.

»Was meinst du? Schaffst du den ganzen Plug?«, fragt er mich rücksichtsvoll, woraufhin ich wie ferngesteuert bejahe. Keine Ahnung, ob ich es schaffe. Aber scheiße, ich will es. Das Einzige, was ich noch dringender will, ist, dass er sich höchstpersönlich in mich schiebt, aber bei seiner Größe würde es ohne eine Menge Gleitgel sicherlich wehtun.

Luciens rechte Hand ruht auf meiner Hüfte, mit der anderen schiebt er den Plug tiefer in meinen Anus. Mir entflieht ein Keuchen, als er ganz in mir ist und eine Welle der Lust entfacht. Eine Lust, die zeitgleich von dem sprudelnden Wasser befeuert wird, das unaufhaltsam gegen meine Scham trifft. Ich bäume mich auf, bin so kurz davor, zu kommen und all die Zurückhaltung fallen zu lassen.

Ich presse meine Stirn auf die dunklen Bodenfliesen, lasse Lucien meine Beine unter Wasser weiter auseinanderschieben und implodiere beinahe, als er mit seiner Hand über meine Innenschenkel fährt. An meinem Damm hält er inne, und ehe ich mich innerlich darauf einstellen kann, gleiten seine Finger in mich. Er bewegt sich rhythmisch in mir, während der Plug unberührt in meinem Hintern steckt und ich von Lucien dichter an die Massagedüsen gedrückt werde.

»Sieh nach oben, Chaplin.«

»Nach oben?«, entflieht es mir abgehackt, weil ich auf allen Ebenen vollkommen überreizt bin. Das Denken fällt mir schwer, kommt mir wie ein unüberwindbarer Kraftakt vor. Lucien greift in mein Haar, zieht es sanft zurück, sodass ich mich wieder aufstelle und den Kopf in den Nacken lege. Im selben Moment, in dem ich die Sterne im freien Himmel über dem Pool funkeln sehe, explodiere ich.

»Schrei alles raus. Hör auf, dich zurückzuhalten.«

Und ich tue es. Lasse meiner Lust freien Lauf und komme so laut und heftig, dass ich mir sicher bin, selbst in einem Kilometer Entfernung noch gehört zu werden. Der Anblick des sternenklaren Himmels, gepaart mit der Massage meines Lustpunktes, seinen Fingern in mir und diesem Sextoy in meinem Arsch ist einfach zu heftig. Erschöpft sinke ich nach vorn, fahre mit den Fingern über den nassen Fliesenboden und spüre, wie Lucien sich aus mir zurückzieht. Er stellt sich neben mich, stemmt sich aus dem Pool und muss seine Badehose im Wasser ausgezogen haben, denn als ich ihn jetzt ansehe, springt mir sein steinharter Schwanz gierig entgegen. Die drei Männer sind allesamt unheimlich gut gebaut und meine Fantasie wird augenblicklich angekurbelt. Ich stelle mir vor, wie es wäre, wenn ich mich auf Lucien setze, während Edens Schwanz den Platz des Plugs einnimmt. Und Sawyer ... allein der kleinste Gedanke an ihn lässt mich nach mehr lechzen.

Meine Gliedmaßen fühlen sich wie Butter an, die jeden Moment in der Hitze des Moments zerfließen wird.

»Setz dich auf mich.« Lucien sitzt nackt am Rand des Pools und zieht mich zu sich heran. Vor zwei Wochen hat er mir aus der Stadt die Antibabypille besorgt – wie auch immer er an das Rezept herangekommen ist – und so steige ich ebenfalls aus dem Wasser und schwinge mein Bein über seinen Schoß, ohne über die Konsequenzen nachzudenken. Über seiner glänzenden Spitze verharre ich, damit ich ihn genauso zappeln lasse wie er mich zuvor.

»Chaplin«, raunt er und packt meine Hüfte grober. Er war bis jetzt unfassbar sanft zu mir, aber ich weiß von der Session mit Brittany im Keller, dass auch er eine andere Seite in sich trägt. »Wenn du dich nicht sofort auf meinen verfluchten Schwanz setzt, werde ich dich kein zweites Mal kommen lassen. Und wir wissen doch beide, dass du noch nicht satt bist.«

Ich taste meinen Po ab, spüre das weiche, warme Material des Plugs in mir und rutsche auf seine Härte. Zischend presst Lucien mich auf seinen Schaft, und ich beginne, ihn langsam zu reiten. Erst zögerlich, weil ich es noch nie getan habe, dann immer schneller.

»Scheiße, du bist so verflucht eng und nass. Gefällt es dir, dass der Plug in deinem Arsch steckt? Dass ich ihn mit meinem Schwanz spüren kann?«

Ich nicke, rutsche noch schneller auf seine Länge und öffne stöhnend den Mund. Meine nassen Haarspitzen lassen kleine Rinnsale aus Wasser über meinen nackten Körper fließen, und dann stöhne ich so haltlos, dass man mich vermutlich bis zur Dachterrasse hören kann.

Meine Augen sind geschlossen, mein Mund leicht und sinnlich geöffnet. Luciens Lippen streichen über meinen Kehlkopf, und als er meinen Nacken fest umpackt, stöhne ich noch lauter.

»Wir haben einen Zuschauer, Chaplin«, raunt er dicht an meinem Ohr. Sofort halte ich auf seinem Schwanz inne, lasse ihn tief in mir ruhen, und reiße die Augen auf. Das Zittern meines Körpers verdoppelt sich, als ich sehe, dass Sawyer auf einer der Liegen sitzt. Die Beine breit aufgestellt, die Ellbogen auf den Knien abgestützt. Er sitzt einfach wenige Meter neben dem Pool und beobachtet uns beim Sex. Seit wann ist er schon da?

Sein Blick verharrt auf meinem Gesicht, und sobald Lucien seinen Freund ansieht, entsteht wieder dieses phänomenale Grübchen. Anschließend wendet er sich wieder mir zu. »Du stehst darauf, nicht wahr?«

Ich weiß es nicht. Sollte ich? Sollte ich nicht? Was zur Hölle ist noch richtig und was völlig falsch? Sawyer rührt sich nicht von der Stelle und scheint nicht einmal darüber nachzudenken, uns Gesellschaft zu leisten oder wieder zu gehen.

»Komm schon, Chaplin. Wir wissen beide, dass es dich geil macht, wenn er uns beobachtet. Dass sein Schwanz vermutlich schon fucking hart ist, weil wir so gut zusammen aussehen. Hör auf, dir so viele Gedanken zu machen und genieß es einfach.«

Luciens Worte treffen ein Areal in meinem Gehirn,

das mich alle Zweifel vergessen lässt. Ich blende sie einfach aus und beginne, ihn wieder zaghaft zu reiten. Verdränge dabei, dass meine Knie aufgrund der harten Fliesen langsam schmerzen.

»Wusste ich es doch, du kleines Luder«, murmelt er und umfasst meinen Arsch. Eine Hand greift nach dem Plug, den er langsam in eine Richtung dreht. Und obwohl Lucien mich mit seinem begnadeten Körper einnimmt, sind es Sawyers Blicke, die mich in Wahrheit gefangen nehmen. Die mich rasend schnell dem zweiten Höhepunkt entgegentreiben. Der Wunsch, dass er sich zu uns gesellt, wird immer mächtiger, und der Frust, weil er es nicht tut, umso stärker. Dennoch gibt es kein Zurück mehr für mich. Ich kralle mich in Luciens breite Schultern, verkeile meinen Blick mit Sawyers und komme so heftig, dass meine Gliedmaßen verkrampfen.

Sekunden später spüre ich, wie Lucien sich in mir ergießt. Heiß. Pumpend. Wahnsinnig gut. Er hat sein Gesicht an meinem Hals vergraben und beißt in meine Haut, während er sich bis auf den letzten Tropfen in mir entleert. Keuchend verharre ich auf ihm, habe Angst, dass er mich loslassen und ich zurück in die Zweifel fallen könnte. Lucien entfernt den Plug aus meinem Hintern und lässt ihn neben sich gleiten. Anschließend grinst er mich wieder so verführerisch an.

»Ich weiß ja nicht, wie es dir geht, aber ich brauche jetzt eine Kippe.« Er küsst die Wölbung meiner Brüste und dreht sich anschließend zu Sawyer um. »Gib mir mal meine Zigaretten, Saw.«

Dieser greift nach der Schachtel neben der Sonnenliege, öffnet sie und demonstriert Lucien, dass sie leer ist.

»Scheiße. Sorry, Chaplin. Ich würde gern in dir bleiben, bis ich wieder hart werde, aber ich brauche nach dem Sex mein Nikotin.« Er hebt mich von seinem Schoß, steht auf und marschiert splitterfasernackt davon. Zurück bleiben nur ich und Sawyer. Er auf der Liege, vollkommen ruhig. Ich am Beckenrand, spürend, wie Luciens Samen aus mir fließt.

»Hast du ein Handtuch für mich?« Meine Stimme ist gebrechlicher als eine neunzigjährige Oma, aber er scheint mich verstanden zu haben, denn er greift nach einem der gefalteten weißen Handtücher in dem Regal neben den Liegen und wirft es mir zu. Sobald ich mich darin eingewickelt habe, fühle ich mich etwas besser. Aber es gibt eine Sache, die der weiche Stoff nicht vertreiben kann: Die Fragen, die mich nicht loslassen, seit ich Sawyer auf diesem Foto gesehen habe. Ich muss ihn damit konfrontieren. Wenn nicht jetzt, wann dann?

FÜNFUNDZWANZIG

SAWYER

Ich hasse es, wie sehr ich mich nach ihr sehne. Fayes Schreie, die Lucien ihr im Pool entlockt hat, haben das ganze Haus für sich eingenommen. Ich wollte nicht zusehen, wie er sie besinnungslos vögelt, und doch konnte ich meinen Blick nicht von ihrer hellen, fast weißen Haut lassen, die sich so kontrastreich gegen die dunklen Fliesen gedrückt hat.

Jetzt sitzt sie mit angewinkelten Beinen am Beckenrand, umschlingt das Handtuch, das ihre Blöße verdeckt, und sieht mich an. Erwartet sie, dass ich etwas sage? Dass ich ihr erkläre, wieso ich ihnen beim Ficken zugesehen habe?

»Ich weiß es«, bricht sie die Stille schließlich. Ihr rechter Fuß ruht nun im wirbelnden Wasser und zieht kleine Kreise. Ich bleibe auf der Liege, wahre Distanz, obwohl sich alles in mir dagegen sträubt, diese Chance verstreichen zu lassen. Es sind nur wenige Schritte und zwei Handgriffe, die mich von ihrem nackten Körper trennen. Ich könnte in weniger als zehn Sekunden in ihrer süßen Pussy sein, weil ich längst bereit für sie bin, aber ich tue es nicht, um uns beide zu bestrafen. Vor allem mich selbst.

»Was weißt du?« Ich versuche, ganz besonders gelangweilt zu klingen. Desinteresse vorzuheucheln, obwohl ich nahezu an ihren Lippen hänge, die mir seit zwei Wochen nicht mehr aus dem Kopf gehen. Seit ich mit ihr bei ihrem Bruder war und sie mir ihre Story erzählt hat, fällt es mir so verfickt schwer, sie zu hassen. Weil die Drogen auch ihr alles entrissen haben und wir uns ähnlicher sind, als ich dachte.

»Dass deinen Eltern die Klinik gehört hat und du hier Patient warst. Dass ihr alle Patienten wart.« Sie zieht ihren Fuß aus dem Wasser, lässt das Handtuch fallen und gleitet nackt in den Pool. Vermutlich will sie Luciens Wichse von ihren Schenkeln waschen. Ich balle meine Hände zu Fäusten und sehe zu, wie sie für mehrere Sekunden untertaucht und anschließend ihr nasses Haar nach hinten streicht. Das Wasser reicht ihr bis knapp über die Titten, sodass ich ihre Nippel nicht sehen kann. Zu meinem Glück. Oder Pech. Oder beides. Je mehr ich von ihr sehe, desto schwerer fällt es mir, meine Mauer aufrechtzuerhalten.

Faye schwimmt an den Rand heran, legt die Unterarme darauf ab und sieht mich unverwandt an. Anscheinend hat Luciens Schwanz Selbstbewusstsein in sie gepumpt, denn normalerweise blickt sie mich nur selten so direkt an.

»Wieso warst du hier?«, fragt sie mich und beginnt, mit den Fingern die Kacheln der Fliesen zu streicheln.

»Ich weiß nicht, wie du darauf kommst, dass ich mit dir darüber sprechen will.«

»Ich weiß auch von Savannah. Ich habe sie auf einem Foto gesehen.« Innerhalb von zwei Atemzügen bin ich bei ihr. Die Liege hinter mir rutscht über den Boden, weil ich mich so kräftig abgestoßen habe, und als ich den Pool erreicht habe, umgreife ich ihren Arm und ziehe sie aus dem Wasser. Nackt und keuchend steht sie vor mir.

»Nimm nie wieder ihren Namen in den Mund«, drohe ich, packe ihren Arm so fest, dass es sicher blaue Flecken hinterlassen wird. Aber Faye Chaplin scheint auf diesen Scheiß abzufahren, sonst wäre sie längst über die Cascade Mountains geflohen wie Schneewittchen vor ihrer grausamen Stiefmutter. Sie will hier sein. Sie will von mir gedemütigt werden. Und ich verstehe einfach nicht, warum.

»Hast du sie umgebracht?« Fayes Goldaugen starren direkt in meine, und auch wenn ich die Furcht in ihnen so deutlich sehen kann wie die Sterne am heutigen Himmel, hält sie Stand.

Ihre Worte treffen mich. Hart. Härter, als sie es sollten. Ich presse meine Zähne aufeinander, um sie nicht lauthals anzuschreien. Widerstehe nur schwer dem Drang, sie ins Wasser zu werfen und unter die Oberfläche zu drücken. Ich habe es ernst gemeint, als ich ihr sagte, dass ich ihr nie wehtun wollte. Aber ich wollte auch Savannah nie verletzen und jetzt ist sie nur noch ein Haufen Asche im Erdboden.

»Gut, dann sag es mir nicht, nachdem ich dir meine Geschichte erzählt habe. Wozu auch? Ich bin für dich ohnehin nur ein Punchingball, den du nach Lust und Laune für deine Wut benutzen kannst.«

»Du willst also wissen, ob ich sie umgebracht habe?«, knurre ich. »Ich habe ihr mein Messer ins Herz gerammt, Faye. Ihr Blut lief über meine Hände und ich habe dabei zugesehen, wie das Leben in ihren Augen erloschen ist. Es hat nur wenige Sekunden gedauert, dann war es vorbei. Ein Leben – einfach ausradiert.« Meine Kehle schmerzt, als würden Kreissägen darin wüten. Mein Magen sticht, als würden Ratten mich von innen auffressen.

Fayes Blick ist tränenverhangen, aber sie scheint immer noch nicht genug Angst vor mir zu haben. Ich sage ihr, dass ich Savannah ermordet habe und sie denkt nicht einmal daran, das Weite zu suchen. Hat sie mir überhaupt zugehört?

»Na, hat es dir die Sprache verschlagen?«

Sie schüttelt den Kopf. »Warum hast du es getan?«

Mir entflieht ein emotionsloses Lachen. »Ist das nicht vollkommen egal? Ich bin ein Scheißmörder, Faye. Wieso interessieren dich die *Gründe*?«

»Weil ich dich kennenlernen will. Und dir geht es mit mir genauso, oder wieso hast du uns eben sonst beobachtet?«

Die Richtung des Gesprächs gefällt mir besser. Ich würde auch mit ihr über unsere verkorkste Politik debattieren, Hauptsache, sie lässt Savannah aus dem Spiel.

»Weil es geil ausgesehen hat, wie du meinen besten Freund gefickt hast. Wieso sonst?«, antworte ich halb wahr, halb gelogen. Natürlich sah es heiß aus, aber das ist nicht der wahre Grund. Ich habe ihnen zugesehen, damit ich ihr zumindest auf diese Art und Weise nah sein kann. Lucien vögelt sie mit seinem Schwanz, aber das Wissen, dass sie sich vorstellt, es wäre ich, ist alles, was wir haben. Weil es nicht mehr zwischen uns geben darf.

»Laut Eden teilt ihr euch öfter Frauen.« Sie tritt noch dichter an mich heran, legt ihre Hand auf mein Hemd und fährt über dessen Knöpfe. »Wieso willst du mich nicht? Was habe ich nicht, was Brenda und Brittany haben?« Interessiert sieht sie zu mir auf, und dieser perfekte Wimpernschlag spannt den Faden meiner Beherrschung noch weiter. Fuck, ich könnte ihr zwanzig Dinge nennen, die sie hat und die den Zwillingen fehlen.

»Du hast gar nichts verstanden, oder?«, frage ich sie rau. »Ich will dich schon unter mir sehen, seit du hier aufgekreuzt bist. Und der Gedanke daran, dass Eden …« Ich scanne ihren nackten Körper, der die perfekten Rundungen hat. Wenn ich sie anfassen würde, wüsste ich ganz genau, welchen Druck ich aufbauen müsste, um ihr wehzutun, ohne sie dabei zu zerbrechen. »... dich als Erster von uns gefickt hat, fickt meine eigene Sehnsucht nach dir. Du willst wissen, wieso wir uns Brittany und Brenda teilen?«

Die Luft um uns herum flirrt, die Moleküle tanzen förmlich in der Luft. Es riecht nach einer Mischung aus Sex, Chlor und ihrem Pfirsich-Shampoo. Faye starrt meinen Mund ausgehungert an.

»Ja. Sag es mir. Ich will es verstehen.«

»Ich teile die Twins mit den anderen, weil wir keine Gefühle für sie haben. Sie sind unser Sexspielzeug und wir sind ihres. Eine einfache Rechnung, bei der wir alle gewinnen. Niemand verliert etwas.«

»Und was ist bei mir anders?«, will sie forsch wissen. Das Wasser läuft noch immer über ihre blasse Haut, die sich perfekt unter meiner Klinge machen würde. Aber ich werde sie nicht schneiden, weil es sie brechen würde. Kurz denke ich darüber nach, stelle es mir bildhaft vor. Sie unter mir. Schutzlos und wimmernd. Ich über ihr, mit meiner Klinge in der Hand.

Vielleicht sollte ich es genau deshalb tun ... um ihr endlich die Augen zu öffnen.

»Eden und Lucien empfinden etwas für dich, und das weißt du. Die Art, wie Eden dich ansieht, schreit nach mehr. Und Lucien? Fuck, er würde sogar seine Sonnyboy-Maske für dich fallen lassen, wenn du bleiben würdest. Ich kann nicht zulassen, dass du dich zwischen uns stellst. Dass du unsere Freundschaft gefährdest, weil die anderen irgendwann anfangen, Besitzansprüche zu erheben. Sie teilen sich deinen Körper, aber was ist mit deinem Herz? Deiner Seele? Keiner von ihnen wird sich mit der Hälfte zufriedengeben, sie wissen es nur noch nicht.« Ich verschweige ihr, dass mich die Wünsche meiner Freunde gerade einen Scheiß interessieren. Nicht sie sind es, die Besitzansprüche stellen, sondern ich. Und deshalb muss ich es beenden, bevor es richtig beginnen konnte.

»Was ist mit dir?« Wir sehen einander an, unser Atem wird vom Rauschen des Wassers verschluckt. »Bitte, Sawyer. Sag mir, was du für mich empfindest. Ist es nur Hass? Ist es Wut? Ist es Sehnsucht? Ich werde langsam verrückt.« Sie senkt die Lider, atmet zitternd ein. »Du gehst mir nicht mehr aus dem Kopf, und ich weiß, wie gestört das ist, weil du alles darangesetzt hast, mich wie Dreck zu behandeln. Vielleicht bestrafe ich mich mit dieser Frage selbst. Aber *was ist es?* Was fühlst du, wenn du mich ansiehst? Wenn du mir so nah bist wie jetzt?«

»Zu viel.« Meine knappe Antwort muss ihr reichen. Mehr bekommt sie nicht von mir. Erleichterung strömt durch jede meiner Zellen, als mein Handy in der Jeans wild vibriert. Eilig fische ich es heraus und öffne die App unserer Überwachungskameras.

»Was ist?« Faye greift endlich nach dem Handtuch und wickelt es wieder um ihre Nacktheit.

»Unsere Kameras haben Alarm geschlagen. Irgendjemand steht vor unserer Tiefgarage«, antworte ich geistesabwesend, scrolle mich durch die Liste unserer installierten Kameras und öffne die letzte davon. Schwarz-weiß ploppt die Live-Übertragung auf. Eine Frau steht vor dem Tor, neben ihr ein alter Wagen, dessen Rost ich bis hier riechen kann.

»Und was ist es? Ein Tier?« Faye tritt an meine Seite, der Moment zwischen uns ist fast schon vergessen. Sie sieht das Display meines Handys an und entreißt es mir panisch.

»O mein Gott!«

»Was?«

Sie sieht zwischen dem Handy und mir hin und her. Ihre Lippen leicht geöffnet, ihre Augen scheu aufgerissen. »Das ist Emily!«

SECHSUNDZWANZIG

FAYE

Unter anderen Umständen hätte ich länger gebraucht, um Sawyers Worte zu verdauen. Seine indirekte Erklärung, dass er etwas für mich empfindet. Aber ich bin wie im Delirium gefangen, als ich ihn am Pool zurücklasse und die Treppe nach oben nehme, weil ich mein verdammtes Kleid nicht mehr finde. Ich muss in mein Zimmer. Mir etwas anziehen und dann zu Emily. Wie zur Hölle hat sie mich gefunden? Hat sie endlich meine E-Mails bekommen und ist deshalb hier? Aber ich habe in keiner der Mails erwähnt, wo ich bin!

Sobald ich in diesem geräumigen Zimmer angekommen bin, das sich in den letzten drei Wochen heimischer angefühlt hat als mein richtiges Zuhause, reiße ich die dunkle Kommode auf und ziehe die erstbesten Sachen heraus, die ich zu greifen bekomme. Noch immer fühlt es sich seltsam an, so teuren Stoff auf meiner nackten Haut zu spüren, den ich mir niemals allein hätte leisten können. Ich stürme wieder aus dem Zimmer und renne geradewegs Sawyer in die Arme. Er lehnt im Flur an der Steinwand und wartet auf mich.

»Was will diese Emily hier bei uns? Und wie hat sie von diesem Ort erfahren?« Seine Fragen klingen kühl, sachlich. Nachdem er mir gerade am Pool Dinge anvertraut hat, die alles andere als kalt waren.

Ich schüttle manisch den Kopf. »Ich weiß es nicht. Aber sie wird mir endlich sagen können, was passiert ist.« Einerseits sprudelt Euphorie durch meinen Körper, auf der anderen Seite ist da so viel Angst vor der Wahrheit. Was, wenn sie mir den Boden unter den Füßen wegziehen wird, nachdem ich gerade erst das Gefühl hatte, wieder sicher stehen zu können?

»Was ist hier los? Ihr wirkt irgendwie gehetzt.« Lucien kommt lässig auf uns zu. Inzwischen hat er sich eine Hose und ein Shirt übergezogen, seine Haare sind fast getrocknet und glänzen wie Sonnenlicht in der goldenen Stunde.

»Wir haben Besuch.« Mit diesen Worten prescht Sawyer vor. Lucien und ich folgen ihm. Ich umarme mich selbst, und mit jedem Schritt Richtung Wahrheit frage ich mich, ob ich sie überhaupt wissen will. Was, wenn danach alles anders ist? Noch schlimmer? Wenn ich erkenne, dass die Reaktion meiner Mutter nicht überzogen und falsch war, sondern gerechtfertigt? Aber ich werde es nur herausfinden, wenn ich Emily damit konfrontiere. Es hätte keinen Sinn, jetzt zu kneifen, außerdem wartet sie da draußen ganz allein in der Dunkelheit.

Schweigend laufe ich Sawyer hinterher, ignoriere die Kälte des Tunnels, der vom Keller aus zu der Garage führt, genau wie Luciens Versuche, mit mir zu sprechen. Ich höre seine warme Stimme, aber ich kann seine Worte nicht greifen, nicht verstehen.

Sobald wir vor den zahlreichen arschteuren Wagen stehen, würde ich am liebsten fliehen. Einfach verschwinden, anstatt mich allem zu stellen. Ich blicke hinter mich, wünschte, Eden wäre hier. Er ist mein Ruhepol. Der Mensch, der mir am besten helfen kann, meine Atmung in den Griff zu bekommen. Wenn er bei mir ist, wirkt auch das dunkelste Schwarz weniger beängstigend. Der tiefste Abgrund weniger angsteinflößend. Und das, obwohl ich über ihn inzwischen am allerwenigsten von den drei Männern weiß.

Ich hole mein Handy heraus und schicke ihm eine knappe Nachricht, in der ich ihm sage, dass ich ihn brauche. So wie ich Eden kenne, wird er alles andere stehen und liegen lassen, um mir zu helfen. Weil es das ist, was er tut. Er hilft, er ist da und er beruhigt mich. Und seitdem ich weiß, dass er ebenfalls Patient in dieser Einrichtung war, frage ich mich, was ich noch alles übersehen habe. Lucien wollte sich das Leben nehmen, Sawyer ist der Sohn der ehemaligen Leitung und Eden? Warum zum Teufel war Eden hier? Er wirkt von den drei Männern definitiv psychisch am stabilsten, aber kann ich mir dessen jetzt noch sicher sein? Kenne ich ihn überhaupt oder bin ich lediglich der Vorstellung von ihm als Held verfallen?

»Hey, Chaplin. Ist alles in Ordnung? Du bist blasser als eine Kalkwand.« Lucien legt seinen Arm um mich, wie jedes Mal, wenn wir zusammen sind. Aber ich kann ihm nicht antworten, kann nur dieses gigantische Garagentor anstarren, das jetzt langsam aufgleitet. Sobald ich Emilys Umrisse in der Dunkelheit der Nacht sehe, schluchze ich auf. Ich lasse Lucien hinter mir, stolpere nach vorn und werfe mich in ihre Arme. Lasse mich für einen kurzen Augenblick einfach in Erleichterung fallen, weil gleich Licht in die schwarzen Bereiche meiner Erinnerung gebracht wird und sie offensichtlich am Leben ist. Emily und ich haben uns schon öfter mehrere Wochen nicht gesehen, aber dieses Mal war etwas grundlegend anders.

»O Gott, Faye.« Sie schluchzt ebenfalls, umarmt mich, hält mich. Ihr vertrauter Duft nach Kokos vertreibt den Kummer aus meinem Körper, wenn auch nur für einen winzigen Moment. Denn als ich sie ansehe, meine Hände auf ihre Schultern lege, erstarre ich. Ihr Gesicht ist voller Wunden, die bereits Schorf gebildet haben. Ihr linkes Auge schimmert grünlich, vermutlich war es vor einigen Tagen noch blau. Es sieht aus, als hätte sich jemand an ihr vergangen. Umgehend blutet mein Herz und die schlimmsten Bilder formen sich in meinen Gedanken. Ich versuche die Fetzen aus meinen Erinnerungen mit den Erzählungen meiner Mutter und ihren Verletzungen zusammenzubringen, aber es klappt nicht.

»Was ist dir passiert?« Ich streichle über ihre Wange, und als wir einander in die Augen sehen, kullern die ersten Tränen über ihr Gesicht. Früher hat Emily nie geweint, sie war immer die Starke von uns beiden. Diejenige, die nach außen hin tough und unnahbar wirkte. Nur wenn wir zusammen waren, konnte sie ihre Maske ein wenig fallen lassen, wenn auch nie ganz. Auch nicht nach sieben Jahren.

»Wie meinst du das, Faye?«, wispert sie und sieht mich an, als stünde ein Geist vor ihr. »Ich wollte deiner Mutter nicht glauben, als sie sagte, dass du vor zwei Wochen vor ihrer Tür aufgetaucht bist. Aber jetzt ... jetzt ...« Sie stottert wirres Zeug. »Die erste Frage, die du mir nach drei Wochen stellst, ist diese? Wirklich?« Emily gehört zu der Sorte Mensch, die von ihren Gefühlen vollkommen in Besitz genommen wird. Wenn sie traurig ist, lässt sie sich vollends in die Opferrolle fallen, und wenn sie wütend ist, dann so sehr, dass es jeder im Umkreis von mehreren Metern mitbekommt. So auch jetzt.

»Ich dachte, dass du da draußen im Wald gestorben wärst! Dass du es nicht geschafft hast. Stattdessen stehst du jetzt vor mir, in diesen Designerklamotten, und fragst, was mir passiert ist?«

»Em, ich erinnere mich nicht daran, was auf der Party los war. Seit drei Wochen versuche ich ...«

Sekunden später hebt sie ihre Hand und knallt sie mit voller Wucht in mein Gesicht, sodass mein Kopf zur Seite geschleudert wird. Ich halte meine Wange, diese schmerzende Stelle, die sich anfühlt, als würden Nadeln in sie stechen.

»Was zur Hölle soll das, Em?«, entfährt es mir heiser. Sawyer betrachtet uns mit Abstand, während Lucien an meine Seite eilt und mich von meiner Freundin wegzieht.

»Spinnst du, Kleine?«, fragt er sie zischend wie eine giftige Schlange.

»Was ist hier los? Wie hast du mich gefunden? Was ist dir passiert? Ich habe ewig versucht, dich zu erreichen! Ich war bei deiner Wohnung, aber da warst du nicht. Ich habe dir Mails geschrieben, so viele Mails ...«

»Ich war im Krankenhaus«, unterbricht sie mich verletzt. Ihre sonst so schöne, immer leicht gebräunte Haut wirkt fahl und abgekämpft. Tiefe Ringe zeichnen sich unter ihren Augen ab und ihre schwarzen Haare hängen lasch an ihr herunter, obwohl sie sonst immer wie Seide im Licht glänzen.

Krankenhaus.

Tatort.

Schwärze.

»Aber wieso? Woher kommen die ganzen Verletzungen?«

»Du willst mich verarschen, oder?«, wispert sie und lässt ihren Tränen freien Lauf. »Willst du mir wirklich weismachen, dass du es nicht weißt?« Ich will antworten, aber Lucien kommt mir zuvor.

»Chaplin. Kannst du mir vielleicht erklären, was das alles soll? Wer ist die Kleine? Und wieso zum Teufel knallt sie dir eine? Versteht mich nicht falsch, ich stehe auf Schlammcatchen, aber hier ist eindeutig zu wenig Schlamm und ihr seid zu dick angezogen.«

»Das ist Emily.« Ich will nach ihrer Hand greifen,

aber sie weicht zurück, als hätte sie Angst, dass ich ihr zu nahe kommen könnte. Ich habe sie jahrelang mehr als alles und jeden geliebt, bis ich nach Scottys Entlassung nicht nur mich, sondern auch sie verloren habe.

Emily wirft den beiden einen skeptischen Blick zu. Derweil betrachte ich sie genauer. Sie trägt eine schwarze Strickjacke, eine ebenfalls schwarze Jeans und dunkle Combat-Boots. So als wolle sie sich mit dem Outfit in der Dunkelheit der Bäume tarnen. Ihre Haltung ist nicht so würdevoll, wie ich sie kenne, stattdessen macht sie sich nahezu klein. Ihr Rücken ist leicht gerundet, als hätte sie fürchterliche Schmerzen.

»Emily also …« Lucien stellt sich zwischen uns und scannt sie von oben bis unten. »Ist das die Freundin, mit der du auf der Party warst, Chaplin?«

»Ja.«

»Eine Freundin oder eine *Freundin*?«, konkretisiert er seine Frage. Emily und ich blicken uns an und schlucken beide. Es ist immer noch schwer, darüber zu reden, was aus uns beiden nach all den Jahren geworden ist.

»Wir waren mal ein Paar«, erkläre ich ihm knapp. Während ich diese Worte ausspreche, kommt mir dieses Leben unfassbar weit entfernt vor. Die Faye, die ich damals war, bin ich nicht mehr. Und auch sie ist nicht mehr dieselbe Frau, die mich damals mit ihrem Lächeln so in den Bann gezogen hat.

In ihren Augen glitzern noch mehr Tränen, während meine eigenen sich inzwischen so trocken anfühlen, als hätte man Sand hineingestreut. Seit dem Versuch, mit meiner Mutter zu sprechen, habe ich so viel geweint, dass ich mich inzwischen komplett dumpf fühle.

»Faye, wer sind diese Typen? Ich verstehe das alles nicht! Wieso bist du nicht zu mir zurückgekommen?« Vorwurfsvoll blickt sie mich an und blendet Lucien komplett aus, als wäre er lediglich ein Fehler im Bild. Im Vergleich zu mir hat sie sich nie zu Männern hingezogen gefühlt, sondern immer nur zu Frauen. Mehr als einmal hatten wir Auseinandersetzungen, weil ihre Eifersucht kaum auszuhalten war. Das ist nur einer der Gründe, wieso es mit uns nicht geklappt hat, obwohl wir eine sehr lange Zeit alles waren, was wir wollten. Wir hatten die buntesten Vorstellungen von unserer Zukunft, mussten aber feststellen, dass ein bisschen Fantasie nicht reicht, um wirklich glücklich zu sein. Etwas, das sie bis heute nicht ganz verkraftet hat.

»Ich weiß nicht, wovon du redest. Diese Party ... sie ...«

»Du erinnerst dich wirklich nicht«, stellt Emily erschüttert fest. Sie schiebt sich an Lucien vorbei, greift nach dem Trägertop unter der Strickjacke und hebt es an. Mein Blick schießt zu der Narbe, die sich seitlich über ihren flachen Bauch zieht und über ihrem Nabel endet.

»O mein Gott.« Ich trete an sie heran, betrachte die Narbe und beginne zu zittern. Meine Finger streichen über die umliegende Haut und ich bin froh, dass Emily mich dieses Mal nicht wegstößt.

Du bist von einem Tatort geflohen.

»Habe ich dir das angetan, Em?«

Weil sie nicht antwortet, stürzt eine Lawine aus Schuld über mich.

»War ich das?«

»Du hast mich im Auto zurückgelassen, nachdem wir uns damit überschlagen haben! Ich dachte, ich müsste sterben«, flüstert sie. Ich falle ein paar Schritte zurück, sehe sie an, kann nicht reden. Wir hatten einen Unfall. Splitter, Blut, Schmerzen. Die Dinge, die mir bis jetzt immer so diffus vorkamen, bekommen langsam eine Kontur. Einen Sinn. Aber ich will diesen Sinn nicht kennen, will nicht wahrhaben, was sie sagt.

»Hey, Kleine. Beruhige dich.« Wieder ist es Lucien,

der sich zwischen uns stellt, um mich zu schützen. »Vielleicht hast du es immer noch nicht verstanden, aber Faye hat einen ziemlich heftigen Blackout. Sie weiß nichts mehr. Als wir sie aufgegabelt haben, war sie wie ein Zombie ohne Erinnerung.«

Ich würde am liebsten auf etwas einschlagen, um den inneren Druck loszuwerden, der in meinen Venen kocht. »Bitte sag mir, was genau passiert ist.«

Weil schnelle Schritte hinter uns ertönen, drehe ich mich rasch um. Eden stürmt in die Garage, und als er uns sieht, ist er nahezu erleichtert. »Faye, ich bin so schnell gekommen, wie ich konnte. Was ist passiert?«

»Noch einer?« Emily betrachtet Eden mit Argusaugen, während dieser auf mich zukommt und mich in seine schützenden Arme zieht. Mein Instinkt will sich an ihn schmiegen, Halt in ihm finden, seinen intensiven Duft inhalieren. Aber ich spüre Emilys Blicke, die sich wie Schwerter in meinen Rücken schneiden, also lasse ich zügig von ihm ab.

»Können wir unter vier Augen sprechen?«, bittet sie mich und blendet die Männer aus. Ich spüre bereits den Protest der anderen, aber ich nicke und gebe ihnen stumm zu verstehen, dass es in Ordnung ist. Ich will ebenfalls allein mit ihr sein, also greife ich nach ihrer Hand und führe sie vom Tor weg. In Richtung Tunnel und tiefer in die Psychiatrie hinein. Ich muss wissen, was genau passiert ist, auch wenn ich mir inzwischen sicher bin, dass die Wahrheit verflucht wehtun wird.

Hier oben pfeift der Wind noch stärker. Die Dachterrasse ist der einzige Ort, an dem ich mit Emily ungestört reden kann, ohne Angst haben zu müssen, dass eine der Zwillinge uns belauscht. Außerdem kann ich hier oben viel besser atmen als zwischen den Mauern des Coldminds.

»Wo sind wir hier? Was ist das für ein seltsamer Ort?« Emily schlingt die Strickjacke fester um ihre zierliche Gestalt und starrt in die Ferne. Um uns herum nur Sterne, raschelnde Bäume und weit entfernt das Plätschern von Wasser.

»Das hier war mal eine Psychiatrie für Jugendliche«, erkläre ich ihr das Wenige, das ich über diesen Ort weiß. Ich habe drei Wochen hier verbracht und bin immer noch so ahnungslos. »Ich bin in der Partynacht hier im Wald aufgewacht. Mit Wunden am ganzen Körper, heftigen Schmerzen und dem Filmriss meines Lebens. Ich wusste nicht, wie ich hergekommen bin, geschweige denn, woher die Verletzungen kamen.« Es kommt mir vor, als wäre dieser sonnige Morgen schon Monate her.

Emily geht an den Rand der Dachterrasse heran, dreht mir den Rücken zu und lässt den Kopf hängen. Unsicher, ob ich sie für sich lassen oder zu ihr gehen sollte, entscheide ich mich für einen Mittelweg. Ich trete an sie heran, berühre sie aber nicht. »Em. Ich werde wahnsinnig, wenn ich nicht endlich weiß, was geschehen ist. Wir ... wir hatten einen Unfall?«

»Wer sind diese Männer?«, weicht sie meiner Frage aus, als wäre die Identität der drei im Moment wichtiger als die Wahrheit. Sie dreht sich zögernd zu mir um. Hier oben gibt es einige Solarlampen, die ein flackerndes Fackellicht aufs Dach werfen und ihr gepeinigtes Gesicht beleuchten. Den verletzten Ausdruck in ihren Augen kenne ich inzwischen in- und auswendig.

»Sie wohnen hier. Eden, Lucien und Sawyer haben mich gefunden und mir geholfen, wieder auf die Beine zu kommen.« Mehr oder weniger. Wir haben keine Zeit für Details, und ich bin mir sicher, dass Emily sie auch nicht allzu gern hören würde. Sie hat unsere Trennung schlechter verkraftet als ich, hat lange um unsere Beziehung gekämpft. Zum Teil mit unfairen Mitteln. Doch wenn ich sie jetzt ansehe, weiß ich wieder, wieso ich sie einst so sehr geliebt habe. Sie war mein Ein und Alles, meine Konstante. Aber nach dem Vorfall mit Scotty ist alles zerbrochen, selbst unser Frieden. Vor allem aber ich selbst. Und die Scherben meines alten Ichs haben auch sie zerfressen.

»Emily, bitte«, krächze ich.

»Woran erinnerst du dich überhaupt noch?« Sie wischt sich die Augenwinkel mit den Ärmeln ihrer Jacke trocken und bindet ihre lange schwarze Mähne zu einem hohen Pferdeschwanz zusammen. Ihre filigranen Gesichtszüge haben mich schon immer an die einer Elfe erinnert.

»Wir waren auf der Lagerfeuerparty im Nationalpark. Ich weiß noch, dass ich nicht sonderlich große Lust darauf hatte, aber dass du versucht hast, mir bessere Stimmung zu machen. Vor der Abfahrt hatte ich Streit mit meinen Eltern, weil sie mir die Schuld daran gegeben haben, dass Scotty seine Tabletten nicht rechtzeitig bekommen hat.« Gott, das alles fühlt sich an wie ein Teil eines anderen Lebens. »Auf der Party haben wir getanzt. Wir haben gelacht, weil du es geschafft hast, mich von den ganzen Problemen zu Hause abzulenken. Wie damals immer.«

Emily schürzt die Lippen und senkt die Lider. Früher konnte sie mir stundenlang in die Augen sehen, aber jetzt erträgt sie meinen Anblick scheinbar nicht mehr.

»Hey.« Ich greife nach ihrer Hand und dieses Mal lässt sie es zu. Verschränkt ihre Finger mit meinen und presst ihre Hand gegen meine.

»Du erinnerst dich also nicht daran, was nach unserem Tanz am Feuer passiert ist?«, schnieft sie. Ich schüttle den Kopf und wünschte, dieser Nebel in meinem

Geist würde endlich verschwinden und der Klarheit Platz machen. Ich bin diese Unwissenheit so was von Leid. Die letzten drei Wochen waren die verworrensten meines ganzen Lebens und ich will endlich aufwachen.

»Weißt du, wie verrückt das alles klingt? Wieso zur Hölle solltest du dich nicht daran erinnern? Wie kannst du *alles* vergessen haben?«

»Ja, ich weiß, wie verrückt es klingt«, wispere ich. »Aber es ist die Wahrheit. Danach ist alles schwarz. Vielleicht liegt es an der Kopfverletzung oder daran, dass die Erinnerungen zu schmerzhaft sind.«

»Wir hatten Spaß auf der Party. Aber dann haben wir *ihn* gesehen.«

»Ihn? Wen?«, hake ich nach und spüre, dass gleich etwas explodieren wird. Seien es meine Gedanken, Gefühle oder der Knoten, der sich in meinem Herzen gebildet hat und dort stetig wächst wie ein Tumor. Wieder flackern diese hellblauen Augen vor mir auf, die mich neben dem Wolf in meinen Träumen heimsuchen.

»Den Dealer, der deinem Bruder damals den Stoff verkauft hat. Er war da. Hat unbeirrt weitergemacht mit seinem Geschäft. Ich wollte dich davon abhalten, zu ihm zu gehen. Wollte dich nach Hause und weg von diesem Monster bringen, aber du warst vollkommen außer dir. Du konntest nicht fassen, dass er, nachdem Scotty seinetwegen fast gestorben wäre, fröhlich weiterhin das Leben anderer Kinder zerstört. Auf der Party waren junge Mädchen, sie waren höchstens vierzehn, wenn überhaupt. Und er hat abseits des Lagerfeuers sein MDMA an sie verkauft, als wären die Pillen harmlose, süße Tic Tacs.« Sofort wallt Galle in mir auf, gemeinsam mit dem Hass, den ich diesem Monster gegenüber empfinde. Die Augen aus meinen Träumen gehören zu diesem Wichser? Wie konnte ich nicht sofort darauf kommen? Schließlich haben sie mich, nachdem ich

Scotty in diesem Schlafzimmer gefunden habe, ewig verfolgt.

Seit diesem Abend vor einem Jahr wünsche ich mir bereits, dass dieser Kerl seine gerechte Strafe bekommt. Nach dem, was mit Scotty passiert ist, waren Emily und ich bei der Polizei, um ihn anzuzeigen, aber ohne Anhaltspunkt kommt man bei den Cops nicht weit, also haben sie das Verfahren eingestellt. Wir wissen weder, wie sein Name ist, noch, woher er kommt. Er ist wie ein Geist, der immer da und doch nicht zu greifen ist. Nur wenige Leute wissen, wie man ihn erreicht, wenn man an Stoff gelangen willl.

»Ich erinnere mich daran, dass jemand auf der Party war, der mich aus dem Konzept gebracht hat, aber ich wusste nicht, wer. Was ist dann passiert?« Noch immer halten wir einander an den Händen, ich spüre ihre zierlichen Finger an meinen zittern.

»Dann bist du zu ihm hin. Hast ihm eine Szene gemacht. Ihm ein paar Tüten mit Kokain aus den Händen gerissen und ihn angeschrien, dass er sich verpissen soll, bevor du dich vergisst.« Emilys Hand rutscht aus meiner und sofort fühle ich mich im Stich gelassen. Von ihr, meinem Gedächtnis, der ganzen Welt.

»Natürlich ist er vollkommen ausgetickt, weil du ihm sein Geschäft ruiniert und ihm die Drogen entrissen hast. Es kam zu einem Streit, abseits der Party. Ich wollte dich von ihm wegholen, wollte, dass wir verschwinden, bevor etwas Schlimmeres passieren kann, aber du warst wie besessen. Hast dich nicht bändigen lassen, und dann …«

»Dann was?«, hauche ich. Die Kälte kriecht durch meine Glieder und mündet in meinem Magen. Wie ein stumpfes Messer, das mit Gewalt in meine Eingeweide gerammt wird. Die Faust der Wahrheit fest um dessen Griff geschlungen.

»Was ist dann passiert, Em? Bitte, sag es mir.«

Alles gefriert, als Emily den Satz beendet.

»Dann hast du einen Stein genommen und ausgeholt.«

»Was?« Ich versuche, ihre Worte zu einem Film zusammenzusetzen, aber die Leinwand bleibt leer. Alles, was ich habe, sind ihre Erzählungen, die ich nicht wahrhaben will.

»Du hast ihm den Stein so hart gegen die Schläfe gedonnert, dass er zu Boden ging. Da war überall Blut. So unfassbar viel Blut, das sich mit der Erde vermischt hat. Im Hintergrund war die Musik so laut, dass seinen Schrei niemand gehört hat. Ich hingegen höre ihn auch heute noch. Wieder und wieder. Tagsüber und in meinen Träumen.« In meinem Kopf wird es so laut, dass ich mir am liebsten jeden einzelnen Gedanken gewaltvoll herausreißen würde.

Ich will nicht glauben, was sie sagt. Was all das bedeuten könnte. Aber es ist nicht von der Hand zu weisen, dass sie die Wahrheit sagt. Die Kokaintüten in meiner Jeans ... die blauen Augen, die mich nachts aufschrecken lassen. Die Worte meiner Mutter. *Ich rufe die Polizei, Faye. Deine kriminellen Machenschaften* ... Alles dreht sich. Alles tut so fürchterlich weh.

»Er ist noch vor Ort gestorben. Wir sind in Panik geraten, wussten nicht, was wir tun sollten. Ich wollte die Polizei rufen und ihnen sagen, dass es ein Unfall oder Notwehr war. Doch dann hast du mich angefleht, es nicht zu tun, bist vor mir auf die Knie gegangen und hast mich gebeten, dich wegzubringen. Du hattest solche Angst, dass sie dich wegsperren könnten und Scotty ohne dich sein muss, also sind wir zu meinem Wagen gerannt und losgefahren, bevor jemand die Leiche entdeckt hat. Du hattest seine Drogen bei dir, als wir ins Auto gestiegen sind.« Dieses weiße Teufelszeug, das mir den Start hier so schwer gemacht hat.

»Nein!« Ich wiederhole dieses Wort gedanklich wie ein Mantra, als könne es mir helfen, das Geschehene ungeschehen zu machen. »Nein, Emily! Ich bin keine Mörderin!«

»Ich weiß.« Sie nimmt mich in ihre Arme und vergräbt ihr Gesicht an meiner Schulter. »Es war ein Unfall. Du hast aus dem Affekt heraus gehandelt. Wir sind geflohen, wollten einfach nur weg, aber dann war da dieser Wolf mitten auf der Straße und ich habe die Kontrolle über den Wagen verloren. Wir haben uns überschlagen.«

Ein Wolf? In meinen Träumen hat mich dieses Tier verfolgt. Hat mir Hinweise gegeben, die ich nicht zuordnen konnte. Bis jetzt. Jetzt wünschte ich, ich würde alles wieder vergessen.

»Ein Baum hat den Wagen zum Stoppen gebracht. Du warst verletzt, genau wie ich. Weil ich kein Handy bei mir hatte und du deins am Unfallort verloren hast, konnten wir niemanden anrufen, der uns hilft. Zumal wir gerade von einer Party geflohen waren, die durch dich zum Tatort wurde. Ein Ast hat sich durch das geöffnete Fenster in meinen Bauch gebohrt.« Sie hebt erneut ihr Top an, und als ich die Narbe jetzt sehe, schmerzt der Anblick umso heftiger. Weil all das meine Schuld ist. Ohne mich wäre sie nicht ins Krankenhaus gekommen. Ohne mich wäre dieser Mensch, der noch sein ganzes Leben vor sich hatte, nicht gestorben. Und auch wenn er einer von den Schlechten war, tut es höllisch weh. Ich sehe auf meine sauberen Hände hinab, stelle mir vor, wie sie blutüberströmt aussehen müssen. Sehe, wozu sie in der Lage sind. Ich habe einen Menschen auf dem Gewissen. Habe sein Leben ausgelöscht, als wäre es nichts wert.

»Du bist losgegangen, um Hilfe zu holen. Aber du bist ... du bist ... scheiße, du bist nicht zurückgekommen, Faye!« Sie lässt von mir ab und tigert über die Terrasse. Manchmal wirkt es, als würden zwei

Persönlichkeiten in ihr ruhen. Eine, die mich liebt, und eine, die es hasst, dass ihre Liebe nicht mehr erwidert wird.

»Emily, ich wollte das alles nie ... ich erinnere mich nicht. Es tut mir so leid!«

»Ich wäre beinahe verblutet, wenn mich dieser Ranger nicht vor dem Morgengrauen gefunden hätte, Faye. Du warst einfach weg, vom Erdboden verschluckt, während ich vollkommen allein war. Und als ich im Krankenhaus wach wurde, fehlte von dir immer noch jede Spur. Ich dachte, du hättest mich verlassen. Oder dass du gestorben wärst. Aber als man mir sagte, dass keine Leiche gefunden wurde, habe ich mich irgendwie an die Hoffnung geklammert, dass du noch lebst.« Haltlos weint sie, genau wie ich. Das alles tut viel zu sehr weh, bricht jeden meiner Knochen. Jedenfalls fühlt es sich genauso an. In Wahrheit bin ich noch ganz, zumindest körperlich. Seelisch zerberste ich.

»Ich hätte dich niemals absichtlich zurückgelassen, das musst du mir glauben! Das weißt du doch, oder?« Ihr Schweigen bohrt sich in mein rasendes Herz. »Emily, das weißt du doch!«

»Ich weiß gar nichts mehr. So wie du an jenem Abend warst, habe ich dich noch nie erlebt. Du warst wie ein anderer Mensch. Und jetzt bist du hier, bei diesen fremden Männern, mitten in diesem verlassenen Haus. Ich erkenne dich kaum wieder.«

»Faye!« Edens Stimme ist es, die mich herumfahren lässt. Die drei Männer stehen hinter uns. Jeder mit einem anderen Ausdruck auf dem Gesicht, aber eines haben alle gemeinsam. Sie wissen es.

»Wir haben gehört, was passiert ist.«

»Gehört?«, frage ich heiser.

Sawyer holt sein Handy heraus, öffnet dieselbe App, auf der ich Emily zuvor gesehen habe. Sie haben uns beobachtet, unser Gespräch mitgehört. Sie wissen, was ich getan habe. Was für ein Monster in mir steckt.

»Baby, rede mit uns.« Eden tritt als Erster auf mich zu.

»Baby?«, entfährt es Emily stockend. »Du bist mit diesem Kerl zusammen, Faye? Während ich beinahe gestorben wäre, warst du hier und hast dich amüsiert?«

»Nein, ich …« Fuck, natürlich habe ich das! Ich habe meine Freundin, die meine erste Liebe war, im Auto verbluten lassen und bin in die Arme dieser drei Männer geflüchtet. Und auch, wenn ich nichts für die Gedächtnislücken kann, verabscheue ich mich mehr denn je.

»Emily, es tut mir so leid.«

Sie stößt mich von sich, blanke Wut lodert in ihren Augen.

»Fick dich, Faye!«

»Bitte, lass es mich erklären.«

»Nein. Ich kann das nicht. Ich will dich gerade nicht einmal ansehen!« Mein Herz zerbricht leise, fast stumm.

»Du kannst mich jetzt nicht von dir stoßen, nach allem, was ich gerade erfahren habe. Wir müssen darüber reden, Em.«

»Nicht jetzt«, zischt sie. »Nicht hier und vor allem nicht in der Gegenwart dieser Fremden!«

Eden hält mich, legt schützend seine Hand auf meinen Kopf und wiegt mich, aber dieses Mal hilft es nicht. Ich bin ein Killer. Ich habe jemanden ermordet. Und meine Freundin wäre ebenfalls beinahe gestorben. Ihren Hass mir gegenüber habe ich verdient.

»Baby, atme. Erinnerst du dich noch daran, was ich dir im Apartment beigebracht habe? Daran, wie du in einer solchen Situation atmen sollst?«

Ich schüttle unter Tränen den Kopf, spüre Luciens und Sawyer Blicke auf uns beiden ruhen und wünschte, sie wären ebenfalls hier, um mich einzuhüllen. Um mir zu versichern, dass alles gut wird, aber nichts wird je wieder gut sein. Meine Mutter hatte von Anfang an recht. Ich bringe nur Schande über meine Familie und über die Menschen, die ich am meisten brauche. Als wäre meine Liebe ein Fluch.

»Faye, bitte. Atme, verdammt!«

»Nein, ich ... ich habe jemanden getötet«, schluchze ich und will am liebsten schreien, bis ich ohnmächtig werde. Bis die Sterne nicht nur am Himmel, sondern auch vor meinen Augen tanzen. »Wieso kommen die Erinnerungen nicht zurück? Wieso ist immer noch alles schwarz?« Ich sehe zu Eden auf, der seine Hand an meine Wange legt und meine Stirn küsst, als hätte ich seine Zuneigung wirklich verdient. »Es gibt Dinge, vor denen uns unsere Psyche schützen will. Manche Erinnerungen sind zu schmerzhaft, um zugelassen zu werden. Gib dir Zeit. Ich weiß, was du gerade fühlst. Wir sind uns ähnlicher, als du glaubst.«

Was meint er? Ich kann nicht darüber nachdenken, weil mich die Finsternis verschluckt. Ich stehe vollkommen unter Strom, schubse Eden von mir und renne los. Begegne flüchtig Sawyers Blick und höre die Worte, die er im Apartment zu mir gesagt hat, glasklar.

Unwissenheit ist ein verdammtes Geschenk, Faye.

Als Sawyer diesen Satz zum ersten Mal zu mir sagte, wusste ich noch nicht, dass er recht behalten würde.

SIEBENUNDZWANZIG

SAWYER

Ich wusste es. Als unsere Hündin an diesem fröhlichen Sonntagmorgen vor drei Wochen Alarm geschlagen hat und wir Faye vor unserem Tor vorfanden, war mir klar, dass sie nur Ärger bringen würde. Und jetzt ist es zu spät. Jetzt lebt eine Mörderin unter unserem Dach, die auf der Flucht vor der fucking Polizei ist, zweien von uns den verdammten Kopf verdreht und meinen vollkommen außer Gefecht gesetzt hat. Würde ich sonst darüber nachdenken, sie zu suchen, so wie Eden und Lucien es getan haben? Vor zehn Minuten ist sie ins Haus verschwunden, während ich allein mit ihrer hysterischen Exfreundin auf dem Dach zurückblieb. Erst wollte ich sie einfach stehen lassen, denn scheiße, ihr Drama interessiert mich gerade herzlich wenig. Sie taucht in unserem Zuhause auf, macht eine filmreife Szene und geht mir eigentlich meilenweit am Arsch vorbei. Aber als sie Faye eine geknallt hat, musste ich mich zusammenreißen, sie nicht dafür büßen zu lassen. Auch wenn ich ihre Wut allzu gut nachvollziehen kann. Wenn sie die Wahrheit sagt und sie in diesem verfickten Auto mitten im Wald fast verblutet ist, dann hat das Schicksal ihr eine verdammt beschissene Karte gegeben. Aber ich kenne diese Emily nicht, weiß nicht, wie viel Wahrheit in ihren Erzählungen steckt oder ob sie sich irgendetwas aus den dürren Fingern saugt, weil sie eifersüchtig ist.

Vor langer Zeit habe ich aufgehört, jeden Bullshit zu glauben, den man mir präsentiert. Vertrauen ist zerbrechlich, und wenn es erst einmal in die falschen Hände geraten ist, kann man es kaum wiederherstellen. Mir wurde dieses Misstrauen schon in die Wiege gelegt.

Trotzdem habe ich diese Emily gefragt, ob sie Hilfe braucht. Ob ich sie zurück zu ihrem Wagen bringen soll. Beides hat sie scharf verneint. Weder wollte sie mit mir reden noch wollte sie dorthin zurück, wo sie herkam. Das arrogante Arschloch in mir hätte sie am liebsten zurück vor das Tor gesetzt und sie sich selbst überlassen, aber ich habe mich dagegen entschieden. Habe ihr eines der zwanzig ungenutzten Zimmer angeboten, in dem sie pennen kann. Dann habe ich sie weinend allein gelassen, nur um jetzt wie ein Idiot durch die Flure zu latschen, als hätte ich mein eigentliches Ziel aus den Augen verloren.

Wieso ist es mir nicht egal, dass Faye gerade vermutlich irgendwo in diesem Haus ist und zusammenbricht? Und die noch wichtigere Frage: Wieso will ich nicht, dass einer der anderen es ist, der sie tröstet? Scheiße! Ich dresche mit meiner geballten Faust gegen eines der hässlichen Gemälde, die die grauen, tristen Wände schmücken. Die bepinselte Leinwand reißt in der Mitte, und gleichzeitig platzen meine Fingerknöchel auf, als sie auf die Steine dahinter treffen. Blut rinnt über meine Hand, das ich an meiner Jeans abwische.

Ich muss sie sehen.

Muss wissen, ob sie klarkommt.

Und ob sie überhaupt einen Gedanken daran verschwendet, wo ich bin. Eben am Pool hatte ich das Gefühl, dass nur ich eine Rolle für sie spiele. Sie wollte nicht über Eden und Lucien reden, sondern nur über mich.

Über uns. Auch wenn es niemals ein *uns*, wie sie es sich vermutlich wünscht, geben wird.

Fluchend steuere ich das Zimmer der Zwillinge an, und als ich Brenda und Brittany mit Gurkenscheiben auf den Lidern und einem weißen Zeug im Gesicht, das wie Wichse aussieht, entdecke, rolle ich die Augen. Ich stehe eigentlich nicht auf Püppchen, die nichts Besseres zu tun haben, als sich überteuerte Chemie in die Fresse zu klatschen, aber in den letzten Wochen waren sie mein Projekt. Ich habe sie trainiert und sie haben mir zum Dank ihre Körper geschenkt und mir mehr als einmal einen geblasen. Vielleicht ist das unsere Form der Prostitution. Aber jetzt will ich sie nicht länger hier haben, vor allem nicht nach dem, was gerade über Fayes Vergangenheit ans Licht gekommen ist. Brenda hat sie schon lange im Visier, und diese Info wäre ein gefundenes Fressen für sie, weil sie Faye so loswerden kann. Spielend leicht, ohne alberne Tricks wie die Aktion mit dem Wodka. Ein Anruf bei der Polizei und sie hätte gewonnen.

»Hey, mein Hübscher.« Brenda hat eine Gurkenscheibe angehoben, um mich anzusehen. »Willst du uns Gesellschaft leisten?«

»Nein. Ich will, dass ihr in die Stadt fahrt und die Nacht im Apartment verbringt.« Ich hole den Schlüssel des AMGs aus der Jeans und werfe ihn zwischen sie aufs Bett. Brittany legt die Gurkenscheiben auf den Nachtschrank, während Brenda mich aus einem Auge perplex anstarrt.

»Wieso?«

»Frag nicht, tu es einfach!«, herrsche ich sie an, weil ich gerade keine Lust und keine Zeit für eine derart irrelevante Diskussion habe.

»Gott, Sawyer, du bist wirklich unausstehlich geworden!« Fluchend klatscht auch Brenda die Gemüsescheiben auf den Nachttisch und rappelt sich auf. Sie trägt einen Seidenkimono, darunter nichts.

»Ihr habt zehn Minuten.« Ich reiche ihnen ebenfalls die Schlüsselkarte des Apartments und verlasse wütend den Raum. Mit einem lauten Knall schließe ich die Tür hinter mir und tue, was ich schon längst hätte tun sollen. Ich höre auf, gegen mich selbst zu kämpfen. Mich gegen das zu wehren, was ich seit drei Wochen eigentlich will. Und ich ahne auch schon, wo ich es finden werde ... Es gibt nur einen Ort im ganzen Haus, an dem sie glaubt, nicht gefunden zu werden. Unsere kleine, naive Faye.

ACHTUNDZWANZIG

FAYE

Lucien und Eden sind mir in den Keller gefolgt, nachdem ich die Flucht ergriffen habe. Und verdammt, ich sollte überall sein, nur nicht hier. Ich sollte nicht darüber nachdenken, meine Gedanken mit Sex zum Schweigen zu bringen, aber mein rationaler Verstand ist vollständig blockiert. Das Leben, wie ich es kannte, ist endgültig vorbei. Ich rutsche auf dem Bett ein Stück zurück, greife nach meinem Tanktop und streife es ab. Da ich keinen BH trage und es hier unten wahnsinnig kühl ist, stellen sich meine Spitzen sofort auf.

Ich muss vergessen.

Nur für ein paar Augenblicke.

Und diese Augenblicke will ich mit ihnen erleben.

»Faye, du solltest nicht …«

»Ich will aber«, unterbreche ich Eden und lasse mein Top achtlos neben dem Bett zu Boden fallen. Sie sollen mir beweisen, dass sich nichts zwischen uns geändert hat. Meine Finger wandern hinab zu den Shorts, die ich trage. Öffnen langsam den Knopf und den Reißverschluss. Ich schlüpfe mitsamt Slip aus der Shorts und sitze nun splitterfasernackt vor ihnen. Die beiden kennen meinen Körper bereits in- und auswendig. Haben jede Stelle berührt. Jede Faser zum Brennen gebracht. Mehrmals. Aber jetzt ist es anders. Jetzt kennen sie die Wahrheit über mich.

Ich beginne, mich selbst zu streicheln. Mit dem Zeigefinger fahre ich durch das Tal zwischen meinen Brüsten, wandere hinab zu meinem Bauch. Luciens Mundwinkel zucken, während Edens starr bleiben. Seine Augen sind zu Schlitzen verengt, aber wir wissen beide, dass er es ebenfalls will. Die Beule unter seiner Jeans verrät ihn, genau wie das Zucken seiner Finger, die sich immer so perfekt auf meiner Haut angefühlt haben. Eden ist ein Gentleman, aber jeder Gentleman kann bei der richtigen Frau zum Casanova werden.

»Bitte«, flüstere ich. »Bringt mich auf andere Gedanken.« Mit aller Macht versuche ich, das Zittern in meiner Stimme zu unterdrücken, damit sie nicht sehen, wie es wirklich in mir aussieht. Wie tot ich mich im Augenblick fühle. Und wie sehr ich mich nach dem kleinsten Funken Licht sehne.

Lucien erhebt sich, und als er in seiner vollen Größe vor dem Bett steht, beiße ich mir auf die Unterlippe. Ich sehne mich nach jedem von ihnen, doch am allermeisten sehne ich mich nach ihm. Sawyer. Der Einzige von ihnen, der mich immer auf Abstand gehalten hat. Der von Anfang an das Monster erkannt hat, das ich in Wirklichkeit bin. Meine Hand wandert weiter abwärts, und als ich meinen Venushügel streife, entflieht mir ein Stöhnen.

Nicht nachdenken.

Nur fühlen.

Nicht nachdenken.

Nur sein.

Das ist es, was ich will.

»Bist du dir wirklich sicher, Faye?«, will Eden sanft wissen. Gott, wie sehr ich diese warme Stimme liebe. Wie sehr ich es liebe, wenn er meinen Namen ausspricht, als wäre ich das Kostbarste auf der Welt. Vielleicht werde ich sie heute zum letzten Mal hören. Und genau deshalb brauche ich es jetzt. Auch wenn es verwerflich ist, muss ich sie noch einmal spüren, bevor ich gehen muss.

Erneut beiße ich mir auf die Unterlippe und nicke.

Eden erhebt sich, greift nach dem Saum seines schwarzen Shirts und wirft es ebenfalls zu Boden. Die beiden Männer stehen jetzt gemeinsam vor dem Bett und sehen mich voller Verlangen an.

Eine weitere Welle der Gänsehaut rollt über mich hinweg, als ich erneut das Öffnen einer Tür im Hintergrund höre. Mein Herzschlag setzt aus, meine Finger beginnen, zu zittern.

Er ist hier.

Er hat uns gefunden.

Was wird er tun?

Mich nach draußen zerren und der Polizei ausliefern? Oder ist er hier, um für mich da zu sein?

Lucien und Eden blicken hinter sich, und als Sawyer eintritt, vergesse ich wieder, was mich eben noch so aufgewühlt hat. Nichts hat mehr eine Bedeutung, weil er hier ist. Weil sie alle hier sind. Bei mir. Trotz der Wahrheit, die sie gerade über mich erfahren haben, sind sie immer noch da.

Sawyer bleibt dicht an der Tür stehen, und als die anderen zwei zur Seite treten, begegnen sich unsere Blicke. Ich sehe zwischen den drei Männern hin und her, die grundverschieden und doch im Herzen gleich sind. Ich sollte so nicht für sie empfinden, aber ich bin machtlos, wenn sie in meiner Nähe sind.

Sie stehen vor mir.

So wunderschön.

Ich sitze vor ihnen.

So verwundbar.

Flashbacks tauchen vor meinem inneren Auge auf.

Davon, wie sie Brittany an diesem Bett fixiert und sie gemeinsam zum Schreien gebracht haben.

Mit mir wird es anders sein.

Sie brauchen keine Seile, um mich an Ort und Stelle zu halten. Ihre hungrigen Blicke sind stärker als jede Kette aus Stahl. Und ich weiß, wenn sie mich jetzt gemeinsam verführen, komme ich vielleicht nie mehr von ihnen los. Aber ich gehe das Risiko ein. Will ein letztes Mal wissen, wie sich diese Leichtigkeit anfühlt, bevor ich vermutlich für eine lange Zeit eingesperrt werde. Wie viele Jahre bekommt man für einen Mord mit anschließender Flucht? Zehn Jahre? Fünfzehn? Zwanzig? Ich werde es erfahren, wenn ich mich der Polizei stelle und ihnen sage, was ich getan habe. Ob es eine mildere Strafe gibt, wenn ein Therapeut mich zuvor untersucht? Wenn er herausfindet, dass ich eindeutige psychische Probleme habe? Immerhin sind meine Erinnerungen noch nicht zu mir zurückgekehrt, und alles in mir schreit danach, dass ich wahnsinnig geworden bin.

»Wo ist Emily jetzt?«, frage ich Sawyer wispernd. Nackt und bis auf die Seele entblößt sitze ich auf diesem gigantischen Bett und spüre drei Augenpaare auf mir ruhen. Eines schöner als das andere und doch sind sie so gleich.

Eden tritt an meine Seite, lediglich mit der locker auf den Hüften sitzenden Bluejeans. Er streichelt durch mein wirres blondes Haar, und ich schmiege mich an ihn wie eine Katze, die nach Liebe lechzt. Lucien tritt an die andere Seite heran und setzt sich zu mir. Nur Sawyer bleibt an der Zellentür stehen und verwehrt mir die Nähe, die ich brauche.

»Ich habe sie in eines unserer leeren Gästezimmer gebracht und ihr gesagt, dass sie schlafen soll und wir morgen überlegen, wie es weitergeht.« Ich fühle mich hundeelend, weil ich, anstatt bei Emily zu sein, hier bin.

Weil ich mich, anstatt für meine Vergangenheit mit ihr, für die Gegenwart mit ihnen entscheide. Aber das hier wird mein Abschied sein. Die letzte Nacht, in der ich ihnen nah sein kann, und die letzte Chance für mich, herauszufinden, was ich eigentlich für sie empfinde. Die Schmetterlinge in meinem Bauch schlagen wild mit ihren geschwungenen Flügeln und verwandeln sich mit jeder verstreichenden Sekunde in gierige Fledermäuse, die sich durch meine Bauchdecke fressen.

Dann hast du einen Stein genommen und ausgeholt.

Ich bin ein Killer.

Ich gehöre weggesperrt.

Und garantiert sollte ich mich von Emily fernhalten, weil ich ihr nur wehtue.

»Faye, du solltest dich ins Bett legen und schlafen.« Wieder ist es Eden, der mich stützt und sich um mein Wohl sorgt, aber anscheinend hat er nicht verstanden, was ich im Augenblick brauche. Schlaf ist es sicher nicht. Ich sehe zu ihm auf, ziehe ihn zu mir herab und küsse ihn. Lasse meine Zunge in seinen Mund gleiten und schmecke dabei das Salz meiner Tränen. Auch er schmeckt es. Hält inne, zögert. Doch als ich mit der Zungenspitze über seine gerade Zahnreihe fahre, vergisst er seine Manieren, beugt sich dichter über mich und greift grob in mein Haar. Sein Griff sendet einen ziehenden Schmerz durch meine Kopfhaut, aber genau das ist es, was ich gerade brauche. Ich stehle mir Luciens Strategie, um nicht nachdenken zu müssen. Sie ist falsch, verwerflich und alles andere als gesund, aber sie hat ihn schließlich überleben lassen, oder?

»Hört auf, mich mit Samthandschuhen anzufassen«, bitte ich dicht an seinen Lippen, lasse von Eden ab, drehe mich nach links und widme mich Lucien. Seine Hand nimmt den Platz von Edens an meinem Nacken ein. Er umgreift ihn so fest, dass mir ein Schmerzenslaut entfährt, und dann küsst er mich. Wilder als zuvor im Pool. Ich koste von beiden Männern, während uns der Mensch, den ich am dringendsten brauche, zusieht. Lucien knabbert an meiner Unterlippe, und ich sollte mich vollends in diesen Kuss fallen lassen, aber mein Blick gleitet immer wieder zu Sawyer.

Er steht in seinem schwarzen Hemd an der Tür. Die Ärmel bis zu den Ellbogen nach oben gekrempelt, sodass ich seine tätowierten Unterarme sehen kann. Gott, er ist so atemberaubend schön. Dieses kantige, männliche Gesicht. Diese stechend grünen Augen unter den dunklen Brauen.

»Ich sage es ja nur ungern.« Lucien unterbricht den Kuss, seine Lippen schweben dennoch über meinen. »Aber unsere kleine Chaplin hat nur Augen für Saw.«

Eden ist inzwischen hinter mich getreten. Er zieht mich von Lucien weg, greift unter mein Kinn und überstreckt meinen Hals, damit ich ihn ansehen muss. Mein Herz pocht lautstark gegen mein Brustbein.

»Du willst heute Nacht nicht uns, habe ich recht?«, fragt Eden dunkel. »Du willst ihn.« Seine braunen Augen bilden einen See aus Schokolade, in den ich eintauche und untergehe. Er hält mich gefangen, während ich Luciens Hände an meinem nackten Schenkel spüre. Dann lässt Eden mein Kinn los, sodass ich wieder nach vorn blicken kann, direkt in *sein* angespanntes Gesicht.

Lucien nähert sich mir seitlich, beißt in mein Ohrläppchen und verharrt an meiner Halsschlagader. »Du willst schon seit Wochen, dass er dich fickt, habe ich recht?« Weder in Edens noch in Luciens Stimme schwingt Eifersucht mit, es ist, als würden sie einfach nur das Offensichtliche aussprechen. Sawyer hatte Unrecht. Keiner von ihnen erhebt Ansprüche auf mich. Und deshalb denke ich nicht einmal darüber nach, sie anzulügen. Heute sehne ich mich am allermeisten nach Sawyer.

Nach seiner rauen Art, seinen festen Griffen und seinen verführerischen Lippen.

»Ja«, stöhne ich leise. »Ja, ich will ihn.« Zwischen meinen Beinen ist ein Feuer entstanden, das sich rasend schnell in meinem ganzen Körper ausbreitet. In meinem Unterleib, meinem Magen, meinem Herz. Die Vorstellung, dass Sawyer heute seine Mauer für mich fallen lassen könnte, treibt mich in Sphären, in denen ich noch nie war. Dem Himmel entgegen, bevor ich morgen in der Hölle lande.

»Was meinst du, Saw?« Lucien packt meinen Hals, hält meinen Kopf nach vorn gerichtet und sieht seinen Freund herausfordernd an. »Willst du unserer kleinen Faye den Wunsch erfüllen? Oder willst du, dass wir sie für dich ficken?«

Schweiß bildet sich an meinen Fingerspitzen, mit denen ich mich im Laken festhalte. Der samtige Stoff schmiegt sich an meinen nackten Po, an meine Schenkel, meine Waden. Aber es gibt etwas, das noch viel mehr Wärme in mir entfacht. Jemand. Ich kann den Kampf in Sawyers Augen tanzen sehen. Er will mich, aber er wehrt sich dagegen. Und das, obwohl er mir im *Punch of Hope* eine Predigt darüber gehalten hat, dass man sich nehmen soll, was man will. Wieso tut er es dann nicht?

Ich nehme ihm einen Teil des Kampfes ab, indem ich langsam meine Schenkel spreize und ihm einen Blick auf meine nackte Mitte gewähre. Sein Widerstand bröckelt, als er meine Scham anstarrt. Er ballt seine Hände zu Fäusten, fickt mich mit seinen Augen, und ich stelle mir vor, wie gut sich sein Mund auf mir anfühlen wird.

»Komm schon, Saw. Sie präsentiert sich dir auf dem Silbertablett. Worauf wartest du?« Luciens Hand umgreift meine linke Brust, und ich stoße ein tiefes Stöhnen aus, als er meinen Nippel zwischen seine Lippen nimmt und sanft über meine Spitze leckt. Derweil widmet Eden sich der anderen Brust. Er ist wieder an meine rechte Seite getreten und beißt so hart in meine Brustwarze, dass ich schreie. Ich schreie vor Schmerz, vor Erregung, vor Neugier. Ich sehe, wie es unter Sawyers dunkler Jeans enger wird, und wünschte, er würde endlich aufhören, zu kämpfen.

Eden wandert tiefer hinab, küsst meinen Rippenbogen und leckt über meinen Bauchnabel. Umgehend entflieht mir ein Wimmern. »Sie wurde noch nie von uns geleckt, Saw.« Er gleitet tiefer, passiert mein Becken und landet an meinem Venushügel. »Entweder leckst du sie als Erster oder ich. Es ist deine Entscheidung.« Ich weiß, welches Spiel Eden spielt – er will Sawyer aus der Reserve locken. Und es funktioniert.

»Haltet sie fest.« Es ist keine Bitte, sondern ein Befehl, der sich durch die Kellerzelle schneidet. Grinsend lässt Eden von meiner Scham ab, tritt zurück an meine Seite und setzt sich wie Lucien auf die Kante des Bettes. Ich werfe meinen Kopf zur Seite, sehe flüchtig Eden an und bleibe an dem Spiegel hinter ihm hängen. Sehe in dessen Glas, wie Sawyer sein Hemd aufknöpft und zu Boden fallen lässt. Anschließend tritt er an das Bett heran.

»Sieh ihn an, Baby.« Eden streichelt über meine Schläfe und dreht meinen Kopf zurück zur Mitte. Sawyer kniet nun oberkörperfrei auf dem Bett, nagelt mich mit seinen Augen auf der Matratze fest. Als würden sich kleine Nägel durch meine Gliedmaßen bohren, um mich zu fixieren. Anschließend packt er meine Knie, schiebt sie so hart auseinander, dass es fast schmerzt, und gleitet zwischen meine Beine. Er ist nicht romantisch, bereitet mich nicht auf sich vor. Stattdessen vergräbt er sein Gesicht an meiner Mitte und fährt mit seiner Zunge durch meine nasse Spalte. Ich biege meinen Rücken durch, als sie meinen Kitzler trifft.

»O Gott!«

»Haltet sie, verdammt noch mal, richtig fest«, herrscht Sawyer seine Freunde an, die sofort ernst machen. Lucien drückt mich an der linken Schulter herunter, Eden an der rechten. Selbst wenn ich wollte, wäre ich hier zwischen ihnen gefangen. Es gibt kein Zurück mehr. Keine Flucht, keine Rettung. Und ich habe es auch nicht verdient, gerettet zu werden.

Sawyer fickt mich mit seinem Mund, gleitet erneut durch meine Schamlippen und schiebt seine Zunge so tief in meinen Gang, wie es ihm möglich ist. Seine Hände graben sich in das Fleisch meines Beckens, ich spüre jeden einzelnen Finger, der mich für sich vereinnahmt.

»Und, wie schmeckt sie dir?«, will Lucien raunend wissen und küsst erneut meine Titten. Edens Finger fahren über meine Taille, hinunter zu meiner Hüfte. Die Mischung aus der Leidenschaft, mit der Lucien mich küsst, der Sanftheit, mit der Eden mich streichelt, und der Gier, mit der Sawyer mich leckt, lässt mich Sekunden später bereits kommen. Ich spanne meine Glieder an, spüre, wie sich meine Mitte zusammenzieht und ich loslasse. Loslasse von allem, was ich gerade erfahren habe. Sawyer zieht seine Zunge aus meinen Wänden, leckt erneut durch meine Mitte und sieht von unten zu mir auf. Dieses Bild ist so verflucht erotisch. Da sind so viele Hände auf mir. So viele Münder.

»Sie schmeckt verdorben«, erwidert Sawyer und zieht einen Mundwinkel nach oben. Ein unfassbar seltenes und wunderschönes Bild. Ich schließe erregt die Augen, werfe den Kopf zurück und genieße jede Berührung, die sie mir schenken, bis ich etwas Kaltes an meinen Schenkeln spüre und den Kopf wieder nach vorn reiße.

»Was ist das?«, hauche ich benommen. Mein Blick gleitet verschleiert vor Lusttränen zu Sawyer, der zwischen meinen Beinen sitzt und mit der Klinge seines

Messers über meine Schenkel fährt. Augenblicklich durchfährt mich ein Blitz aus Angst, weil er mir vorhin beschrieben hat, wie er Savannah damit ermordet hat.

Bumm, Bumm.

Mein Herz rast.

Schneller und schneller.

»Sieh dir an, wie ängstlich die kleine Chaplin ist«, lacht Lucien und leckt erneut über meine Brust. »Erst kriegt sie den Hals nicht voll und jetzt das. Hast du nicht gerade noch darum gebettelt, dass wir die Samthandschuhe ausziehen?«

Hilfesuchend blicke ich Eden an, in der Hoffnung, dass wenigstens er eingreift. Mich beschützt, wie er mich immer beschützt hat. Aber er sieht mich genauso diebisch an wie Lucien. Ich bin umgeben von drei Teufeln, die meine Seele verschlingen wollen, und doch denke ich nicht daran, hier zu unterbrechen, sondern gebe mich ihnen hin.

Schluckend sehe ich Sawyer an, spüre, wie seine Klinge kalt über mein rechtes Knie gleitet. Er baut nicht genug Druck auf, um mich ernsthaft zu schneiden, aber ich weiß, dass nicht viel fehlt, bevor er meine Hautbarriere durchbricht.

»Es liegt an dir, ob du gleich bluten wirst, Faye. Wenn du still liegst, passiert dir nichts.« Damit taucht er wieder zwischen meine Schenkel ab. Leckt mich so heftig, dass ich es kaum aushalte, still zu bleiben, ohne mich zu winden. Er umkreist meinen Kitzler mit seiner Zunge, hat meine Beine so weit aufgestellt, dass er währenddessen problemlos mit der Klinge Linien über meinen Oberschenkel ziehen kann. Noch immer streichelt er mich mit seinem Messer, anstatt mir ernsthaft zu schaden. Und in mir wird ein Gefühl wach, das ich nicht einsortieren kann. Ich stehe so kurz davor, mich zu bewegen, nur, damit er seine Worte wahr macht. Will ich es etwa? Will ich wissen, wie es sich anfühlt, wenn er mich schneidet? Nur, um es auszuprobieren?

Eden und Lucien halten mich weiterhin unten, fixieren meinen Oberkörper auf dem Bett, während Sawyer die untere Hälfte meines Körpers vereinnahmt. Ich wimmere, winsle wie ein Hund, der einen Knochen will. Sekunden später bäume ich mich innerlich auf, äußerlich hingegen bleibe ich so regungslos, dass mir der Schmerz erspart bleibt. Ich komme so heftig, dass ich erneut schreie. Ich schreie alles heraus und halte nichts mehr zurück.

Ich spüre Sawyers Grinsen an meinem Schritt, und als wir einander ansehen, ist es, als wären wir allein hier unten. Nur er und ich. Niemand sonst. Mich hält etwas auf dem Bett, aber es sind nicht Eden und Lucien, sondern Sawyers Augen. Er schmeißt sein Messer zu Boden und liegt einen Atemzug später auf mir. Sein Becken drückt gegen meine Scham, und als er mich küsst, vergesse ich auch den Rest meiner Selbstbeherrschung. Ich sauge diesen Kuss ein, als wäre er mein Sauerstoff, inhaliere seinen intensiven Duft nach einem sonnigen Tag am Strand. Reibe mich an der enormen Beule unter seiner Jeans und will endlich erlöst werden.

Ich stöhne frustriert auf, weil ich in Sawyers Haare greifen, ihn anfassen will. Aber Eden und Lucien lassen nicht von mir ab, halten mich weiterhin gefangen, als wären sie die Seile, die mich an den Pfeilern des Bettes festbinden.

Ich schlage die Lider auf, blicke in das intensivste Grün, das ich je gesehen habe, und schlucke schwer. Sawyers Körper deckt mich zu, schützt mich vor dem, was da draußen gerade passiert ist. Und dann spüre ich seine warme Spitze an meinem Kitzler. Er hat seinen Schwanz befreit und wandert damit durch meinen nassen Schlitz.

Vor meinem Eingang hält er inne, und ich weiß nicht, ob er seinet- oder meinetwegen zögert.

»Bitte, Sawyer. Ich will dich spüren«, bettle ich ihn an, küsse seinen Hals und liebkose diese schöne, tätowierte Haut, die ich noch nie genauer betrachten konnte. Dann stößt er zu. Rammt sich so unnachgiebig in mich, dass ich keine Zeit habe, mich an seine Größe zu gewöhnen. Seine Spitze gleitet so tief in mich, dass ich sie an meinem Muttermund spüren kann. Sawyer vögelt nicht nur meinen Körper, sondern meine Seele.

Er packt meine Hüfte so fest, dass es wehtut, und nimmt mich weiter mit kreisenden Bewegungen. In der harmlosen Missionarsstellung, und doch ist nichts hieran harmlos oder langweilig. Das hier ist das Beste, was ich je gefühlt habe.

Eden zerrt meinen Kopf in seine Richtung und küsst mich. Leckt über meine Unterlippe und reicht meinen Mund anschließend an Lucien weiter. Sein Kuss ist sanfter, so als hätten er und Eden gerade eben die Rollen getauscht. Ich versuche mich auf alles zu konzentrieren. Darauf, wie ich Lucien küsse und Sawyers Schwanz in mich eindringt. Aber ich kann nicht klar denken, meine Aufmerksamkeit tanzt zu schnell von links nach rechts, von oben nach unten. Von Lucien zu Sawyer und wieder zu Eden.

Sobald ich von Lucien abgelassen habe und mich wieder nach vorn drehe, nimmt Sawyers Mund den meinen ein. Er presst seine Lippen hart auf meine und gleitet noch schneller in mich. Meine Wände schmiegen sich an seinen Schaft, massieren ihn, während er mich mit kreisenden Bewegungen verwöhnt.

Ich taste blind nach den Händen der anderen, packe sie fest, halte sie. Und dann explodiere ich heftiger als je zuvor. Die Wellen des Höhepunktes schwappen nicht nur durch meinen Körper, sondern überschreiten seine Grenzen. Fluten diese Zelle mit reiner Lust.

»Spritz für uns zusammen ab, Saw.« Luciens Hand drückt meine hart, Edens sanft. Und dann spüre ich, wie Sawyer sich in mir entlädt. Er pulsiert in mir, markiert mich. Mein Atem vermischt sich mit dem der Männer, ihrer sich mit meinem.

»Das war ...« Es poltert in meiner Brust. »... der perfekte Abschied.«

»Abschied?«, fragt Sawyer dunkel und scannt irritiert mein Gesicht. Bevor ich ihm antworten kann, reißt uns ein helles Schluchzen aus dieser wundervoll samtigen Blase.

»Was zur Hölle soll das?«

Emily. Nein, nein, nein! Ich schiebe Sawyer von mir herunter, entreiße Eden und Lucien meine Hände und setze mich splitterfasernackt und befleckt auf. Direkt vor der Zelle steht Emily. Ihre Augen tränengeflutet, ihr Mund offen stehend. Ehe ich etwas sagen oder mich erklären kann, rennt sie los.

NEUNUNDZWANZIG

FAYE

So schnell ich kann, schnappe ich mir meine Sachen, schlüpfe hektisch hinein und reiße die Zellentür auf. Das Letzte, was heute Nacht hätte passieren sollen, ist passiert. Emily hat alles gesehen.

»Faye, warte. Sie wird schon klarkommen, lass ihr Zeit.« Eden will mich zurückhalten, aber ich schüttle ihn ab. So intim der Moment zwischen uns allen gerade auch war, jetzt geht es nur noch um Emily. Und darum, dass ich, anstatt mich um sie zu kümmern, nur nach mir gesehen habe. Das erste Mal in meinem Leben war ich meine eigene Priorität.

Ich stürme durch den dunklen Gang und merke dabei, wie unfassbar gut ich mich hier unter dem Coldmind inzwischen auskenne.

Sobald ich den Keller verlassen habe und Emily im Foyer vor der Treppe entdecke, stürme ich auf sie zu. »Emily, sprich mit mir.«

»Worüber sollte ich noch mit dir sprechen?«, fährt sie mich an. In ihren Augen glitzert so starker Zorn, dass sie mir wie ein fremder Mensch vorkommt. Sie war früher immer so mitfühlend, verständnisvoll, offen. Was ist aus ihr geworden? Und bin ich etwa schuld daran? »Darüber, dass du dich da unten von drei Kerlen hast ficken lassen? Faye, ich erkenne dich nicht mehr wieder! Die Frau, die ich lieben gelernt habe, hätte nie ...«

»Ich bin nicht mehr die Frau, die du kennengelernt hast. Ich bin nicht mehr dasselbe Mädchen, in das du dich verliebt hast. Das versuche ich dir schon seit Monaten zu sagen, aber du wolltest mir nie zuhören. Du *hast* mir nie zugehört, egal, wie oft ich es versucht habe.« Mit der Hand fahre ich mir über meine schweißnasse Stirn. »Was du gesehen hast, hättest du nicht sehen sollen, aber gerade du solltest am besten wissen, wie schwer es einer Frau gemacht wird, zu ihrer Sexualität zu stehen. Sie offen auszuleben, ohne dafür verurteilt zu werden. Ich habe gern Sex. War dieser Moment gerade ungünstig? Fuck, ja! Aber ich bin noch lange kein egoistisches Flittchen, wenn ich mich einmal selbst an erste Stelle setze! Mein Leben lang habe ich versucht, es jedem recht zu machen und seit einem Jahr dreht sich alles um meinen Bruder. Ich wollte einmal darauf hören, was ich will! Einmal, bevor ich ...« ... im Knast verrotte.

Inzwischen sind die drei Männer ebenfalls aus dem Keller gekommen, sie sind wieder vollständig bekleidet. Allesamt bilden sie eine Mauer in meinem Rücken, die mich stützt.

Emily sieht sie abwertend an, es ist kaum zu übersehen, was sie von ihnen hält. Und dabei kennt sie keinen von ihnen. Sie weiß nicht, was sie in den letzten Wochen für mich getan haben, als alles den Bach hinunterging. Sie war nicht da, als sie mir das Leben gerettet haben.

Weil sie selbst gerade eine Begegnung mit dem Tod hatte.

»Du kannst dich nicht so leicht rausreden. Scheiße, du hast mich fast verrecken lassen! Und jetzt begnügst du dich wie eine Schlampe mit diesen drei Freaks, lässt dir das Hirn rausvögeln, anstatt dich um mich zu sorgen?« Hysterie dominiert ihre Stimme und ich verstehe sie. Aber das gibt ihr nicht das Recht, so mit mir zu reden.

»Wie hast du sie gerade genannt?« Lucien geht auf Emily zu.

Ich will ihn zurückhalten, will ihm sagen, dass er sich zusammenreißen muss, aber ich kann nicht.

Eden steht dicht hinter mir, hüllt mich in seine schützende Aura ein.

»Schlampe«, spuckt Emily. »Was ist das da unten für eine ekelhafte Location? Kein normaler Mensch steht auf so etwas!«

Es ist, als würde ich sie nicht wiedererkennen, als hätte sie sich weit von mir entfernt. Weit von der Frau, die ich einst liebte. Aber das hier ist für sie ein heftiger Schock, und ich weiß am besten, wie es ist, nicht mehr Herr seiner Emotionen zu sein.

Lucien packt Emily grob am Kragen ihrer Strickjacke, zerrt sie vor seine Brust und zieht ihren Kopf zurück. In seinen himmelblauen Augen tobt ein gewaltiger Sturm, den ich so noch nie in ihnen gesehen habe. Emily hat scheinbar einen wunden Punkt getroffen.

»Komm noch einmal auf die Idee, Faye als Schlampe zu bezeichnen, dann zeige ich dir, was für *Freaks* wir sind.« Seine Drohung bereitet selbst mir eine Gänsehaut, obwohl ich weiß, dass sie mir nie wehtun würden. Dort unten im Keller hätten sie es tun können, aber ich habe mich zwischen ihnen wie eine Göttin gefühlt.

Emilys Blick rastet in meinem ein und ich versuche wirklich, nicht zusammenzubrechen, doch die Wahrheit tut so schrecklich weh. Das Wissen, dass sich mein Leben morgen um einhundertachtzig Grad drehen wird, wenn ich zur Polizei gehe, lähmt mich.

»Lass sie los, Lucien. Sie ist durcheinander«, wispere ich.

»Ich bin klarer denn je, Faye. Zum ersten Mal sehe ich dein wahres Ich.« Sie entreißt sich seinem Griff und tigert durch den Raum, als könne sie so aus ihrem Gedächtnis radieren, was sie eben gesehen hat. Sie wirkt gehetzt, getrieben und vollkommen durch den Wind. Soviel zu ihrer Klarheit.

»Du solltest dich schlafen legen, Em. Morgen ... morgen reden wir. Über alles. Über jede Einzelheit. Über alles, was du mir zu sagen hast.« Jetzt möchte ich nur schlafen und diesen schrecklichen Tag hinter mir lassen.

»Habt ihr das gehört?« Eden schiebt die Brauen zusammen, aber ich weiß nicht, was er meint. Ich will etwas erwidern, aber er hält sich einen Finger vor die Lippen, um mir zu sagen, dass ich still sein soll. Ein dumpfes Geräusch ertönt, das wie das Zuschlagen von Autotüren klingt. Und als kaltweiße Lichtkegel von allen Seiten durch die großen, vergitterten Rundbogenfenster ins Innere des Hauses dringen, spielt nichts mehr eine Rolle. Meine volle Aufmerksamkeit ruht auf dem Licht, das mir in den Augen wehtut. Wo kommt dieses penetrante Licht plötzlich her?

»Was zur Hölle ist das?« Sawyer stapft zur großen Massivholztür und blickt durch das kleine eingefasste Glasfenster nach draußen. »Scheiße!«

»Was ist?« Lucien stößt Emily von sich und leistet ihm Gesellschaft. Derweil zieht Eden mich in seine Arme und ich lasse mich erschöpft darin fallen.

Sekunden später ertönt ein Schuss. So laut und ohrenbetäubend, dass mir schwindelig wird. Was passiert hier gerade? Träume ich schon wieder? Ist überhaupt etwas von all dem, was in den letzten Minuten passiert ist, real?

»Da draußen stehen locker zehn bewaffnete Männer«, stößt Sawyer scharf aus. Der nächste Schuss wird abgefeuert, trifft auf das Glas der Tür und lässt es zu Boden rieseln. Eden reißt mich nach unten, damit wir aus der Schusslinie geraten, während Emily in völlige Panik ausbricht. Ich krabble zu ihr hinüber, ziehe sie ebenfalls zu Boden und krieche mit ihr zur Treppe, um Schutz dahinter zu finden.

»Wer zur Hölle schießt da?«, flüstere ich und spüre, wie Tränen über meine Wangen laufen. »Ist das die Polizei? Haben sie mich gefunden?« Ich sehe mich bereits hinter Gittern für meine Taten büßen.

»Die Bullen würden nicht einfach ohne Weiteres schießen. Außerdem sehen die Kerle nicht wie Polizisten aus, ihre Ausrüstung entspricht nicht dem amerikanischen Standard«, stellt Lucien kühl fest. Aber was bedeutet es? Wenn es nicht die Polizisten sind, wer dann? Sind sie meinetwegen hier?

Alles in mir dreht sich, meine Gedanken und Gefühle gleichen einem Roller Coaster, einem, der mich von einem Looping in den nächsten katapultiert. Mir wird speiübel.

»Emily!« Sawyer löst sich von der Tür, stürmt auf uns zu und reißt meine Exfreundin harsch an sich. Seine Hand ruht auf ihrer zarten Kehle, und ihr entflieht ein Röcheln, weil er so fest zupackt. »Hast du diese Kerle hierhergeführt?«

»Was? Nein!« Ihre Stimme bebt vor Furcht. »Nein, ich … ich weiß nicht, wer das ist!«

»Wie hast du uns gefunden?«, fährt Sawyer mit seinem Verhör fort. Eden legt schützend seinen Arm um mich, während Lucien noch immer an der Tür steht und sich somit in direkter Schusslinie befindet. Wieso kommt er nicht her? Und die wichtigere Frage: Was machen wir, wenn wir wirklich umstellt sind?

»Ich wurde gestern erst aus dem Krankenhaus entlassen und war heute bei Fayes Elternhaus. Von ihrer Mutter habe ich die Koordinaten bekommen, mir einen Wagen geliehen und bin sofort hergekommen«, schluchzt Emily haltlos und holt die kleine Karte aus der Jeans, die Lucien meiner Mutter gegeben hat. Ich glaube ihr. Sie ist vielleicht wütend auf mich und verletzt, aber sie würde mir so etwas niemals antun und die Polizei absichtlich auf mich hetzen.

»Haben die Cops Fayes Eltern im Visier?«, hakt Eden nach.

Emily stottert. »Ich w-weiß es nicht. Kann sein. I-ich habe niemanden vor dem Haus gesehen, also habe ich mir nichts dabei gedacht und bin direkt hergekommen. Aber gleich nach dem Unfall waren die Polizisten bei mir im Krankenhaus und haben meine Daten und meine Zeugenaussage aufgenommen, weil einige Gäste auf der Party gesehen haben, wie wir dem Kerl gefolgt sind. Dadurch, dass Fayes Telefon am Tatort gefunden wurde und sie mich im Fluchtwagen alleingelassen hat, wird im ganzen Bundesstaat nach ihr gesucht.«

Scheiße.

Das hier wird mein Ende sein.

Mein trauriges, dramatisches Ende, nachdem mein Leben gerade erst richtig begonnen hatte.

»Und du weißt nicht, ob dir jemand aus Seattle gefolgt ist?«, bohrt Sawyer weiter nach.

»Nein, da war niemand.« Doch wie sicher kann sie sich sein?«

»Ich werde da rausgehen«, beschließe ich und lasse von Eden ab, um aufzustehen. Bevor ich auch nur im Entferntesten das Türblatt und Lucien erreichen kann, hat Sawyer mich grob zurückgerissen. Er erdolcht mich mit seinem scharfkantigen Blick. »Einen Scheiß wirst du tun!«

»Wieso nicht? Ich wollte mich morgen ohnehin stellen! Ich habe diesen Typen auf dem Gewissen, ich muss meine gerechte Strafe dafür bekommen!«

»Chaplin, du redest Bullshit. Wir werden nicht zulassen, dass du dich stellst.«

»Sie haben recht.« Nun ist auch Eden wieder bei mir.

»Wieso lasst ihr mich nicht? Ich habe es verdient!« Bevor jemand antworten kann, fegt der nächste Schuss durch die kühle Luft, die durch das kaputte Fenster ins Innere des Gebäudes dringt. Die Patrone rauscht haarscharf an meinem Kopf vorbei und landet in einem Bilderrahmen über der Kommode links von mir. Scheppernd zerbricht das Glas in zig Teile.

»Diese Kerle da draußen sind keine verfluchten Bullen, Faye. Sie haben weder Polizeiautos bei sich, noch tragen sie Uniformen. Diese Typen sind *nicht* das Gesetz, und deshalb wirst du einen Teufel tun und dich stellen. Das wäre dein Tod!« Sawyer ist außer sich vor Wut.

»Aber wer soll das sonst sein? Das alles ergibt keinen Sinn!«, jammere ich und fühle mich auf einmal wieder wie das schwache Rehkitz, das vor drei Wochen hier gestrandet ist.

»Wie hieß der Kerl, den du auf dem Gewissen hast? Dieser Drogendealer, der an Jugendliche vertickt?«, will Lucien wissen. »Vielleicht war das irgendein großer Fisch im Drogensumpf.« Im Hintergrund höre ich die Stimmen mehrerer Männer, genau wie dumpfe Schritte. Sie kommen näher. Immer näher. Die Lichtkegel werden zu Laserstrahlen, die meiner Netzhaut wehtun.

»Ich weiß es nicht«, wispere ich. »Niemand kennt seinen Namen.«

»Niemand?«, hakt Eden stirnrunzelnd nach. Er blickt Emily an, die ebenfalls unter Tränen den Kopf schüttelt.

»Ich kenne ihn auch nicht. Die Polizisten, die mich im Krankenhaus ausgefragt haben, haben seinen Namen nicht erwähnt. Der Kerl war wie ein Geist, überall und nirgends. Er war wie ein Phantom.«

»Eins steht fest: Wir müssen von hier verschwinden. Das Licht kommt von allen Seiten. Wer weiß, wie viele Männer diese Schweine bei sich haben«, knurrt Sawyer.

»Und wie? Wie sollen wir verschwinden, wenn sie überall sind?« Die Worte kommen hektisch aus meinem Mund, der noch immer von all den Küssen der Männer geschwollen ist.

»Über die Garage.« Der Vorschlag kommt von Eden. »Wir haben nur diese eine Möglichkeit. Wenn wir über den Tunnel zur Garage kommen, können wir mit unseren Wagen von hier verschwinden, ohne dass sie uns sofort entdecken. Wenn sie ins Haus eindringen, könnten wir schon über alle Berge sein und uns einen Vorsprung verschaffen.«

Atemlos nicke ich und blicke Richtung Keller, der zu dem Tunnel führt. Immer mehr Schüsse werden abgefeuert, immer mehr Stimmen dringen ins Haus ein. Dunkle, angsteinflößende Stimmen, die nichts Gutes verheißen. Sie dürsten nach Rache, nach Blut ... nach mir? Sind sie wirklich meinetwegen hier? Oder stecken die Männer vielleicht in Schwierigkeiten, von denen ich nichts weiß?

Ich packe Emilys Hand, weil sie wie angewurzelt dasteht, und reiße sie mit mir. Gemeinsam stürzen wir uns in die Dunkelheit, rennen los und blicken nicht zurück. Weit entfernt höre ich, wie die Eingangstür des Coldminds gewaltvoll aufgestoßen wird. *Sie sind im Haus.* Während wir immer schneller rennen.

»Was, wenn sie den Tunnel entdecken?«, keuche ich und kann kaum noch einen Fuß vor den anderen setzen, weil meine Lunge schmerzt, als hätte ich schon etliche Kilometer zurückgelegt.

»Werden sie nicht.« Eden legt seine Hand auf meinen Rücken, schiebt mich weiter, weil er merkt, dass ich schwächle. Unsere Schritte hallen in dem dunklen Tunnel wider, verdrängen die Stille, die sonst hier unten herrscht. Es riecht nach Beton und Erde.

Sobald wir die Garage erreicht haben, fällt ein gigantischer Stein von meinem Herzen. Das Tor ist geschlossen, dahinter herrscht Stille. Sie haben die Garage noch nicht entdeckt, oder?

Lucien tritt an einen in die Betonwand eingelassenen Safe, öffnet ihn mit einer kurzen Zahlenkombination und holt einen Schlüssel heraus, der zu einem der vielen Wagen hier drin passt.

»Wir nehmen den Jeep. Damit sind wir schnell und haben genug Platz.« Er öffnet den Wagen und scheucht Emily und mich in dessen Richtung. Doch ich bleibe abrupt stehen, als ich Edens Stimme höre.

»Scheiße!«

»Was ist?« Ängstlich blicke ich zu ihm auf. Er rauft sich die Haare und fährt sich über den Dreitagebart. Anschließend deutet er Richtung Tunnel. »Die Zwillinge und Yuna sind noch im Haus.«

»Die Zwillinge habe ich nach Seattle geschickt. Der AMG ist weg, das heißt, sie sind nicht mehr da«, korrigiert Sawyer Eden. »Aber Yuna ...«

Mein Mund klappt auf, aber ich kann nichts sagen. Die Hündin war zuletzt in meinem Zimmer, nicht wahr? Was, wenn ihr etwas zustößt? Wenn diese Männer da draußen keine Skrupel zeigen und sie erschießen? Mir wird schwindelig.

»Sie war vorhin bei mir und hat geschlafen.«

»Ich muss zurück.« Eden will losrennen, aber ich stelle mich ihm in den Weg. »Nein, du kannst da nicht zurück, Eden! Weißt du, wie gefährlich das ist? Sie werden dich sehen und dann ... dann ...« Ich kann ihn nicht verlieren. Keinen von ihnen. Im Hintergrund höre ich, wie Lucien Emily in den Wagen manövriert und die Tür hinter ihr schließt.

»Ich gehe.« Sawyer ergreift das Wort und mich durchfährt pure Angst.

»Nein, verdammt. Ihr könnt nicht zurück! Weder du noch du!« Abwechselnd zeige ich auf die Männer, aber ich kenne diese Entschlossenheit in Sawyers Blick inzwischen. Und auch wenn es mich tief berührt, dass er für die Hündin sein Leben aufs Spiel setzen würde, kann ich ihn nicht gehen lassen.

»Ich kenne mich in diesem Gebäude blind aus. Ich hole Yuna raus und dann komme ich zurück, ganz einfach.«

»Einfach?« Meine Stimme schnellt in die Höhe, wird schrill und laut. »Das ist ein Selbstmordkommando! Du weißt nicht, wer diese Männer sind und was sie hier wollen!«

»Und genau da liegt das Problem. Wer weiß, was sie mit ihr anstellen, wenn sie sie finden. Ich lasse sie nicht zurück, keiner von uns dreien würde das. Wir haben keine Zeit, um fucking Streichhölzer zu ziehen. Ich gehe und damit basta!« Sawyer lässt uns hier stehen, rennt Richtung Tunnel und ich hefte mich an seine Fersen. Konnte ich eben kaum noch laufen, bin ich jetzt schneller denn je. Eden will mich zurückhalten, aber ich stoße ihn von mir, verfolge Sawyer und gebe nicht auf. Nicht, nachdem wir uns gerade zum ersten Mal geliebt haben. Denn ja, auch wenn es grob und nicht romantisch war, habe ich es gespürt. Diese zarte, zerbrechliche Verbindung zwischen uns, die nicht nur körperlicher Natur ist. Da ist etwas, und ich bin noch nicht bereit, es loszulassen.

»Scheiße, Faye!« Sawyer hält an, drängt mich gegen die kalte Wand des Tunnels und hält meine Hände neben meinem Kopf gefangen. Sein Atem rasselt genau wie meiner. »Geh zurück.«

»Nein«, protestiere ich. »Ich lasse nicht zu, dass du dich in den Tod stürzt, das ist Irrsinn!«

»Ich verliere Zeit, Faye. Und Zeit haben wir gerade nicht. Je länger du mich aufhältst, desto eher finden sie den Tunnel und somit uns. Hör auf, unser aller Leben zu riskieren, nur weil du mich ... *retten* willst.«

»Aber ich brauche dich«, flüstere ich und gestehe es mir zum ersten Mal wirklich ein. Ja, ich brauche ihn, obwohl er so mies zu mir war, dass ich ihn verabscheuen sollte. Die Gefühle, die er in mir auslöst, sind mir vollkommen fremd.

»Dann lass mich los. Wenn irgendetwas von dem, was du angeblich für mich fühlst, echt ist, dann lass mich gehen. Ich komme zurück. Ich verspreche es dir, okay?« Er beugt sich zu mir herab und küsst mich. Hart und fest und viel zu kurz. Ich gebe meine körperliche Abwehr auf und werde schwach in seinen starken Armen.

»Ich komme zurück«, wiederholt er fast liebevoll. Er riecht nach mir. Nach dem, was wir in der Zelle gerade noch miteinander geteilt haben. Und ich will nicht mehr, dass es vorbei ist. In diesem Augenblick kommt mir der Gedanke, mich freiwillig der Polizei zu stellen, absurd vor. Weil ich somit verlieren würde, was ich in den letzten Wochen gewonnen habe.

»Wenn nicht, werde ich dich heimsuchen und so lange foltern, bis du an nichts anderes als an mich denken kannst«, erwidere ich traurig lächelnd, stelle mich auf die Zehenspitzen und küsse ihn erneut. Dieses Mal ist es ein zärtlicher Kuss, der mich vollkommen verflüssigt. Seine Stirn lehnt an meiner, als er sich von meinen Lippen löst.

»Als wäre das etwas Neues ...«, murmelt er. Ein letztes Mal drückt er mich fester gegen die dreckige Wand. »Sollte ich in fünf Minuten nicht mit Yuna zurück sein, müsst ihr losfahren.«

Damit verschwindet er. Das Restlicht der Garage beleuchtet seinen Rücken und dann ist er fort. Zurück bleibe nur ich, mit klopfendem Herzen, purer Angst und dem Kribbeln auf meinen Lippen, das Sawyers Kuss hinterlassen hat.

Immer wieder poltert es im Gebäude über uns. Es sind nur dumpfe Geräusche, aber sie reichen aus, um mich erzittern zu lassen. Sawyer ist da oben. Zwischen all den bewaffneten Kerlen, die blind um sich schießen. Und all das, um Yuna zu retten. Wie zur Hölle könnte man sich nicht in ihn verlieben? In sie alle? Gleichermaßen?

»Faye, du musst mitkommen.« Eden tritt an mich heran, umgreift meinen Kopf und küsst meine Stirn. Ganz der Beschützer, der er ist. Er scheint meine Gedanken genau lesen zu können. »Sawyer schafft es. Er schafft es immer. Dieser Typ ist verdammt zäh, Baby.« Ich nicke unter Tränen, spüre, wie die einzelnen Tropfen meine Haut verbrennen. Gemeinsam mit Eden gehe ich zurück, kralle mich an ihm fest und steuere das Licht am Ende des Tunnels an. Bevor wir es erreichen können, ertönt ein tiefes Grollen über unseren Köpfen. So laut, so erschütternd, dass ich aufschreie.

»Was war das?« Panisch starre ich in die Dunkelheit, vereinzelt rieselt Sand von der Decke. Genau so, wie ich es aus Filmen kenne, wenn Granaten detonieren. »Was war das, Eden?«, schniefe ich. Bilde ich es mir nur ein? Spielt mir mein Verstand einen Streich? Sekunden später ertönt das Geräusch erneut. Ein weiterer Beweis dafür, dass da oben keine Cops am Werk sind.

»Faye, Baby. Wir müssen aus dem Tunnel raus!« Eden zerrt mich ins Licht, dabei würde ich lieber zurück in die Dunkelheit kriechen, solange Sawyer nicht da ist. Wie viel Zeit ist vergangen, seit er verschwunden ist? Eine Minute? Zwei? Drei? Doch egal wie die Antwort lautet, es ist zu viel. Schluchzend werfe ich mich in

Edens Arme, höre, wie Lucien auf uns beide zukommt und mir einen Kuss auf den Hinterkopf drückt.

Sie sind bei mir.

Halten mich, schützen mich.

Aber Sawyer … er fehlt.

Und ich frage mich, ob ich ihn je wiedersehen werde.

Ende von Band 1

DANKSAGUNG

Vermutlich habt ihr an dieser Stelle noch eintausend Fragen, die noch nicht beantwortet wurden. Wer war dieser Mann, den Faye auf dem Gewissen hat? Welche Leute stürmen mitten in der Nacht das Coldmind? Wieso war Eden in der Klinik und was ist zwischen Savannah und Sawyer wirklich passiert? Und die wichtigste Frage: Was passiert mit Sawyer? Wird er Yuna retten können, ohne selbst ins Kreuzfeuer zu geraten?

An dieser Stelle habe ich gute Neuigkeiten: Ihr müsst nicht lange auf den zweiten Band warten, denn ich bin zwar als Autorin eine kleine Sadistin, aber ich habe trotzdem ein Herz. Ich danke an dieser Stelle jedem Leser, der mich und meine Bücher supportet. Egal ob online in den sozialen Medien oder offline durch den Kauf meiner Bücher. Meine Geschichten fangen immer mit einem einzelnen Gedanken in meinem Kopf an und enden, nach viel Arbeit, genau an diesem Punkt. Der Danksagung. Doch auf dem Weg hierhin gibt es so viele wundervolle Menschen, die an dem Buch gearbeitet haben, dass ich meinen Dank kaum in Worte fassen kann. Meine Testleserinnen aus dem Squad haben wieder einmal alles gegeben und die Geschichte auf Herz und

Nieren geprüft. Ihr glaubt nicht, wie viel mir unsere Zusammenarbeit bedeutet. Außerdem gilt ein besonderer Dank Selina und Lisa. Ihr zwei habt euch definitiv eine Auszeichnung für eure Arbeit verdient! Selina? Eden ist auf ewig dein. Lisa? Ich hoffe, Sawyer geht es gut – so angekettet in einer einsamen Waldhütte. Ihr seid ganz zauberhafte Menschen.

Außerdem danke ich meiner Korrektorin Astrid, ohne die Faye vermutlich immer noch vollkommen verwirrt am See liegen und sich vom Hagel erschlagen lassen würde, anstatt Schutz zu suchen. Ein weiterer Dank gilt dem wundervollen Federherzverlag. Jedem einzelnen Teammitglied, das mit Eifer und Leidenschaft daran arbeitet, geile Bücher zu erschaffen und die Welt damit zu bereichern. Ich stehe zu einhundert Prozent hinter eurer Arbeit und bin dankbar, Teil von euch sein zu können.

Und nun kommen wir zum letzten Dank, der mir ein paar Tränen in die Augen treibt. Sophie? Du bist nicht nur ein wundervoller Mensch und eine unglaubliche Autorin, du bist ab jetzt meine Wildnisschwester. Als ich dich fragte, ob wir unsere Reihen miteinander verbinden möchten, warst du sofort Feuer und Flamme. Aber hätte jemand von uns gedacht, wie gut das alles werden würde? Ich liebe unseren Austausch, die Sprachnachrichten, die euphorischen Ich-liebe-jedes-Wort-Mails und vor allem liebe ich deine Protagonisten aus Blackwater Mountain, die ihr alle im zweiten Band kennenlernen werdet, als wären sie meine eigenen Babys.

Du bist großartig.

Unser Crossover ist großartig.

Und ich möchte dich nicht mehr missen.

Du liebst die Wildnis genauso sehr wie ich? Du kannst nicht genug von rauen Männern, menschlichen Abgründen und der wunderschönen Natur bekommen? Dann habe ich tolle Neuigkeiten für dich!

Die Wildnis ruft dich nicht nur im North Cascades Nationalpark, sondern auch in Blackwater Mountain, einem düsteren Ort in British Columbia, in dem Sophie Moores Protagonisten aus Wild Dark Hunter bereits auf dich warten! Die Reihen sind unabhängig voneinander lesbar, aber wer den vollen Lesegenuss haben will und Crossovers liebt, ist bei uns genau richtig! Unsere Protagonisten treffen aufeinander. Und wie sie das werden! Natürlich kannst du erst eine Reihe beenden und dann mit der anderen beginnen. Um Spoiler zu vermeiden, empfehlen wir jedoch, die Bücher in dieser Reihenfolge zu lesen:

Wild Dark Hunter 1
Wild Dark Hunter 2
Fucking Wild Beasts
Fucking Wild Freaks
Fucking Wild Heroes
Wild Dark Ranger